青少年成长必读丛书

鲁迅杂文选

LU XUN ZA WEN XUAN

鲁　迅／著

成长必读

阅读经典　获益一生

鲁迅先生独树一帜、无与伦比的杂文精品集。

立足素质教育，致力于提高青少年的科学文化素养和培养人文情怀，使青少年智商、情商手拉手、齐发展。

选择决定成长　阅读成就人生

山东人民出版社

全国百佳图书出版单位　国家一级出版社

图书在版编目（CIP）数据

鲁迅杂文选 / 鲁迅著 . -- 济南 : 山东人民出版社，2014.5（2024.1 重印）

（青少年成长必读丛书）

ISBN 978-7-209-08187-0

Ⅰ . ①鲁… Ⅱ . ①鲁… Ⅲ . ①鲁迅杂文—杂文集Ⅳ . ① I210.4

中国版本图书馆 CIP 数据核字（2014）第 034374 号

责任编辑 : 王海涛　刘锦平　孙　姣

鲁迅杂文选

鲁　迅　著

山东出版传媒股份有限公司

山东人民出版社出版发行

社　址 : 济南市经九路胜利大街 39 号　邮　编 : 250001

网　址 : http://www.sd-book.com.cn

发行部 :（0531）82098027　82098028

新华书店经销

鸿鹄（唐山）印务有限公司

规　格　16 开（170mm × 240mm）

印　张　19.5

字　数　300 千

版　次　2014 年 5 月第 1 版

印　次　2024 年 1 月第 3 次

ISBN　978-7-209-08187-0

定　价　59.80 元

总序

读书——无可替代的人生体验

读书是在别人思想的帮助下，建立起自己的思想。这是俄图书学家鲁巴金非常著名的一句话。

关于阅读，作为这个信息流通近乎爆炸的时代的一分子，大家必然都能了解阅读对我们生存的重要性，尤其对于成长中的青少年，阅读更是头等大事。青少年时期是极其重要的一个人生阶段，正处在世界观、人生观、价值观形成的关键时期，其身心健康、道德修养、文化素养、综合素质都有赖于知识的滋养和浸润，而阅读是青少年增长知识、开拓眼界和陶冶情操的有效途径。理想的书籍是智慧的钥匙，它能带给青少年对这个复杂的世界的一个全新的思维方式，教会他们以多个独特的视角去对待这个多元化的世界。人的影响短暂而微弱，书的影响则广泛而深远。阅读从本质上不只是知识的简单积累，更重要的是它增益了读者的心灵，丰富了读者的语言韵律，充实了读者的精神世界，不断地提高青少年读者对于语文方面的综合驾驭能力，包括欣赏不同的作品和锻炼自己的写作水平。

书的质量良莠不齐，正如人有益友也有损友。一本好书不啻为一位优秀的人生导师，对青少年的健康成长起着积极的引导作用；反之，一本充满糟粕的不良书籍无异于一剂毒害心灵的毒药,对青少年的成长将造成负面影响。只有选择那些经时间沉淀的、公认的好书才能对读者的思想和心灵产生深刻而有益的影响，因此，作为人类共同精神财富的、古今中外的名著就成为了青少年读者的首选。

因此，我们编写了这套《青少年成长必读》丛书，致力于为广大青少年读者提供一块洁净的阅读圣域。这套丛书既符合素养教育需求下语文学习的各项要求，又兼顾了不同年龄、不同爱好的学生的阅读需求，扩展了他们的课外阅读范围。本套丛书分为中、外两大部分，我们从浩如烟海的图书中甄选出那些对青少年成长特别有价值的名篇佳作，在还原原汁原味的阅读本身的基础上兼顾了实用性和全面性这两大特色。本套丛书与同类图书相比有以下显著特征：

1. 高水准的翻译。这套丛书所收录的外国名著系列中，所有的名著都是忠实于原文的翻译，翻译者本身都是我国国内非常具有权威性的专家、学者和老师，译文极其贴合原著的精神和行文风格，忠实于原著内容。

2. 有针对性的作品收录。我们在广泛调查、大量翻阅工具书的基础上确定书目，从古今中外四个方向上，全面地收集了各个国家最具代表性的文学作品，呈现了不同时期的不同文化风貌，新老中外文学作品融贯联合，形成了一个更新、更全的阅读体系。

3. 最严谨细致的注释。本系列中，尤其以中国名著系列最为显著，其中很多晦涩难懂或者引经据典的地方，都添加了精准的注释，使全书呈现出学术性和艺术性完美结合的特征，更好地帮助学生理解原文主旨。

在本套丛书中，我们并没有多加一些华丽的导读和问题思考等板块，衷心希望呈现给青少年读者的不仅仅是轻松的课外阅读，更是最本色的“安静”名著，保持住原著最经典、最永恒的地方，真的能让他们静下心来，思考这些名著所承载的更深层次的涵义，从而提高青少年读者的文学修养和艺术品位。希望我们对于书籍最本质的呈现，能带给读者们纯正的阅读感受，为青少年建立自己丰富而坚实的文学和精神世界，作出尺缕的贡献。

丛书编委会

2014 年 4 月

目 录

热　风	001
坟	014
华盖集	060
华盖集续编	092
而已集	110
三闲集	130
二心集	145
伪自由书	165
南腔北调集	180
准风月谈	219

目录

花边文学 246
且介亭杂文 259
且介亭杂文二集 283
且介亭杂文末编 295

热风

随感录三十五

从清朝末年，直到现在，常常听人说“保存国粹”这一句话。

前清末年说这话的人，大约有两种：一是爱国志士，一是出洋游历的大官。他们在这题目的背后，各各藏着别的意思。志士说保存国粹，是光复旧物的意思；大官说保存国粹，是教留学生不要去剪辫子的意思。

现在成了民国了。以上所说的两个问题，已经完全消灭。所以我不能知道现在说这话的是那一流人，这话的背后藏着什么意思了。

可是保存国粹的正面意思，我也不懂。

什么叫“国粹”？照字面看来，必是一国独有，他国所无的事物了。换一句话，便是特别的东西。但特别未必定是好，何以应该保存？

譬如一个人，脸上长了一个瘤，额上肿出一颗疮，的确是与众不同，显出他特别的样子，可以算他的“粹”。然而据我看来，还不如将这“粹”割去了，同别人一样的好。

倘说：中国的国粹，特别而且好；又何以现在糟到如此情形，新派摇头，旧派也叹气。

倘说：这便是不能保存国粹的缘故，开了海禁的缘故，所以必须保存。但海禁未开以前，全国都是“国粹”，理应好了；何以春秋战国五胡十六国闹个不休，古人也都叹气。

倘说：这是不学成汤文武周公的缘故；何以真正成汤文武周公时代，也先有桀纣暴虐，后有殷顽作乱；后来仍旧弄出春秋战国五胡十六国闹个不休，古人也都叹气。

我有一位朋友说得好：“要我们保存国粹，也须国粹能保存我们。”

保存我们，的确是第一义。只要问他有无保存我们的力量，不管他是否国粹。

（本篇最初发表于1918年11月15日《新青年》第5卷第5号，署名唐俟，选自《热风》）

随感录三十八

中国人向来有点自大。——只可惜没有“个人的自大”，都是“合群的爱国的自大”。这便是文化竞争失败之后，不能再见振拔改进的原因。

“个人的自大”，就是独异，是对庸众宣战。除精神病学上的夸大狂外，这种自大的人，大抵有几分天才，——照Nordau等说，也可说就是几分狂气。他们必定自己觉得思想见识高出庸众之上，又为庸众所不懂，所以愤世疾俗，渐渐变成厌世家，或“国民之敌”。但一切新思想，多从他们出来，政治上宗教上道德上的改革，也从他们发端。所以多有这“个人的自大”的国民，真是多福气！多幸运！

“合群的自大”，“爱国的自大”，是党同伐异，是对少数的天才宣战；——至于对别国文明宣战，却尚在其次。他们自己毫无特别才能，可以夸示于人，所以把这国拿来做个影子；他们把国里的习惯制度抬得很高，赞美的了不得；他们的国粹，既然这样有荣光，他们自然也有荣光了！倘若遇见攻击，他们也不必自去应战，因为这种蹲在影子里张目摇舌的人，数目极多，只须用mob的长技，一阵乱嚷，便可制胜。胜了，我是一群中的人，自然也胜了；若败了时，一群中有许多人，未必是我受亏：大凡聚众滋事时，多具这种心理，也就是他们的心理。他们举动，看似猛烈，其实却很卑怯。至于所生结果，则复古，尊王，扶清灭洋等等，已领教得多了。所以多有这“合群的爱国的自大”的国民，真是可哀，真是不幸！

不幸中国偏只多这一种自大：古人所作所说的事，没一件不好，遵行还怕不及，怎敢说到改革？这种爱国的自大家的意见，虽各派略有不同，根柢总是一致，计算起来，可分作下列五种：

甲云："中国地大物博，开化最早；道德天下第一。"这是完全自负。

乙云："外国物质文明虽高，中国精神文明更好。"

丙云："外国的东西，中国都已有过；某种科学，即某子所说的云云"，这两种都是"古今中外派"的支流；依据张之洞的格言，以"中学为体西学为用"的人物。

丁云："外国也有叫化子，——（或云）也有草舍，——娼妓，——臭虫。"这是消极的反抗。

戊云："中国便是野蛮的好。"又云："你说中国思想昏乱，那正是我民族所造成的事业的结晶。从祖先昏乱起，直要昏乱到子孙；从过去昏乱起，直要昏乱到未来。……（我们是四万万人，）你能把我们灭绝么？"这比"丁"更进一层，不去拖人下水，反以自己的丑恶骄人；至于口气的强硬，却很有《水浒传》中牛二的态度。

五种之中，甲乙丙丁的话，虽然已很荒谬，但同戊比较，尚觉情有可原，因为他们还有一点好胜心存在。譬如衰败人家的子弟，看见别家兴旺，多说大话，摆出大家架子；或寻求人家一点破绽，聊给自己解嘲。这虽然极是可笑，但比那一种掉了鼻子，还说是祖传老病，夸示于众的人，总要算略高一步了。

戊派的爱国论最晚出，我听了也最寒心；这不但因其居心可怕，实因他所说的更为实在的缘故。昏乱的祖先，养出昏乱的子孙，正是遗传的定理。民族根性造成之后，无论好坏，改变都不容易的。法国 G. Le Bon[1] 著《民族进化的心理》中，说及此事道（原文已忘，今但举其大意）——"我们一举一动，虽似自主，其实多受死鬼的牵制。将我们一代的人，和先前几百代的鬼比较起来，数目上就万不能敌了。"我们几百代的祖先里面，昏乱的人，定然不少：有讲道学的儒生，也有讲阴阳五行的道士，有静坐炼丹的仙人，也有打脸打把子的戏子。所以我们现在虽想好好做"人"，难保血管里的昏

[1] G. Le Bon：即勒朋，法国社会心理学家。

乱分子不来作怪，我们也不由自主，一变而为研究丹田脸谱的人物：这真是大可寒心的事。但我总希望这昏乱思想遗传的祸害，不至于有梅毒那样猛烈，竟至百无一免。即使同梅毒一样，现在发明了六百零六，肉体上的病，既可医治；我希望也有一种七百零七的药，可以医治思想上的病。这药原来也已发明，就是“科学”一味。只希望那班精神上掉了鼻子的朋友，不要又打着“祖传老病”的旗号来反对吃药，中国的昏乱病，便也总有全愈的一天。祖先的势力虽大，但如从现代起，立意改变：扫除了昏乱的心思，和助成昏乱的物事（儒道两派的文书），再用了对症的药，即使不能立刻奏效，也可把那病毒略略羼淡。如此几代之后待我们成了祖先的时候，就可以分得昏乱祖先的若干势力，那时便有转机，Le Bon 所说的事，也不足怕了。

以上是我对于“不长进的民族”的疗救方法；至于“灭绝”一条，那是全不成话，可不必说。“灭绝”这两个可怕的字，岂是我们人类应说的？只有张献忠这等人曾有如此主张，至今为人类唾骂；而且于实际上发生出什么效验呢？但我有一句话，要劝戊派诸公。“灭绝”这句话，只能吓人，却不能吓倒自然。他是毫无情面：他看见有自向灭绝这条路走的民族，便请他们灭绝，毫不客气。我们自己想活，也希望别人都活；不忍说他人的灭绝，又怕他们自己走到灭绝的路上，把我们带累了也灭绝，所以在此着急。倘使不改现状，反能兴旺，能得真实自由的幸福生活，那就是做野蛮也很好。——但可有人敢答应说“是”么？

（本篇最初发表于1918年11月15日《新青年》第5卷第5号，署名迅，选自《热风》）

随感录四十八

中国人对于异族，历来只有两样称呼：一样是禽兽，一样是圣上。从没有称他朋友，说他也同我们一样的。

古书里的弱水，竟是骗了我们：闻所未闻的外国人到了；交手几回，渐知道“子曰诗云”似乎无用，于是乎要维新。

维新以后，中国富强了，用这学来的新，打出外来的新，关上大门，再来守旧。

可惜维新单是皮毛，关门也不过一梦。外国的新事理，却愈来愈多，愈优胜，“子曰诗云”也愈挤愈苦，愈看愈无用。于是从那两样旧称呼以外，别想了一样新号：“西哲”，或曰“西儒”。

他们的称号虽然新了，我们的意见却照旧。因为“西哲”的本领虽然要学，“子曰诗云”也更要昌明。换几句话，便是学了外国本领，保存中国旧习。本领要新，思想要旧。要新本领旧思想的新人物，驼了旧本领旧思想的旧人物，请他发挥多年经验的老本领。一言以蔽之：前几年谓之“中学为体，西学为用”，这几年谓之“因时制宜，折衷至当”。

其实世界上决没有这样如意的事。即使一头牛，连生命都牺牲了，尚且祀了孔便不能耕田，吃了肉便不能榨乳。何况一个人先须自己活着，又要驼了前辈先生活着；活着的时候，又须恭听前辈先生的折衷：早上打拱，晚上握手；上午“声光化电”，下午“子曰诗云”呢？

社会上最迷信鬼神的人，尚且只能在赛会这一日抬一回神舆。不知那些学“声光化电”的“新进英贤”，能否驼着山野隐逸，海滨遗老，折衷一世？

“西哲”易卜生盖以为不能，以为不可。所以借了 Brand 的嘴说：“All or nothing！”

（本篇最初发表于1919年2月15日《新青年》第6卷第2号，署名俟，选自《热风》）

随感录五十九　“圣武”

我前回已经说过“什么主义都与中国无干”的话了；今天忽然又有些意见，便再写在下面：

我想，我们中国本不是发生新主义的地方，也没有容纳新主义的处所，即使偶然有些外来思想，也立刻变了颜色，而且许多论者反要以此自豪。我们只要留心译本上的序跋，以及各样对于外国事情的批评议论，便能发见我们和别人的思想中间，的确还隔着几重铁壁。他们是说家庭问题的，我们却以为他鼓吹打仗；他们是写社会缺点的，我们却说他讲笑话；他们以为好的，我们说来却是坏的。若再留心看看别国的国民性格，国民文学，再翻一本文人的评传，便更能明白别国著作里写出的性情，作者的思想，几乎全不是中国所有。所以不会了解，不会同情，不会感应；甚至彼我间的是非爱憎，也免不了得到一个相反的结果。

新主义宣传者是放火人么，也须别人有精神的燃料，才会着火；是弹琴人么，别人的心上也须有弦索，才会出声；是发声器么，别人也必须是发声器，才会共鸣。中国人都有些不很像，所以不会相干。

几位读者怕要生气，说，“中国时常有将性命去殉他主义的人，中华民国以来，也因为主义上死了多少烈士，你何以一笔抹杀？吓！”这话也是真的。我们从旧的外来思想说罢，六朝的确有许多焚身的和尚，唐朝也有过砍下臂膊布施无赖的和尚；从新的说罢，自然也有过几个人的。然而与中国历史，仍不相干。因为历史结帐，不能像数学一般精密，写下许多小数，却只能学粗人算帐的四舍五入法门，记一笔整数。

中国历史的整数里面，实在没有什么思想主义在内。这整数只是两种物质，——是刀与火，“来了”便是他的总名。

火从北来便逃向南，刀从前来便退向后，一大堆流水帐簿，只有这一个模型。倘嫌“来了”的名称不很庄严，“刀与火”也触目，我们也可以别想花样，奉献一个谥法，称作“圣武”，便好看了。

古时候，秦始皇帝很阔气，刘邦和项羽都看见了；邦说，“嗟乎！大丈夫当如此也！”羽说，“彼可取而代也！”羽要“取”什么呢？便是取邦所说的“如此”。“如此”的程度，虽有不同，可是谁也想取；被取的是“彼”，取的是“丈夫”。所有“彼”与“丈夫”的心中，便都是这“圣武”的产生所，受纳所。

何谓“如此”？说起来话长；简单地说，便只是纯粹兽性方面的欲望的满足——威福，子女，玉帛，——罢了。然而在一切大小丈夫，却要算最高理想（？）了。我怕现在的人，还被这理想支配着。

大丈夫“如此”之后，欲望没有衰，身体却疲敝了；而且觉得暗中有一个黑影——死——到了身边了。于是无法，只好求神仙。这在中国，也要算最高理想了。我怕现在的人，也还被这理想支配着。

求了一通神仙，终于没有见，忽然有些疑惑了。于是要造坟，来保存死尸，想用自己的尸体，永远占据着一块地面。这在中国，也要算一种没奈何的最高理想了。我怕现在的人，也还被这理想支配着。

现在的外来思想，无论如何，总不免有些自由平等的气息，互助共存的气息，在我们这单有“我”，单想“取彼”，单要由我喝尽了一切空间时间的酒的思想界上，实没有插足的余地。

因此，只须防那“来了”便够了。看看别国，抗拒这“来了”的便是有主义的人民。他们因为所信的主义，牺牲了别的一切，用骨肉碰钝了锋刃，血液浇灭了烟焰。在刀光火色衰微中，看出一种薄明的天色，便是新世纪的曙光。

曙光在头上，不抬起头，便永远只能看见物质的闪光。

（本篇最初发表于1919年5月《新青年》第6卷第5号，署名唐俟，选自《热风》）

随感录六十一　不满

欧战才了的时候，中国很抱着许多希望，因此现在也发出许多悲观绝望的声音，说“世界上没有人道”，“人道这句话是骗人的”。有几位评论家，还引用了他们外国论者自己责备自己的文字，来证明所谓文明人者，比野蛮尤其野蛮。

这诚然是痛快淋漓的话，但要问：照我们的意见，怎样才算有人道呢？那答话，想来大约是“收回治外法权[1]，收回租界，退还庚子赔款……”现在都很渺茫，实在不合人道。

但又要问：我们中国的人道怎么样？那答话，想来只能“……”。对于人道只能“……”的人的头上，决不会掉下人道来。因为人道是要各人竭力

[1] 治外法权：指过去帝国主义国家通过不平等条约在中国享有的“领事裁判权”。

挣来，培植，保养的，不是别人布施，捐助的。

其实近于真正的人道，说的人还不很多，并且说了还要犯罪。若论皮毛，却总算略有进步了。这回虽然是一场恶战，也居然没有“食肉寝皮”，没有“夷其社稷”，而且新兴了十八个小国。就是德国对待比国，都说残暴绝伦，但看比国的公布，也只是囚徒不给饮食，村长挨了打骂，平民送上战线之类。这些事情，在我们中国自己对自己也常有，算得什么希奇？

人类尚未长成，人道自然也尚未长成，但总在那里发荣滋长。我们如果问问良心，觉得一样滋长，便什么都不必忧愁；将来总要走同一的路。看罢，他们是战胜军国主义的，他们的评论家还是自己责备自己，有许多不满。不满是向上的车轮，能够载着不自满的人类，向人道前进。

多有不自满的人的种族，永远前进，永远有希望。

多有只知责人不知反省的人的种族，祸哉祸哉！

（本篇最初发表于1919年11月1日《新青年》第6卷第6号，署名唐俟，选自《热风》）

随感录六十二　恨恨而死

古来很有几位恨恨而死的人物。他们一面说些“怀才不遇”“天道宁论”的话，一面有钱的便狂嫖滥赌，没钱的便喝几十碗酒，——因为不平的缘故，于是后来就恨恨而死了。

我们应该趁他们活着的时候问他：诸公！您知道北京离昆仑山几里，弱水去黄河几丈么？火药除了做鞭爆，罗盘除了看风水，还有什么用处么？棉花是红的还是白的？谷子是长在树上，还是长在草上？桑间濮上如何情形，自由恋爱怎样态度？您在半夜里可忽然觉得有些羞，清早上可居然有点悔么？四斤的担，您能挑么？三里的道，您能跑么？

他们如果细细的想，慢慢的悔了，这便很有些希望。万一越发不平，越发愤怒，那便“爱莫能助”。——于是他们终于恨恨而死了。

中国现在的人心中，不平和愤恨的分子太多了。不平还是改造的引线，但必须先改造了自己，再改造社会，改造世界；万不可单是不平。至于愤恨，却几乎全无用处。

愤恨只是恨恨而死的根苗，古人有过许多，我们不要蹈他们的覆辙。

我们更不要借了“天下无公理，无人道”这些话，遮盖自暴自弃的行为，自称“恨人”，一副恨恨而死的脸孔，其实并不恨恨而死。

（本篇最初发表于 1919 年 11 月 1 日《新青年》第 6 卷第 6 号，署名唐俟，选自《热风》）

随感录六十五　暴君的臣民

从前看见清朝几件重案的记载，“臣工”拟罪很严重，“圣上”常常减轻，便心里想：大约因为要博仁厚的美名，所以玩这些花样罢了。后来细想，殊不尽然。

暴君治下的臣民，大抵比暴君更暴；暴君的暴政，时常还不能餍足暴君治下的臣民的欲望。

中国不要提了罢。在外国举一个例：小事件则如 Gogol[1] 的剧本《按察使》，众人都禁止他，俄皇却准开演；大事件则如巡抚想放耶稣，众人却要求将他钉上十字架。

暴君的臣民，只愿暴政暴在他人的头上，他却看着高兴，拿“残酷”做娱乐，拿“他人的苦”做赏玩，做慰安。

自己的本领只是“幸免”。

从“幸免”里又选出牺牲，供给暴君治下的臣民的渴血的欲望，但谁也不明白。死的说“阿呀”，活的高兴着。

（本篇最初发表于 1919 年 11 月 1 日《新青年》第 6 卷第 6 号，署名唐俟，选自《热风》）

---

[1] Gogol：即俄罗斯作家果戈理。

随感录六十六　生命的路

想到人类的灭亡是一件大寂寞大悲哀的事；然而若干人们的灭亡，却并非寂寞悲哀的事。

生命的路是进步的，总是沿着无限的精神三角形的斜面向上走，什么都阻止他不得。

自然赋与人们的不调和还很多，人们自己萎缩堕落退步的也还很多，然而生命决不因此回头。无论什么黑暗来防范思潮，什么悲惨来袭击社会，什么罪恶来亵渎人道，人类的渴仰完全的潜力，总是踏了这些铁蒺藜向前进。

生命不怕死，在死的面前笑着跳着，跨过了灭亡的人们向前进。

什么是路？就是从没路的地方践踏出来的，从只有荆棘的地方开辟出来的。

以前早有路了，以后也该永远有路。

人类总不会寂寞，因为生命是进步的，是乐天的。

昨天，我对我的朋友L说：“一个人死了，在死者自身和他的眷属是悲惨的事，但在一村一镇的人看起来不算什么；就是一省一国一种……”

L很不高兴，说：“这是Natur（自然）的话，不是人们的话。你应该小心些。”

我想，他的话也不错。

（本篇最初发表于1918年11月1日《新青年》第6卷第6号，署名唐俟，选自《热风》）

事实胜于雄辩

西哲说：事实胜于雄辩。我当初很以为然，现在才知道在我们中国，是不适用的。

去年我在青云阁的一个铺子里买过一双鞋，今年破了，又到原铺子去照样的买一双。

一个胖伙计，拿出一双鞋来，那鞋头又尖又浅了。

我将一只旧式的和一只新式的都排在柜上，说道：

“这不一样……”

“一样，没有错。”

“这……”

“一样，你瞧！”

我于是买了尖头鞋走了。

我顺便有一句话奉告我们中国的某爱国大家，您说，攻击本国的缺点，是拾某国人的唾余的，试在中国上，加上我们二字，看看通不通。

现在我敬谨加上了，看过了，然而通的。

您瞧！

十一月四日。

（本篇最初发表于1921年11月4日《晨报副刊》，署名风声，选自《热风》）

所谓“国学”

现在暴发的“国学家”之所谓“国学”是什么？

一是商人遗老们翻印了几十部旧书赚钱，二是洋场上的文豪又做了几篇鸳鸯蝴蝶体小说出版。

商人遗老们的印书是书籍的古董化，其置重不在书籍而在古董。遗老有钱，或者也不过聊以自娱罢了，而商人便大吹大擂的借此获利。还有茶商盐贩，本来是不齿于“士类”的，现在也趁着新旧纷扰的时候，借刻书为名，想挨进遗老遗少的“士林”里去。他们所刻的书都无民国年月，辨不出是元版是清版，都是古董性质，至少每本两三元，绵连，锦帙，古色古香，学生们是买不起的。这就是他们之所谓“国学”。

然而巧妙的商人可也决不肯放过学生们的钱的，便用坏纸恶墨别印什么

“菁华”什么“大全”之类来搜括。定价并不大，但和纸墨一比较却是大价了。至于这些“国学”书的校勘，新学家不行，当然是出于上海的所谓“国学家”的了，然而错字叠出，破句连篇（用的并不是新式圈点），简直是拿少年来开玩笑。这是他们之所谓“国学”。

洋场上的往古所谓文豪，“卿卿我我”“蝴蝶鸳鸯”诚然做过一小堆，可是自有洋场以来，从没有人称这些文章（？）为国学，他们自己也并不以“国学家”自命的。现在不知何以，忽而奇想天开，也学了盐贩茶商，要凭空挨进“国学家”队里去了。然而事实很可惨，他们之所谓国学，是“拆白之事各处皆有而以上海一隅为最甚（中略）余于课余之暇不惜浪费笔墨编纂事实作一篇小说以饷阅者想亦阅者所乐闻也”。（原本每句都密圈，今从略，以省排工，阅者谅之。）

“国学”乃如此而已乎？

试去翻一翻历史里的儒林和文苑传罢，可有一个将旧书当古董的鸿儒，可有一个以拆白饷阅者的文士？

倘说，从今年起，这些就是“国学”，那又是“新”例了。你们不是讲“国学”的么？

（本篇最初发表于1922年10月4日《晨报副刊》，署名某生者，选自《热风》）

对于批评家的希望

前两三年的书报上，关于文艺的大抵只有几篇创作（姑且这样说）和翻译，于是读者颇有批评家出现的要求，现在批评家已经出现了，而且日见其多了。

以文艺如此幼稚的时候，而批评家还要发掘美点，想扇起文艺的火焰来，那好意实在很可感。即不然，或则叹息现代作品的浅薄，那是望著作家更其深，或则叹息现代作品之没有血泪，那是怕著作界复归于轻佻。虽然似乎微辞过多，其实却是对于文艺的热烈的好意，那也实在是很可感谢的。

独有靠了一两本“西方”的旧批评论，或则捞一点头脑板滞的先生们的唾余，或则仗着中国固有的什么天经地义之类的，也到文坛上来践踏，则我以为委实太滥用了批评的权威。试将粗浅的事来比罢：譬如厨子做菜，有人品评他坏，他固不应该将厨刀铁釜交给批评者，说道你试来做一碗好的看：但他却可以有几条希望，就是望吃菜的没有“嗜痂之癖”，没有喝醉了酒，没有害着热病，舌苔厚到二三分。

我对于文艺批评家的希望却还要小。我不敢望他们于解剖裁判别人的作品之前，先将自己的精神来解剖裁判一回，看本身有无浅薄卑劣荒谬之处，因为这事情是颇不容易的。我所希望的不过愿其有一点常识，例如知道裸体画和春画的区别，接吻和性交的区别，尸体解剖和戮尸的区别，出洋留学和“放诸四夷”的区别，笋和竹的区别，猫和老虎的区别，老虎和番菜馆的区别……。更进一步，则批评以英美的老先生学说为主，自然是悉听尊便的，但尤希望知道世界上不止英美两国；看不起托尔斯泰，自然也自由的，但尤希望先调查一点他的行实，真看过几本他所做的书。

还有几位批评家，当批评译本的时候，往往诋为不足齿数的劳力，而怪他何不去创作。创作之可尊，想来翻译家该是知道的，然而他竟止于翻译者，一定因为他只能翻译，或者偏爱翻译的缘故。所以批评家若不就事论事，而说些应当去如此如彼，是溢出于事权以外的事，因为这类言语，是商量教训而不是批评。现在还将厨子来比，则吃菜的只要说出品味如何就尽够，若于此之外，又怪他何以不去做裁缝或造房子，那是无论怎样的呆厨子，也难免要说这位客官是痰迷心窍的了。

十一月九日。

（本篇最初发表于1922年11月9日《晨报副刊》，署名风声，选自《热风》）

坟

我们现在怎样做父亲

我作这一篇文的本意，其实是想研究怎样改革家庭；又因为中国亲权重，父权更重，所以尤想对于从来认为神圣不可侵犯的父子问题，发表一点意见。总而言之：只是革命要革到老子身上罢了。但何以大模大样，用了这九个字的题目呢？这有两个理由：

第一，中国的“圣人之徒”[1]，最恨人动摇他的两样东西。一样不必说，也与我辈绝不相干；一样便是他的伦常，我辈却不免偶然发几句议论，所以株连牵扯，很得了许多“铲伦常”“禽兽行”之类的恶名。他们以为父对于子，有绝对的权力和威严；若是老子说话，当然无所不可，儿子有话，却在未说之前早已错了。但祖父子孙，本来各各都只是生命的桥梁的一级，决不是固定不易的。现在的子，便是将来的父，也便是将来的祖。我知道我辈和读者，若不是现任之父，也一定是候补之父，而且也都有做祖宗的希望，所差只在一个时间。为想省却许多麻烦起见，我们便该无须客气，尽可先行占住了上风，摆出父亲的尊严，谈谈我们和我们子女的事；不但将来着手实行，可以减少困难，在中国也顺理成章，免得“圣人之徒”听了害怕，总算是一举两得之至的事了。所以说，“我们怎样做父亲。”

---

[1] “圣人之徒”：指当时反对“新文化运动”的守旧派文人林纾等人。林纾，字琴南，号畏庐、冷红生。他写信给北大校长蔡元培，以“必覆孔孟，铲伦常为快”，“拾李卓吾之余唾”，“卓吾有禽兽行”等语攻击新文化运动的提倡者。李卓吾，即李贽。

第二，对于家庭问题，我在《新青年》的《随感录》（二五，四十，四九）中，曾经略略说及，总括大意，便只是从我们起，解放了后来的人。论到解放子女，本是极平常的事，当然不必有什么讨论。但中国的老年，中了旧习惯旧思想的毒太深了，决定悟不过来。譬如早晨听到乌鸦叫，少年毫不介意，迷信的老人，却总须颓唐半天。虽然很可怜，然而也无法可救。没有法，便只能先从觉醒的人开手，各自解放了自己的孩子。自己背着因袭的重担，肩住了黑暗的闸门，放他们到宽阔光明的地方去；此后幸福的度日，合理的做人。

还有，我曾经说，自己并非创作者，便在上海报纸的《新教训》里，挨了一顿骂。但我辈评论事情，总须先评论了自己，不要冒充，才能像一篇说话，对得起自己和别人。我自己知道，不特并非创作者，并且也不是真理的发见者。凡有所说所写，只是就平日见闻的事理里面，取了一点心以为然的道理；至于终极究竟的事，却不能知。便是对于数年以后的学说的进步和变迁，也说不出会到如何地步，单相信比现在总该还有进步还有变迁罢了。所以说，“我们现在怎样做父亲。”

我现在心以为然的道理，极其简单。便是依据生物界的现象，一，要保存生命；二，要延续这生命；三，要发展这生命（就是进化）。生物都这样做，父亲也就是这样做。

生命的价值和生命价值的高下，现在可以不论。单照常识判断，便知道既是生物，第一要紧的自然是生命。因为生物之所以为生物，全在有这生命，否则失了生物的意义。生物为保存生命起见，具有种种本能，最显著的是食欲。因有食欲才摄取食品，因有食品才发生温热，保存了生命。但生物的个体，总免不了老衰和死亡，为继续生命起见，又有一种本能，便是性欲。因性欲才有性交，因有性交才发生苗裔，继续了生命。所以食欲是保存自己，保存现在生命的事；性欲是保存后裔，保存永久生命的事。饮食并非罪恶，并非不净；性交也就并非罪恶，并非不净。饮食的结果，养活了自己，对于自己没有恩；性交的结果，生出子女，对于子女当然也算不了恩。——前前后后，都向生命的长途走去，仅有先后的不同，分不出谁受谁的恩典。

可惜的是中国的旧见解，竟与这道理完全相反。夫妇是“人伦之中”，却说是“人伦之始”；性交是常事，却以为不净；生育也是常事，却以为天大的大功。人人对于婚姻，大抵先夹带着不净的思想。亲戚朋友有许多戏谑，自己也有许多羞涩，直到生了孩子，还是躲躲闪闪，怕敢声明；独有对于孩子，却威严十足。这种行径，简直可以说是和偷了钱发迹的财主，不相上下了。我并不是说，——如他们攻击者所意想的，——人类的性交也应如别种动物，随便举行；或如无耻流氓，专做些下流举动，自鸣得意。是说，此后觉醒的人，应该先洗净了东方固有的不净思想，再纯洁明白一些，了解夫妇是伴侣，是共同劳动者，又是新生命创造者的意义。所生的子女，固然是受领新生命的人，但他也不永久占领，将来还要交付子女，像他们的父母一般。只是前前后后，都做一个过付的经手人罢了。

生命何以必需继续呢？就是因为要发展，要进化。个体既然免不了死亡，进化又毫无止境，所以只能延续着，在这进化的路上走。走这路须有一种内的努力，有如单细胞动物有内的努力，积久才会繁复，无脊椎动物有内的努力，积久才会发生脊椎。所以后起的生命，总比以前的更有意义，更近完全，因此也更有价值，更可宝贵；前者的生命，应该牺牲于他。

但可惜的是中国的旧见解，又恰恰与这道理完全相反。本位应在幼者，却反在长者；置重应在将来，却反在过去。前者做了更前者的牺牲，自己无力生存，却苛责后者又来专做他的牺牲，毁灭了一切发展本身的能力。我也不是说，——如他们攻击者所意想的，——孙子理应终日痛打他的祖父，女儿必须时时咒骂他的亲娘。是说，此后觉醒的人，应该先洗净了东方古传的谬误思想，对于子女，义务思想须加多，而权利思想却大可切实核减，以准备改作幼者本位的道德。况且幼者受了权利，也并非永久占有，将来还要对于他们的幼者，仍尽义务。只是前前后后，都做一切过付的经手人罢了。

"父子间没有什么恩"这一个断语，实是招致"圣人之徒"面红耳赤的一大原因。他们的误点，便在长者本位与利己思想，权利思想很重，义务思想和责任心却很轻。以为父子关系，只须"父兮生我"一件事，幼者的全部，便应为长者所有。尤其堕落的，是因此责望报偿，以为幼者的全部，理该做长者的牺牲。殊不知自然界的安排，却件件与这要求反对，我们从古以来，逆天行事，于是人的能力，十分萎缩，社会的进步，也就跟着停顿。我们虽不能说停顿便要灭亡，但较之进步，总是停顿与灭亡的路相近。

自然界的安排，虽不免也有缺点，但结合长幼的方法，却并无错误。他并不用"恩"，却给与生物以一种天性，我们称他为"爱"。动物界中除了生子数目太多——爱不周到的如鱼类之外，总是挚爱他的幼子，不但绝无利益心情，甚或至于牺牲了自己，让他的将来的生命，去上那发展的长途。

人类也不外此，欧美家庭，大抵以幼者弱者为本位，便是最合于这生物学的真理的办法。便在中国，只要心思纯白，未曾经过“圣人之徒”作践的人，也都自然而然的能发现这一种天性。例如一个村妇哺乳婴儿的时候，决不想到自己正在施恩；一个农夫娶妻的时候，也决不以为将要放债。只是有了子女，即天然相爱，愿他生存；更进一步的，便还要愿他比自己更好，就是进化。这离绝了交换关系利害关系的爱，便是人伦的索子，便是所谓“纲”。倘如旧说，抹煞了“爱”，一味说“恩”，又因此责望报偿，那便不但败坏了父子间的道德，而且也大反于做父母的实际的真情，播下乖剌的种子。有人做了乐府，说是“劝孝”，大意是什么“儿子上学堂，母亲在家磨杏仁，预备回来给他喝，你还不孝么”之类，自以为“拚命卫道”。殊不知富翁的杏酪和穷人的豆浆，在爱情上价值同等，而其价值却正在父母当时并无求报的心思；否则变成买卖行为，虽然喝了杏酪，也不异“人乳喂猪[1]”，无非要猪肉肥美，在人伦道德上，丝毫没有价值了。

所以我现在心以为然的，便只是“爱”。

无论何国何人，大都承认“爱己”是一件应当的事。这便是保存生命的要义，也就是继续生命的根基。因为将来的运命，早在现在决定，故父母的缺点，便是子孙灭亡的伏线，生命的危机。易卜生做的《群鬼》（有潘家洵君译本，载在《新潮》一卷五号）虽然重在男女问题，但我们也可以看出遗传的可怕。欧士华本是要生活，能创作的人，因为父亲的不检，先天得了病毒，中途不能做人了。他又很爱母亲，不忍劳他服侍，便藏着吗啡，想待发作时候，由使女瑞琴帮他吃下，毒杀了自己；可是瑞琴走了。他于是只好托他母亲了。

欧“母亲，现在应该你帮我的忙了。”

阿夫人“我吗？”

欧“谁能及得上你。”

---

[1] “人乳喂猪”：这是《世说新语》上的一个故事。魏武帝司马炎曾到王武子家，王武子蒸了一头乳猪给司马炎吃，司马炎吃了很吃惊，觉得这猪肉味道鲜美异常，不同凡响。司马炎问王武子其中原故，王武子答说，这猪是用人奶喂养的。

阿夫人“我！你的母亲！”

欧“正为那个。”

阿夫人“我，生你的人！”

欧“我不曾教你生我。并且给我的是一种什么日子？我不要他！你拿回去罢！”

这一段描写，实在是我们做父亲的人应该震惊戒惧佩服的；决不能昧了良心，说儿子理应受罪。这种事情，中国也很多，只要在医院做事，便能时时看见先天梅毒性病儿的惨状；而且傲然的送来的，又大抵是他的父母。但可怕的遗传，并不只是梅毒；另外许多精神上体质上的缺点，也可以传之子孙，而且久而久之，连社会都蒙着影响。我们且不高谈人群，单为子女说，便可以说凡是不爱己的人，实在欠缺做父亲的资格。就令硬做了父亲，也不过如古代的草寇称王一般，万万算不了正统。将来学问发达，社会改造时，他们侥幸留下的苗裔，恐怕总不免要受善种学（Eugenics）[1]者的处置。

倘若现在父母并没有将什么精神上体质上的缺点交给子女，又不遇意外的事，子女便当然健康，总算已经达到了继续生命的目的。但父母的责任还没有完，因为生命虽然继续了，却是停顿不得，所以还须教这新生命去发展。凡动物较高等的，对于幼雏，除了养育保护以外，往往还教他们生存上必需的本领。例如飞禽便教飞翔，鸷兽便教搏击。人类更高几等，便也有愿意子孙更进一层的天性。这也是爱，上文所说的是对于现在，这是对于将来。只要思想未遭锢蔽的人，谁也喜欢子女比自己更强，更健康，更聪明高尚，——更幸福；就是超越了自己，超越了过去。超越便须改变，所以子孙对于祖先的事，应该改变，“三年无改于父之道可谓孝矣”[2]，当然是曲说，是退婴的病根。假使古代的单细胞动物，也遵着这教训，那便永远不敢分裂繁复，世界上再也不会有人类了。

幸而这一类教训，虽然害过许多人，却还未能完全扫尽了一切人的天性。没有读过“圣贤书”的人，还能将这天性在名教的斧钺底下，时时流露，时时萌蘖；这便是中国人虽然凋落萎缩，却未灭绝的原因。

---

[1] 善种学：即优生学，19世纪末由英国学者高尔顿指出，他认为要彻底解决社会问题，必须“改良人种”。鲁迅对于这种将生物学硬搬到社会生活中来的学说持否定态度。

[2] 语出《论语·学而》。

所以觉醒的人，此后应将这天性的爱，更加扩张，更加醇化；用无我的爱，自己牺牲于后起新人。开宗第一，便是理解。往昔的欧人对于孩子的误解，是以为成人的预备；中国人的误解，是以为缩小的成人。直到近来，经过许多学者的研究，才知道孩子的世界，与成人截然不同；倘不先行理解，一味蛮做，便大碍于孩子的发达。所以一切设施，都应该以孩子为本位，日本近来，觉悟的也很不少；对于儿童的设施，研究儿童的事业，都非常兴盛了。第二，便是指导。时势既有改变，生活也必须进化；所以后起的人物，一定尤异于前，决不能用同一模型，无理嵌定。长者须是指导者协商者，却不该是命令者。不但不该责幼者供奉自己；而且还须用全副精神，专为他们自己，养成他们有耐劳作的体力，纯洁高尚的道德，广博自由能容纳新潮流的精神，也就是能在世界新潮流中游泳，不被淹没的力量。第三，便是解放。子女是即我非我的人，但既已分立，也便是人类中的人。因为即我，所以更应该尽教育的义务，交给他们自立的能力；因为非我，所以也应同时解放，全部为他们自己所有，成一个独立的人。

这样，便是父母对于子女，应该健全的产生，尽力的教育，完全的解放。

但有人会怕，仿佛父母从此以后，一无所有，无聊之极了。这种空虚的恐怖和无聊的感想，也即从谬误的旧思想发生；倘明白了生物学的真理，自然便会消灭。但要做解放子女的父母，也应预备一种能力。便是自己虽然已经带着过去的色采，却不失独立的本领和精神，有广博的趣味，高尚的娱乐。要幸福么？连你的将来的生命都幸福了。要“返老还童”，要“老复丁”么？子女便是“复丁”，都已独立而且更好了。这才是完了长者的任务，得了人生的慰安。倘若思想本领，样样照旧，专以“勃谿”为业，行辈自豪，那便自然免不了空虚无聊的苦痛。

或者又怕，解放之后，父子间要疏隔了。欧美的家庭，专制不及中国，早已大家知道；往者虽有人比之禽兽，现在却连“卫道”的圣徒，也曾替他们辩护，说并无“逆子叛弟”了。因此可知：惟其解放，所以相亲；惟其没有“拘挛”子弟的父兄，所以也没有反抗“拘挛”的“逆子叛弟”。若威逼利诱，便无论如何，决不能有“万年有道之长”。例便如我中国，汉有举孝，唐有孝悌力田科，清末也还有孝廉方正，都能换到官做。父恩谕之于先，皇恩施之于后，然而割股的人物，究属寥寥。足可证明中国的旧学说旧手段，实在从古以来，并无良效，无非使坏人增长些虚伪，好人无端的多受些人我都无利益的苦痛罢了。

独有“爱”是真的。路粹引孔融说，“父之于子，当有何亲？论其本意，实为情欲发耳。子之于母，亦复奚为，譬如寄物瓶中，出则离矣。”（汉末的孔府上，很出过几个有特色的奇人，不像现在这般冷落，这话也许确是北海先生所说；只是攻击他的偏是路粹和曹操，教人发笑罢了。）虽然也是一种对于旧说的打击，但实于事理不合。因为父母生了子女，同时又有天性的爱，这爱又很深广很长久，不会即离。现在世界没有大同，相爱还有差等，子女对于父母，也便最爱，最关切，不会即离。所以疏隔一层，不劳多虑。至于一种例外的人，或者非爱所能钩连。但若爱力尚且不能钩连，那便任凭什么“恩威，名分，天经，地义”之类，更是钩连不住。

或者又怕，解放之后，长者要吃苦了。这事可分两层：第一，中国的社会，虽说“道德好”，实际却太缺乏相爱相助的心思。便是“孝”“烈”这类道德，也都是旁人毫不负责，一味收拾幼者弱者的方法。在这样社会中，不独老者难于生活，即解放的幼者，也难于生活。第二，中国的男女，大抵未老先衰，甚至不到二十岁，早已老态可掬，待到真实衰老，便更须别人扶持。所以我说，解放子女的父母，应该先有一番预备；而对于如此社会，尤应该改造，使他能适于合理的生活。许多人预备着，改造着，久而久之，自然可望实现了。单就别国的往时而言，斯宾塞[1]未曾结婚，不闻他侘傺无聊；瓦特早没有了子女，也居然“寿终正寝”，何况在将来，更何况有儿女的人呢？

或者又怕，解放之后，子女要吃苦了。这事也有两层，全如上文所说，不过一是因为老而无能，一是因为少不更事罢了。因此觉醒的人，愈觉有改造社会的任务。中国相传的成法，谬误很多：一种是锢闭，以为可以与社会隔离，不受影响。一种是教给他恶本领，以为如此才能在社会中生活。用这类方法的长者，虽然也含有继续生命的好意，但比照事理，却决定谬误。此外还有一种，是传授些周旋方法，教他们顺应社会。这与数年前讲“实用主义”的人，因为市上有假洋钱，便要在学校里遍教学生看洋钱的法子之类，同一错误。社会虽然不能不偶然顺应，但决不是正当办法。因为社会不良，

[1] 斯宾塞：英国哲学家，终身不娶。

恶现象便很多，势不能一一顺应；倘都顺应了，又违反了合理的生活，倒走了进化的路。所以根本方法，只有改良社会。

就实际上说，中国旧理想的家族关系父子关系之类，其实早已崩溃。这也非“于今为烈”，正是“在昔已然”。历来都竭力表彰“五世同堂”，便足见实际上同居的为难；拚命的劝孝，也足见事实上孝子的缺少。而其原因，便全在一意提倡虚伪道德，蔑视了真的人情。我们试一翻大族的家谱，便知道始迁祖宗，大抵是单身迁居，成家立业；一到聚族而居，家谱出版，却已在零落的中途了。况在将来，迷信破了，便没有哭竹[1]，卧冰[2]；医学发达了，也不必尝秽，割股。又因为经济关系，结婚不得不迟，生育因此也迟，或者子女才能自存，父母已经衰老，不及依赖他们供养，事实上也就是父母反尽了义务。世界潮流逼拶着，这样做的可以生存，不然的便都衰落；无非觉醒者多，加些人力，便危机可望较少就是了。

但既如上言，中国家庭，实际久已崩溃，并不如“圣人之徒”纸上的空谈，则何以至今依然如故，一无进步呢？这事很容易解答。第一，崩溃者自崩溃，纠缠者自纠缠，设立者又自设立；毫无戒心，也不想到改革，所以如故。第二，以前的家庭中间，本来常有勃谿，到了新名词流行之后，便都改称“革命”，然而其实也仍是讨嫖钱至于相骂，要赌本至于相打之类，与觉醒者的改革，截然两途。这一类自称“革命”的勃谿子弟，纯属旧式，待到自己有了子女，也决不解放；或者毫不管理，或者反要寻出《孝经》，勒令诵读，想他们“学于古训”，都做牺牲。这只能全归旧道德旧习惯旧方法负责，生物学的真理决不能妄任其咎。

既如上言，生物为要进化，应该继续生命，那便“不孝有三无后为大”，三妻四妾，也极合理了。这事也很容易解答。人类因为无后，绝了将来的生命，虽然不幸，但若用不正当的方法手段，苟延生命而害及人群，便该比一人无后，尤其“不孝”。因为现在的社会，一夫一妻制最为合理，而多妻主义，实能使人群堕落。堕落近于退化，与继续生命的目的，恰恰完全相反。

[1] 哭竹：《二十四孝》故事之一。三国时吴国孟宗的后母好吃笋，叫孟宗冬天里给她弄笋，孟宗入竹林恸哭，笋为之出。

[2] 卧冰：《二十四孝》故事之一。晋时王祥，其后母在冬天里想吃新鲜的鱼，王祥就脱掉衣服，赤裸躺到冰上，想以身体之暖化冰。冰突然自然解开，跃出双鲤，持之而归。

无后只是灭绝了自己，退化状态的有后，便会毁到他人。人类总有些为他人牺牲自己的精神，而况生物自发生以来，交互关联，一人的血统，大抵总与他人有多少关系，不会完全灭绝。所以生物学的真理，决非多妻主义的护符。

总而言之，觉醒的父母，完全应该是义务的，利他的，牺牲的，很不易做；而在中国尤不易做。中国觉醒的人，为想随顺长者解放幼者，便须一面清结旧账，一面开辟新路。就是开首所说的“自己背着因袭的重担，肩住了黑暗的闸门，放他们到宽阔光明的地方去；此后幸福的度日，合理的做人。”这是一件极伟大的要紧的事，也是一件极困苦艰难的事。

但世间又有一类长者，不但不肯解放子女，并且不准子女解放他们自己的子女；就是并要孙子曾孙都做无谓的牺牲。这也是一个问题；而我是愿意平和的人，所以对于这问题，现在不能解答。

一九一九年十月。

（本篇最初发表于1919年11月《新青年》月刊第6卷第6号，署名唐俟，选自《坟》）

娜拉走后怎样

——一九二三年十二月二十六日在北京女子高等师范学校文艺会讲

我今天要讲的是“娜拉走后怎样？”

伊孛生[1]是十九世纪后半的瑙威的一个文人。他的著作，除了几十首诗之外，其余都是剧本。这些剧本里面，有一时期是大抵含有社会问题的，世间也称作“社会剧”，其中有一篇就是《娜拉》。

《娜拉》一名Ein Puppenheim，中国译作《傀儡家庭》[2]。但Puppe不单是牵线的傀儡，孩子抱着玩的人形也是；引申开去，别人怎么指挥，他便

[1] 伊孛生：今通译易卜生。
[2] 今一般译作《玩偶之家》。

怎么做的人也是。娜拉当初是满足地生活在所谓幸福的家庭里的，但是她竟觉悟了：自己是丈夫的傀儡，孩子们又是她的傀儡。她于是走了，只听得关门声，接着就是闭幕。这想来大家都知道，不必细说了。

娜拉要怎样才不走呢？或者说伊孛生自己有解答，就是 Die Frau vom Meer，《海的女人》，中国有人译作《海上夫人》的。这女人是已经结婚的了，然而先前有一个爱人在海的彼岸，一日突然寻来，叫她一同去。她便告知她的丈夫，要和那外来人会面。临末，她的丈夫说，“现在放你完全自由。（走与不走）你能够自己选择，并且还要自己负责任。”于是什么事全都改变，她就不走了。这样看来，娜拉倘也得到这样的自由，或者也便可以安住。

但娜拉毕竟是走了的。走了以后怎样？伊孛生并无解答；而且他已经死了。即使不死，他也不负解答的责任。因为伊孛生是在做诗，不是为社会提出问题来而且代为解答。就如黄莺一样，因为他自己要歌唱，所以他歌唱，不是要唱给人们听得有趣，有益。伊孛生是很不通世故的，相传在许多妇女们一同招待他的筵宴上，代表者起来致谢他作了《傀儡家庭》，将女性的自觉，解放这些事，给人心以新的启示的时候，他却答道，“我写那篇却并不是这意思，我不过是做诗。”

娜拉走后怎样？——别人可是也发表过意见的。一个英国人曾作一篇戏剧，说一个新式的女子走出家庭，再也没有路走，终于堕落，进了妓院了。还有一个中国人，——我称他什么呢？上海的文学家罢，——说他所见的《娜拉》是和现译本不同，娜拉终于回来了。这样的本子可惜没有第二人看见，除非是伊孛生自己寄给他的。但从事理上推想起来，娜拉或者也实在只有两条路：不是堕落，就是回来。因为如果是一匹小鸟，则笼子里固然不自由，而一出笼门，外面便又有鹰，有猫，以及别的什么东西之类；倘使已经关得麻痹了翅子，忘却了飞翔，也诚然是无路可以走。还有一条，就是饿死了，但饿死已经离开了生活，更无所谓问题，所以也不是什么路。

人生最苦痛的是梦醒了无路可以走。做梦的人是幸福的；倘没有看出可走的路，最要紧的是不要去惊醒他。你看，唐朝的诗人李贺，不是困顿了一世的么？而他临死的时候，却对他的母亲说，“阿妈，上帝造成了白玉楼，叫我做文章落成去了。”这岂非明明是一个诳，一个梦？然而一个小的和一个老的，一个死的和一个活的，死的高兴地死去，活的放心地活着。说诳和做梦，在这些时候便见得伟大。所以我想，假使寻不出路，我们所要的倒是梦。

但是，万不可做将来的梦。阿尔志跋绥夫曾经借了他所做的小说，质问过梦想将来的黄金世界的理想家，因为要造那世界，先唤起许多人们来受苦。他说，“你们将黄金世界预约给他们的子孙了，可是有什么给他们自己呢？”有是有的，就是将来的希望。但代价也太大了，为了这希望，要使人练敏了感觉来更深切地感到自己的苦痛，叫起灵魂来目睹他自己的腐烂的尸骸。惟有说诳和做梦，这些时候便见得伟大。所以我想，假使寻不出路，我们所要的就是梦；但不要将来的梦，只要目前的梦。

然而娜拉既然醒了，是很不容易回到梦境的，因此只得走；可是走了以后，有时却也免不掉堕落或回来。否则，就得问：她除了觉醒的心以外，还带了什么去？倘只有一条像诸君一样的紫红的绒绳的围巾，那可是无论宽到二尺或三尺，也完全是不中用。她还须更富有，提包里有准备，直白地说，就是要有钱。

梦是好的；否则，钱是要紧的。

钱这个字很难听，或者要被高尚的君子们所非笑，但我总觉得人们的议论是不但昨天和今天，即使饭前和饭后，也往往有些差别。凡承认饭需钱买，而以说钱为卑鄙者，倘能按一按他的胃，那里面怕总还有鱼肉没有消化完，须得饿他一天之后，再来听他发议论。

所以为娜拉计，钱，——高雅的说罢，就是经济，是最要紧的了。自由固不是钱所能买到的，但能够为钱而卖掉。人类有一个大缺点，就是常常要饥饿。为补救这缺点起见，为准备不做傀儡起见，在目下的社会里，经济权就见得最要紧了。第一，在家应该先获得男女平均的分配；第二，在社会应该获得男女相等的势力。可惜我不知道这权柄如何取得，单知道仍然要战斗；或者也许比要求参政权更要用剧烈的战斗。

要求经济权固然是很平凡的事，然而也许比要求高尚的参政权以及博大的女子解放之类更烦难。天下事尽有小作为比大作为更烦难的。譬如现在似的冬天，我们只有这一件棉袄，然而必须救助一个将要冻死的苦人，否则便须坐在菩提树下冥想普度一切人类的方法去。普度一切人类和救活一人，大小实在相去太远了，然而倘叫我挑选，我就立刻到菩提树下去坐着，因为免得脱下唯一的棉袄来冻杀自己。所以在家里说要参政权，是不至于大遭反对的，一说到经济的平匀分配，或不免面前就遇见敌人，这就当然要有剧烈的战斗。

战斗不算好事情，我们也不能责成人人都是战士，那么，平和的方法也就可贵了，这就是将来利用了亲权来解放自己的子女。中国的亲权是无上的，那时候，就可以将财产平匀地分配子女们，使他们平和而没有冲突地都得到相等的经济权，此后或者去读书，或者去生发，或者为自己去享用，或者为社会去做事，或者去花完，都请便，自己负责任。这虽然也是颇远的梦，可是比黄金世界的梦近得不少了。但第一需要记性。记性不佳，是有益于己而有害于子孙的。人们因为能忘却，所以自己能渐渐地脱离了受过的苦痛，也因为能忘却，所以往往照样地再犯前人的错误。被虐待的儿媳做了婆婆，仍然虐待儿媳；嫌恶学生的官吏，每是先前痛骂官吏的学生；现在压迫子女的，有时也就是十年前的家庭革命者。这也许与年龄和地位都有关系罢，但记性不佳也是一个很大的原因。救济法就是各人去买一本 notebook 来，将自己现在的思想举动都记上，作为将来年龄和地位都改变了之后的参考。假如憎恶孩子要到公园去的时候，取来一翻，看见上面有一条道，“我想到中央公园去”，那就即刻心平气和了。别的事也一样。

世间有一种无赖精神，那要义就是韧性。听说拳匪乱后，天津的青皮，就是所谓无赖者很跋扈，譬如给人搬一件行李，他就要两元，对他说这行李小，他说要两元，对他说道路近，他说要两元，对他说不要搬了，他说也仍然要两元。青皮固然是不足为法的，而那韧性却大可以佩服。要求经济权也一样，有人说这事情太陈腐了，就答道要经济权；说是太卑鄙了，就答道要经济权；说是经济制度就要改变了，用不着再操心，也仍然答道要经济权。

其实，在现在，一个娜拉的出走，或者也许不至于感到困难的，因为这人物很特别，举动也新鲜，能得到若干人们的同情，帮助着生活。生活在人们的同情之下，已经是不自由了，然而倘有一百个娜拉出走，便连同情也减少，有一千一万个出走，就得到厌恶了，断不如自己握着经济权之为可靠。

在经济方面得到自由，就不是傀儡了么？也还是傀儡。无非被人所牵的事可以减少，而自己能牵的傀儡可以增多罢了。因为在现在的社会里，不但女人常作男人的傀儡，就是男人和男人，女人和女人，也相互地作傀儡，男人也常作女人的傀儡，这决不是几个女人取得经济权所能救的。但人不能饿着静候理想世界的到来，至少也得留一点残喘，正如涸辙之鲋，急谋升斗之水一样，就要这较为切近的经济权，一面再想别的法。

如果经济制度竟改革了，那上文当然完全是废话。

然而上文，是又将娜拉当作一个普通的人物而说的，假使她很特别，自己情愿闯出去做牺牲，那就又另是一回事。我们无权去劝诱人做牺牲，也无权去阻止人做牺牲。况且世上也尽有乐于牺牲，乐于受苦的人物。欧洲有一个传说，耶稣去钉十字架时，休息在 Ahasvar[1] 的檐下，Ahasvar 不准他，于是被了咒诅，使他永世不得休息，直到末日裁判的时候。Ahasvar 从此就歇不下，只是走，现在还在走。走是苦的，安息是乐的，他何以不安息呢？虽说背着咒诅，可是大约总该是觉得走比安息还适意，所以始终狂走的罢。

只是这牺牲的适意是属于自己的，与志士们之所谓为社会者无涉。群众，——尤其是中国的，——永远是戏剧的看客。牺牲上场，如果显得慷慨，他们就看了悲壮剧；如果显得觳觫，他们就看了滑稽剧。北京的羊肉铺前常有几个人张着嘴看剥羊，仿佛颇愉快，人的牺牲能给与他们的益处，也不过如此。而况事后走不几步，他们并这一点愉快也就忘却了。

对于这样的群众没有法，只好使他们无戏可看倒是疗救，正无需乎震骇一时的牺牲，不如深沉的韧性的战斗。

可惜中国太难改变了，即使搬动一张桌子，改装一个火炉，几乎也要血；而且即使有了血，也未必一定能搬动，能改装。不是很大的鞭子打在背上，中国自己是不肯动弹的。我想这鞭子总要来，好坏是别一问题，然而总要打到的。但是从那里来，怎么地来，我也是不能确切地知道。

我这讲演也就此完结了。

（本篇最初发表于 1924 年北京女子高等师范学校《文艺会刊》第 6 期，选自《坟》）

---

[1] Ahasvar：即阿哈斯瓦尔，“流浪的犹太人”，欧洲传说中的一个鞋匠。

未有天才之前

——一九二四年一月十七日在北京师范大学附属中学校友会讲

我自己觉得我的讲话不能使诸君有益或者有趣，因为我实在不知道什么事，但推托拖延得太长久了，所以终于不能不到这里来说几句。

我看现在许多人对于文艺界的要求的呼声之中，要求天才的产生也可以算是很盛大的了，这显然可以反证两件事：一是中国现在没有一个天才，二是大家对于现在的艺术的厌薄。天才究竟有没有？也许有着罢，然而我们和别人都没有见。倘使据了见闻，就可以说没有；不但天才，还有使天才得以生长的民众。

天才并不是自生自长在深林荒野里的怪物，是由可以使天才生长的民众产生，长育出来的，所以没有这种民众，就没有天才。有一回拿破仑过Alps山，说，“我比Alps山还要高！”这何等英伟，然而不要忘记他后面跟着许多兵；倘没有兵，那只有被山那面的敌人捉住或者赶回，他的举动，言语，都离了英雄的界线，要归入疯子一类了。所以我想，在要求天才的产生之前，应该先要求可以使天才生长的民众。——譬如想有乔木，想看好花，一定要有好土；没有土，便没有花木了；所以土实在较花木还重要。花木非有土不可，正同拿破仑非有好兵不可一样。

然而现在社会上的论调和趋势，一面固然要求天才，一面却要他灭亡，连预备的土也想扫尽。举出几样来说：

其一就是“整理国故”。自从新思潮来到中国以后，其实何尝有力，而一群老头子，还有少年，却已丧魂失魄的来讲国故了，他们说，“中国自有许多好东西，都不整理保存，倒去求新，正如放弃祖宗遗产一样不肖。”抬出祖宗来说法，那自然是极威严的，然而我总不信在旧马褂未曾洗净叠好之前，便不能做一件新马褂。就现状而言，做事本来还随各人的自便，老先生要整理国故，当然不妨去埋在南窗下读死书，至于青年，却自有他们的活学问和新艺术，各干各事，也还没有大妨害的，但若拿了这面旗子来号召，那就是要中国永远与世界隔绝了。倘以为大家非此不可，那更是荒谬绝伦！我们和古董商人谈天，他自然总称赞他的古董如何好，然而他决不痛骂画家，农夫，工匠等类，说是忘记了祖宗：他实在比许多国学家聪明得远。

其一是“崇拜创作”。从表面上看来，似乎这和要求天才的步调很相合，其实不然。那精神中，很含有排斥外来思想，异域情调的分子，所以也就是可以使中国和世界潮流隔绝的。许多人对于托尔斯泰，都介涅夫，陀思妥夫斯奇的名字，已经厌听了，然而他们的著作，有什么译到中国来？眼光囚在一国里，听谈彼得和约翰就生厌，定须张三李四才行，于是创作家出来了，从实说，好的也离不了刺取点外国作品的技术和神情，文笔或者漂亮，思想往往赶不上翻译品，甚者还要加上些传统思想，使他适合于中国人的老脾气，而读者却已为他所牢笼了，于是眼界便渐渐的狭小，几乎要缩进旧圈套里去。作者和读者互相为因果，排斥异流，抬上国粹，那里会有天才产生？即使产生了，也是活不下去的。

这样的风气的民众是灰尘，不是泥土，在他这里长不出好花和乔木来！

还有一样是恶意的批评。大家的要求批评家的出现，也由来已久了，到目下就出了许多批评家。可惜他们之中很有不少是不平家，不像批评家，作品才到面前，便恨恨地磨墨，立刻写出很高明的结论道，“唉，幼稚得很。中国要天才！”到后来，连并非批评家也这样叫喊了，他是听来的。其实即使天才，在生下来的时候的第一声啼哭，也和平常的儿童的一样，决不会就是一首好诗。因为幼稚，当头加以戕贼，也可以萎死的。我亲见几个作者，都被他们骂得寒噤了。那些作者大约自然不是天才，然而我的希望是便是常人也留着。

恶意的批评家在嫩苗的地上驰马，那当然是十分快意的事；然而遭殃的是嫩苗——平常的苗和天才的苗。幼稚对于老成，有如孩子对于老人，决没有什么耻辱；作品也一样，起初幼稚，不算耻辱的。因为倘不遭了戕贼，他就会生长，成熟，老成；独有老衰和腐败，倒是无药可救的事！我以为幼稚的人，或是老大的人，如有幼稚的心，就说幼稚的话，只为自己要说而说，说出之后，至多到印出之后，自己的事就完了，对于无论打着什么旗子的批评，都可以置之不理的！

就是在座的诸君，料来也十之九愿有天才的产生罢，然而情形是这样，不但产生天才难，单是有培养天才的泥土也难。我想，天才大半是天赋的；独有这培养天才的泥土，似乎大家都可以做。做土的功效，比要求天才还切近；否则，纵有成千成百的天才，也因为没有泥土，不能发达，要像一碟子绿豆芽。

做土要扩大了精神，就是收纳新潮，脱离旧套，能够容纳，了解那将来产生的天才；又要不怕做小事业，就是能创作的自然是创作，否则翻译，介绍，欣赏，读，看，消闲都可以。以文艺来消闲，说来似乎有些可笑，但究竟较胜于戕贼他。

泥土和天才比，当然是不足齿数的，然而不是坚苦卓绝者，也怕不容易做；不过事在人为，比空等天赋的天才有把握。这一点，是泥土的伟大的地方，也是反有大希望的地方。而且也有报酬，譬如好花从泥土里出来，看的人固然欣然的赏鉴，泥土也可以欣然的赏鉴，正不必花卉自身，这才心旷神怡的——假如当作泥土也有灵魂的说。

（本篇最初发表于1924年北京师范大学附属中学《校友会刊》第1期，选自《坟》）

论雷峰塔的倒掉

听说，杭州西湖上的雷峰塔[1]倒掉了，听说而已，我没有亲见。但我却见过未倒的雷峰塔，破破烂烂的映掩于湖光山色之间，落山的太阳照着这些四近的地方，就是“雷峰夕照”，西湖十景之一。“雷峰夕照”的真景我也见过，并不见佳，我以为。

然而一切西湖胜迹的名目之中，我知道得最早的却是这雷峰塔。我的祖母曾经常常对我说，白蛇娘娘就被压在这塔底下。有个叫作许仙的人救了两条蛇，一青一白，后来白蛇便化作女人来报恩，嫁给许仙了；青蛇化作丫鬟，

[1] 雷峰塔：原在杭州西湖净慈寺前面，宋开宝八年（975）为吴越王钱俶所建，初名西关砖塔，后定名王妃塔；因建在名为雷峰的小山上，通称雷峰塔，1924年9月25日倒塌。

也跟着。一个和尚，法海禅师，得道的禅师，看见许仙脸上有妖气，——凡讨妖怪做老婆的人，脸上就有妖气的，但只有非凡的人才看得出，——便将他藏在金山寺的法座后，白蛇娘娘来寻夫，于是就“水满金山”[1]。我的祖母讲起来还要有趣得多，大约是出于一部弹词叫作《义妖传》[2]里的，但我没有看过这部书，所以也不知道“许仙”“法海”究竟是否这样写。总而言之，白蛇娘娘终于中了法海的计策，被装在一个小小的钵盂里了。钵盂埋在地里，上面还造起一坐镇压的塔来，这就是雷峰塔。此后似乎事情还很多，如“白状元祭塔”之类，但我现在都忘记了。

那时我惟一的希望，就在这雷峰塔的倒掉。后来我长大了，到杭州，看见这破破烂烂的塔，心里就不舒服。后来我看看书，说杭州人又叫这塔作保叔塔，其实应该写作“保俶塔”，是钱王的儿子造的[3]。那么，里面当然没有白蛇娘娘了，然而我心里仍然不舒服，仍然希望他倒掉。

现在，他居然倒掉了，则普天之下的人民，其欣喜为何如？

这是有事实可证的。试到吴越的山间海滨，探听民意去。凡有田夫野老，蚕妇村氓，除了几个脑髓里有点贵恙的之外，可有谁不为白娘娘抱不平，不怪法海太多事的？

---

[1] 一个和尚，法海禅师，得道的禅师，看见许仙脸上有妖气，——凡讨妖怪作老婆的人，脸上就有妖气的，但只有非凡的人才看得出，——便将他藏在金山寺的法座后，白蛇娘娘来寻夫，于是就“水满金山”：一个“得道的”、“非凡的”禅师，却要将许仙“藏”起来，这名声与行为形成了鲜明的对照，破折号里的句子与其说是起解释作用，不如说是对法海的否定性评价。联系后面法海的“招是搬非”，以及无处栖身的可耻下场，这些词语具有极强烈的讽刺作用。

[2] 《义妖传》：阐述关于白蛇娘娘的民间神话故事的弹词，清代陈遇乾著，共四卷五十三回，又《续集》二卷十六回，“水满金山”和“白状元祭塔”，都是白蛇故事中的情节。金山在江苏镇江，山上有金山寺，东晋时所建。白状元是故事中白蛇娘娘和许仙所生的儿子许士林，他后来中了状元回来祭塔，与被法海和尚镇在雷峰塔下的白蛇娘娘相见。

[3] 其实应该写作“保俶塔”，是钱王的儿子造的：本文最初发表时，篇末有作者的附记说：“这篇东西，是一九二四年十月二十八日做的。今天孙伏园来，我便将草稿给他看。他说，雷峰塔并非就是保俶塔。那么大约是我记错的了，然而我却确乎早知道雷峰塔下并无白娘娘。现在既经前记者先生指点，知道这一节并非得于所看之书，则当时何以知之，也就莫名其妙矣。特此声明，并且更正。十一月三日。”保俶塔在西湖宝石山顶，今仍存。一说是吴越王钱俶入宋朝贡时所造，明代宋国桢《涌幢小品》卷十四中有简单记载：“杭州有宝俶塔，因俶入朝，恐其被留，作此以保之……今误为保叔。”另一传说是宋成平（998—1003）时僧永保化缘所筑。明代郎瑛《七修类稿》：“咸平中，僧永保化像筑塔，人以师叔称之，遂名塔曰保叔”。

和尚本应该只管自己念经。白蛇自迷许仙，许仙自娶妖怪，和别人有什么相干呢？他偏要放下经卷，横来招是搬非，大约是怀着嫉妒罢，——那简直是一定的[1]。

听说，后来玉皇大帝也就怪法海多事，以至荼毒生灵，想要拿办他了。他逃来逃去，终于逃在蟹壳里避祸，不敢再出来，到现在还如此。我对于玉皇大帝所做的事，腹诽的非常多，独于这一件却很满意，因为“水满金山”一案，的确应该由法海负责；他实在办得很不错的。只可惜我那时没有打听这话的出处，或者不在《义妖传》中，却是民间的传说罢。

秋高稻熟时节，吴越间所多的是螃蟹，煮到通红之后，无论取那一只，揭开背壳来，里面就有黄，有膏；倘是雌的，就有石榴子一般鲜红的子。先将这些吃完，即一定露出一个圆锥形的薄膜，再用小刀小心地沿着锥底切下，取出，翻转，使里面向外，只要不破，便变成一个罗汉模样的东西，有头脸，身子，是坐着的，我们那里的小孩子都称他“蟹和尚”，就是躲在里面避难的法海。

当初，白蛇娘娘压在塔底下，法海禅师躲在蟹壳里。现在却只有这位老禅师独自静坐了，非到螃蟹断种的那一天为止出不来。莫非他造塔的时候，竟没有想到塔是终究要倒的么？

活该。

一九二四年十月二十八日

（本篇最初发表于1924年11月17日北京《语丝》周刊第1期，选自《坟》）

[1] 和尚本应该只管自己念经……他偏要放下经卷，横来招是搬非，大约是怀着嫉妒罢，那简直是一定的：“本应该”强调和尚的本分职责，“偏要”突出他不守本分，“招是搬非”在这里可不是一般的挑拨离间，而是干涉、破坏他人的幸福生活，前面又加上一个“横”字，更突出了法海的霸道。把这个“得道禅师”的恶劣本质无情地揭露出来。这种恶棍理应受到惩罚，可文章并没有写他被捉住，而是说他“逃来逃去，终于躲在蟹壳里避祸”，形象地写出法海穷途末路的狼狈相。讽刺和幽默的语言，使读者感受到作者爱憎分明的强烈感情。

再论雷峰塔的倒掉

从崇轩先生的通信（二月份《京报副刊》）里，知道他在轮船上听到两个旅客谈话，说是杭州雷峰塔之所以倒掉，是因为乡下人迷信那塔砖放在自己的家中，凡事都必平安，如意，逢凶化吉，于是这个也挖，那个也挖，挖之久久，便倒了。一个旅客并且再三叹息道：西湖十景这可缺了呵！

这消息，可又使我有点畅快了，虽然明知道幸灾乐祸，不像一个绅士，但本来不是绅士的，也没有法子来装潢。

我们中国的许多人，——我在此特别郑重声明：并不包括四万万同胞全部！——大抵患有一种“十景病”，至少是“八景病”，沉重起来的时候大概在清朝。凡看一部县志，这一县往往有十景或八景，如“远村明月”“萧寺清钟”“古池好水”之类。而且，“十”字形的病菌，似乎已经侵入血管，流布全身，其势力早不在“！”形惊叹亡国病菌之下了。点心有十样锦，菜有十碗，音乐有十番，阎罗有十殿，药有十全大补，猜拳有全福手福手全，连人的劣迹或罪状，宣布起来也大抵是十条，仿佛犯了九条的时候总不肯歇手。现在西湖十景可缺了呵！“凡为天下国家有九经”，九经固古已有之，而九景却颇不习见，所以正是对于十景病的一个针砭，至少也可以使患者感到一种不平常，知道自己的可爱的老病，忽而跑掉了十分之一了。

但仍有悲哀在里面。

其实，这一种势所必至的破坏，也还是徒然的。畅快不过是无聊的自欺。雅人和信士和传统大家，定要苦心孤诣巧语花言地再来补足了十景而后已。

无破坏即无新建设，大致是的；但有破坏却未必即有新建设。卢梭，斯谛纳尔，尼采，托尔斯泰，伊孛生等辈，若用勃兰兑斯的话来说，乃是“轨道破坏者”。其实他们不单是破坏，而且是扫除，是大呼猛进，将碍脚的旧轨道不论整条或碎片，一扫而空，并非想挖一块废铁古砖挟回家去，预备卖给旧货店。中国很少这一类人，即使有之，也会被大众的唾沫淹死。孔丘先生确是伟大，生在巫鬼势力如此旺盛的时代，偏不肯随俗谈鬼神；但可惜太聪明了，“祭如在，祭神如神在”，只用他修《春秋》的照例手段以两个“如”

字略寓“俏皮刻薄”之意，使人一时莫明其妙，看不出他肚皮里的反对来。他肯对子路赌咒，却不肯对鬼神宣战，因为一宣战就不和平，易犯骂人——虽然不过骂鬼——之罪，即不免有《衡论》（见一月份《晨报副镌》）作家TY先生似的好人，会替鬼神来奚落他道：为名乎？骂人不能得名。为利乎？骂人不能得利。想引诱女人乎？又不能将蚩尤的脸子印在文章上。何乐而为之也欤？

孔丘先生是深通世故的老先生，大约除脸子付印问题以外，还有深心，犯不上来做明目张胆的破坏者，所以只是不谈，而决不骂，于是乎俨然成为中国的圣人，道大，无所不包故也。否则，现在供在圣庙里的，也许不姓孔。

不过在戏台上罢了，悲剧将人生的有价值的东西毁灭给人看，喜剧将那无价值的撕破给人看。讥讽又不过是喜剧的变简的一支流。但悲壮滑稽，却都是十景病的仇敌，因为都有破坏性，虽然所破坏的方面各不同。中国如十景病尚存，则不但卢梭他们似的疯子决不产生，并且也决不产生一个悲剧作家或喜剧作家或讽刺诗人。所有的，只是喜剧底人物或非喜剧非悲剧底人物，在互相模造的十景中生存，一面各各带了十景病。

然而十全停滞的生活，世界上是很不多见的事，于是破坏者到了，但并非自己的先觉的破坏者，却是狂暴的强盗，或外来的蛮夷。猃狁早到过中原，五胡来过了，蒙古也来过了；同胞张献忠杀人如草，而满洲兵的一箭，就钻进树丛中死掉了。有人论中国说，倘使没有带着新鲜的血液的野蛮的侵入，真不知自身会腐败到如何！这当然是极刻毒的恶谑，但我们一翻历史，怕不免要有汗流浃背的时候罢。外寇来了，暂一震动，终于请他作主子，在他的刀斧下修补老例；内寇来了，也暂一震动，终于请他做主子，或者别拜一个主子，在自己的瓦砾中修补老例。再来翻县志，就看见每一次兵燹之后，所添上的是许多烈妇烈女的氏名。看近来的兵祸，怕又要大举表扬节烈了罢。许多男人们都那里去了？

凡这一种寇盗式的破坏，结果只能留下一片瓦砾，与建设无关。

但当太平时候，就是正在修补老例，并无寇盗时候，即国中暂时没有破坏么？也不然的，其时有奴才式的破坏作用常川活动着。

雷峰塔砖的挖去，不过是极近的一条小小的例。龙门的石佛，大半肢体不全，图书馆中的书籍，插图须谨防撕去，凡公物或无主的东西，倘难于移动，能够完全的即很不多。但其毁坏的原因，则非如革除者的志在扫除，也非如寇盗的志在掠夺或单是破坏，仅因目前极小的自利，也肯对于完整的大物暗暗的加一个创伤。人数既多，创伤自然极大，而倒败之后，却难于知道加害的究竟是谁。正如雷峰塔倒掉以后，我们单知道由于乡下人的迷信。共有的塔失去了，乡下人的所得，却不过一块砖，这砖，将来又将为别一自利者所藏，终究至于灭尽。尚在民康物阜时候，因为十景病的发作，新的雷峰塔也会再造的罢。但将来的运命，不也就可以推想而知么？如果乡下人还是这样的乡下人，老例还是这样的老例。

这一种奴才式的破坏，结果也只能留下一片瓦砾，与建设无关。

岂但乡下人之于雷峰塔，日日偷挖中华民国的柱石的奴才们，现在正不知有多少！

瓦砾场上还不足悲，在瓦砾场上修补老例是可悲的。我们要革新的破坏者，因为他内心有理想的光。我们应该知道他和寇盗奴才的分别；应该留心自己堕入后两种。这区别并不烦难，只要观人，省己，凡言动中，思想中，含有借此据为己有的朕兆者是寇盗，含有借此占些目前的小便宜的朕兆者是奴才，无论在前面打着的是怎样鲜明好看的旗子。

一九二五年二月六日。

（本篇最初发表于1925年2月23日《语丝》周刊第15期，选自《坟》）

论“他妈的！”

无论是谁，只要在中国过活，便总得常听到“他妈的”或其相类的口头禅。我想：这话的分布，大概就跟着中国人足迹之所至罢；使用的遍数，怕也未必比客气的“您好呀”会更少。假使依或人所说，牡丹是中国的“国花”，那么，这就可以算是中国的“国骂”了。

我生长于浙江之东，就是西滢先生之所谓“某籍”。那地方通行的“国骂”却颇简单：专一以“妈”为限，决不牵涉余人。后来稍游各地，才始惊异于国骂之博大而精微：上溯祖宗，旁连姊妹，下递子孙，普及同性，真是

“犹河汉而无极也”。而且，不特用于人，也以施之兽。前年，曾见一辆煤车的只轮陷入很深的辙迹里，车夫便愤然跳下，出死力打那拉车的骡子道：“你姊姊的！你姊姊的！”

别的国度里怎样，我不知道。单知道诺威人 Hamsun[1] 有一本小说叫《饥饿》，粗野的口吻是很多的，但我并不见这一类话。Gorky[2] 所写的小说中多无赖汉，就我所看过的而言，也没有这骂法。惟独 Artzybashev[3] 在《工人绥惠略夫》里，却使无抵抗主义者亚拉借夫骂了一句“他妈的”。但其时他已经决计为爱而牺牲了，使我们也失却笑他自相矛盾的勇气。这骂的翻译，在中国原极容易的，别国却似乎为难，德文译本作“我使用过你的妈”，日本译本作“你的妈是我的母狗”。这实在太费解，——由我的眼光看起来。

那么，俄国也有这类骂法的了，但因为究竟没有中国似的精博，所以光荣还得归到这边来。好在这究竟又并非什么大光荣，所以他们大约未必抗议；也不如“赤化”之可怕，中国的阔人，名人，高人，也不至于骇死的。但是，虽在中国，说的也独有所谓“下等人”，例如“车夫”之类，至于有身分的上等人，例如“士大夫”之类，则决不出之于口，更何况笔之于书。“予生也晚”，赶不上周朝，未为大夫，也没有做士，本可以放笔直干的，然而终于改头换面，从“国骂”上削去一个动词和一个名词，又改对称为第三人称者，恐怕还因为到底未曾拉车，因而也就不免“有点贵族气味”之故。那用途，既然只限于一部分，似乎又有些不能算作“国骂”了；但也不然，阔人所赏识的牡丹，下等人又何尝以为“花之富贵者也”？

这“他妈的”的由来以及始于何代，我也不明白。经史上所见骂人的话，无非是“役夫”，“奴”，“死公”；较厉害的，有“老狗”，“貉子”；更厉害，涉及先代的，也不外乎“而母婢也”，“赘阉遗丑”罢了！还没见过什么“妈的”怎样，虽然也许是士大夫讳而不录。但《广弘明集》（七）记北魏邢子才“以为妇人不可保。谓元景曰，‘卿何必姓王？’元景变色。子才曰，‘我亦何必姓邢；能保五世耶？’”则颇有可以推见消息的地方。

晋朝已经是大重门第，重到过度了；华胄世业，子弟便易于得官；即使

[1] Hamsun：即挪威小说家汉姆生。
[2] Gorky：即前苏联作家高尔基。
[3] Artzybashev：俄罗斯作家阿尔志跋绥夫。

是一个酒囊饭袋，也还是不失为清品。北方疆土虽失于拓跋氏，士人却更其发狂似的讲究阀阅，区别等第，守护极严。庶民中纵有俊才，也不能和大姓比并。至于大姓，实不过承祖宗余荫，以旧业骄人，空腹高心，当然使人不耐。但士流既然用祖宗做护符，被压迫的庶民自然也就将他们的祖宗当作仇敌。邢子才的话虽然说不定是否出于愤激，但对于躲在门第下的男女，却确是一个致命的重伤。势位声气，本来仅靠了“祖宗”这惟一的护符而存，“祖宗”倘一被毁，便什么都倒败了。这是倚赖“余荫”的必得的果报。

同一的意思，但没有邢子才的文才，而直出于“下等人”之口的，就是：“他妈的！”

要攻击高门大族的坚固的旧堡垒，却去瞄准他的血统，在战略上，真可谓奇谲的了。最先发明这一句“他妈的”的人物，确要算一个天才，——然而是一个卑劣的天才。

唐以后，自夸族望的风气渐渐消除；到了金元，已奉夷狄为帝王，自不妨拜屠沽作卿士，“等”的上下本该从此有些难定了，但偏还有人想辛辛苦苦地爬进“上等”去。刘时中的曲子里说：“堪笑这没见识街市匹夫，好打那好顽劣。江湖伴侣，旋将表德官名相体呼，声音多厮称，字样不寻俗。听我一个个细数：粜米的唤子良；卖肉的呼仲甫……开张卖饭的呼君宝；磨面登罗底叫德夫：何足云乎？！”（《乐府新编阳春白雪》三）这就是那时的暴发户的丑态。

“下等人”还未暴发之先，自然大抵有许多“他妈的”在嘴上，但一遇机会，偶窃一位，略识几字，便即文雅起来：雅号也有了；身分也高了；家谱也修了，还要寻一个始祖，不是名儒便是名臣。从此化为“上等人”，也如上等前辈一样，言行都很温文尔雅。然而愚民究竟也有聪明的，早已看穿了这鬼把戏，所以又有俗谚，说：“口上仁义礼智，心里男盗女娼！”他们是很明白的。

于是他们反抗了，曰：“他妈的！”

但人们不能蔑弃扫荡人我的余泽和旧荫，而硬要去做别人的祖宗，无论如何，总是卑劣的事。有时，也或加暴力于所谓“他妈的”的生命上，但大概是乘机，而不是造运会，所以无论如何，也还是卑劣的事。

中国人至今还有无数“等”，还是依赖门第，还是倚仗祖宗。倘不改造，即永远有无声的或有声的“国骂”。就是“他妈的”，围绕在上下和四旁，而且这还须在太平的时候。

但偶尔也有例外的用法：或表惊异，或表感服。我曾在家乡看见乡农父子一同午饭，儿子指一碗菜向他父亲说：“这不坏，妈的你尝尝看！”那父亲回答道：“我不要吃。妈的你吃去罢！”则简直已经醇化为现在时行的“我的亲爱的”的意思了。

一九二五年七月十九日。

（本篇最初发表于1925年7月27日《语丝》周刊第3期，选自《坟》）

寡妇主义

范源廉先生是现在许多青年所钦仰的；各人有各人的意思，我当然无从推度那些缘由。但我个人所叹服的，是在他当前清光绪末年，首先发明了“速成师范”。一门学术而可以速成，迂执的先生们也许要觉得离奇罢；殊不知那时中国正闹着“教育荒”，所以这正是一宗急赈的款子。半年以后，从日本留学回来的师资就不在少数了，还带着教育上的各种主义，如军国主义，尊王攘夷主义之类。在女子教育，则那时候最时行，常常听到嚷着的，是贤母良妻主义。

我倒并不一定以为这主义错，愚母恶妻是谁也不希望的。然而现在有几个急进的人们，却以为女子也不专是家庭中物，因而很攻击中国至今还钞了日本旧刊文来教育自己的女子的谬误。人们真容易被听惯的讹传所迷，例如近来有人说：谁是卖国的，谁是只为子孙计的。于是许多人也都这样说。其实如果真能卖国，还该得点更大的利，如果真为子孙计，也还算较有良心；现在的所谓谁者，大抵不过是送国，也何尝想到子孙。这贤母良妻主义也不在例外，急进者虽然引以为病，而事实上又何尝有这么一回事；所有的，不过是“寡妇主义”罢了。

这“寡妇”二字，应该用纯粹的中国思想来解释，不能比附欧，美，印度或亚剌伯的；倘要翻成洋文，也决不宜意译或神译，只能译音：

Kuofuism。

我生以前不知道怎样，我生以后，儒教却已经颇“杂”了：“奉母命权作道场”者有之，“神道设教”者有之，佩服《文昌帝君功过格》者又有之，我还记得那《功过格》，是给“谈人闺阃”者以很大的罚。我未出户庭，中国也未有女学校以前不知道怎样，自从我涉足社会，中国也有了女校，却常听到读书人谈论女学生的事，并且照例是坏事。有时实在太谬妄了，但倘若指出它的矛盾，则说的听的都大不悦，仇恨简直是“若杀其父兄”。这种言动，自然也许是合于“儒行”的罢，因为圣道广博，无所不包；或者不过是小节，不要紧的。

我曾经也略略猜想过这些谣诼的由来：反改革的老先生，色情狂气味的幻想家，制造流言的名人，连常识也没有或别有作用的新闻访事和记者，被学生赶走的校长和教员，谋做校长的教育家，跟着一犬而群吠的邑犬……。但近来却又发见了一种另外的，是：“寡妇”或“拟寡妇”的校长及舍监。

这里所谓“寡妇”，是指和丈夫死别的；所谓“拟寡妇”，是指和丈夫生离以及不得已而抱独身主义的。

中国的女性出而在社会上服务，是最近才有的，但家族制度未曾改革，家务依然纷繁，一经结婚，即难于兼做别的事。于是社会上的事业，在中国，则大抵还只有教育，尤其是女子教育，便多半落在上文所说似的独身者的掌中。这在先前，是道学先生所占据的，继而以顽固无识等恶名失败，她们即以曾受新教育，曾往国外留学，同是女性等好招牌，起而代之。社会上也因为她们并不与任何男性相关，又无儿女系累，可以专心于神圣的事业，便漫然加以信托。但从此而青年女子之遭灾，就远在于往日在道学先生治下之上了。

即使是贤母良妻，即使是东方式，对于夫和子女，也不能说可以没有爱情。爱情虽说是天赋的东西，但倘没有相当的刺戟和运用，就不发达。譬如同是手脚，坐着不动的人将自己的和铁匠挑夫的一比较，就非常明白。在女子，是从有了丈夫，有了情人，有了儿女，而后真的爱情才觉醒的；否则，便潜藏着，或者竟会萎落，甚且至于变态。所以托独身者来造贤母良妻，简直是请盲人骑瞎马上道，更何论于能否适合现代的新潮流。自然，特殊的独身的女性，世上也并非没有，如那过去的有名的数学家 Sophie Kowalewsky，现在的思想家Ellen Key等；但那是一则欲望转了向，一则思想已经透澈的。然而当学士会院以奖金表彰Kowalewsky的学术上的名誉时，她给朋友的信里却有这样的话："我收到各方面的贺信。运命的奇异的讽刺呀，我从来没有感到过这样的不幸。"

至于因为不得已而过着独身生活者，则无论男女，精神上常不免发生变化，有着执拗猜疑阴险的性质者居多。欧洲中世的教士，日本维新前的御殿女中（女内侍），中国历代的宦官，那冷酷险狠，都超出常人许多倍。别的独身者也一样，生活既不合自然，心状也就大变，觉得世事都无味，人物都可憎，看见有些天真欢乐的人，便生恨恶。尤其是因为压抑性欲之故，所以于别人的性底事件就敏感，多疑；欣羡，因而妒嫉。其实这也是势所必至的事：为社会所逼迫，表面上固不能不装作纯洁，但内心却终于逃不掉本能之力的牵掣，不自主地蠢动着缺憾之感的。

然而学生是青年，只要不是童养媳或继母治下出身，大抵涉世不深，觉得万事都有光明，思想言行，即与此辈正相反。此辈倘能回忆自己的青年时代，本来就可以了解的。然而天下所多的是愚妇人，那里能想到这些事；始终用了她多年炼就的眼光，观察一切：见一封信，疑心是情书了；闻一声笑，以为是怀春了；只要男人来访，就是情夫；为什么上公园呢，总该是赴密约。被学生反对，专一运用这种策略的时候不待言，虽在平时，也不免如此。加以中国本是流言的出产地方，"正人君子"也常以这些流言作谈资，扩势力，自造的流言尚且奉为至宝，何况是真出于学校当局者之口的呢，自然就更有价值地传布来了。

我以为在古老的国度里，老于世故者和许多青年，在思想言行上，似乎有很远的距离，倘观以一律的眼光，结果即往往谬误。譬如中国有许多坏事，各有专名，在书籍上又偏多关于它的别名和隐语。当我编辑周刊时，所收的文稿中每有直犯这些别名和隐语的；在我，是向来避而不用。但细一查考，作者实茫无所知，因此也坦然写出；其咎却在中国的坏事的别名隐语太多，而我亦太有所知道，疑虑及避忌。看这些青年，仿佛中国的将来还有光明；但再看所谓学士大夫，却又不免令人气塞。他们的文章或者古雅，但内心真是干净者有多少。即以今年的士大夫的文言而论，章士钊呈文中的"荒学逾闲恣为无忌"，"两性衔接之机缄缔构"，"不受检制竟体忘形"，"谨愿者尽丧所守”等……可谓臻媟黩之极致了。但其实，被侮辱的青年学生们是不懂的；即使仿佛懂得，也大概不及我读过一些古文者的深切地看透作者的居心。

言归正传罢。因为人们因境遇而思想性格能有这样不同，所以在寡妇或拟寡妇所办的学校里，正当的青年是不能生活的。青年应当天真烂漫，非如她们的阴沉，她们却以为中邪了；青年应当有朝气，敢作为，非如她们的萎缩，她们却以为不安本分了：都有罪。只有极和她们相宜，——说得冠冕一点罢，就是极其“婉顺”的，以她们为师法，使眼光呆滞，面肌固定，在学校所化成的阴森的家庭里屏息而行，这才能敷衍到毕业；拜领一张纸，以证明自己在这里被多年陶冶之余，已经失了青春的本来面目，成为精神上的“未字先寡”的人物，自此又要到社会上传布此道去了。

虽然是中国，自然也有一些解放之机，虽然是中国妇女，自然也有一些自立的倾向；所可怕的是幸而自立之后，又转而凌虐还未自立的人，正如童养媳一做婆婆，也就像她的恶姑一样毒辣。我并非说凡在教育界的独身女子，一定都得去配一个男人，无非愿意她们能放开思路，再去较为远大地加以思索；一面，则希望留心教育者，想到这事乃是一个女子教育上的大问题，而有所挽救，因为我知道凡有教育学家，是决不肯说教育是没有效验的。大约中国此后这种独身者还要逐渐增加，倘使没有善法补救，则寡妇主义教育的声势，也就要逐渐浩大，许多女子，都要在那冷酷险狠的陶冶之下，失其活泼的青春，无法复活了。全国受过教育的女子，无论已嫁未嫁，有夫无夫，个个心如古井，脸若严霜，自然倒也怪好看的罢，但究竟也太不像真要人模样地生活下去了；为他帖身的使女，亲生的女儿着想，倒是还在其次的事。

我是不研究教育的，但这种危害，今年却因为或一机会，深切地感到了，所以就趁《妇女周刊》征文的机会，将我的所感说出。

一九二五年十一月二十三日。

（本篇最初发表于1925年12月20日《京报》附刊《妇女周刊》周年纪念特号，选自《坟》）

看镜有感

因为翻衣箱，翻出几面古铜镜子来，大概是民国初年初到北京时候买在那里的，“情随事迁”，全然忘却，宛如见了隔世的东西了。

一面圆径不过二寸，很厚重，背面满刻蒲陶[1]，还有跳跃的鼯鼠，沿边是一圈小飞禽。古董店家都称为“海马葡萄镜”。但我的一面并无海马，其实和名称不相当。记得曾见过别一面，是有海马的，但贵极，没有买。这些都是汉代的镜子；后来也有模造或翻沙者，花纹可造粗拙得多了。汉武通大宛安息，以致天马蒲萄，大概当时是视为盛事的，所以便取作什器的装饰。古时，于外来物品，每加海字，如海榴，海红花，海棠之类。海即现在之所谓洋，海马译成今文，当然就是洋马。镜鼻是一个虾蟆，则因为镜如满月，月中有蟾蜍之故，和汉事不相干了。

遥想汉人多少闳放，新来的动植物，即毫不拘忌，来充装饰的花纹。唐人也还不算弱，例如汉人的墓前石兽，多是羊，虎，天禄，辟邪[2]，而长安的昭陵上，却刻着带箭的骏马[3]，还有一匹驼鸟，则办法简直前无古人。现今在坟墓上不待言，即平常的绘画，可有人敢用一朵洋花一只洋鸟，即私人的印章，可有人肯用一个草书一个俗字么？许多雅人，连记年月也必是甲子，怕用民国纪元。不知道是没有如此大胆的艺术家；还是虽有而民众都加迫害，他于是乎只得萎缩，死掉了？

宋的文艺，现在似的国粹气味就熏人。然而辽金元陆续进来了，这消息很耐寻味。汉唐虽然也有边患，但魄力究竟雄大，人民具有不至于为异族奴隶的自信心，或者竟毫未想到，凡取用外来事物的时候，就如将彼俘来一样，自由驱使，绝不介怀。一到衰弊陵夷之际，神经可就衰弱过敏了，每遇外国东西，便觉得仿佛彼来俘我一样，推拒，惶恐，退缩，逃避，抖成一团，又必想一篇道理来掩饰，而国粹遂成为孱王和孱奴的宝贝。

[1] 蒲陶：即葡萄。
[2] 天禄、辟邪：产于阿富汗西部的动物，似鹿，长尾，一角者为天禄，二角者为辟邪。
[3] 昭陵是唐太宗李世民的陵墓，带箭的骏马是他生前所骑名马飒露紫的石刻浮雕像。

无论从那里来的，只要是食物，壮健者大抵就无需思索，承认是吃的东西。惟有衰病的，却总常想到害胃，伤身，特有许多禁条，许多避忌；还有一大套比较利害而终于不得要领的理由，例如吃固无妨，而不吃尤稳，食之或当有益，然究以不吃为宜云云之类。但这一类人物总要日见其衰弱的，因为他终日战战兢兢，自己先已失了活气了。

不知道南宋比现今如何，但对外敌，却明明已经称臣，惟独在国内特多繁文缛节以及唠叨的碎话。正如倒霉人物，偏多忌讳一般，豁达闳大之风消歇净尽了。直到后来，都没有什么大变化。我曾在古物陈列所所陈列的古画上看见一颗印文，是几个罗马字母。但那是所谓“我圣祖仁皇帝”[1]的印，是征服了汉族的主人，所以他敢；汉族的奴才是不敢的。便是现在，便是艺术家，可有敢用洋文的印的么？

清顺治中，时宪书[2]上印有“依西洋新法”五个字，痛哭流涕来劾洋人汤若望的偏是汉人杨光先。直到康熙初，争胜了，就教他做钦天监正去，则又叩阍以“但知推步之理不知推步之数”辞。不准辞，则又痛哭流涕地来做《不得已》，说道“宁可使中夏无好历法，不可使中夏有西洋人。”然而终于连闰月都算错了，他大约以为好历法专属于西洋人，中夏人自己是学不得，也学不好的。但他竟论了大辟，可是没有杀，放归，死于途中了。汤若望入中国还在明崇祯初，其法终未见用；后来阮元论之曰：“明季君臣以大统寖疏，开局修正，既知新法之密，而讫未施行。圣朝定鼎，以其法造时宪书，颁行天下。彼十余年辩论翻译之劳，若以备我朝之采用者，斯亦奇矣！……我国家圣圣相传，用人行政，惟求其是，而不先设成心。即是一端，可以仰见如天之度量矣！”（《畴人传》四十五）

现在流传的古镜们，出自冢中者居多，原是殉葬品。但我也有一面日用镜，薄而且大，规抚汉制，也许是唐代的东西。那证据是：一，镜鼻已多磨损；二，镜面的沙眼都用别的铜来补好了。当时在妆阁中，曾照唐人的额黄和眉绿，现在却监禁在我的衣箱里，它或者大有今昔之感罢。

但铜镜的供用，大约道光咸丰时候还与玻璃镜并行；至于穷乡僻壤，也许至今还用着。我们那里，则除了婚丧仪式之外，全被玻璃镜驱逐了。然而

[1] 圣祖仁皇帝：指清朝康熙皇帝玄烨。
[2] 时宪书：即历书，清代为避高宗弘历的名讳而称“时宪书”。

也还有余烈可寻，倘街头遇见一位老翁，肩了长凳似的东西，上面缚着一块猪肝色石和一块青色石，试伫听他的叫喊，就是“磨镜，磨剪刀！”

宋镜我没有见过好的，什九并无藻饰，只有店号或“正其衣冠”等类的迂铭词，真是“世风日下”。但是要进步或不退步，总须时时自出新裁，至少也必取材异域，倘若各种顾忌，各种小心，各种唠叨，这么做即违了祖宗，那么做又像了夷狄，终生惴惴如在薄冰上，发抖尚且来不及，怎么会做出好东西来。所以事实上“今不如古”者，正因为有许多唠叨着“今不如古”的诸位先生们之故。现在情形还如此。倘再不放开度量，大胆地，无畏地，将新文化尽量地吸收，则杨光先似的向西洋主人沥陈中夏的精神文明的时候，大概是不劳久待的罢。

但我向来没有遇见过一个排斥玻璃镜子的人。单知道咸丰年间，汪曰桢先生却在他的大著《湖雅》里攻击过的。他加以比较研究之后，终于决定还是铜镜好。最不可解的是：他说，照起面貌来，玻璃镜不如铜镜之准确。莫非那时的玻璃镜当真坏到如此，还是因为他老先生又带上了国粹眼镜之故呢？我没有见过古玻璃镜。这一点终于猜不透。

一九二五年二月九日。

（本篇最初发表于1925年3月2日《语丝》周刊第16期，选自《坟》）

春末闲谈

北京正是春末，也许我过于性急之故罢，觉着夏意了，于是突然记起故乡的细腰蜂。那时候大约是盛夏，青蝇密集在凉棚索子上，铁黑色的细腰蜂就在桑树间或墙角的蛛网左近往来飞行，有时衔一支小青虫去了，有时拉一个蜘蛛。青虫或蜘蛛先是抵抗着不肯去，但终于乏力，被衔着腾空而去了，坐了飞机似的。

老前辈们开导我，那细腰蜂就是书上所说的果蠃，纯雌无雄，必须捉螟蛉去做继子的。她将小青虫封在窠里，自己在外面日日夜夜敲打着，祝道“像我像我”，经过若干日，——我记不清了，大约七七四十九日罢，——那青虫也就成了细腰蜂了，所以《诗经》里说："螟蛉有子，果蠃负之。"螟蛉就是桑上小青虫。蜘蛛呢？他们没有提。我记得有几个考据家曾经立过异说，以为她其实自能生卵；其捉青虫，乃是填在窠里，给孵化出来的幼蜂做食料的。但我所遇见的前辈们都不采用此说，还道是拉去做女儿。我们为存留天地间的美谈起见，倒不如这样好。当长夏无事，遣暑林阴，瞥见二虫一拉一拒的时候，便如睹慈母教女，满怀好意，而青虫的宛转抗拒，则活像一个不识好歹的毛鸦头。

但究竟是夷人可恶，偏要讲什么科学。科学虽然给我们许多惊奇，但也搅坏了我们许多好梦。自从法国的昆虫学大家发勃耳（Fabre）仔细观察之后，给幼蜂做食料的事可就证实了。而且，这细腰蜂不但是普通的凶手，还是一种很残忍的凶手，又是一个学识技术都极高明的解剖学家。她知道青虫的神经构造和作用，用了神奇的毒针，向那运动神经球上只一螫，它便麻痹为不死不活状态，这才在它身上生下蜂卵，封入窠中。青虫因为不死不活，所以不动，但也因为不活不死，所以不烂，直到她的子女孵化出来的时候，这食料还和被捕当日一样的新鲜。

三年前，我遇见神经过敏的俄国的 E 君[1]，有一天他忽然发愁道，不知道将来的科学家，是否不至于发明一种奇妙的药品，将这注射在谁的身上，则这人即甘心永远去做服役和战争的机器了？那时我也就皱眉叹息，装作一齐发愁的模样，以示"所见略同"之至意，殊不知我国的圣君，贤臣，圣贤，圣贤之徒，却早已有过这一种黄金世界的理想了。不是"唯辟作福，唯辟作威，唯辟玉食"么？不是"君子劳心，小人劳力"么？不是"治于人者食（去声）人，治人者食于人"么？可惜理论虽已卓然，而终于没有发明十全的好方法。要服从作威就须不活，要贡献玉食就须不死；要被治就须不活，要供养治人者又须不死。人类升为万物之灵，自然是可贺的，但没有了细腰蜂的毒针，却很使圣君，贤臣，圣贤，圣贤之徒，以至现在的阔人，学者，教育家觉得棘手。将来未可知，若已往，则治人者虽然尽力施行过各种麻痹术，也还不能十分奏效，与果蠃并驱争先。即以皇帝一伦而言，便难免时常改姓易代，终没有"万年有道之长"；"二十四史"而多至二十四，就是可悲的

[1] 俄国的 E 君：即爱罗先珂，俄国盲诗人，童话作家。

铁证。现在又似乎有些别开生面了，世上挺生了一种所谓“特殊知识阶级”[1]的留学生，在研究室中研究之结果，说医学不发达是有益于人种改良的，中国妇女的境遇是极其平等的，一切道理都已不错，一切状态都已够好。E君的发愁，或者也不为无因罢，然而俄国是不要紧的，因为他们不像我们中国，有所谓“特别国情”，还有所谓“特殊知识阶级”。

但这种工作，也怕终于像古人那样，不能十分奏效的罢，因为这实在比细腰蜂所做的要难得多。她于青虫，只须不动，所以仅在运动神经球上一螫，即告成功。而我们的工作，却求其能运动，无知觉，该在知觉神经中枢，加以完全的麻醉的。但知觉一失，运动也就随之失却主宰，不能贡献玉食，恭请上自“极峰”下至“特殊知识阶级”的赏收享用了。就现在而言，窃以为除了遗老的圣经贤传法，学者的进研究室主义，文学家和茶摊老板的莫谈国事律，教育家的勿视勿听勿言勿动论之外，委实还没有更好，更完全，更无流弊的方法。便是留学生的特别发见，其实也并未轶出了前贤的范围。

那么，又要“礼失而求诸野”了。夷人，现在因为想去取法，姑且称之为外国，他那里，可有较好的法子么？可惜，也没有。所有者，仍不外乎不准集会，不许开口之类，和我们中华并没有什么很不同。然亦可见至道嘉猷，人同此心，心同此理，固无华夷之限也。猛兽是单独的，牛羊则结队；野牛的大队，就会排角成城以御强敌了，但拉开一匹，定只能牟牟地叫。人民与牛马同流，——此就中国而言，夷人别有分类法云，——治之之道，自然应该禁止集合：这方法是对的。其次要防说话。人能说话，已经是祸胎了，而况有时还要做文章。所以苍颉造字，夜有鬼哭。鬼且反对，而况于官？猴子不会说话，猴界即向无风潮，——可是猴界中也没有官，但这又作别论，——确应该虚心取法，反朴归真，则口且不开，文章自灭：这方法也是对的。然而上文也不过就理论而言，至于实效，却依然是难说。最显著的例，是连那么专制的俄国，而尼古拉二世“龙御上宾”之后，罗马诺夫氏竟已“覆宗绝祀”了。要而言之，那大缺点就在虽有二大良法，而还缺其一，便是：无法禁止人们的思想。

---

[1] 1925年段祺瑞为了抵制孙中山召开国民会议的主张，成立了所谓“善后会议”，当时一批曾在外国留学的人提出请愿书，说“留学者为一特殊知识阶级”，要求参加“善后会议”。

于是我们的造物主——假如天空真有这样的一位“主子”——就可恨了：一恨其没有永远分清“治者”与“被治者”；二恨其不给治者生一枝细腰蜂那样的毒针；三恨其不将被治者造得即使砍去了藏着的思想中枢的脑袋而还能动作——服役。三者得一，阔人的地位即永久稳固，统御也永久省了气力，而天下于是乎太平。今也不然，所以即使单想高高在上，暂时维持阔气，也还得日施手段，夜费心机，实在不胜其委屈劳神之至……。

假使没有了头颅，却还能做服役和战争的机械，世上的情形就何等地醒目呵！这时再不必用什么制帽勋章来表明阔人和窄人了，只要一看头之有无，便知道主奴，官民，上下，贵贱的区别。并且也不至于再闹什么革命，共和，会议等等的乱子了，单是电报，就要省下许多许多来。古人毕竟聪明，仿佛早想到过这样的东西，《山海经》上就记载着一种名叫“刑天”的怪物。他没有了能想的头，却还活着，“以乳为目，以脐为口”，——这一点想得很周到，否则他怎么看，怎么吃呢，——实在是很值得奉为师法的。假使我们的国民都能这样，阔人又何等安全快乐？但他又“执干戚而舞”，则似乎还是死也不肯安分，和我那专为阔人图便利而设的理想底好国民又不同。陶潜先生又有诗道：“刑天舞干戚，猛志固常在。”连这位貌似旷达的老隐士也这么说，可见无头也会仍有猛志，阔人的天下一时总怕难得太平的了。但有了太多的“特殊知识阶级”的国民，也许有特在例外的希望；况且精神文明太高了之后，精神的头就会提前飞去，区区物质的头的有无也算不得什么难问题。

一九二五年四月二十二日。

（本篇最初发表于1925年4月24日《莽原》周刊第1期，署名冥昭，选自《坟》）

灯下漫笔

一

有一时，就是民国二三年时候，北京的几个国家银行的钞票，信用日见其好了，真所谓蒸蒸日上。听说连一向执迷于现银的乡下人，也知道这既便当，又可靠，很乐意收受，行使了。至于稍明事理的人，则不必是"特殊知识阶级"，也早不将沉重累坠的银元装在怀中，来自讨无谓的苦吃。想来，除了多少对于银子有特别嗜好和爱情的人物之外,所有的怕大都是钞票了罢，而且多是本国的。但可惜后来忽然受了一个不小的打击。

就是袁世凯想做皇帝的那一年，蔡松坡先生溜出北京，到云南去起义。这边所受的影响之一，是中国和交通银行的停止兑现。虽然停止兑现，政府勒令商民照旧行用的威力却还有的；商民也自有商民的老本领，不说不要，却道找不出零钱。假如拿几十几百的钞票去买东西，我不知道怎样，但倘使只要买一枝笔，一盒烟卷呢，难道就付给一元钞票么？不但不甘心，也没有这许多票。那么，换铜元，少换几个罢，又都说没有铜元。那么，到亲戚朋友那里借现钱去罢，怎么会有？于是降格以求，不讲爱国了，要外国银行的钞票。但外国银行的钞票这时就等于现银，他如果借给你这钞票，也就借给你真的银元了。

我还记得那时我怀中还有三四十元的中交票[1]，可是忽而变了一个穷人，几乎要绝食，很有些恐慌。俄国革命以后的藏着纸卢布的富翁的心情，恐怕也就这样的罢；至多，不过更深更大罢了。我只得探听，钞票可能折价换到现银呢？说是没有行市。幸而终于，暗暗地有了行市了：六折几。我非常高兴，赶紧去卖了一半。后来又涨到七折了，我更非常高兴，全去换了现银，沉垫垫地坠在怀中，似乎这就是我的性命的斤两。倘在平时，钱铺子如

[1] 中交票：指当时中国银行和交通银行发行的钞票。

果少给我一个铜元，我是决不答应的。

但我当一包现银塞在怀中，沉垫垫地觉得安心，喜欢的时候，却突然起了另一思想，就是：我们极容易变成奴隶，而且变了之后，还万分喜欢。

假如有一种暴力，“将人不当人”，不但不当人，还不及牛马，不算什么东西；待到人们羡慕牛马，发生“乱离人，不及太平犬”的叹息的时候，然后给与他略等于牛马的价格，有如元朝定律，打死别人的奴隶，赔一头牛，则人们便要心悦诚服，恭颂太平的盛世。为什么呢？因为他虽不算人，究竟已等于牛马了。

我们不必恭读《钦定二十四史》，或者入研究室，审察精神文明的高超。只要一翻孩子所读的《鉴略》，——还嫌烦重，则看《历代纪元编》，就知道“三千余年古国古”的中华，历来所闹的就不过是这一个小玩艺。但在新近编纂的所谓“历史教科书”一流东西里，却不大看得明白了，只仿佛说：咱们向来就很好的。

但实际上，中国人向来就没有争到过“人”的价格，至多不过是奴隶，到现在还如此，然而下于奴隶的时候，却是数见不鲜的。中国的百姓是中立的，战时连自己也不知道属于那一面，但又属于无论那一面。强盗来了，就属于官，当然该被杀掠；官兵既到，该是自家人了罢，但仍然要被杀掠，仿佛又属于强盗似的。这时候，百姓就希望有一个一定的主子，拿他们去做百姓，——不敢，是拿他们去做牛马，情愿自己寻草吃，只求他决定他们怎样跑。

假使真有谁能够替他们决定，定下什么奴隶规则来，自然就“皇恩浩荡”了。可惜的是往往暂时没有谁能定。举其大者，则如五胡十六国的时候，黄巢的时候，五代时候，宋末元末时候，除了老例的服役纳粮以外，都还要受意外的灾殃。张献忠的脾气更古怪了，不服役纳粮的要杀，服役纳粮的也要杀，敌他的要杀，降他的也要杀：将奴隶规则毁得粉碎。这时候，百姓就希望来一个另外的主子，较为顾及他们的奴隶规则的，无论仍旧，或者新颁，总之是有一种规则，使他们可上奴隶的轨道。

“时日曷丧，予及汝偕亡！”愤言而已，决心实行的不多见。实际上大概是群盗如麻，纷乱至极之后，就有一个较强，或较聪明，或较狡滑，或是外族的人物出来，较有秩序地收拾了天下。厘定规则：怎样服役，怎样纳粮，怎样磕头，怎样颂圣。而且这规则是不像现在那样朝三暮四的。于是便“万姓胪欢”了；用成语来说，就叫作“天下太平”。

任凭你爱排场的学者们怎样铺张，修史时候设些什么“汉族发祥时代”“汉族发达时代”“汉族中兴时代”的好题目，好意诚然是可感的，但措辞太绕湾子了。有更其直捷了当的说法在这里——

一，想做奴隶而不得的时代；

二，暂时做稳了奴隶的时代。

这一种循环，也就是“先儒”之所谓“一治一乱”；那些作乱人物，从后日的“臣民”看来，是给“主子”清道辟路的，所以说：“为圣天子驱除云尔。”

现在入了那一时代，我也不了然。但看国学家的崇奉国粹，文学家的赞叹固有文明，道学家的热心复古，可见于现状都已不满了。然而我们究竟正向着那一条路走呢？百姓是一遇到莫名其妙的战争，稍富的迁进租界，妇孺则避入教堂里去了，因为那些地方都比较的“稳”，暂不至于想做奴隶而不得。总而言之，复古的，避难的，无智愚贤不肖，似乎都已神往于三百年前的太平盛世，就是“暂时做稳了奴隶的时代”了。

但我们也就都像古人一样，永久满足于“古已有之”的时代么？都像复古家一样，不满于现在，就神往于三百年前的太平盛世么？

自然，也不满于现在的，但是，无须反顾，因为前面还有道路在。而创造这中国历史上未曾有过的第三样时代，则是现在的青年的使命！

二

但是赞颂中国固有文明的人们多起来了，加之以外国人。我常常想，凡有来到中国的，倘能疾首蹙额而憎恶中国，我敢诚意地捧献我的感谢，因为他一定是不愿意吃中国人的肉的！

鹤见祐辅氏在《北京的魅力》中，记一个白人将到中国，预定的暂住时候是一年，但五年之后，还在北京，而且不想回去了。有一天，他们两人一同吃晚饭——

“在圆的桃花心木的食桌前坐定，川流不息地献着山海的珍味，谈话就从古董，画，政治这些开头。电灯上罩着支那式的灯罩，淡淡的光洋溢于古物罗列的屋子中。什么无产阶级呀，Proletariat[1]呀那些事，就像不过在什么地方刮风。”

“我一面陶醉在支那生活的空气中，一面深思着对于外人有着‘魅力’的这东西。元人也曾征服支那，而被征服于汉人种的生活美了；满人也征服支那，而被征服于汉人种的生活美了。现在西洋人也一样，嘴里虽然说着Democracy[2]呀，什么什么呀，而却被魅于支那人费六千年而建筑起来的生活的美。一经住过北京，就忘不掉那生活的味道。大风时候的万丈的沙尘，每三月一回的督军们的开战游戏，都不能抹去这支那生活的魅力。”

这些话我现在还无力否认他。我们的古圣先贤既给与我们保古守旧的格言，但同时也排好了用子女玉帛所做的奉献于征服者的大宴。中国人的耐劳，中国人的多子，都就是办酒的材料，到现在还为我们的爱国者所自诩的。西洋人初入中国时，被称为蛮夷，自不免个个蹙额，但是，现在则时机已至，到了我们将曾经献于北魏，献于金，献于元，献于清的盛宴，来献给他们的时候了。出则汽车，行则保护：虽遇清道，然而通行自由的；虽或被劫，然而必得赔偿的；孙美瑶[3]掳去他们站在军前，还使官兵不敢开火。何况在华屋中享用盛宴呢？待到享受盛宴的时候，自然也就是赞颂中国固有文明的时候；但是我们的有些乐观的爱国者，也许反而欣然色喜，以为他们将要开始被中国同化了罢。古人曾以女人作苟安的城堡，美其名以自欺曰“和亲”，今人还用子女玉帛为作奴的贽敬，又美其名曰“同化”。所以倘有外国的准，到了已有赴宴的资格的现在，而还替我们诅咒中国的现状者，这才是真有良心的真可佩服的人！

但我们自己是早已布置妥帖了，有贵贱，有大小，有上下。自己被人凌虐，但也可以凌虐别人；自己被人吃，但也可以吃别人。一级一级的制驭着，不能动弹，也不想动弹了。因为倘一动弹，虽或有利，然而也有弊。我们且

[1] Proletariat：英语，意为无产阶级。
[2] Democracy：英语，意为民主。
[3] 孙美瑶：占领山东抱犊崮的土匪首领。1923年5月5日他在津浦路临城站劫车，掳去中外旅客二百多人。

看古人的良法美意罢——

“天有十日，人有十等。下所以事上，上所以共神也。故王臣公，公臣大夫，大夫臣士，士臣皁，皁士臣舆，舆臣隶，隶臣僚，僚臣仆，仆臣台。”（《左传》昭公七年）

但是“台”没有臣，不是太苦了么？无须担心的，有比他更卑的妻，更弱的子在。而且其子也很有希望，他日长大，升而为“台”，便又有更卑更弱的妻子，供他驱使了。如此连环，各得其所，有敢非议者，其罪名曰不安分！

虽然那是古事，昭公七年离现在也太辽远了，但“复古家”尽可不必悲观的。太平的景象还在：常有兵燹，常有水旱，可有谁听到大叫唤么？打的打，革的革，可有处士来横议么？对国民如何专横，向外人如何柔媚，不犹是差等的遗风么？中国固有的精神文明，其实并未为共和二字所埋没，只有满人已经退席，和先前稍不同。

因此我们在目前，还可以亲见各式各样的筵宴，有烧烤，有翅席，有便饭，有西餐。但茅檐下也有淡饭，路傍也有残羹，野上也有饿莩；有吃烧烤的身价不赀的阔人，也有饿得垂死的每斤八文的孩子（见《现代评论》二十一期）。所谓中国的文明者，其实不过是安排给阔人享用的人肉的筵宴。所谓中国者，其实不过是安排这人肉的筵宴的厨房。不知道而赞颂者是可恕的，否则，此辈当得永远的诅咒！

外国人中，不知道而赞颂者，是可恕的；占了高位，养尊处优，因此受了蛊惑，昧却灵性而赞叹者，也还可恕的。可是还有两种，其一是以中国人为劣种，只配悉照原来模样，因而故意称赞中国的旧物。其一是愿世间人各不相同以增自己旅行的兴趣，到中国看辫子，到日本看木屐，到高丽看笠子，倘若服饰一样，便索然无味了，因而来反对亚洲的欧化。这些都可憎恶。至于罗素在西湖见轿夫含笑，便赞美中国人，则也许别有意思罢。但是，轿夫如果能对坐轿的人不含笑，中国也早不是现在似的中国了。

这文明，不但使外国人陶醉，也早使中国一切人们无不陶醉而且至于含笑。因为古代传来而至今还在的许多差别，使人们各各分离，遂不能再感到别人的痛苦；并且因为自己各有奴使别人，吃掉别人的希望，便也就忘却自己同有被奴使被吃掉的将来。于是大小无数的人肉的筵宴，即从有文明以来一直排到现在，人们就在这会场中吃人，被吃，以凶人的愚妄的欢呼，将悲惨的弱者的呼号遮掩，更不消说女人和小儿。

这人肉的筵宴现在还排着，有许多人还想一直排下去。扫荡这些食人者，掀掉这筵席，毁坏这厨房，则是现在的青年的使命！

一九二五年四月二十九日。

（本篇最初发表于1925年5月1日、22日《莽原》周刊第2期、第5期，选自《坟》）

论睁了眼看

虚生先生所做的时事短评中，曾有一个这样的题目：《我们应该有正眼看各方面的勇气》（《猛进》十九期）。诚然，必须敢于正视，这才可望敢想，敢说，敢作，敢当。倘使并正视而不敢，此外还能成什么气候。然而，不幸这一种勇气，是我们中国人最所缺乏的。

但现在我所想到的是别一方面——

中国的文人，对于人生，——至少是对于社会现象，向来就多没有正视的勇气。我们的圣贤，本来早已教人“非礼勿视”的了；而这“礼”又非常之严，不但“正视”，连“平视”“斜视”也不许。现在青年的精神未可知，在体质，却大半还是弯腰曲背，低眉顺眼，表示着老牌的老成的子弟，驯良的百姓，——至于说对外却有大力量，乃是近一月来的新说，还不知道究竟是如何。

再回到“正视”问题去：先既不敢，后便不能，再后，就自然不视，不见了。一辆汽车坏了，停在马路上，一群人围着呆看，所得的结果是一团乌油油的东西。然而由本身的矛盾或社会的缺陷所生的苦痛，虽不正视，却要身受的。文人究竟是敏感人物，从他们的作品上看来，有些人确也早已感到不满，可是一到快要显露缺陷的危机一发之际，他们总即刻连说“并无其事”，同时便闭上了眼睛。这闭着的眼睛便看见一切圆满，当前的苦痛不过是“天之将降大任于是人也，必先苦其心志，劳其筋骨，饿其体肤，空乏其身，行拂乱其所为。”于是无问题，无缺陷，无不平，也就无解决，无改革，无反抗。因为凡事总要“团圆”，正无须我们焦躁；放心喝茶，睡觉大吉。再说费话，就有“不合时宜”之咎，免不了要受大学教授的纠正了。呸！

我并未实验过，但有时候想：倘将一位久蛰洞房的老太爷抛在夏天正午的烈日底下，或将不出闺门的千金小姐拖到旷野的黑夜里，大概只好闭了眼睛，暂续他们残存的旧梦，总算并没有遇到暗或光，虽然已经是绝不相同的现实。中国的文人也一样，万事闭眼睛，聊以自欺，而且欺人，那方法是：瞒和骗。

中国婚姻方法的缺陷，才子佳人小说作家早就感到了，他于是使一个才子在壁上题诗，一个佳人便来和，由倾慕——现在就得称恋爱——而至于有“终身之约”。但约定之后，也就有了难关。我们都知道，“私订终身”在诗和戏曲或小说上尚不失为美谈（自然只以与终于中状元的男人私订为限），实际却不容于天下的，仍然免不了要离异。明末的作家便闭上眼睛，并这一层也加以补救了，说是：才子及第，奉旨成婚。“父母之命媒妁之言”经这大帽子来一压，便成了半个铅钱也不值，问题也一点没有了。假使有之，也只在才子的能否中状元，而决不在婚姻制度的良否。

（近来有人以为新诗人的做诗发表，是在出风头，引异性；且迁怒于报章杂志之滥登。殊不知即使无报，墙壁实“古已有之”，早做过发表机关了；据《封神演义》，纣王已曾在女娲庙壁上题诗，那起源实在非常之早。报章可以不取白话，或排斥小诗，墙壁却拆不完，管不及的；倘一律刷成黑色，也还有破磁可划，粉笔可书，真是穷于应付。做诗不刻木板，去藏之名山，却要随时发表，虽然很有流弊，但大概是难以杜绝的罢。）

《红楼梦》中的小悲剧，是社会上常有的事，作者又是比较的敢于实写的，而那结果也并不坏。无论贾氏家业再振，兰桂齐芳，即宝玉自己，也成了个披大红猩猩毡斗篷的和尚。和尚多矣，但披这样阔斗篷的能有几个，已经是“入圣超凡”无疑了。至于别的人们，则早在册子里一一注定，末路不过是一个归结：是问题的结束，不是问题的开头。读者即小有不安，也终于奈何不得。然而后来或续或改，非借尸还魂，即冥中另配，必令“生旦当场团圆”，才肯放手者，乃是自欺欺人的瘾太大，所以看了小小骗局，还不甘心，定须闭眼胡说一通而后快。赫克尔（E.Haeckel）说过：人和人之差，有时比类人猿和原人之差还远。我们将《红楼梦》的续作者和原作者一比较，就会承认这话大概是确实的。

“作善降祥”的古训，六朝人本已有些怀疑了，他们作墓志，竟会说“积善不报，终自欺人”的话。但后来的昏人，却又瞒起来。元刘信将三岁痴儿抛入醮纸火盆，妄希福祐，是见于《元典章》的；剧本《小张屠焚儿救母》却道是为母延命，命得延，儿亦不死了。一女愿侍痼疾之夫，《醒世恒言》中还说终于一同自杀的；后来改作的却道是有蛇坠入药罐里，丈夫服后便全愈了。凡有缺陷，一经作者粉饰，后半便大抵改观，使读者落诬妄中，以为世间委实尽够光明，谁有不幸，便是自作，自受。

有时遇到彰明的史实，瞒不下，如关羽岳飞的被杀，便只好别设骗局了。一是前世已造夙因，如岳飞；一是死后使他成神，如关羽。定命不可逃，成神的善报更满人意，所以杀人者不足责，被杀者也不足悲，冥冥中自有安排，使他们各得其所，正不必别人来费力了。

中国人的不敢正视各方面，用瞒和骗，造出奇妙的逃路来，而自以为正路。在这路上，就证明着国民性的怯弱，懒惰，而又巧滑。一天一天的满足着，即一天一天的堕落着，但却又觉得日见其光荣。在事实上，亡国一次，即添加几个殉难的忠臣，后来每不想光复旧物，而只去赞美那几个忠臣；遭劫一次，即造成一群不辱的烈女，事过之后，也每每不思惩凶，自卫，却只顾歌咏那一群烈女。仿佛亡国遭劫的事，反而给中国人发挥“两间正气”的机会，增高价值，即在此一举，应该一任其至，不足忧悲似的。自然，此上也无可为，因为我们已经借死人获得最上的光荣了。沪汉烈士的追悼会[1]中，活的人们在一块很可景仰的高大的木主下互相打骂，也就是和我们的先辈走着同一的路。

文艺是国民精神所发的火光，同时也是引导国民精神的前途的灯火。这是互为因果的，正如麻油从芝麻榨出，但以浸芝麻，就使它更油。倘以油为上，就不必说；否则，当参入别的东西，或水或碱去。中国人向来因为不敢正视人生，只好瞒和骗，由此也生出瞒和骗的文艺来，由这文艺，更令中国人更深地陷入瞒和骗的大泽中，甚而至于已经自己不觉得。世界

[1] 指1925年6月25日北京群众为五卅惨案而在天安门前召开的沪汉烈士追悼会。

日日改变，我们的作家取下假面，真诚地，深入地，大胆地看取人生并且写出他的血和肉来的时候早到了；早就应该有一片崭新的文场，早就应该有几个凶猛的闯将！

现在，气象似乎一变，到处听不见歌吟花月的声音了，代之而起的是铁和血的赞颂。然而倘以欺瞒的心，用欺瞒的嘴，则无论说A和O，或Y和Z，一样是虚假的；只可以吓哑了先前鄙薄花月的所谓批评家的嘴，满足地以为中国就要中兴。可怜他在“爱国”的大帽子底下又闭上了眼睛了——或者本来就闭着。

没有冲破一切传统思想和手法的闯将，中国是不会有真的新文艺的。

一九二五年七月二十二日。

（本篇最初发表于1925年8月3日《语丝》周刊第38期，选自《坟》）

写在《坟》后面

在听到我的杂文已经印成一半的消息的时候，我曾经写了几行题记，寄往北京去。当时想到便写，写完便寄，到现在还不满二十天，早已记不清说了些甚么了。今夜周围是这么寂静，屋后面的山脚下腾起野烧的微光；南普陀寺还在做牵丝傀儡戏，时时传来锣鼓声，每一间隔中，就更加显得寂静。电灯自然是辉煌着，但不知怎地忽有淡淡的哀愁来袭击我的心，我似乎有些后悔印行我的杂文了。我很奇怪我的后悔；这在我是不大遇到的，到如今，我还没有深知道所谓悔者究竟是怎么一回事。但这心情也随即逝去，杂文当然仍在印行，只为想驱逐自己目下的哀愁，我还要说几句话。

记得先已说过：这不过是我的生活中的一点陈迹。如果我的过往，也可以算作生活，那么，也就可以说，我也曾工作过了。但我并无喷泉一般的思想，伟大华美的文章，既没有主义要宣传，也不想发起一种什么运动。不过我曾经尝得，失望无论大小，是一种苦味，所以几年以来，有人希望我动动笔的，只要意见不很相反，我的力量能够支撑，就总要勉力写几句东西，给来者一些极微末的欢喜。人生多苦辛，而人们有时却极容易得到安慰，又何必惜一点笔墨，给多尝些孤独的悲哀呢？于是除小说杂感之外，逐渐又有了长长短短的杂文十多篇。其间自然也有为卖钱而作的，这回就都混在一处。我的生命的一部分，就这样地用去了，也就是做了这样的工作。然而我至今终于不明白我一向是在做什么。比方做土工的罢，做着做着，而不明白是在筑台呢还在掘坑。所知道的是即使是筑台，也无非要将自己从那上面跌下来或者显示老死；倘是掘坑，那就当然不过是埋掉自己。总之：逝去，逝去，一切一切，和光阴一同早逝去，在逝去，要逝去了。——不过如此，但也为我所十分甘愿的。

然而这大约也不过是一句话。当呼吸还在时，只要是自己的，我有时却也喜欢将陈迹收存起来，明知不值一文，总不能绝无眷恋，集杂文而名之曰《坟》，究竟还是一种取巧的掩饰。刘伶喝得酒气熏天，使人荷锸跟在后面，道：死便埋我。虽然自以为放达，其实是只能骗骗极端老实人的。

所以这书的印行，在自己就是这么一回事。至于对别人，记得在先也已说过，还有愿使偏爱我的文字的主顾得到一点喜欢；憎恶我的文字的东西得到一点呕吐，——我自己知道，我并不大度，那些东西因我的文字而呕吐，我也很高兴的。别的就什么意思也没有了。倘若硬要说出好处来，那么，其中所介绍的几个诗人的事，或者还不妨一看；最末的论“费厄泼赖”这一篇，也许可供参考罢，因为这虽然不是我的血所写，却是见了我的同辈和比我年幼的青年们的血而写的。

偏爱我的作品的读者，有的批评说，我的文字是说真话的。这其实是过誉，那原因就因为他偏爱。我自然不想太欺骗人，但也未尝将心里的话照样说尽，大约只要看得可以交卷就算完。我的确时时解剖别人，然而更多的是更无情面地解剖我自己，发表一点，酷爱温暖的人物已经觉得冷酷了，如果全露出我的血肉来，末路正不知要到怎样。我有时也想就此驱除旁人，到那时还不唾弃我的，即使是枭蛇鬼怪，也是我的朋友，这才真是我的朋友。倘使并这个也没有，则就是我一个人也行。但现在我并不。因为，我还没有这样勇敢，那原因就是我还想生活，在这社会里。还有一种小缘故，先前也曾屡次声明，就是偏要使所谓正人君子也者之流多不舒服几天，所以自己便特地留几片铁甲在身上，站着，给他们的世界上多有一点缺陷，到我自己厌倦了，要脱掉了的时候为止。

倘说为别人引路，那就更不容易了，因为连我自己还不明白应当怎么走。中国大概很有些青年的“前辈”和“导师”罢，但那不是我，我也不相信他们。我只很确切地知道一个终点，就是：坟。然而这是大家都知道的，无须谁指引。问题是在从此到那的道路。那当然不只一条，我可正不知那一条好，虽然至今有时也还在寻求。在寻求中，我就怕我未熟的果实偏偏毒死了偏爱我的果实的人，而憎恨我的东西如所谓正人君子也者偏偏都矍铄，所以我说话常不免含胡，中止，心里想：对于偏爱我的读者的赠献，或者最好倒不如是一个“无所有”。我的译著的印本，最初，印一次是一千，后来加五百，近时是二千至四千，每一增加，我自然是愿意的，因为能赚钱，但也伴着哀愁，怕于读者有害，因此作文就时常更谨慎，更踌躇。有人以为我信笔写来，直抒胸臆，其实是不尽然的，我的顾忌并不少。我自己早知道毕竟不是什么战士了，而且也不能算前驱，就有这么多的顾忌和回忆。还记得三四年前，有一个学生来买我的书，从衣袋里掏出钱来放在我手里，那钱上还带着体温。这体温便烙印了我的心，至今要写文字时，还常使我怕毒害了这类的青年，迟疑不敢下笔。我毫无顾忌地说话的日子，恐怕要未必有了罢。但也偶尔想，其实倒还是毫无顾忌地说话，对得起这样的青年。但至今也还没有决心这样做。

今天所要说的话也不过是这些，然而比较的却可以算得真实。此外，还有一点余文。

记得初提倡白话的时候，是得到各方面剧烈的攻击的。后来白话渐渐通行了，势不可遏，有些人便一转而引为自己之功，美其名曰“新文化运动”。又有些人便主张白话不妨作通俗之用；又有些人却道白话要做得好，仍须看古书。前一类早已二次转舵，又反过来嘲骂“新文化”了；后二类是不得已的调和派，只希图多留几天僵尸，到现在还不少。我曾在杂感上掊击过的。

新近看见一种上海出版的期刊，也说起要做好白话须读好古文，而举例为证的人名中，其一却是我。这实在使我打了一个寒噤。别人我不论，若是自己，则曾经看过许多旧书，是的确的，为了教书，至今也还在看。因此耳濡目染，影响到所做的白话上，常不免流露出它的字句，体格来。但自己却正苦于背了这些古老的鬼魂，摆脱不开，时常感到一种使人气闷的沉重。就是思想上，也何尝不中些庄周韩非的毒，时而很随便，时而很峻急。孔孟的书我读得最早，最熟，然而倒似乎和我不相干。大半也因为懒惰罢，往往自己宽解，以为一切事物，在转变中，是总有多少中间物的。动植之间，无脊椎和脊椎动物之间，都有中间物；或者简直可以说，在进化的链子上，一切都是中间物。当开首改革文章的时候，有几个不三不四的作者，是当然的，只能这样，也需要这样。他的任务，是在有些警觉之后，喊出一种新声；又因为从旧垒中来，情形看得较为分明，反戈一击，易制强敌的死命。但仍应该和光阴偕逝，逐渐消亡，至多不过是桥梁中的一木一石，并非什么前途的目标，范本。跟着起来便该不同了，倘非天纵之圣，积习当然也不能顿然荡除，但总得更有新气象。以文字论，就不必更在旧书里讨生活，却将活人的唇舌作为源泉，使文章更加接近语言，更加有生气。至于对于现在人民的语言的穷乏欠缺，如何救济，使他丰富起来，那也是一个很大的问题，或者也须在旧文中取得若干资料，以供使役，但这并不在我现在所要说的范围以内，姑且不论。

我以为我倘十分努力，大概也还能够博采口语，来改革我的文章。但因为懒而且忙，至今没有做。我常疑心这和读了古书很有些关系，因为我觉得古人写在书上的可恶思想，我的心里也常有，能否忽而奋勉，是毫无把握的。我常常诅咒我的这思想，也希望不再见于后来的青年。去年我主张青年少读，或者简直不读中国书，乃是用许多苦痛换来的真话，决不是聊且快意，或什么玩笑，愤激之辞。古人说，不读书便成愚人，那自然也不错的。然而世界却正由愚人造成，聪明人决不能支持世界，尤其是中国的聪明人。现在呢，思想上且不说，便是文辞，许多青年作者又在古文，诗词中摘些好看而难懂的字面，作为变戏法的手巾，来装潢自己的作品了。我不知这和劝读古文说可有相关，但正在复古，也就是新文艺的试行自杀，是显而易见的。

不幸我的古文和白话合成的杂集，又恰在此时出版了，也许又要给读者若干毒害。只是在自己，却还不能毅然决然将他毁灭，还想借此暂时看看逝去的生活的余痕。惟愿偏爱我的作品的读者也不过将这当作一种纪念，知道这小小的丘陇中，无非埋着曾经活过的躯壳。待再经若干岁月，又当化为烟埃，并纪念也从人间消去，而我的事也就完毕了。上午也正在看古文，记起了几句陆士衡的吊曹孟德文，便拉来给我的这一篇作结——

既晞古以遗累，信简礼而薄葬。

彼裘绂于何有，贻尘谤于后王。

嗟大恋之所存，故虽哲而不忘。

览遗籍以慷慨，献兹文而凄伤！

一九二六，一一，一一，夜。鲁迅。

（本篇最初发表于1926年12月4日《语丝》周刊第108期，选自《坟》）

华盖集

忽然想到（一至四）

一

做《内经》的不知道究竟是谁。对于人的肌肉，他确是看过，但似乎单是剥了皮略略一观，没有细考校，所以乱成一片，说是凡有肌肉都发源于手指和足趾。宋的《洗冤录》说人骨，竟至于谓男女骨数不同；老仵作之谈，也有不少胡说。然而直到现在，前者还是医家的宝典，后者还是检验的南针：这可以算得天下奇事之一。

牙痛在中国不知发端于何人？相传古人壮健，尧舜时代盖未必有；现在假定为起于二千年前罢。我幼时曾经牙痛，历试诸方，只有用细辛者稍有效，但也不过麻痹片刻，不是对症药。至于拔牙的所谓“离骨散”，乃是理想之谈，实际上并没有。西法的牙医一到，这才根本解决了；但在中国人手里一再传，又每每只学得镶补而忘了去腐杀菌，仍复渐渐地靠不住起来。牙痛了二千年，敷敷衍衍的不想一个好方法，别人想出来了，却又不肯好好地学：这大约也可以算得天下奇事之二罢。

康圣人主张跪拜，以为“否则要此膝何用”。走时的腿的动作，固然不易于看得分明，但忘记了坐在椅上时候的膝的曲直，则不可谓非圣人之疏于格物也。身中间脖颈最细，古人则于此斫之，臀肉最肥，古人则于此打之，其格物都比康圣人精到，后人之爱不忍释，实非无因。所以僻县尚打小板子，去年北京戒严时亦尝恢复杀头，虽延国粹于一脉乎，而亦不可谓非天下奇事之三也！

一月十五日。

二

校着《苦闷的象征》的排印样本时，想到一些琐事——

我于书的形式上有一种偏见，就是在书的开头和每个题目前后，总喜欢留些空白，所以付印的时候，一定明白地注明。但待排出寄来，却大抵一篇一篇挤得很紧，并不依所注的办。查看别的书，也一样，多是行行挤得极紧的。

较好的中国书和西洋书，每本前后总有一两张空白的副页，上下的天地头也很宽。而近来中国的排印的新书则大抵没有副页，天地头又都很短，想要写上一点意见或别的什么，也无地可容，翻开书来，满本是密密层层的黑字；加以油臭扑鼻，使人发生一种压迫和窘促之感，不特很少“读书之乐”，且觉得仿佛人生已没有“余裕”，“不留余地”了。

或者也许以这样的为质朴罢。但质朴是开始的“陋”，精力弥满，不惜物力的。现在的却是复归于陋，而质朴的精神已失，所以只能算窳败，算堕落，也就是常谈之所谓“因陋就简”。在这样“不留余地”空气的围绕里，人们的精神大抵要被挤小的。

外国的平易地讲述学术文艺的书，往往夹杂些闲话或笑谈，使文章增添活气，读者感到格外的兴趣，不易于疲倦。但中国的有些译本，却将这些删去，单留下艰难的讲学语，使他复近于教科书。这正如折花者，除尽枝叶，单留花朵，折花固然是折花，然而花枝的活气却灭尽了。人们到了失去余裕心，或不自觉地满抱了不留余地心时，这民族的将来恐怕就可虑。上述的那两样，固然是比牛毛还细小的事，但究竟是时代精神表现之一端，所以也可以类推到别样。例如现在器具之轻薄草率（世间误以为灵便），建筑之偷工减料，办事之敷衍一时，不要“好看”，不想“持久”，就都是出于同一病源的。即再用这来类推更大的事，我以为也行。

一月十七日。

三

我想，我的神经也许有些瞀乱了。否则，那就可怕。

我觉得仿佛久没有所谓中华民国。

我觉得革命以前，我是做奴隶；革命以后不多久，就受了奴隶的骗，变成他们的奴隶了。

我觉得有许多民国国民而是民国的敌人。

我觉得有许多民国国民很像住在德法等国里的犹太人，他们的意中别有一个国度。

我觉得许多烈士的血都被人们踏灭了，然而又不是故意的。

我觉得什么都要从新做过。

退一万步说罢，我希望有人好好地做一部民国的建国史给少年看，因为我觉得民国的来源，实在已经失传了，虽然还只有十四年！

二月十二日。

四

先前，听到二十四史不过是“相斫书”，是“独夫的家谱”一类的话，便以为诚然。后来自己看起来，明白了：何尝如此。

历史上都写着中国的灵魂，指示着将来的命运，只因为涂饰太厚，废话太多，所以很不容易察出底细来。正如通过密叶投射在莓苔上面的月光，只看见点点的碎影。但如看野史和杂记，可更容易了然了，因为他们究竟不必太摆史官的架子。

秦汉远了，和现在的情形相差已多，且不道。元人著作寥寥，至于唐宋明的杂史之类，则现在多有。试将记五代南宋明末的事情的，和现今的状况一比较，就当惊心动魄于何其相似之甚，仿佛时间的流驶，独与我们中国无关。现在的中华民国也还是五代，是宋末，是明季。

以明末例现在，则中国的情形还可以更腐败，更破烂，更凶酷，更残虐，现在还不算达到极点。但明末的腐败破烂也还未达到极点，因为李自成张献忠闹起来了。而张李的凶酷残虐也还未达到极点，因为满洲兵进来了。

难道所谓国民性者，真是这样地难于改变的么？倘如此，将来的命运便大略可想了，也还是一句烂熟的话：古已有之。

伶俐人实在伶俐，所以，决不攻难古人，摇动古例的。古人做过的事，无论什么，今人也都会做出来。而辩护古人，也就是辩护自己。况且我们是神州华胄，敢不“绳其祖武”么？

幸而谁也不敢十分决定说：国民性是决不会改变的。在这“不可知”中，虽可有破例——即其情形为从来所未有——的灭亡的恐怖，也可以有破例的复生的希望，这或者可作改革者的一点慰藉罢。

但这一点慰藉，也会勾消在许多自诩古文明者流的笔上，淹死在许多诬告新文明者流的嘴上，扑灭在许多假冒新文明者流的言行上，因为相似的老例，也是“古已有之”的。

其实这些人是一类，都是伶俐人，也都明白，中国虽完，自己的精神是不会苦的，——因为都能变出合式的态度来。倘有不信，请看清朝的汉人所做的颂扬武功的文章去，开口“大兵”，闭口“我军”，你能料得到被这“大兵”“我军”所败的就是汉人的么？你将以为汉人带了兵将别的一种什么野蛮腐败民族歼灭了。

然而这一流人是永远胜利的，大约也将永久存在。在中国，惟他们最适于生存，而他们生存着的时候，中国便永远免不掉反复着先前的运命。

“地大物博，人口众多”，用了这许多好材料，难道竟不过老是演一出轮回把戏而已么？

二月十六日。

（本篇最初分四次发表于1925年1月17日、1月20日、2月14日、2月20日《京报副刊》，选自《华盖集》）

忽然想到（五，六）

五

我生得太早一点，连康有为们“公车上书”的时候，已经颇有些年纪了。政变之后，有族中的所谓长辈也者教诲我，说：康有为是想篡位，所以他的名字叫有为；有者，“富有天下”，为者，“贵为天子”也。非图谋不轨而何？我想：诚然。可恶得很！

长辈的训诲于我是这样的有力，所以我也很遵从读书人家的家教。屏息低头，毫不敢轻举妄动。两眼下视黄泉，看天就是傲慢，满脸装出死相，说笑就是放肆。我自然以为极应该的，但有时心里也发生一点反抗。心的反抗，那时还不算什么犯罪，似乎诛心之律，倒不及现在之严。

但这心的反抗，也还是大人们引坏的，因为他们自己就常常随便大说大笑，而单是禁止孩子。黔首们看见秦始皇那么阔气，捣乱的项羽道：“彼可取而代也！”没出息的刘邦却说：“大丈夫不当如是耶？”我是没出息的一流，因为羡慕他们的随意说笑，就很希望赶忙变成大人，——虽然此外也还有别种的原因。

大丈夫不当如是耶，在我，无非只想不再装死而已，欲望也并不甚奢。

现在，可喜我已经大了，这大概是谁也不能否认的罢，无论用了怎样古怪的“逻辑”。

我于是就抛了死相，放心说笑起来，而不意立刻又碰了正经人的钉子：说是使他们“失望”了。我自然是知道的，先前是老人们的世界，现在是少年们的世界了；但竟不料治世的人们虽异，而其禁止说笑也则同。那么，我的死相也还得装下去，装下去，“死而后已”，岂不痛哉！

我于是又恨我生得太迟一点。何不早二十年，赶上那大人还准说笑的时候？真是“我生不辰”，正当可诅咒的时候，活在可诅咒的地方了。

约翰弥耳说：专制使人们变成冷嘲。我们却天下太平，连冷嘲也没有。

我想：暴君的专制使人们变成冷嘲，愚民的专制使人们变成死相。大家渐渐死下去，而自己反以为卫道有效，这才渐近于正经的活人。

世上如果还有真要活下去的人们，就先该敢说，敢笑，敢哭，敢怒，敢骂，敢打，在这可诅咒的地方击退了可诅咒的时代！

四月十四日。

六

外国的考古学者们[1]联翩而至了。

久矣夫，中国的学者们也早已口口声声的叫着“保古！保古！保古！……”

但是不能革新的人种，也不能保古的。

所以，外国的考古学者们便联翩而至了。

长城久成废物，弱水也似乎不过是理想上的东西。老大的国民尽钻在僵硬的传统里，不肯变革，衰朽到毫无精力了，还要自相残杀。于是外面的生力军很容易地进来了，真是“匪今斯今，振古如兹”。至于他们的历史，那自然都没我们的那么古。

可是我们的古也就难保，因为土地先已危险而不安全。土地给了别人，则“国宝”虽多，我觉得实在也无处陈列。

但保古家还在痛骂革新，力保旧物地干：用玻璃板印些宋版书，每部定价几十几百元；“涅槃！涅槃！涅槃！”佛自汉时已入中国，其古色古香为何如哉！买集些旧书和金石，是劬古爱国之士，略作考证，赶印目录，就升为学者或高人。而外国人所得的古董，却每从高人的高尚的袖底里共清风一同流出。即不然，归安陆氏的皕宋[2]，潍县陈氏的十钟[3]，其子孙尚能世守否？

[1] 考古学者们：这里指借考古之名来我国掠夺文物的西方人。这些人先后在我国和阗、敦煌等地盗走大批珍贵文物。

[2] 皕宋：指清代陆心源的皕宋楼所藏二百种宋版书。

[3] 十钟：指清代陈介祺收藏的十口古代乐器钟。后来均由其后代卖给日本人。

现在，外国的考古学者们便联翩而至了。

他们活有余力，则以考古，但考古尚可，帮同保古就更可怕了。有些外人，很希望中国永是一个大古董以供他们的赏鉴，这虽然可恶，却还不奇，因为他们究竟是外人。而中国竟也有自己还不够，并且要率领了少年，赤子，共成一个大古董以供他们的赏鉴者，则真不知是生着怎样的心肝。

中国废止读经了，教会学校不是还请腐儒做先生，教学生读“四书”么？民国废去跪拜了，犹太学校不是偏请遗老做先生，要学生磕头拜寿么？外国人办给中国人看的报纸，不是最反对五四以来的小改革么？而外国总主笔治下的中国小主笔，则倒是崇拜道学，保存国粹的！

但是，无论如何，不革新，是生存也为难的，而况保古。现状就是铁证，比保古家的万言书有力得多。

我们目下的当务之急，是：一要生存，二要温饱，三要发展。苟有阻碍这前途者，无论是古是今，是人是鬼，是《三坟》《五典》，百宋千元，天球河图，金人玉佛，祖传丸散，秘制膏丹，全都踏倒他。

保古家大概总读过古书，“林回弃千金之璧，负赤子而趋”，该不能说是禽兽行为罢。那么，弃赤子而抱千金之璧的是什么？

四月十八日。

（本篇最初分两次发表于1925年4月18日、22日《京报副刊》，选自《华盖集》

忽然想到（七）

大约是送报人忙不过来了，昨天不见报，今天才给补到，但是奇怪，正张上已经剪去了两小块；幸而副刊是完全的。那上面有一篇武者君的《温良》，又使我记起往事，我记得确曾用了这样一个糖衣的毒刺赠送过我的同学们。现在武者君也在大道上发见了两样东西了：凶兽和羊。但我以为这不过发见了一部分，因为大道上的东西还没有这样简单，还得附加一句，是：凶兽样的羊，羊样的凶兽。

他们是羊，同时也是凶兽；但遇见比他更凶的凶兽时便现羊样，遇见比他更弱的羊时便现凶兽样，因此，武者君误认为两样东西了。

我还记得第一次五四以后，军警们很客气地只用枪托，乱打那手无寸铁的教员和学生，威武到很像一队铁骑在苗田上驰骋；学生们则惊叫奔避，正如遇见虎狼的羊群。但是，当学生们成了大群，袭击他们的敌人时，不是遇见孩子也要推他摔几个筋斗么？在学校里，不是还唾骂敌人的儿子，使他非逃回家去不可么？这和古代暴君的灭族的意见，有什么区分！

我还记得中国的女人是怎样被压制，有时简直并羊而不如。现在托了洋鬼子学说的福，似乎有些解放了。但她一得到可以逞威的地位如校长之类，不就雇用了“掠袖擦掌”的打手似的男人，来威吓毫无武力的同性的学生们么？不是利用了外面正有别的学潮的时候，和一些狐群狗党趁势来开除她私意所不喜的学生们么？[1]而几个在“男尊女卑”的社会生长的男人们，此时却在异性的饭碗化身的面前摇尾，简直并羊而不如。羊，诚然是弱的，但还不至于如此，我敢给我所敬爱的羊们保证！

但是，在黄金世界还未到来之前，人们恐怕总不免同时含有这两种性质，只看发现时候的情形怎样，就显出勇敢和卑怯的大区别来。可惜中国人但对于羊显凶兽相，而对于凶兽则显羊相，所以即使显着凶兽相，也还是卑怯的国民。这样下去，一定要完结的。

我想，要中国得救，也不必添什么东西进去，只要青年们将这两种性质的古传用法，反过来一用就够了：对手如凶兽时就如凶兽，对手如羊时就如羊！

那么，无论什么魔鬼，就都只能回到他自己的地狱里去。

五月十日。

（本篇最初发表于1925年5月12日《京报副刊》，选自《华盖集》）

[1] 指1925年北京女师大风潮中校长杨荫榆迫害学生，开除六位学生自治会职员之事。

北京通信

蕴儒，培良两兄：

昨天收到两份《豫报》，使我非常快活，尤其是见了那《副刊》。因为它那蓬勃的朝气，实在是在我先前的豫想以上。你想：从有着很古的历史的中州[1]，传来了青年的声音，仿佛在豫告这古国将要复活，这是一件如何可喜的事呢？

倘使我有这力量，我自然极愿意有所贡献于河南的青年。但不幸我竟力不从心，因为我自己也正站在歧路上，——或者，说得较有希望些：站在十字路口。站在歧路上是几乎难于举足，站在十字路口，是可走的道路很多。我自己，是什么也不怕的，生命是我自己的东西，所以我不妨大步走去，向着我自以为可以走去的路；即使前面是深渊，荆棘，狭谷，火坑，都由我自己负责。然而向青年说话可就难了，如果盲人瞎马，引入危途，我就该得谋杀许多人命的罪孽。

所以，我终于还不想劝青年一同走我所走的路；我们的年龄，境遇，都不相同，思想的归宿大概总不能一致的罢。但倘若一定要问我青年应当向怎样的目标，那么，我只可以说出我为别人设计的话，就是：一要生存，二要温饱，三要发展。有敢来阻碍这三事者，无论是谁，我们都反抗他，扑灭他！

可是还得附加几句话以免误解，就是：我之所谓生存，并不是苟活；所谓温饱，并不是奢侈；所谓发展，也不是放纵。

中国古来，一向是最注重于生存的，什么“知命者不立于岩墙之下”咧，什么“千金之子坐不垂堂”咧，什么“身体发肤受之父母不敢毁伤”咧，竟有父母愿意儿子吸鸦片的，一吸，他就不至于到外面去，有倾家荡产之虞了。可是这一流人家，家业也决不能长保，因为这是苟活。苟活就是活不下去的初步，所以到后来，他就活不下去了。意图生存，而太卑怯，结果就得死亡。以中国古训中教人苟活的格言如此之多，而中国人偏多死亡，外族偏多侵入，

[1] 中州：河南的古称。

结果适得其反，可见我们蔑弃古训，是刻不容缓的了。这实在是无可奈何，因为我们要生活，而且不是苟活的缘故。

中国人虽然想了各种苟活的理想乡，可惜终于没有实现。但我却替他们发见了，你们大概知道的罢，就是北京的第一监狱。这监狱在宣武门外的空地里，不怕邻家的火灾；每日两餐，不虑冻馁；起居有定，不会伤生；构造坚固，不会倒塌；禁卒管着，不会再犯罪；强盗是决不会来抢的。住在里面，何等安全，真真是“千金之子坐不垂堂”了。但阙少的就有一件事：自由。

古训所教的就是这样的生活法，教人不要动。不动，失错当然就较少了，但不活的岩石泥沙，失错不是更少么？我以为人类为向上，即发展起见，应该活动，活动而有若干失错，也不要紧。惟独半死半生的苟活，是全盘失错的。因为他挂了生活的招牌，其实却引人到死路上去！

我想，我们总得将青年从牢狱里引出来，路上的危险，当然是有的，但这是求生的偶然的危险，无从逃避。想逃避，就须度那古人所希求的第一监狱式生活了，可是真在第一监狱里的犯人，都想早些释放，虽然外面并不比狱里安全。

北京暖和起来了；我的院子里种了几株丁香，活了；还有两株榆叶梅，至今还未发芽，不知道他是否活着。

昨天闹了一个小乱子，许多学生被打伤了；听说还有死的，我不知道确否。其实，只要听他们开会，结果不过是开会而已，因为加了强力的迫压，遂闹出开会以上的事来。俄国的革命，不就是从这样的路径出发的么？

夜深了，就此搁笔，后来再谈罢。

鲁迅。五月八日夜。

（本篇最初发表于1925年5月14日开封《豫报副刊》，选自《华盖集》）

补白

一

“公理战胜”的牌坊[1]，立在法国巴黎的公园里不知怎样，立在中国北京的中央公园里可实在有些希奇，——但这是现在的话。当时，市民和学生也曾游行欢呼过。

我们那时的所以入战胜之林者，因为曾经送去过很多的工人；大家也常常自夸工人在欧战的劳绩。现在不大有人提起了，战胜也忘却了，而且实际上是战败了[2]。

现在的强弱之分固然在有无枪炮，但尤其是在拿枪炮的人。假使这国民是卑怯的，即纵有枪炮，也只能杀戮无枪炮者，倘敌手也有，胜败便在不可知之数了。这时候才见真强弱。

我们弓箭是能自己制造的，然而败于金，败于元，败于清。记得宋人的一部杂记里记有市井间的谐谑，将金人和宋人的事物来比较。譬如问金人有箭，宋有什么？则答道，“有锁子甲”。又问金有四太子，宋有何人？则答道，“有岳少保”。临末问，金人有狼牙棒（打人脑袋的武器），宋有什么？却答道，“有天灵盖”！

自宋以来，我们终于只有天灵盖而已，现在又发现了一种“民气”，更加玄虚飘渺了。

但不以实力为根本的民气，结果也只能以固有而不假外求的天灵盖自豪，

[1] “公理战胜”的牌坊：第一次世界大战后，协约国宣扬他们打败了同盟国是“公理战胜强权”，纷纷立碑纪念。中国北洋政府因曾参加协约国一方，也在北京中央公园（今中山公园）建立了“公理战胜”的牌坊。

[2] 第一次世界大战结束后召开的巴黎和会，无视中国的主权和“战胜国”的地位，非法决定让日本帝国主义继承战前德国在山东的特权。“实际上是战败了”，即指此。

也就是以自暴自弃当作得胜。我近来也颇觉“心上有杞天之虑”，怕中国更要复古了。瓜皮帽，长衫，双梁鞋，打拱作揖，大红名片，水烟筒，或者都要成为爱国的标征，因为这些都可以不费力气而拿出来，和天灵盖不相上下的。（但大红名片也许不用，以避“赤化”之嫌。）

然而我并不说中国人顽固，因为我相信，鸦片和扑克是不会在排斥之列的。况且爱国之士不是已经说过，马将牌已在西洋盛行，给我们复了仇么？

爱国之士又说，中国人是爱和平的。但我殊不解既爱和平，何以国内连年打仗？或者这话应该修正：中国人对外国人是爱和平的。

我们仔细查察自己，不再说诳的时候应该到来了，一到不再自欺欺人的时候，也就是到了看见希望的萌芽的时候。

我不以为自承无力，是比自夸爱和平更其耻辱。

六月二十三日。

二

先前以“士人”“上等人”自居的，现在大可以改称“平民”了罢；在实际上，也确有许多人已经如此。彼一时，此一时，清朝该去考秀才，捐监生，现在就只得进学校。“平民”这一个徽号现已日见其时式，地位也高起来了，以此自居，大概总可以从别人得到和先前对于“上等人”一样的尊敬，时势虽然变迁，老地位是不会失掉的。倘遇见这样的平民，必须恭维他，至少也得点头拱手陪笑唯诺，像先前下等人的对于贵人一般。否则，你就会得到罪名，曰：“骄傲”，或“贵族的”。因为他已经是平民了。见平民而不格外趋奉，非骄傲而何？

清的末年，社会上大抵恶革命党如蛇蝎，南京政府[1]一成立，漂亮的士绅和商人看见似乎革命党的人，便亲密的说道：“我们本来都是‘草字头’[2]，一路的呵。”

---

[1] 南京政府：指1912年1月1日成立于南京的中华民国临时政府。

[2] 草字头：因“革”字与“草”字的起头相似，所以当时称革命党为“草字头”。

徐锡麟刺杀恩铭之后，大捕党人，陶成章君是其中之一，罪状曰：“著《中国权力史》，学日本催眠术。”（何以学催眠术就有罪，殊觉费解。）于是连他在家的父亲也大受痛苦；待到革命兴旺，这才被尊称为“老太爷”；有人给“孙少爷”去说媒。可惜陶君不久就遭人暗杀了，神主入祠的时候，捧香恭送的士绅和商人尚有五六百。直到袁世凯打倒二次革命之后，这才冷落起来。

谁说中国人不善于改变呢？每一新的事物进来，起初虽然排斥，但看到有些可靠，就自然会改变。不过并非将自己变得合于新事物，乃是将新事物变得合于自己而已。

佛教初来时便大被排斥，一到理学先生谈禅，和尚做诗的时候，“三教同源”的机运就成熟了。听说现在悟善社里的神主已经有了五块：孔子，老子，释迦牟尼，耶稣基督，谟哈默德。

中国老例，凡要排斥异己的时候，常给对手起一个诨名，——或谓之“绰号”。这也是明清以来讼师的老手段；假如要控告张三李四，倘只说姓名，本很平常，现在却道“六臂太岁张三”，“白额虎李四”，则先不问事迹，县官只见绰号，就觉得他们是恶棍了。

月球只一面对着太阳，那一面我们永远不得见。歌颂中国文明的也惟以光明的示人，隐匿了黑的一面。譬如说到家族亲旧，书上就有许多好看的形容词：慈呀，爱呀，悌呀，……又有许多好看的古典：五世同堂呀，礼门呀，义宗呀，……至于诨名，却藏在活人的心中，隐僻的书上。最简单的打官司教科书《萧曹遗笔》里就有着不少惯用的恶谥，现在钞一点在这里，省得自己做文章——

亲戚类

孽亲　枭亲　兽亲　鳄亲　虎亲　歪亲

尊长类

鳄伯　虎伯（叔同）　孽兄　毒兄　虎兄

卑幼类

悖男　恶侄　孽侄　悖孙　虎孙　枭甥

孽甥　悖妾　泼媳　枭弟　恶婿　凶奴

其中没有父母，那是例不能控告的，因为历朝大抵“以孝治天下”。

这一种手段也不独讼师有。民国元年章太炎先生在北京，好发议论，而且毫无顾忌地褒贬。常常被贬的一群人于是给他起了一个绰号，曰“章疯子”。其人既是疯子，议论当然是疯话，没有价值的了，但每有言论，也仍在他们的报章上登出来，不过题目特别，道：《章疯子大发其疯》。有一回，他可是骂到他们的反对党头上去了。那怎么办呢？第二天报上登出来的时候，那题目是：《章疯子居然不疯》。

往日看《鬼谷子》，觉得其中的谋略也没有什么出奇，独有《飞箝》中的“可箝而从，可箝而横，……可引而反，可引而覆。虽覆能复，不失其度”这一段里的一句“虽覆能复”很有些可怕。但这一种手段，我们在社会上是时常遇见的。

《鬼谷子》自然是伪书，决非苏秦，张仪的老师所作；但作者也决不是“小人”，倒是一个老实人。宋的来鹄已经说，“捭阖飞箝，今之常态，不读鬼谷子书者，皆得自然符契也。”人们常用，不以为奇，作者知道了一点，便笔之于书，当作秘诀，可见禀性纯厚，不但手段，便是心里的机诈也并不多。如果是大富翁，他肯将十元钞票嵌在镜屏里当宝贝么？

鬼谷子所以究竟不是阴谋家，否则，他还该说得吞吞吐吐些；或者自己不说，而钩出别人来说；或者并不必钩出别人来说，而自己永远阔不可言。这末后的妙法，知者不言，书上也未见，所以我不知道，倘若知道，就不至于老在灯下编《莽原》，做《补白》了。

但各种小纵横，我们总常要身受，或者目睹。夏天的忽而甲乙相打；忽而甲乙相亲，同去打丙；忽而甲丙相合，又同去打乙，忽而甲丙又互打起来，[1]就都是这“覆”“复”作用；化数百元钱，请一回酒，许多人立刻变了色彩，也还是这顽意儿。然而真如来鹄所说，现在的人们是已经“是乃天授，非人力也”的；倘使要看了《鬼谷子》才能，就如拿着文法书去和外国人谈天一样，一定要碰壁。

七月一日。

[1] 指当时各地军阀的内战。

三

离五卅事件的发生已有四十天，北京的情形就像五月二十九日一样。聪明的批评家大概快要提出照例的“五分钟热度”[1]说来了罢，虽然也有过例外：曾将汤尔和[2]先生的大门“打得擂鼓一般，足有十五分钟之久”。（见六月二十三日《晨报》）有些学生们也常常引这“五分热”说自诫，仿佛早经觉到了似的。

但是，中国的老先生们——连二十岁上下的老先生们都算在内——不知怎的总有一种矛盾的意见，就是将女人孩子看得太低，同时又看得太高。妇孺是上不了场面的；然而一面又拜才女，捧神童，甚至于还想借此结识一个阔亲家，使自己也连类飞黄腾达。什么木兰从军，缇萦救父，更其津津乐道，以显示自己倒是一个死不挣气的瘟虫。对于学生也是一样，既要他们“莫谈国事”，又要他们独退番兵，退不了，就冷笑他们无用。

倘在教育普及的国度里，国民十之九是学生；但在中国，自然还是一个特别种类。虽是特别种类，却究竟是“束发小生”，所以当然不会有三头六臂的大神力。他们所能做的，也无非是演讲，游行，宣传之类，正如火花一样，在民众的心头点火，引起他们的光焰来，使国势有一点转机。倘若民众并没有可燃性，则火花只能将自身烧完，正如在马路上焚纸人轿马，暂时引得几个人闲看，而终于毫不相干，那热闹至多也不过如“打门”之久。谁也不动，难道“小生”们真能自己来打枪铸炮，造兵舰，糊飞机，活擒番将，平定番邦么？所以这“五分热”是地方病，不是学生病。这已不是学生的耻辱，而是全国民的耻辱了；倘在别的有活力，有生气的国度里，现象该不至于如此的。外人不足责，而本国的别的灰冷的民众，有权者，袖手旁观者，

[1] 梁启超在一九二五年五月七日《晨报》“勿忘国耻”栏发表的《第十度的“五七”》一文中，曾说：“我不怕说一句犯众了！义和团式的爱国本质好不好另属一问题。但他的功用之表现，当然是靠‘五分钟热度’，这种无理性的冲动能有持续性，我绝对不敢相信。”

[2] 汤尔和：曾任北洋政府的教育总长，抗日战争期间堕落为汉奸。他在《晨报》的“时论”栏发表《不善导的忠告》一文中说：“前天某学校以跳舞会的名义来募捐，我家的佣工，告诉他说是捐的次数太多了，家里没有钱。来人说你们主人做过什么长，还会没钱吗？把大门打得擂鼓一般，足有十五分钟之久，再三央告，始怫然而去。”

也都于事后来嘲笑，实在是无耻而且昏庸！

但是，别有所图的聪明人又作别论，便是真诚的学生们，我以为自身却有一个颇大的错误，就是正如旁观者所希望或冷笑的一样：开首太自以为有非常的神力，有如意的成功。幻想飞得太高，堕在现实上的时候，伤就格外沉重了；力气用得太骤，歇下来的时候，身体就难于动弹了。为一般计，或者不如知道自己所有的不过是“人力”，倒较为切实可靠罢。

现在，从读书以至“寻异性朋友讲情话”，似乎都为有些有志者所诟病了。但我想，责人太严，也正是“五分热”的一个病源。譬如自己要择定一种口号——例如不买英日货——来履行，与其不饮不食的履行七日或痛哭流涕的履行一月，倒不如也看书也履行至五年，或者也看戏也履行至十年，或者也寻异性朋友也履行至五十年，或者也讲情话也履行至一百年。记得韩非子曾经教人以竞马的要妙，其一是“不耻最后”。即使慢，驰而不息，纵令落后，纵令失败，但一定可以达到他所向的目标。

七月八日。

（本篇最初分别发表于1925年6月26日出版的《莽原》周刊第10期、7月3日出版的11期及同月10日出版的第12期，选自《华盖集》）

十四年的“读经”

自从章士钊主张读经[1]以来，论坛上又很出现了一些论议，如谓经不必尊，读经乃是开倒车之类。我以为这都是多事的，因为民国十四年的“读经”，也如民国前四年，四年，或将来的二十四年一样，主张者的意思，大抵并不如反对者所想像的那么一回事。

尊孔，崇儒，专经，复古，由来已经很久了。皇帝和大臣们，向来总要取其一端，或者“以孝治天下”，或者“以忠诏天下”，而且又“以贞节励天下”。但是，二十四史不现在么？其中有多少孝子，忠臣，节妇和烈女？

[1] 1925年11月2日章士钊主持教育部部务会议决定，小学自四年级起开始读经书。

自然，或者是多到历史上装不下去了；那么，去翻专夸本地人物的府县志书去。我可以说，可惜男的孝子和忠臣也不多的，只有节烈的妇女的名册却大抵有一大卷以至几卷。孔子之徒的经，真不知读到那里去了；倒是不识字的妇女们能实践。还有，欧战时候的参战，我们不是常常自负的么？但可曾用《论语》感化过德国兵，用《易经》咒翻了潜水艇呢？儒者们引为劳绩的，倒是那大抵目不识丁的华工！

所以要中国好，或者倒不如不识字罢，一识字，就有近乎读经的病根了。“瞰亡往拜”“出疆载质”的最巧玩艺儿，经上都有，我读熟过的。只有几个胡涂透顶的笨牛，真会诚心诚意地来主张读经。而且这样的脚色，也不消和他们讨论。他们虽说什么经，什么古，实在不过是空嚷嚷。问他们经可是要读到像颜回，子思，孟轲，朱熹，秦桧（他是状元），王守仁，徐世昌，曹锟；古可是要复到像清（即所谓“本朝”），元，金，唐，汉，禹汤文武周公，无怀氏，葛天氏？他们其实都没有定见。他们也知不清颜回以至曹锟为人怎样，“本朝”以至葛天氏情形如何；不过像苍蝇们失掉了垃圾堆，自不免嗡嗡地叫。况且既然是诚心诚意主张读经的笨牛，则决无钻营，取巧，献媚的手段可知，一定不会阔气；他的主张，自然也决不会发生什么效力的。

至于现在的能以他的主张，引起若干议论的，则大概是阔人。阔人决不是笨牛，否则，他早已伏处牖下，老死田间了。现在岂不是正值“人心不古”的时候么？则其所以得阔之道，居然可知。他们的主张，其实并非那些笨牛一般的真主张，是所谓别有用意；反对者们以为他真相信读经可以救国，真是“谬以千里”了！

我总相信现在的阔人都是聪明人；反过来说，就是倘使老实，必不能阔是也。至于所挂的招牌是佛学，是孔道，那倒没有什么关系。总而言之，是读经已经读过了，很悟到一点玩意儿，这种玩意儿，是孔二先生的先生老聃的大著作里就有的，此后的书本子里还随时可得。所以他们都比不识字的节妇，烈女，华工聪明；甚而至于比真要读经的笨牛还聪明。何也？曰：“学而优则仕”故也。倘若“学”而不“优”，则以笨牛没世，其读经的主张，也不为世间所知。

孔子岂不是“圣之时者也”么，而况“之徒”呢？现在是主张“读经”的时候了。武则天做皇帝，谁敢说“男尊女卑”？多数主义虽然现称过激派，如果在列宁治下，则共产之合于葛天氏，一定可以考据出来的。但幸而现在英国和日本的力量还不弱，所以，主张亲俄者，是被卢布换去了良心。

我看不见读经之徒的良心怎样，但我觉得他们大抵是聪明人，而这聪明，就是从读经和古文得来的。我们这曾经文明过而后来奉迎过蒙古人满洲人大驾了的国度里，古书实在太多，倘不是笨牛，读一点就可以知道，怎样敷衍，偷生，献媚，弄权，自私，然而能够假借大义，窃取美名。再进一步，并可以悟出中国人是健忘的，无论怎样言行不符，名实不副，前后矛盾，撒诳造谣，蝇营狗苟，都不要紧，经过若干时候，自然被忘得干干净净；只要留下一点卫道模样的文字，将来仍不失为“正人君子”。况且即使将来没有“正人君子”之称，于目下的实利又何损哉？

这一类的主张读经者，是明知道读经不足以救国的，也不希望人们都读成他自己那样的；但是，要些把戏，将人们作笨牛看则有之，“读经”不过是这一回要把戏偶尔用到的工具。抗议的诸公倘若不明乎此，还要正经老实地来评道理，谈利害，那我可不再客气，也要将你们归入诚心诚意主张读经的笨牛类里去了。

以这样文不对题的话来解释“俨乎其然”的主张，我自己也知道有不恭之嫌，然而我又自信我的话，因为我也是从“读经”得来的。我几乎读过十三经。

衰老的国度大概就免不了这类现象。这正如人体一样，年事老了，废料愈积愈多，组织间又沉积下矿质，使组织变硬，易就于灭亡。一面，则原是养卫人体的游走细胞（Wanderzelle）渐次变性，只顾自己，只要组织间有小洞，它便钻，蚕食各组织，使组织耗损，易就于灭亡。俄国有名的医学者梅契尼珂夫（Elias Metschnikov）特地给他别立了一个名目：大嚼细胞（Fresserzelle）。据说，必须扑灭了这些，人体才免于老衰；要扑灭这些，则须每日服用一种酸性剂。他自己就实行着。

古国的灭亡，就因为大部分的组织被太多的古习惯教养得硬化了，不再能够转移，来适应新环境。若干分子又被太多的坏经验教养得聪明了，于是变性，知道在硬化的社会里，不妨妄行。单是妄行的是可与论议的，故意妄行的却无须再与谈理。惟一的疗救，是在另开药方：酸性剂，或者简直是强酸剂。

不提防临末又提到了一个俄国人，怕又有人要疑心我收到卢布了罢。我现在郑重声明：我没有收过一张纸卢布。因为俄国还未赤化之前，他已经死掉了，是生了别的急病，和他那正在实验的药的有效与否这问题无干。

十一月十八日。

（本篇最初发表于1925年11月27日《猛进》周刊第39期，选自《华盖集》）

这个与那个

一　读经与读史

一个阔人说要读经，嗡的一阵一群狭人也说要读经。岂但“读”而已矣哉，据说还可以“救国”哩。“学而时习之，不亦说乎？”那也许是确凿的罢，然而甲午战败了，——为什么独独要说“甲午”呢，是因为其时还在开学校，废读经以前。

我以为伏案还未功深的朋友，现在正不必埋头来哼线装书。倘其咿唔日久，对于旧书有些上瘾了，那么，倒不如去读史，尤其是宋朝明朝史，而且尤须是野史；或者看杂说。

现在中西的学者们，几乎一听到“钦定四库全书”这名目就魂不附体，膝弯总要软下来似的。其实呢，书的原式是改变了，错字是加添了，甚至于连文章都删改了，最便当的是《琳琅秘室丛书》中的两种《茅亭客话》，一是宋本，一是四库本，一比较就知道。“官修”而加以“钦定”的正史也一样，不但本纪咧，列传咧，要摆“史架子”；里面也不敢说什么。据说，字里行间是也含着什么褒贬的，但谁有这么多的心眼儿来猜闷壶卢。至今还道“将平生事迹宣付国史馆立传”，还是算了罢。

野史和杂说自然也免不了有讹传，挟恩怨，但看往事却可以较分明，因为它究竟不像正史那样地装腔作势。看宋事，《三朝北盟汇编》已经变成古董，太贵了，新排印的《宋人说部丛书》却还便宜。明事呢，《野获编》原也好，但也化为古董了，每部数十元；易于入手的是《明季南北略》，《明季稗史汇编》，以及新近集印的《痛史》。

史书本来是过去的陈帐簿，和急进的猛士不相干。但先前说过，倘若还不能忘情于咿唔，倒也可以翻翻，知道我们现在的情形，和那时的何其神似，而现在的昏妄举动，胡涂思想，那时也早已有过，并且都闹糟了。

试到中央公园去，大概总可以遇见祖母带着她孙女儿在玩的。这位祖母的模样，就预示着那娃儿的将来。所以倘有谁要预知令夫人后日的丰姿，也只要看丈母。不同是当然要有些不同的，但总归相去不远。我们查帐的用处就在此。

但我并不说古来如此，现在遂无可为，劝人们对于“过去”生敬畏心，以为它已经铸定了我们的运命。Le Bon 先生说，死人之力比生人大，诚然也有一理的，然而人类究竟进化着。又据章士钊总长说，则美国的什么地方已在禁讲进化论了，这实在是吓死我也，然而禁只管禁，进却总要进的。

总之：读史，就愈可以觉悟中国改革之不可缓了。虽是国民性，要改革也得改革，否则，杂史杂说上所写的就是前车。一改革，就无须怕孙女儿总要像点祖母那些事，譬如祖母的脚是三角形，步履维艰的，小姑娘的却是天足，能飞跑；丈母老太太出过天花，脸上有些缺点的，令夫人却种的是牛痘，所以细皮白肉：这也就大差其远了。

十二月八日。

二　捧与挖

中国的人们，遇见带有会使自己不安的朕兆的人物，向来就用两样法：将他压下去，或者将他捧起来。

压下去就用旧习惯和旧道德，或者凭官力，所以孤独的精神的战士，虽然为民众战斗，却往往反为这“所为”而灭亡。到这样，他们这才安心了。压不下时，则于是乎捧，以为抬之使高，餍之使足，便可以于己稍稍无害，得以安心。

伶俐的人们，自然也有谋利而捧的，如捧阔老，捧戏子，捧总长之类；但在一般粗人，——就是未尝“读经”的，则凡有捧的行为的“动机”，大概是不过想免害。即以所奉祀的神道而论，也大抵是凶恶的，火神瘟神不待言，连财神也是蛇呀刺猬呀似的骇人的畜类；观音菩萨倒还可爱，然而那是从印度输入的，并非我们的“国粹”。要而言之：凡有被捧者，十之九不是好东西。

既然十之九不是好东西，则被捧而后，那结果便自然和捧者的希望适得其反了。不但能使不安，还能使他们很不安，因为人心本来不易餍足。然而人们终于至今没有悟，还以捧为苟安之一道。

记得有一部讲笑话的书，名目忘记了，也许是《笑林广记》罢，说，当一个知县的寿辰，因为他是子年生，属鼠的，属员们便集资铸了一个金老鼠去作贺礼。知县收受之后，另寻了机会对大众说道：明年又恰巧是贱内的整寿；她比我小一岁，是属牛的。其实，如果大家先不送金老鼠，他决不敢想金牛。一送开手，可就难于收拾了，无论金牛无力致送，即使送了，怕他的姨太太也会属象。象不在十二生肖之内，似乎不近情理罢，但这是我替他设想的法子罢了，知县当然别有我们所莫测高深的妙法在。

民元革命[1]时候，我在S城，来了一个都督。他虽然也出身绿林大学，未尝“读经”（？），但倒是还算顾大局，听舆论的，可是自绅士以至于庶民，又用了祖传的捧法群起而捧之了。这个拜会，那个恭维，今天送衣料，明天送翅席，捧得他连自己也忘其所以，结果是渐渐变成老官僚一样，动手刮地皮。

最奇怪的是北几省的河道，竟捧得河身比屋顶高得多了。当初自然是防其溃决，所以壅上一点土；殊不料愈壅愈高，一旦溃决，那祸害就更大。于是就“抢堤”咧，“护堤”咧，“严防决堤”咧，花色繁多，大家吃苦。如果当初见河水泛滥，不去增堤，却去挖底，我以为决不至于这样。

有贪图金牛者，不但金老鼠，便是死老鼠也不给。那么，此辈也就连生日都未必做了。单是省却拜寿，已经是一件大快事。

中国人的自讨苦吃的根苗在于捧，“自求多福”之道却在于挖。其实，

[1] 民元革命：即辛亥革命。

劳力之量是差不多的，但从惰性太多的人们看来，却以为还是捧省力。

十二月十日。

三 最先与最后

《韩非子》说赛马的妙法，在于“不为最先，不耻最后”。这虽是从我们这样外行的人看起来，也觉得很有理。因为假若一开首便拚命奔驰，则马力易竭。但那第一句是只适用于赛马的，不幸中国人却奉为人的处世金针了。

中国人不但“不为戎首”，“不为祸始”，甚至于“不为福先”。所以凡事都不容易有改革；前驱和闯将，大抵是谁也怕得做。然而人性岂真能如道家所说的那样恬淡；欲得的却多。既然不敢径取，就只好用阴谋和手段。以此，人们也就日见其卑怯了，既是“不为最先”，自然也不敢“不耻最后”，所以虽是一大堆群众，略见危机，便“纷纷作鸟兽散”了。如果偶有几个不肯退转，因而受害的，公论家便异口同声，称之曰傻子。对于“锲而不舍”的人们也一样。

我有时也偶尔去看看学校的运动会。这种竞争，本来不像两敌国的开战，挟有仇隙的，然而也会因了竞争而骂，或者竟打起来。但这些事又作别论。竞走的时候，大抵是最快的三四个人一到决胜点，其余的便松懈了，有几个还至于失了跑完豫定的圈数的勇气，中途挤入看客的群集中；或者佯为跌倒，使红十字队用担架将他抬走。假若偶有虽然落后，却尽跑，尽跑的人，大家就嗤笑他。大概是因为他太不聪明，“不耻最后”的缘故罢。

所以中国一向就少有失败的英雄，少有韧性的反抗，少有敢单身鏖战的武人，少有敢抚哭叛徒的吊客；见胜兆则纷纷聚集，见败兆则纷纷逃亡。战具比我们精利的欧美人，战具未必比我们精利的匈奴蒙古满洲人，都如入无人之境。“土崩瓦解”这四个字，真是形容得有自知之明。

多有“不耻最后”的人的民族，无论什么事，怕总不会一下子就“土崩瓦解”的，我每看运动会时，常常这样想：优胜者固然可敬，但那虽然落后而仍非跑至终点不止的竞技者，和见了这样竞技者而肃然不笑的看客，乃正是中国将来的脊梁。

四　流产与断种

近来对于青年的创作，忽然降下一个“流产”的恶谥，哄然应和的就有一大群。我现在相信，发明这话的是没有什么恶意的，不过偶尔说一说；应和的也是情有可原的，因为世事本来大概就这样。

我独不解中国人何以于旧状况那么心平气和，于较新的机运就这么疾首蹙额；于已成之局那么委曲求全，于初兴之事就这么求全责备？

智识高超而眼光远大的先生们开导我们：生下来的倘不是圣贤，豪杰，天才，就不要生；写出来的倘不是不朽之作，就不要写；改革的事倘不是一下子就变成极乐世界，或者，至少能给我（！）有更多的好处，就万万不要动！……

那么，他是保守派么？据说：并不然的。他正是革命家。惟独他有公平，正当,稳健,圆满,平和,毫无流弊的改革法;现下正在研究室里研究着哩，——只是还没有研究好。

什么时候研究好呢？答曰：没有准儿。

孩子初学步的第一步，在成人看来，的确是幼稚，危险，不成样子，或者简直是可笑的。但无论怎样的愚妇人，却总以恳切的希望的心，看他跨出这第一步去，决不会因为他的走法幼稚，怕要阻碍阔人的路线而“逼死”他；也决不至于将他禁在床上,使他躺着研究到能够飞跑时再下地。因为她知道：假如这么办，即使长到一百岁也还是不会走路的。

古来就这样，所谓读书人，对于后起者却反而专用彰明较著的或改头换面的禁锢。近来自然客气些，有谁出来，大抵会遇见学士文人们挡驾：且住，请坐。接着是谈道理了：调查，研究，推敲，修养，……结果是老死在原地方。否则，便得到“捣乱”的称号。我也曾有如现在的青年一样，向已死和未死的导师们问过应走的路。他们都说：不可向东，或西，或南，或北。但不说应该向东，或西，或南，或北。我终于发见他们心底里的蕴蓄了：不过是一个“不走”而已。

坐着而等待平安，等待前进，倘能，那自然是很好的，但可虑的是老死而所等待的却终于不至；不生育，不流产而等待一个英伟的宁馨儿，那自然也很可喜的，但可虑的是终于什么也没有。

倘以为与其所得的不是出类拔萃的婴儿，不如断种，那就无话可说。但如果我们永远要听见人类的足音，则我以为流产究竟比不生产还有望，因为这已经明明白白地证明着能够生产的了。

十二月二十日。

（本篇最初发表于1925年12月10日、12日、22日《国民新报副刊》，选自《华盖集》）

战士和苍蝇

Schopenhauer说过这样的话：要估定人的伟大，则精神上的大和体格上的大，那法则完全相反。后者距离愈远即愈小，前者却见得愈大。

正因为近则愈小，而且愈看见缺点和创伤，所以他就和我们一样，不是神道，不是妖怪，不是异兽。他仍然是人，不过如此。但也惟其如此。所以他是伟大的人。

战士战死了的时候，苍蝇们所首先发见的是他的缺点和伤痕，嘬着，营营地叫着，以为得意，以为比死了的战士更英雄。但是战士已经战死了，不再来挥去他们。于是乎苍蝇们即更其营营地叫，自以为倒是不朽的声音，因为它们的完全，远在战士之上。

的确的，谁也没有发见过苍蝇们的缺点和创伤。

然而，有缺点的战士终竟是战士，完美的苍蝇也终竟不过是苍蝇。

去罢，苍蝇们！虽然生着翅子，还能营营，总不会超过战士的。你们这些虫豸们！

三月二十一日。

（本篇最初发表于1925年3月24日北京《京报》附刊《民众文艺周刊》第14号，选自《华盖集》）

夏三虫

夏天近了，将有三虫：蚤，蚊，蝇。

假如有谁提出一个问题，问我三者之中，最爱什么，而且非爱一个不可，又不准像“青年必读书”那样的缴白卷的。我便只得回答道：跳蚤。

跳蚤的来吮血，虽然可恶，而一声不响地就是一口，何等直截爽快。蚊子便不然了，一针叮进皮肤，自然还可以算得有点彻底的，但当未叮之前，要哼哼地发一篇大议论，却使人觉得讨厌。如果所哼的是在说明人血应该给它充饥的理由，那可更其讨厌了，幸而我不懂。

野雀野鹿，一落在人手中，总时时刻刻想要逃走。其实，在山林间，上有鹰鹯，下有虎狼，何尝比在人手里安全。为什么当初不逃到人类中来，现在却要逃到鹰鹯虎狼间去？或者，鹰鹯虎狼之于它们，正如跳蚤之于我们罢。肚子饿了，抓着就是一口，决不谈道理，弄玄虚。被吃者也无须在被吃之前，先承认自己之理应被吃，心悦诚服，誓死不二。人类，可是也颇擅长于哼哼的了，害中取小，它们的避之惟恐不速，正是绝顶聪明。

苍蝇嗡嗡地闹了大半天，停下来也不过舐一点油汗，倘有伤痕或疮疖，自然更占一些便宜；无论怎么好的，美的，干净的东西，又总喜欢一律拉上一点蝇矢。但因为只舐一点油汗，只添一点腌臜，在麻木的人们还没有切肤之痛，所以也就将它放过了。中国人还不很知道它能够传播病菌，捕蝇运动大概不见得兴盛。它们的运命是长久的；还要更繁殖。

但它在好的，美的，干净的东西上拉了蝇矢之后，似乎还不至于欣欣然反过来嘲笑这东西的不洁：总要算还有一点道德的。

古今君子，每以禽兽斥人，殊不知便是昆虫，值得师法的地方也多着哪。

四月四日。

（本篇最初发表于1925年4月7日北京《京报》附刊《民众文艺周刊》第16号，选自《华盖集》）

导　师

近来很通行说青年；开口青年，闭口也是青年。但青年又何能一概而论？有醒着的，有睡着的，有昏着的，有躺着的，有玩着的，此外还多。但是，自然也有要前进的。

要前进的青年们大抵想寻求一个导师。然而我敢说：他们将永远寻不到。寻不到倒是运气；自知的谢不敏，自许的果真识路么？凡自以为识路者，总过了“而立”之年，灰色可掬了，老态可掬了，圆稳而已，自己却误以为识路。假如真识路，自己就早进向他的目标，何至于还在做导师。说佛法的和尚，卖仙药的道士，将来都与白骨是“一丘之貉”，人们现在却向他听生西的大法，求上升的真传，岂不可笑！

但是我并非敢将这些人一切抹杀；和他们随便谈谈，是可以的。说话的也不过能说话，弄笔的也不过能弄笔；别人如果希望他打拳，则是自己错。他如果能打拳，早已打拳了，但那时，别人大概又要希望他翻筋斗。

有些青年似乎也觉悟了，我记得《京报副刊》征求青年必读书时，曾有一位发过牢骚，终于说：只有自己可靠！我现在还想斗胆转一句，虽然有些杀风景，就是：自己也未必可靠的。

我们都不大有记性。这也无怪，人生苦痛的事太多了，尤其是在中国。记性好的，大概都被厚重的苦痛压死了；只有记性坏的，适者生存，还能欣然活着。但我们究竟还有一点记忆，回想起来，怎样的“今是昨非”呵，怎样的“口是心非”呵，怎样的“今日之我与昨日之我战”呵。我们还没有正在饿得要死时于无人处见别人的饭，正在穷得要死时于无人处见别人的钱，正在性欲旺盛时遇见异性，而且很美的。我想，大话不宜讲得太早，否则，倘有记性，将来想到时会脸红。

或者还是知道自己之不甚可靠者，倒较为可靠罢。

青年又何须寻那挂着金字招牌的导师呢？不如寻朋友，联合起来，同向着似乎可以生存的方向走。你们所多的是生力，遇见深林，可以辟成平地的，遇见旷野，可以栽种树木的，遇见沙漠，可以开掘井泉的。问什么荆棘塞途的老路，寻什么乌烟瘴气的鸟导师！

五月十一日。

（本篇最初发表于1925年5月15日北京《莽原》周刊第4期，选自《华盖集》）

长 城

伟大的长城！

这工程，虽在地图上也还有它的小像，凡是世界上稍有知识的人们，大概都知道的罢。

其实，从来不过徒然役死许多工人而已，胡人何尝挡得住。现在不过一种古迹了，但一时也不会灭尽，或者还要保存它。

我总觉得周围有长城围绕。这长城的构成材料，是旧有的古砖和补添的新砖。两种东西联为一气造成了城壁，将人们包围。

何时才不给长城添新砖呢？

这伟大而可诅咒的长城！

五月十一日。

（本篇最初发表于1925年5月15日北京《莽原》周刊第4期，选自《华盖集》）

并非闲话

凡事无论大小，只要和自己有些相干，便不免格外警觉。即如这一回女子师范大学的风潮，我因为在那里担任一点钟功课，也就感到震动，而且就发了几句感慨，登在五月十二的《京报副刊》上。自然，自己也明知道违了"和光同尘"的古训了，但我就是这样，并不想以骑墙或阴柔来买人尊敬。

三四天之后，忽然接到一本《现代评论》十五期，很觉得有些稀奇。这一期是新印的，第一页上目录已经整齐（初版字有参差处），就证明着至少是再版。我想：为什么这一期特别卖的多，送的多呢，莫非内容改变了么？翻开初版来，校勘下去，都一样；不过末叶的金城银行的广告已经杳然，所以一篇《女师大的学潮》就赤条条地露出。我不是也发过议论的么？自然要看一看，原来是赞成杨荫榆校长的，和我的论调正相反。做的人是“一个女读者”。

中国原是玩意儿最多的地方，近来又刚闹过什么“琴心是否女士”问题，我于是心血来潮，忽而想：又捣什么鬼，装什么佯了？但我即刻不再想下去，因为接着就起了别一个念头，想到近来有些人，凡是自己善于在暗中播弄鼓动的，一看见别人明白质直的言动，便往往反噬他是播弄和鼓动，是某党，是某系；正如偷汉的女人的丈夫，总愿意说世人全是忘八，和他相同，他心里才觉舒畅。这种思想是卑劣的；我太多心了，人们也何至于一定用裙子来做军旗。我就将我的念头打断了。

此后，风潮还是拖延着，而且展开来，于是有七个教员的宣言发表，也登在五月二十七日的《京报》上，其中的一个是我。

这回的反响快透了，三十日发行（其实是二十九日已经发卖）的《现代评论》上，西滢先生就在《闲话》的第一段中特地评论。但是，据说宣言是“《闲话》正要付印的时候”才在报上见到的，所以前半只论学潮，和宣言无涉。后来又做了三大段，大约是见了宣言之后，这才文思泉涌的罢，可是《闲话》付印的时间，大概总该颇有些耽误了。但后做而移在前面，也未可知。那么，足见这是一段要紧的“闲话”。

《闲话》中说，“以前我们常常听说女师大的风潮，有在北京教育界占最大势力的某籍某系的人在暗中鼓动，可是我们总不敢相信。”所以他只在宣言中摘出“最精彩的几句”，加上圈子，评为“未免偏袒一方”；而且因为“流言更加传布得厉害”，遂觉“可惜”，但他说“还是不信我们平素所很尊敬的人会暗中挑剔风潮”。这些话我觉得确有些超妙的识见。例如“流言”本是畜类的武器，鬼蜮的手段，实在应该不信它。又如一查籍贯，则即使装作公平，也容易启人疑窦，总不如“不敢相信”的好，否则同籍的人固然惮于在一张纸上宣言，而别一某籍的人也不便在暗中给同籍的人帮忙了。这些“流言”和“听说”，当然都只配当作狗屁！

但是，西滢先生因为“未免偏袒一方”而遂叹为“可惜”，仍是引用“流言”，我却以为是“可惜”的事。清朝的县官坐堂，往往两造各责小板五百完案，“偏袒”之嫌是没有了，可是终于不免为胡涂虫。假使一个人还有是非之心，倒不如直说的好；否则，虽然吞吞吐吐，明眼人也会看出中“偏袒”那一方，所表白的不过是自己的阴险和卑劣。宣言中所谓“若离若合，殊有混淆黑白之嫌”者，似乎也就是为此辈的手段写照。而且所谓“挑剔风潮”的“流言”，说不定就是这些伏在暗中，轻易不大露面的东西所制造的，但我自然也“没有调查详细的事实，不大知道”。可惜的是西滢先生虽说“还是不信”，却已为我辈“可惜”，足见流言之易于惑人，无怪常有人用作武器。但在我，却直到看见这《闲话》之后，才知道西滢先生们原来“常常”听到这样的流言，并且和我偶尔听到的都不对。可见流言也有种种，某种流言，大抵是奔凑到某种耳朵，写出在某种笔下的。

但在《闲话》的前半，即西滢先生还未在报上看见七个教员的宣言之前，已经比学校为“臭毛厕”，主张“人人都有扫除的义务”了。为什么呢？一者报上两个相反的启事已经发现；二者学生把守校门；三者有“校长不能在学校开会，不得不借邻近的饭店招集教员开会的奇闻。”但这所述的“臭毛厕”的情形还得修改些，因为层次有点颠倒。据宣言说，则“饭店开会”，乃在“把守校门”之前，大约西滢先生觉得不“最精彩”，所以没有摘录，或者已经写好，所以不及摘录的罢。现在我来补摘几句，并且也加些圈子，聊以效颦——

> “……迨五月七日校内讲演时，学生劝校长杨荫榆先生退席后，杨先生乃于饭馆召集校员若干燕饮，继即以评议会名义，将学生自治会职员六人揭示开除，由是全校哗然，有坚拒杨先生长校之事变。……”

《闲话》里的和这事实的颠倒，从神经过敏的看起来，或者也可以认为“偏袒”的表现；但我在这里并非举证，不过聊作插话而已。其实，“偏袒”两字，因我适值选得不大堂皇，所以使人厌观，倘用别的字，便会大大的两样。况且，即使是自以为公平的批评家，“偏袒”也在所不免的，譬如和校长同籍贯，或是好朋友，或是换帖兄弟，或是叨过酒饭，每不免于不知不觉间有所“偏袒”。这也算人情之常，不足深怪；但当侃侃而谈之际，那自然也许流露出来。然而也没有什么要紧，局外人那里会知道这许多底细呢，无伤大体的。

但是学校的变成“臭毛厕”，却究竟在“饭店招集教员”之后，酒醉饭饱，毛厕当然合用了。西滢先生希望“教育当局”打扫，我以为在打扫之前，还须先封饭店，否则醉饱之后，总要拉矢，毛厕即永远需用，怎么打扫得干净？而且，还未打扫之前，不是已经有了“流言”了么？流言之力，是能使粪便增光，蛆虫成圣的，打扫夫又怎么动手？姑无论现在有无打扫夫。

至于“万不可再敷衍下去”，那可实在是斩钉截铁的办法。正应该这样办。但是，世上虽然有斩钉截铁的办法，却很少见有敢负责任的宣言。所多的是自在黑幕中，偏说不知道；替暴君奔走，却以局外人自居；满肚子怀着鬼胎，而装出公允的笑脸；有谁明说出自己所观察的是非来的，他便用了“流言”来作不负责任的武器：这种蛆虫充满的“臭毛厕”，是难于打扫干净的。丢尽“教育界的面目”的丑态，现在和将来还多着哩！

五月三十日。

（本篇最初发表于1925年6月1日《京报副刊》，选自《华盖集》）

碎　话

如果只有自己，那是都可以的：今日之我与昨日之我战也好，今日这么说明日那么说也好。但最好是在自己的脑里想，在自己的宅子里说；或者和情人谈谈也不妨，横竖她总能以“阿呀”表示其佩服，而没有第三者与闻其事。只是，假使不自珍惜，陆续发表出来，以“领袖”“正人君子”自居，而称这些为“思想”或“公论”之类，却难免有多少老实人遭殃。自然，凡有神妙的变迁，原是反足以见学者文人们进步之神速的；况且文坛上本来就“只许州官放火不准百姓点灯”，即不幸而为庸人，则给天才做一点牺牲，也正是应尽的义务。谁叫你不能研究或创作的呢？亦惟有活该吃苦而已矣！

然而，这是天才，或者是天才的奴才的崇论宏议。从庸人一方面看起来，却不免觉得此说虽合乎理而反乎情；因为“蝼蚁尚且贪生”，也还是古之明训。所以虽然是庸人，总还想活几天，乐一点。无奈爱管闲事是他们吃苦的根苗，坐在家里好好的，却偏要出来寻导师，听公论了。学者文人们正在一日千变地进步，大家跟在他后面；他走的是小弯，你走的是大弯，他在圆心里转，你却必得在圆周上转，汗流浃背而终于不知所以，那自然是不待数计龟卜而后知的。

什么事情都要干，干，干！那当然是名言，但是倘有傻子真去买了手枪，就必要深悔前非，更进而悟到救国必先求学。这当然也是名言，何用多说呢，就遵谕钻进研究室去。待到有一天，你发见了一颗新彗星，或者知道了刘歆并非刘向的儿子之后，跳出来救国时，先觉者可是“杳如黄鹤”了，寻来寻去，也许会在戏园子里发见。你不要再非薄那“小东人嗯嗯！哪，唉唉唉！”罢：这是艺术。听说“人类不仅是理智的动物”，必须“种种方面有充分发达的人，才可以算完人”呀，学者之在戏园，乃是“在感情方面求种种的美”。“束发小生”变成先生，从研究室里钻出，救国的资格也许有一点了，却不料还是一个精神上种种方面没有充分发达的畸形物，真是可怜可怜。

那么，立刻看夜戏，去求种种的美去，怎么样？谁知道呢。也许学者已经出戏园，学说也跟着长进（俗称改变，非也）了。

叔本华先生以厌世名一时，近来中国的绅士们却独独赏识了他的《妇人论》。的确，他的骂女人虽然还合绅士们的脾胃，但别的话却实在很有些和我们不相宜的。即如《读书和书籍》那一篇里，就说，“我们读着的时候，别人却替我们想。我们不过反复了这人的心的过程。……然而本来底地说起来，则读书时，我们的脑已非自己的活动地。这是别人的思想的战场了。”但是我们的学者文人们却正需要这样的战场——未经老练的青年的脑髓。但也并非在这上面和别的强敌战斗，乃是今日之我打昨日之我，“道义”之手批“公理”之颊——说得俗一点：自己打嘴巴。作了这样的战场者，怎么还能明白是怎么一回事。

这一月来，不知怎的又有几个学者文人或批评家亡魂失魄了，仿佛他们在上月底才从娘胎钻出，毫不知道民国十四年十二月以前的事似的。女师大学生一归她们被占的本校，就有人引以为例，说张胡子或李胡子可以“派兵送一二百学生占据了二三千学生的北大”。如果这样，北大学生确应该群起而将女师大扑灭，以免张胡或李胡援例，确保母校的安全。但我记得北大刚举行过二十七周年纪念，那建立的历史，是并非由章士钊将张胡或李胡将要率领的二百学生拖出，然后改立北大，招生三千，以掩人耳目的。这样的比附，简直是在青年的脑上打滚。夏间，则也可以称为“挑剔风潮”。但也许批评界有时也是“只许州官放火不准百姓点灯”，正如天才之在文坛一样的。

学者文人们最好是有这样的一个特权，月月，时时，自己和自己战，——即自己打嘴巴，免得庸人不知，以常人为例，误以为连一点“闲话”也讲不清楚。

十二月二十二日。

（本篇最初发表于1926年1月8日《猛进》周刊第44期，选自《华盖集》）

华盖集续编

学界的三魂

从《京报副刊》上知道有一种叫《国魂》的期刊，曾有一篇文章说章士钊固然不好，然而反对章士钊的“学匪”们也应该打倒。我不知道大意是否真如我所记得？但这也没有什么关系，因为不过引起我想到一个题目，和那原文是不相干的。意思是，中国旧说，本以为人有三魂六魄，或云七魄；国魂也该这样。而这三魂之中，似乎一是“官魂”，一是“匪魂”，还有一个是什么呢？也许是“民魂”罢，我不很能够决定。又因为我的见闻很偏隘，所以未敢悉指中国全社会，只好缩而小之曰“学界”。

中国人的官瘾实在深，汉重孝廉而有埋儿刻木，宋重理学而有高帽破靴，清重帖括而有“且夫”“然则”。总而言之：那魂灵就在做官，——行官势，摆官腔，打官话。顶着一个皇帝做傀儡，得罪了官就是得罪了皇帝，于是那些人就得了雅号曰“匪徒”。学界的打官话是始于去年，凡反对章士钊的都得了“土匪”，“学匪”，“学棍”的称号，但仍然不知道从谁的口中说出，所以还不外乎一种“流言”。

但这也足见去年学界之糟了，竟破天荒的有了学匪。以大点的国事来比罢，太平盛世，是没有匪的；待到群盗如毛时，看旧史，一定是外戚，宦官，奸臣，小人当国，即使大打一通官话，那结果也还是“呜呼哀哉”。当这“呜呼哀哉”之前，小民便大抵相率而为盗，所以我相信源增先生的话：“表面上看只是些土匪与强盗，其实是农民革命军。”（《国民新报副刊》四三）

那么，社会不是改进了么？并不，我虽然也是被谥为“土匪”之一，却并不想为老前辈们饰非掩过。农民是不来夺取政权的，源增先生又道：“任三五热心家将皇帝推倒，自己过皇帝瘾去。”但这时候，匪便被称为帝，除遗老外，文人学者却都来恭维，又称反对他的为匪了。

所以中国的国魂里大概总有这两种魂：官魂和匪魂。这也并非硬要将我辈的魂挤进国魂里去，贪图与教授名流的魂为伍，只因为事实仿佛是这样。社会诸色人等，爱看《双官诰》，也爱看《四杰村》，望偏安巴蜀的刘玄德成功，也愿意打家劫舍的宋公明得法；至少，是受了官的恩惠时候则艳羡官僚，受了官的剥削时候便同情匪类。但这也是人情之常；倘使连这一点反抗心都没有，岂不就成为万劫不复的奴才了？

然而国情不同，国魂也就两样。记得在日本留学时候，有些同学问我在中国最有大利的买卖是什么，我答道：“造反。”他们便大骇怪。在万世一系的国度里，那时听到皇帝可以一脚踢落，就如我们听说父母可以一棒打杀一般。为一部分士女所心悦诚服的李景林先生，可就深知此意了，要是报纸上所传非虚。今天的《京报》即载着他对某外交官的谈话道：“予预计于旧历正月间，当能与君在天津晤谈；若天津攻击竟至失败，则拟俟三四月间卷土重来，若再失败，则暂投土匪，徐养兵力，以待时机”云。但他所希望的不是做皇帝，那大概是因为中华民国之故罢。

所谓学界，是一种发生较新的阶级，本该可以有将旧魂灵略加湔洗之望了，但听到“学官”的官话，和“学匪”的新名，则似乎还走着旧道路。那末，当然也得打倒的。这来打倒他的是“民魂”，是国魂的第三种。先前不很发扬，所以一闹之后，终不自取政权，而只“任三五热心家将皇帝推倒，自己过皇帝瘾去”了。

惟有民魂是值得宝贵的，惟有他发扬起来，中国才有真进步。但是，当此连学界也倒走旧路的时候，怎能轻易地发挥得出来呢？在乌烟瘴气之中，有官之所谓“匪”和民之所谓匪；有官之所谓“民”和民之所谓民；有官以为“匪”而其实是真的国民，有官以为“民”而其实是衙役和马弁。所以貌似“民魂”的，有时仍不免为“官魂”，这是鉴别魂灵者所应该十分注意的。

话又说远了，回到本题去。去年，自从章士钊提了“整顿学风”的招牌，上了教育总长的大任之后，学界里就官气弥漫，顺我者“通”，逆我者“匪”，官腔官话的余气，至今还没有完。但学界却也幸而因此分清了颜色；只是代表官魂的还不是章士钊，因为上头还有“减膳”执政在，他至多不过做了一个官魄；现在是在天津“徐养兵力，以待时机”了。我不看《甲寅》，不知道说些什么话：官话呢，匪话呢，民话呢，衙役马弁话呢？……

一月二十四日。

（本篇最初发表于1926年2月1日《语丝》周刊第64期，选自《华盖集续编》）

古书与白话

记得提倡白话那时，受了许多谣诼诬谤，而白话终于没有跌倒的时候，就有些人改口说：然而不读古书，白话是做不好的。我们自然应该曲谅这些保古家的苦心，但也不能不悯笑他们这祖传的成法。凡是读过一点古书的人都有这一种老手段：新起的思想，就是“异端”，必须歼灭的，待到它奋斗之后，自己站住了，这才寻出它原来与“圣教同源”；外来的事物，都要“用夷变夏”，必须排除的，但待到这“夷”入主中夏，却考订出来了，原来连这“夷”也还是黄帝的子孙。这岂非出人意料之外的事呢？无论什么，在我们的“古”里竟无不包函了！

用老手段的自然不会长进，到现在仍是说非“读破几百卷书者”即做不出好白话文，于是硬拉吴稚晖先生为例。可是竟又会有“肉麻当有趣”，述说得津津有味的，天下事真是千奇百怪。其实吴先生的“用讲话体为文”，即“其貌”也何尝与“黄口小儿所作若同”。不是“纵笔所之，辄万数千言”么？其中自然有古典，为“黄口小儿”所不知，尤有新典，为“束发小生”所不晓。清光绪末，我初到日本东京时，这位吴稚晖先生已在和公使蔡钧大战了，其战史就有这么长，则见闻之多，自然非现在的“黄口小儿”所能企及。所以他的遣辞用典，有许多地方是惟独熟于大小故事的人物才能够了然，从青年看来，第一是惊异于那文辞的滂沛。这或者就是名流学者们所认为长处的罢，但是，那生命却不在于此。甚至于竟和名流学者们所拉拢恭维的相反，而在自己并不故意显出长处，也无法灭去名流学者们的所谓长处；只将所说所写，作为改革道中的桥梁，或者竟并不想到作为改革道中的桥梁。

愈是无聊赖，没出息的脚色，愈想长寿，想不朽，愈喜欢多照自己的照相，愈要占据别人的心，愈善于摆臭架子。但是，似乎“下意识”里，究竟也觉得自己之无聊的罢，便只好将还未朽尽的“古”一口咬住，希图做着肠子里的寄生虫，一同传世；或者在白话文之类里找出一点古气，反过来替古董增加宠荣。如果“不朽之大业”不过这样，那未免太可怜了罢。而且，到了二九二五年，“黄口小儿”们还要看什么《甲寅》之流，也未免过于可惨罢，即使它“自从孤桐先生下台之后，……也渐渐的有了生气了”。

菲薄古书者，惟读过古书者最有力，这是的确的。因为他洞知弊病，能“以子之矛攻子之盾”，正如要说明吸雅片的弊害，大概惟吸过雅片者最为深知，最为痛切一般。但即使“束发小生”，也何至于说，要做戒绝雅片的文章，也得先吸尽几百两雅片才好呢。

古文已经死掉了；白话文还是改革道上的桥梁，因为人类还在进化。便是文章，也未必独有万古不磨的典则。虽然据说美国的某处已经禁讲进化论了，但在实际上，恐怕也终于没有效的。

一月二十五日。

（本篇最初发表于1926年2月2日《国民新报副刊》，选自《华盖集续编》）

谈皇帝

中国人的对付鬼神，凶恶的是奉承，如瘟神和火神之类，老实一点的就要欺侮，例如对于土地或灶君。待遇皇帝也有类似的意思。君民本是同一民族，乱世时“成则为王败则为贼”，平常是一个照例做皇帝，许多个照例做平民；两者之间，思想本没有什么大差别。所以皇帝和大臣有“愚民政策”，百姓们也自有其“愚君政策”。

往昔的我家，曾有一个老仆妇，告诉过我她所知道，而且相信的对付皇帝的方法。她说——

“皇帝是很可怕的。他坐在龙位上，一不高兴，就要杀人；不容易对付的。所以吃的东西也不能随便给他吃，倘是不容易办到的，他吃了又要，一时办不到；——譬如他冬天想到瓜，秋天要吃桃子，办不到，他就生气，杀人了。现在是一年到头给他吃波菜，一要就有，毫不为难。但是倘说是波菜，他又要生气的，因为这是便宜货，所以大家对他就不称为波菜，另外起一个名字，叫作‘红嘴绿鹦哥’。”

在我的故乡，是通年有波菜的，根很红，正如鹦哥的嘴一样。

这样的连愚妇人看来，也是呆不可言的皇帝，似乎大可以不要了。然而并不，她以为要有的，而且应该听凭他作威作福。至于用处，仿佛在靠他来镇压比自己更强梁的别人，所以随便杀人，正是非备不可的要件。然而倘使自己遇到，且须侍奉呢？可又觉得有些危险了，因此只好又将他练成傻子，终年耐心地专吃着“红嘴绿鹦哥”。

其实利用了他的名位，“挟天子以令诸侯”的，和我那老仆妇的意思和方法都相同，不过一则又要他弱，一则又要他愚。儒家的靠了“圣君”来行道也就是这玩意，因为要“靠”，所以要他威重，位高；因为要便于操纵，所以又要他颇老实，听话。

皇帝一自觉自己的无上威权，这就难办了。既然“普天之下，莫非皇土”，他就胡闹起来，还说是“自我得之，自我失之，我又何恨”哩！于是圣人之徒也只好请他吃“红嘴绿鹦哥”了，这就是所谓“天”。据说天子的行事，是都应该体帖天意，不能胡闹的；而这“天意”也者，又偏只有儒者们知道着。

这样，就决定了：要做皇帝就非请教他们不可。

然而不安分的皇帝又胡闹起来了。你对他说“天”么，他却道，“我生不有命在天？！”岂但不仰体上天之意而已，还逆天，背天，“射天”，简直将国家闹完，使靠天吃饭的圣贤君子们，哭不得，也笑不得。

于是乎他们只好去著书立说，将他骂一通，豫计百年之后，即身殁之后，大行于时，自以为这就了不得。

但那些书上，至多就止记着“愚民政策”和“愚君政策”全都不成功。

二月十七日。

（本篇最初发表于1926年3月9日《国民新报副刊》，选自《华盖集续编》）

空　谈

一

请愿的事，我一向就不以为然的，但并非因为怕有三月十八日那样的惨杀。那样的惨杀，我实在没有梦想到，虽然我向来常以“刀笔吏”的意思来窥测我们中国人。我只知道他们麻木，没有良心，不足与言，而况是请愿，而况又是徒手，却没有料到有这么阴毒与凶残。能逆料的，大概只有段祺瑞，贾德耀，章士钊和他们的同类罢。四十七个男女青年的生命，完全是被骗去的，简直是诱杀。

有些东西——我称之为什么呢，我想不出——说：群众领袖应负道义上的责任。这些东西仿佛就承认了对徒手群众应该开枪，执政府前原是“死地”，死者就如自投罗网一般。群众领袖本没有和段祺瑞等辈心心相印，也未曾互相钩通，怎么能够料到这阴险的辣手。这样的辣手，只要略有人气者，是万万豫想不到的。

我以为倘要锻炼群众领袖的错处，只有两点：一是还以请愿为有用；二是将对手看得太好了。

二

但以上也仍然是事后的话。我想，当这事实没有发生以前，恐怕谁也不会料到要演这般的惨剧，至多，也不过获得照例的徒劳罢了。只有有学问的聪明人能够先料到，承认凡请愿就是送死。

陈源教授的《闲话》说："我们要是劝告女志士们，以后少加入群众运动，她们一定要说我们轻视她们，所以我们也不敢来多嘴。可是对于未成年的男女孩童，我们不能不希望他们以后不再参加任何运动。"（《现代评论》六十八）为什么呢？因为参加各种运动，是甚至于像这次一样，要"冒枪林弹雨的险，受践踏死伤之苦"的。

这次用了四十七条性命，只购得一种见识：本国的执政府前是"枪林弹雨"的地方，要去送死，应该待到成年，出于自愿的才是。

我以为"女志士"和"未成年的男女孩童"，参加学校运动会，大概倒还不至于有很大的危险的。至于"枪林弹雨"中的请愿，则虽是成年的男志士们，也应该切切记住，从此罢休！

看现在竟如何。不过多了几篇诗文，多了若干谈助。几个名人和什么当局者在接洽葬地，由大请愿改为小请愿了。埋葬自然是最妥当的收场。然而很奇怪，仿佛这四十七个死者，是因为怕老来死后无处埋葬，特来挣一点官地似的。万生园多么近，而四烈士坟前还有三块墓碑不镌一字，更何况僻远如圆明园。

死者倘不埋在活人的心中，那就真真死掉了。

三

改革自然常不免于流血，但流血非即等于改革。血的应用，正如金钱一般，吝啬固然是不行的，浪费也大大的失算。我对于这回的牺牲者，非常觉得哀伤。

但愿这样的请愿，从此停止就好。

请愿虽然是无论那一国度里常有的事，不至于死的事，但我们已经知道中国是例外，除非你能将"枪林弹雨"消除。正规的战法，也必须对手是英雄才适用。汉末总算还是人心很古的时候罢，恕我引一个小说上的典故：许褚赤体上阵，也就很中了好几箭。而金圣叹还笑他道："谁叫你赤膊？"

至于现在似的发明了许多火器的时代，交兵就都用壕堑战。这并非吝惜生命，乃是不肯虚掷生命，因为战士的生命是宝贵的。在战士不多的地方，这生命就愈宝贵。所谓宝贵者，并非“珍藏于家”，乃是要以小本钱换得极大的利息，至少，也必须卖买相当。以血的洪流淹死一个敌人，以同胞的尸体填满一个缺陷，已经是陈腐的话了。从最新的战术的眼光看起来，这是多么大的损失。

这回死者的遗给后来的功德，是在撕去了许多东西的人相，露出那出于意料之外的阴毒的心，教给继续战斗者以别种方法的战斗。

四月二日。

（本篇最初发表于 1926 年 4 月 10 日《国民新报副刊》，选自《华盖集续编》）

《阿 Q 正传》的成因

在《文学周报》二五一期里，西谛先生谈起《呐喊》，尤其是《阿 Q 正传》。这不觉引动我记起了一些小事情，也想借此来说一说，一则也算是做文章，投了稿；二则还可以给要看的人去看去。

我先要抄一段西谛先生的原文——

> “这篇东西值得大家如此的注意，原不是无因的。但也有几点值得商榷的，如最后‘大团圆’的一幕，我在《晨报》上初读此作之时，即不以为然，至今也还不以为然，似乎作者对于阿 Q 之收局太匆促了；他不欲再往下写了，便如此随意的给他以一个‘大团圆’。像阿 Q 那样的一个人，终于要做起革命党来，终于受到那样大团圆的结局，似乎连作者他自己在最初写作时也是料不到的。至少在人格上似乎是两个。”

阿 Q 是否真要做革命党，即使真做了革命党，在人格上是否似乎是两个，现在姑且勿论。单是这篇东西的成因，说起来就要很费功夫了。我常常说，我的文章不是涌出来的，是挤出来的。听的人往往误解为谦逊，其实是真情。我没有什么话要说，也没有什么文章要做，但有一种自害的脾气，是有时不免呐喊几声，想给人们去添点热闹。譬如一匹疲牛罢，明知不堪大用的了，但废物何妨利用呢，所以张家要我耕一弓地，可以的；李家要我挨一转磨，也可以的；赵家要我在他店前站一刻，在我背上帖出广告道：敝店备有肥牛，出售上等消毒滋养牛乳。我虽然深知道自己是怎么瘦，又是公的，并没有乳，然而想到他们为张罗生意起见，情有可原，只要出售的不是毒药，也就不说什么了。但倘若用得我太苦，是不行的，我还要自己觅草吃，要喘气的工夫；要专指我为某家的牛，将我关在他的牛牢内，也不行的，我有时也许还要给别家挨几转磨。如果连肉都要出卖，那自然更不行，理由自明，无须细说。倘遇到上述的三不行，我就跑，或者索性躺在荒山里。即使因此忽而从深刻变为浅薄，从战士化为畜生，吓我以康有为，比我以梁启超，也都满不在乎，还是我跑我的，我躺我的，决不出来再上当，因为我于“世故”实在是太深了。

近几年《呐喊》有这许多人看，当初是万料不到的，而且连料也没有料。不过是依了相识者的希望，要我写一点东西就写一点东西。也不很忙，因为不很有人知道鲁迅就是我。我所用的笔名也不只一个：LS，神飞，唐俟，某生者，雪之，风声；更以前还有：自树，索士，令飞，迅行。鲁迅就是承迅行而来的，因为那时的《新青年》编辑者不愿意有别号一般的署名。

现在是有人以为我想做什么狗首领了，真可怜，侦察了百来回，竟还不明白。我就从不曾插了鲁迅的旗去访过一次人；“鲁迅即周树人”，是别人查出来的。这些人有四类：一类是为要研究小说，因而要知道作者的身世；一类单是好奇；一类是因为我也做短评，所以特地揭出来，想我受点祸；一类是以为于他有用处，想要钻进来。

那时我住在西城边，知道鲁迅就是我的，大概只有《新青年》，《新潮》社里的人们罢；孙伏园也是一个。他正在晨报馆编副刊。不知是谁的主意，忽然要添一栏称为“开心话”的了，每周一次。他就来要我写一点东西。

阿 Q 的影像，在我心目中似乎确已有了好几年，但我一向毫无写他出来的意思。经这一提，忽然想起来了，晚上便写了一点，就是第一章：序。因为要切“开心话”这题目，就胡乱加上些不必有的滑稽，其实在全篇里也是不相称的。署名是“巴人”，取“下里巴人”，并不高雅的意思。谁料这署名又闯了祸了，但我却一向不知道，今年在《现代评论》上看见涵庐（即高一涵）的《闲话》才知道的。那大略是——

“……我记得当《阿 Q 正传》一段一段陆续发表的时候，有许多人都栗栗危惧，恐怕以后要骂到他的头上。并且有一位朋友，当我面说，昨日《阿Q正传》上某一段仿佛就是骂他自己。因此便猜疑《阿Q正传》是某人作的，何以呢？因为只有某人知道他这一段私事。……从此疑神疑鬼，凡是《阿Q正传》中所骂的，都以为就是他的阴私；凡是与登载《阿Q正传》的报纸有关系的投稿人，都不免做了他所认为《阿Q正传》的作者的嫌疑犯了！等到他打听出来《阿Q正传》的作者名姓的时候，他才知道他和作者素不相识，因此，才恍然自悟，又逢人声明说不是骂他。”（第四卷第八十九期）

我对于这位“某人”先生很抱歉，竟因我而做了许多天嫌疑犯。可惜不知是谁，“巴人”两字很容易疑心到四川人身上去，或者是四川人罢。直到这一篇收在《呐喊》里，也还有人问我：你实在是在骂谁和谁呢？我只能悲愤，自恨不能使人看得我不至于如此下劣。

第一章登出之后，便“苦”字临头了，每七天必须做一篇。我那时虽然并不忙，然而正在做流民，夜晚睡在做通路的屋子里，这屋子只有一个后窗，连好好的写字地方也没有，那里能够静坐一会，想一下。伏园虽然还没有现在这样胖，但已经笑嬉嬉，善于催稿了。每星期来一回，一有机会，就是：“先生，《阿Q正传》……。明天要付排了。”于是只得做，心里想着，“俗语说：‘讨饭怕狗咬，秀才怕岁考。’我既非秀才，又要周考，真是为难……。”然而终于又一章。但是，似乎渐渐认真起来了；伏园也觉得不很“开心”，所以从第二章起，便移在“新文艺”栏里。

这样地一周一周挨下去，于是乎就不免发生阿Q可要做革命党的问题了。据我的意思，中国倘不革命，阿Q便不做，既然革命，就会做的。我的阿Q的运命，也只能如此，人格也恐怕并不是两个。民国元年已经过去，无可追踪了，但此后倘再有改革，我相信还会有阿Q似的革命党出现。我也很愿意如人们所说，我只写出了现在以前的或一时期，但我还恐怕我所看见的并非现代的前身，而是其后，或者竟是二三十年之后。其实这也不算辱没了革命党，阿Q究竟已经用竹筷盘上他的辫子了；此后十五年，长虹“走到出版界”，不也就成为一个中国的“绥惠略夫”了么？

《阿Q正传》大约做了两个月，我实在很想收束了，但我已经记不大清楚，似乎伏园不赞成，或者是我疑心倘一收束，他会来抗议，所以将“大团圆”

藏在心里，而阿Q却已经渐渐向死路上走。到最末的一章，伏园倘在，也许会压下，而要求放阿Q多活几星期的罢。但是“会逢其适”，他回去了，代庖的是何作霖君，于阿Q素无爱憎，我便将“大团圆”送去，他便登出来。待到伏园回京，阿Q已经枪毙了一个多月了。纵令伏园怎样善于催稿，如何笑嘻嘻，也无法再说“先生，《阿Q正传》……。”从此我总算收束了一件事，可以另干别的去。另干了别的什么，现在也已经记不清，但大概还是这一类的事。

其实“大团圆”倒不是“随意”给他的；至于初写时可曾料到，那倒确乎也是一个疑问。我仿佛记得：没有料到。不过这也无法，谁能开首就料到人们的“大团圆”？不但对于阿Q，连我自己将来的“大团圆”，我就料不到究竟是怎样。终于是“学者”，或“教授”乎？还是“学匪”或“学棍”呢？“官僚”乎，还是“刀笔吏”呢？“思想界之权威”乎，抑“思想界先驱者”乎，抑又“世故的老人”乎？“艺术家”？“战士”？抑又是见客不怕麻烦的特别“亚拉籍夫”乎？乎？乎？乎？乎？

但阿Q自然还可以有各种别样的结果，不过这不是我所知道的事。

先前，我觉得我很有写得“太过”的地方，近来却不这样想了。中国现在的事，即使如实描写，在别国的人们，或将来的好中国的人们看来，也都会觉得grotesk。我常常假想一件事，自以为这是想得太奇怪了；但倘遇到相类的事实，却往往更奇怪。在这事实发生以前，以我的浅见寡识，是万万想不到的。

大约一个多月以前，这里枪毙一个强盗，两个穿短衣的人各拿手枪，一共打了七枪。不知道是打了不死呢，还是死了仍然打，所以要打得这么多。当时我便对我的一群少年同学们发感慨，说：这是民国初年初用枪毙的时候的情形；现在隔了十多年，应该进步些，无须给死者这么多的苦痛。北京就不然，犯人未到刑场，刑吏就从后脑一枪，结果了性命，本人还来不及知道已经死了呢。所以北京究竟是“首善之区”，便是死刑，也比外省的好得远。

但是前几天看见十一月二十三日的北京《世界日报》，又知道我的话并不的确了，那第六版上有一条新闻，题目是《杜小拴子刀铡而死》，共分五节，现在撮录一节在下面——

▲杜小拴子刀铡余人枪毙先时，卫戍司令部因为从了毅军各兵士的

请求，决定用“枭首刑”，所以杜等不曾到场以前，刑场已预备好了铡草大刀一把了。刀是长形的，下边是木底，中缝有厚大而锐利的刀一把，刀下头有一孔，横嵌木上，可以上下的活动，杜等四人入刑场之后，由招扶的兵士把杜等架下刑车，就叫他们脸冲北，对着已备好的刑桌前站着。……杜并没有跪，有外右五区的某巡官去问杜：要人把着不要？杜就笑而不答，后来就自己跑到刀前，自己睡在刀上，仰面受刑，先时行刑兵已将刀抬起，杜枕到适宜的地方后，行刑兵就合眼猛力一铡，杜的身首，就不在一处了。当时血出极多。在旁边跪等枪决的宋振山等三人，也各偷眼去看，中有赵振一名，身上还发起颤来。后由某排长拿手枪站在宋等的后面，先毙宋振山，后毙李有三赵振，每人都是一枪毙命。……先时，被害程步墀的两个儿子忠智忠信，都在场观看，放声大哭，到各人执刑之后，去大喊：爸！妈呀！你的仇已报了！我们怎么办哪？听的人都非常难过，后来由家族引导着回家去了。

假如有一个天才，真感着时代的心搏，在十一月二十二日发表出记叙这样情景的小说来，我想，许多读者一定以为是说着包龙图爷爷时代的事，在西历十一世纪，和我们相差将有九百年。

这真是怎么好……。

至于《阿Q正传》的译本，我只看见过两种。法文的登在八月分的《欧罗巴》上，还止三分之一，是有删节的。英文的似乎译得很恳切，但我不懂英文，不能说什么。只是偶然看见还有可以商榷的两处：一是“三百大钱九二串”当译为“三百大钱，以九十二文作为一百”的意思；二是“柿油党”不如译音，因为原是“自由党”，乡下人不能懂，便讹成他们能懂的“柿油党”了。

十二月三日，在厦门写。

（本篇最初发表于1926年12月18日上海《北新》周刊第18期，选自《华盖集续编》）

记念[1]刘和珍君

一

中华民国十五年[2]三月二十五日，就是国立北京女子师范大学为十八日在段祺瑞执政府[3]前遇害的刘和珍[4]杨德群两君开追悼会的那一天，我独在礼堂外徘徊，遇见程君[5]，前来问我道，“先生可曾为刘和珍写了一点什么没有？”我说“没有”。她就正告我，“先生还是写一点罢；刘和珍生前就很爱看先生的文章。”

这是我知道的，凡我所编辑的期刊，大概是因为往往有始无终之故罢，销行一向就甚为寥落[6]，然而在这样的生活艰难中，毅然预定了《莽原》[7]全年的就有她。我也早觉得有写一点东西的必要了，这虽然于死者毫不相干，但在生者，却大抵只能如此而已。倘使我能够相信真有所谓“在天之灵”，那自然可以得到更大的安慰，——但是，现在，却只能如此而已。

[1] 记念：即“纪念”，记通纪，如记录，纪录。李善《文选注》：“纪，录也。”

[2] 中华民国十五年：即1926年，中华民国纪年以公元1912年为民国元年。

[3] 段祺瑞执政府：1924年9月15日第二次直奉战争爆发，直系有25万兵力，奉系有17万兵力，张作霖任奉军总司令，先后攻占朝阳、建平、九门天险，于九门口、石门寨、三道关等地与直军发生激战，双方伤亡各万余人。奉军占领山海关后，长驱直入，至滦州张宗昌部，围歼榆关一带的直军。11月3日奉军进逼天津，吴佩孚率残部自塘沽出海南下。战争以直系失败宣告结束。直系军阀失败后，北京政府由段祺瑞执行政务，号称“执政”。段祺瑞（1865一1936），安徽合肥人，1912年起历任北京政府陆军总长，参谋总长，国务总理。袁世凯死后，控制北京政府，与总统黎元洪争权，发生府院之争，成为北洋军阀皖系首领。1926年4月，被冯玉祥驱逐下台，蛰居于天津租界，1936年病死。

[4] 刘和珍：江西南昌人。1923年秋入国立北京女子师范大学英语系读书，遇害时年仅22岁。杨德群：字先哲，湖南湘阳人，1925年入国立北京女子师范大学国文系预科一年级读书，遇害时年仅24岁。

[5] 程君：即程毅志，湖北孝感人，国立北京女子师范大学教育系学生。

[6] 廖落：稀少，冷落。

[7] 《莽原》：现代文学期（周）刊。1925年4月24日创刊于北京，鲁迅主编，附于《京报》发行，同年11月27日出至第32期停刊。1926年1月10日改为半月刊复刊，单独出版，卷期另起，由未名社发行，鲁迅，韦素园等先后主编，1927年12月25日出至第2卷第23、24期合刊后终刊。前后共出版80期。

可是我实在无话可说。我只觉得所住的并非人间。四十多个青年的血，洋溢在我的周围，使我艰于呼吸视听，那里还能有什么言语？长歌当哭[1]，是必须在痛定之后的。而此后几个所谓学者文人的阴险的论调[2]，尤使我觉得悲哀。我已经出离愤怒[3]了。我将深味[4]这非人间的浓黑的悲凉；以我的最大哀痛显示于非人间，使它们快意于我的苦痛，就将这作为后死者的菲薄[5]的祭品，奉献于逝者的灵前。

二

真的猛士，敢于直面惨淡的人生[6]，敢于正视淋漓的鲜血。这是怎样的哀痛者和幸福者？然而造化[7]又常常为庸人设计，以时间的流驶，来洗涤旧迹，仅使留下淡红的血色和微漠[8]的悲哀。在这淡红的血色和微漠的悲哀中，又给人暂得偷生，维持着这似人非人的世界。我不知道这样的世界何时是一个尽头！

我们还在这样的世上活着；我也早觉得有写一点东西的必要了。离三月十八日也已有两星期，忘却的救主快要降临了罢[9]，我正有写一点东西的必要了。

---

[1] 长歌当哭：当，读 dàng；长歌，引吭高歌，这里指写文章。以歌代哭，多指用诗文抒发胸中悲愤之情。《红楼梦》第八十七回：“感怀触绪，聊赋四章。匪目无故呻吟，亦长歌当哭之意耳。”

[2] 几个所谓学者文人的阴险的论调：几个所谓学者文人，指陈西滢等。陈西滢（1896—1970），字伯通，现代评论派重要成员。“三·一八”惨案发生后，他曾在《现代评论》第 3 卷第 68 期（1926 年 3 月 27 日）发表了一篇评论此案的《闲话》，诬蔑遇害的爱国学生“莫名其妙”，“没有审判力”，因而盲目地被人引入“死地”，并且把杀人的责任推到他所说的“民众领袖”身上，说他们“犯了故意引人去死的嫌疑”。鲁迅在《死地》一文中揭露道：“但各种评论中，我觉得有一些比刀枪更可以惊心动魄者在，这就是几个论客，以为学生们本不应当自蹈死地。”

[3] 出离愤怒：愤怒到了极点，甚至超出了愤怒的程度。

[4] 深味：味，品味，意即深深地体会。

[5] 菲薄：菲，微。意即微薄。

[6] 直面惨淡的人生：直，正直。意即理直气壮地面对凄惨悲凉的现实人生。和下句的“正视”，都表示正面注视，决不回避的意思。

[7] 造化：指天地，自然界。

[8] 微漠：微茫，淡漠。

[9] 忘却的救主快要降临了罢：救主，即救世主，基督教对耶稣基督的称呼。忘却的救主，即使人忘却的神。这里是讽刺说法，意思是有些人快要忘记这件事了吧。

三

在四十余被害的青年之中，刘和珍君是我的学生。学生云者，我向来这样想，这样说，现在却觉得有些踌躇了，我应该对她奉献我的悲哀与尊敬。她不是“苟活到现在的我”的学生，是为了中国而死的中国的青年。

她的姓名第一次为我所见，是在去年夏初杨荫榆[1]女士做女子师范大学校长，开除校中六个学生自治会职员的时候。其中的一个就是她；但是我不认识。直到后来，也许已经是刘百昭率领男女武将，强拖出校[2]之后了，才有人指着一个学生告诉我，说：这就是刘和珍。其时我才能将姓名和实体联合起来，心中却暗自诧异。我平素想，能够不为势利所屈，反抗一广有羽翼[3]的校长的学生，无论如何，总该是有些桀骜[4]锋利的，但她却常常微笑着，态度很温和。待到偏安于宗帽胡同，赁屋授课之后[5]，她才始来听我的讲义，于是见面的回数就较多了，也还是始终微笑着，态度很温和。待到学校恢复旧观[6]，往日的教职员以为责任已尽，准备陆续引退[7]的时候，我才见她虑及母校前途，黯然[8]至于泣下。此后似乎就不相见。总之，在我的记忆上，那一次就是永别了。

---

[1] 杨荫榆：江苏无锡人，曾留学美国，1924年开始任北京女子师范大学校长，依附北洋军阀势力，迫害进步学生，镇压学生运动。

[2] 刘百昭率领男女武将，强拖出校：当女师大学生反对校长杨荫榆时，教育总长章士钊于1925年8月7日下令停办北京女子师范大学，后又派他的亲信刘百昭（当时任教育部专门教育司司长），于8月19日武装接收女师大，22日，他雇佣百余名老妈子随同巡警将女师大学生殴拽出校。

[3] 广有羽翼：羽翼，鸟的翅膀，这里比喻帮凶，到处都有帮凶。

[4] 桀骜：形容性情暴烈，不肯服从。

[5] 偏安于宗帽胡同，赁屋授课：偏安，偏居一方以自安。反对杨荫榆的女师大学生被赶出学校后，在宗帽胡同租赁房屋作为临时校舍，于1925年9月21日开学。当时，鲁迅和一些进步教师曾去义务教课，表示对学生们的行动的支持。

[6] 学校恢复旧观：旧观，旧日的景观，指女师大复校。1925年11月30日，女师大学生在广大社会力量的声援下，斗争取得了胜利。章士钊去职，杨荫榆被撤职，女师大宣告复校，学生搬回旧址上课。

[7] 引退：旧时官吏自请退职，这里是告退的意思，钱起《晚归蓝田旧居》：“才微甘引退，应得遂霞栖。”

[8] 黯然：忧伤的样子。

四

我在十八日早晨，才知道上午有群众向执政府请愿的事；下午便得到噩耗，说卫队居然开枪，死伤至数百人，而刘和珍君即在遇害者之列。但我对于这些传说，竟至于颇为怀疑。我向来是不惮以最坏的恶意，来推测中国人的，然而我还不料，也不信竟会下劣凶残到这地步。况且始终微笑着的和蔼的刘和珍君，更何至于无端在府门前喋血[1]呢？

然而即日证明是事实了，作证的便是她自己的尸骸。还有一具，是杨德群君的。而且又证明着这不但是杀害，简直是虐杀，因为身体上还有棍棒的伤痕。

但段政府就有令，说她们是"暴徒"！

但接着就有流言，说她们是受人利用的。

惨象，已使我目不忍视了；流言，尤使我耳不忍闻。我还有什么话可说呢？我懂得衰亡民族之所以默无声息的缘由了。沉默呵，沉默呵！不在沉默中爆发，就在沉默中灭亡。

五

但是，我还有要说的话。

我没有亲见；听说，她，刘和珍君，那时是欣然前往的。自然，请愿而已，稍有人心者，谁也不会料到有这样的罗网[2]。但竟在执政府前中弹了，从背部入，斜穿心肺，已是致命的创伤，只是没有便死。同去的张静淑[3]君想扶起她，中了四弹，其一是手枪，立仆[4]；同去的杨德群君又想去扶起她，也被击，弹从左肩入，穿胸偏右出，也立仆。但她还能坐起来，一个兵在她

---

[1] 喋血：血流遍地，形容杀人众多。《汉书·文帝纪》："今已诛诸吕，新喋血京师。"

[2] 这样的罗网：罗，捕鸟的网，意即设计的骗局。鲁迅在《可惨与可笑》一文中指出："三月十八日的惨杀事件，在事后看来，分明是政府布成的罗网。"他在《空谈》一文中还说："四十七个男女青年的生命，完全是被骗去的，简直是诱杀。"

[3] 张静淑：湖南长沙人，国立北京女子师范大学教育系学生。受伤经医治被救活。

[4] 立仆：仆，向前跌倒，立即倒下的意思。《史记·项羽本纪》："樊哙侧其盾以撞，卫士仆地。"

头部及胸部猛击两棍，于是死掉了。

始终微笑的和蔼的刘和珍君确是死掉了，这是真的，有她自己的尸骸为证；沉勇[1]而友爱的杨德群君也死掉了，有她自己的尸骸为证；只有一样沉勇而友爱的张静淑君还在医院里呻吟。当三个女子从容地转辗于文明人所发明的枪弹的攒射中的时候，这是怎样的一个惊心动魄的伟大呵！中国军人的屠戮妇婴的伟绩，八国联军[2]的惩创学生的武功，不幸全被这几缕血痕抹杀了。

但是中外的杀人者却居然昂起头来，不知道个个脸上有着血污……。

六

时间永是流驶，街市依旧太平，有限的几个生命，在中国是不算什么的，至多，不过供无恶意的闲人[3]以饭后的谈资，或者给有恶意的闲人[4]做“流言”的种子。至于此外的深的意义，我总觉得很寥寥，因为这实在不过是徒手的请愿。人类的血战前行的历史[5]，正如煤的形成，当时用大量的木材，结果却只是一小块，但请愿是不在其中的[6]，更何况是徒手。

---

[1] 沉勇：沉着而勇敢。

[2] 八国联军：1900年（光绪二十六年）英、美、德、法、俄、日、意、奥八个帝国主义国家的侵华联军。19世纪末，中国北方爆发了义和团反帝爱国斗争，帝国主义为了镇压义和团运动，阴谋瓜分中国，借口清政府“排外”，联合大举进犯。自1900年6月17日攻占大沽炮台始，至8月14日攻陷，同时侵占我国东北，侵华联军调集30万兵力，一路掠夺财物，惨杀中国百姓。12月联军提出《议和大纲》，清政府全盘接受，于1901年9月7日签定屈辱的《辛丑条约》，八国联军除留一部常驻京津、京榆铁路线外，其余撤兵回国。此文中的八国联军应指1926年日本纠合各国军队，恰好也是八国，鲁迅称此为“八国联军”。

[3] 无恶意的闲人：鲁迅在小说和杂文中经常批评这类“无恶意的闲人”。在《娜拉走后怎样》（《坟》）一文中，鲁迅说：“群众——尤其是中国的，——永远是戏剧的看客。”在《一思而行》（《花边文学》）一文中，鲁迅讲了一个故事：“假使有一个人，在路旁吐一口唾沫，自己蹲下去，看着，不久准可以围满一堆人；又假使又有一个人，无端大叫一声，拔步便跑，同时准可以大家都逃散。真不知是‘何所闻而来，何所见而去。’”这里所指的“一堆人”、“大家”就是“无恶意的闲人”，就是精神麻木的、百无聊赖的看客。

[4] 有恶意的闲人：指写《闲话》文章的陈西滢一类的人。

[5] 人类的血战前行的历史：人类社会在残酷的流血斗争中向前发展的历史。

[6] 但请愿是不在其中的：为了积聚革命的力量，以有限的代价去换取更大的胜利。鲁迅一向不主张向反动派徒手请愿的方式，要求珍惜战士的生命。可参看在写作《记念刘和珍君》第二天写的《空谈》一文。

然而既然有了血痕了，当然不觉要扩大。至少，也当浸渍[1]了亲族，师友，爱人的心，纵使时光流驶，洗成绯红，也会在微漠的悲哀中永存微笑的和蔼的旧影。陶潜[2]说过，“亲戚或余悲，他人亦已歌。死去何所道，托体同山阿[3]。”倘能如此，这也就够了。

七

我已经说过：我向来是不惮以最坏的恶意来推测中国人的。但这回却很有几点出于我的意外。一是当局者竟会这样地凶残，一是流言家竟至如此之下劣，一是中国的女性临难竟能如是之从容。

我目睹中国女子的办事，是始于去年的，虽然是少数，但看那干练坚决，百折不回的气概，曾经屡次为之感叹。至于这一回在弹雨中互相救助，虽殒身不恤[4]的事实，则更足为中国女子的勇毅，虽遭阴谋秘计，压抑至数千年，而终于没有消亡的明证了。倘要寻求这一次死伤者对于将来的意义，意义就在此罢。

苟活者在淡红的血色中，会依稀看见微茫的希望；真的猛士，将更奋然而前行。

呜呼，我说不出话，但以此记念刘和珍君！

一九二六年四月一日

（本篇最初发表于1926年4月12日《语丝周刊》第74期，选自《华盖集续编》）

---

[1] 浸渍：渍，读zì，浸润、渗透之意。

[2] 陶潜（365（372. 376）一27），东晋末年著名诗人，江西九江人，他的诗多描绘自然景色及其在农村生活的情景。其中一些作品隐寓着他对统治集团的憎恶和不愿同流合污的精神，但也有宣扬“人生无常”，“乐天安命”等消极思想。散文以《桃花源记》最为有名，辑有《陶渊明集》。

[3] 亲戚或余悲，他人亦已歌，死去何所道，托体同山阿：或，有的，余（馀），剩，多余。已歌，已在歌唱，没有悲哀了。道：规律，法则。托，寄托。这是陶潜所做的《挽歌》中的四句，意思是：亲族们有的余哀未尽，别的人又已经唱起歌来了。人死了还有什么道理可以说呢，只不过是把躯体寄托（安放）在山陵，与山陵同化罢了。鲁迅援引这首诗以寄托自己对死难烈士的哀思。青山有幸埋忠骨，鲁迅相信死者将与青山同在，将永远活在人们心中，“托体同山阿”是鲁迅引用此诗的重点所在。

[4] 殒身不恤：恤，顾虑。意思是牺牲生命也毫不顾惜。

略论中国人的脸

大约人们一遇到不大看惯的东西，总不免以为他古怪。我还记得初看见西洋人的时候，就觉得他脸太白，头发太黄，眼珠太淡，鼻梁太高。虽然不能明明白白地说出理由来，但总而言之：相貌不应该如此。至于对于中国人的脸，是毫无异议；即使有好丑之别，然而都不错的。

我们的古人，倒似乎并不放松自己中国人的相貌。周的孟轲就用眸子来判胸中的正不正，汉朝还有《相人》二十四卷。后来闹这玩艺儿的尤其多；分起来，可以说有两派罢：一是从脸上看出他的智愚贤不肖；一是从脸上看出他过去，现在和将来的荣枯。于是天下纷纷，从此多事，许多人就都战战兢兢地研究自己的脸。我想，镜子的发明，恐怕这些人和小姐们是大有功劳的。不过近来前一派已经不大有人讲究，在北京上海这些地方捣鬼的都只是后一派了。

我一向只留心西洋人。留心的结果，又觉得他们的皮肤未免太粗；毫毛有白色的，也不好。皮上常有红点，即因为颜色太白之故，倒不如我们之黄。尤其不好的是红鼻子，有时简直像是将要熔化的蜡烛油，仿佛就要滴下来，使人看得栗栗危惧，也不及黄色人种的较为隐晦，也见得较为安全。总而言之：相貌还是不应该如此的。

后来，我看见西洋人所画的中国人，才知道他们对于我们的相貌也很不敬。那似乎是《天方夜谈》或者《安兑生童话》中的插画，现在不很记得清楚了。头上戴着拖花翎的红缨帽，一条辫子在空中飞扬，朝靴的粉底非常之厚。但这些都是满洲人连累我们的。独有两眼歪斜，张嘴露齿，却是我们自己本来的相貌。不过我那时想，其实并不尽然，外国人特地要奚落我们，所以格外形容得过度了。

但此后对于中国一部分人们的相貌，我也逐渐感到一种不满，就是他们每看见不常见的事件或华丽的女人，听到有些醉心的说话的时候，下巴总要慢慢挂下，将嘴张了开来。这实在不大雅观；仿佛精神上缺少着一样什么机件。据研究人体的学者们说，一头附着在上颚骨上，那一头附着在下颚骨上的“咬筋”，力量是非常之大的。我们幼小时候想吃核桃，必须放在门缝里将它的壳夹碎。但在成人，只要牙齿好，那咬筋一收缩，便能咬碎一个核桃。有着这么大的力量的筋，有时竟不能收住一个并不沉重的自己的下巴，虽然正在看得出神的时候，倒也情有可原，但我总以为究竟不是十分体面的事。

日本的长谷川如是闲是善于做讽刺文字的。去年我见过他的一本随笔集，叫作《猫·狗·人》；其中有一篇就说到中国人的脸。大意是初见中国人，即令人感到较之日本人或西洋人，脸上总欠缺着一点什么。久而久之，看惯了，便觉得这样已经尽够，并不缺少东西；倒是看得西洋人之流的脸上，多余着一点什么。这多余着的东西，他就给它一个不大高妙的名目：兽性。中国人的脸上没有这个，是人，则加上多余的东西，即成了下列的算式：

人＋兽性＝西洋人

他借了称赞中国人，贬斥西洋人，来讥刺日本人的目的，这样就达到了，自然不必再说这兽性的不见于中国人的脸上，是本来没有的呢，还是现在已经消除。如果是后来消除的，那么，是渐渐净尽而只剩了人性的呢，还是不过渐渐成了驯顺。野牛成为家牛，野猪成为猪，狼成为狗，野性是消失了，但只足使牧人喜欢，于本身并无好处。人不过是人，不再夹杂着别的东西，当然再好没有了。倘不得已，我以为还不如带些兽性，如果合于下列的算式倒是不很有趣的：

人＋家畜性＝某一种人

中国人的脸上真可有兽性的记号的疑案，暂且中止讨论罢。我只要说近来却在中国人所理想的古今人的脸上，看见了两种多余。一到广州，我觉得比我所从来的厦门丰富得多的，是电影，而且大半是“国片”，有古装的，有时装的。因为电影是“艺术”，所以电影艺术家便将这两种多余加上去了。

古装的电影也可以说是好看，那好看不下于看戏；至少，决不至于有大锣大鼓将人的耳朵震聋。在“银幕”上，则有身穿不知何时何代的衣服的人物，缓慢地动作；脸正如古人一般死，因为要显得活，便只好加上些旧式戏子的昏庸。

时装人物的脸，只要见过清朝光绪年间上海的吴友如的《画报》的，便会觉得神态非常相像。《画报》所画的大抵不是流氓拆梢，便是妓女吃醋，所以脸相都狡猾。这精神似乎至今不变，国产影片中的人物，虽是作者以为善人杰士者，眉宇间也总带些上海洋场式的狡猾。可见不如此，是连善人杰士也做不成的。

听说，国产影片之所以多，是因为华侨欢迎，能够获利，每一新片到，老的便带了孩子去指点给他们看道：“看哪，我们的祖国的人们是这样的。”在广州似乎也受欢迎，日夜四场，我常见看客坐得满满。

广州现在也如上海一样，正在这样地修养他们的趣味。可惜电影一开演，电灯一定熄灭，我不能看见人们的下巴。

四月六日。

（本篇最初发表于1927年11月25日《莽原》半月刊第2卷第21期、22期合刊，选自《而已集》）

可恶罪

这是一种新的“世故”。

我以为法律上的许多罪名，都是花言巧语，只消以一语包括之，曰：可恶罪。

譬如，有人觉得一个人可恶，要给他吃点苦罢，就有这样的法子。倘在广州而又是“清党”之前，则可以暗暗地宣传他是无政府主义者。那么，共产青年自然会说他“反革命”，有罪。若在“清党”之后呢，要说他是CP或CY，没有证据，则可以指为“亲共派”。那么，清党委员会自然会说他“反革命”，有罪。再不得已，则只好寻些别的事由，诉诸法律了。但这比较地麻烦。

我先前总以为人是有罪，所以枪毙或坐监的。现在才知道其中的许多，是先因为被人认为“可恶”，这才终于犯了罪。

许多罪人，应该称为“可恶的人”。

九，十四。

（本篇最初发表于1927年10月22日《语丝》周刊第154期，选自《而已集》）

小杂感

蜜蜂的刺，一用即丧失了它自己的生命；犬儒的刺，一用则苟延了他自己的生命。

他们就是如此不同。

约翰穆勒说：专制使人们变成冷嘲。

而他竟不知道共和使人们变成沉默。

要上战场，莫如做军医；要革命，莫如走后方；要杀人，莫如做刽子手。既英雄，又稳当。

与名流学者谈，对于他之所讲，当装作偶有不懂之处。太不懂被看轻，太懂了被厌恶。偶有不懂之处，彼此最为合宜。

世间大抵只知道指挥刀所以指挥武士，而不想到也可以指挥文人。

又是演讲录，又是演讲录。

但可惜都没有讲明他何以和先前大两样了；也没有讲明他演讲时，自己是否真相信自己的话。

阔的聪明人种种譬如昨日死。

不阔的傻子种种实在昨日死。

曾经阔气的要复古，正在阔气的要保持现状，未曾阔气的要革新。

大抵如是。大抵！

他们之所谓复古，是回到他们所记得的若干年前，并非虞夏商周。

女人的天性中有母性，有女儿性；无妻性。

妻性是逼成的，只是母性和女儿性的混合。

防被欺。

自称盗贼的无须防，得其反倒是好人；自称正人君子的必须防，得其反则是盗贼。

楼下一个男人病得要死，那间壁的一家唱着留声机；对面是弄孩子。楼上有两人狂笑；还有打牌声。河中的船上有女人哭着她死去的母亲。

人类的悲欢并不相通，我只觉得他们吵闹。

每一个破衣服人走过，叭儿狗就叫起来，其实并非都是狗主人的意旨或使嗾。

叭儿狗往往比它的主人更严厉。

恐怕有一天总要不准穿破布衫，否则便是共产党。

革命，反革命，不革命。

革命的被杀于反革命的。反革命的被杀于革命的。不革命的或当作革命的而被杀于反革命的，或当作反革命的而被杀于革命的，或并不当作什么而被杀于革命的或反革命的。

革命，革革命，革革革命，革革……。

人感到寂寞时，会创作；一感到干净时，即无创作，他已经一无所爱。

创作总根于爱。

杨朱无书。

创作虽说抒写自己的心，但总愿意有人看。

创作是有社会性的。

但有时只要有一个人看便满足：好友，爱人。

人往往憎和尚，憎尼姑，憎回教徒，憎耶教徒，而不憎道士。

懂得此理者，懂得中国大半。

要自杀的人，也会怕大海的汪洋，怕夏天死尸的易烂。

但遇到澄静的清池，凉爽的秋夜，他往往也自杀了。

凡为当局所“诛”者皆有“罪”。

刘邦除秦苛暴，“与父老约，法三章耳。”

而后来仍有族诛，仍禁挟书，还是秦法。

法三章者，话一句耳。

一见短袖子，立刻想到白臂膊，立刻想到全裸体，立刻想到生殖器，立刻想到性交，立刻想到杂交，立刻想到私生子。

中国人的想象惟在这一层能够如此跃进。

九月二十四日。

（本篇最初发表于1927年12月17日《语丝》周刊第4卷第1期，选自《而已集》）

卢梭和胃口

做过《民约论》的卢梭，自从他还未死掉的时候起，便受人们的责备和迫害，直到现在，责备终于没有完。连在和“民约”没有什么关系的中华民国，也难免这一幕了。

例如商务印书馆出版的《爱弥尔》中文译本的序文上，就说——

> “……本书的第五编即女子教育，他的主张非但不彻底，而且不承认女子的人格，与前四编的尊重人类相矛盾。……所以在今日看来，他对于人类正当的主张，可说只树得一半……。”

然而复旦大学出版的《复旦旬刊》创刊号上梁实秋教授的意思，却“稍微有点不同”了。其实岂但“稍微”而已耶，乃是“卢梭论教育，无一是处，唯其论女子教育，的确精当。”因为那是“根据于男女的性质与体格的差别而来”的。而近代生物学和心理学研究的结果，又证明着天下没有两个人是无差别。怎样的人就该施以怎样的教育。所以，梁先生说——

> “我觉得‘人’字根本的该从字典里永远注销，或由政府下令永禁行使。因为‘人’字的意义太糊涂了。聪明绝顶的人，我们叫他做人，蠢笨如牛的人，也一样的叫做人，弱不禁风的女子，叫做人，粗横强大的男人，也叫做人，人里面的三流九等，无一非人。近代的德谟克拉西的思想，平等的观念，其起源即由于不承认人类的差别。近代所谓的男女平等运动，其起源即由于不承认男女的差别。人格是一个抽象名词，是一个人的身心各方面的特点的总和。人的身心各方面的特点既有差别，实即人格上亦有差别。所谓侮辱人格的，即是不承认一个人特有的人格，卢梭承认女子有女子的人格，所以卢梭正是尊重女子的人格。抹杀女子所特有之特性者，才是侮辱女子人格。”

于是势必至于得到这样的结论——

> “……正当的女子教育应该是使女子成为完全的女子。”

那么，所谓正当的教育者，也应该是使“弱不禁风”者，成为完全的“弱不禁风”，“蠢笨如牛”者，成为完全的“蠢笨如牛”，这才免于侮辱各人——

此字在未经从字典里永远注销，政府下令永禁行使之前，暂且使用——的人格了。卢梭《爱弥尔》前四编的主张不这样，其“无一是处”，于是可以算无疑。

但这所谓“无一是处”者，也只是对于“聪明绝顶的人”而言；在“蠢笨如牛的人”，却是“正当”的教育。因为看了这样的议论，可以使他更渐近于完全“蠢笨如牛”。这也就是尊重他的人格。

然而这种议论还是不会完结的。为什么呢？一者，因为即使知道说“自然的不平等”，而不容易明白真“自然”和“因积渐的人为而似自然”之分。二者，因为凡有学说，往往“合吾人之胃口者则容纳之，且从而宣扬之”也。

上海一隅，前二年大谈亚诺德，今年大谈白璧德，恐怕也就是胃口之故罢。

许多问题大抵发生于“胃口”，胃口的差别，也正如“人”字一样的——其实这两字也应该呈请政府“下令永禁行使”。我且抄一段同是美国的 Upton Sinclair 的，以尊重另一种人格罢——

“无论在那一个卢梭的批评家，都有首先应该解决的唯一的问题。为什么你和他吵闹的？要为他的到达点的那自由，平等，调协开路么？还是因为畏惧卢梭所发向世界上的新思想和新感情的激流呢？使对于他取了为父之劳的个人主义运动的全体怀疑，将我们带到子女服从父母，奴隶服从主人，妻子服从丈夫，臣民服从教皇和皇帝，大学生毫不发生疑问，而佩服教授的讲义的善良的古代去，乃是你的目的么？

“阿嶷夫人曰：‘最后的一句，好像是对于白璧德教授的一箭似的。’

“‘奇怪呀，’她的丈夫说。‘斯人也而有斯姓也……那一定是上帝的审判了。’”

不知道和原意可有错误，因为我是从日本文重译的。书的原名是《Mammonart》，在 California 的 Pasadena 作者自己出版，胃口相近的人们自己弄来看去罢。Mammon 是希腊神话里的财神，art 谁都知道是艺术。可以译作“财神艺术”罢。日本的译名是“拜金艺术”，也行。因为这一个字是作者生造的，政府既没有下令颁行，字典里也大概未曾注入，所以姑且在这里加一点解释。

十二，二一。

（本篇最初发表于1928年1月7日《语丝》周刊第4卷第4期，选自《而已集》）

文学和出汗

上海的教授对人讲文学，以为文学当描写永远不变的人性，否则便不久长。例如英国，莎士比亚和别的一两个人所写的是永久不变的人性，所以至今流传，其余的不这样，就都消灭了云。

这真是所谓“你不说我倒还明白，你越说我越胡涂”了。英国有许多先前的文章不流传，我想，这是总会有的，但竟没有想到它们的消灭，乃因为不写永久不变的人性。现在既然知道了这一层，却更不解它们既已消灭，现在的教授何从看见，却居然断定它们所写的都不是永久不变的人性了。

只要流传的便是好文学，只要消灭的便是坏文学；抢得天下的便是王，抢不到天下的便是贼。莫非中国式的历史论，也将沟通了中国人的文学论欤？

而且，人性是永久不变的么？

类人猿，类猿人，原人，古人，今人，未来的人，……如果生物真会进化，人性就不能永久不变。不说类猿人，就是原人的脾气，我们大约就很难猜得着的，则我们的脾气，恐怕未来的人也未必会明白。要写永久不变的人性，实在难哪。

譬如出汗罢，我想，似乎于古有之，于今也有，将来一定暂时也还有，该可以算得较为“永久不变的人性”了。然而“弱不禁风”的小姐出的是香汗，“蠢笨如牛”的工人出的是臭汗。不知道倘要做长留世上的文字，要充长留世上的文学家，是描写香汗好呢，还是描写臭汗好？这问题倘不先行解决，则在将来文学史上的位置，委实是“岌岌乎殆哉”。

听说，例如英国，那小说，先前是大抵写给太太小姐们看的，其中自然是香汗多；到十九世纪后半，受了俄国文学的影响，就很有些臭汗气了。那一种的命长，现在似乎还在不可知之数。

在中国，从道士听论道，从批评家听谈文，都令人毛孔痉挛，汗不敢出。然而这也许倒是中国的“永久不变的人性”罢。

二七，一二，二三。

（本篇最初发表于1928年1月14日《语丝》周刊第4卷第5期，选自《而已集》）

黄花节的杂感

黄花节将近了，必须做一点所谓文章。但对于这一个题目的文章，教我做起来，实在近于先前的在考场里“对空策”。因为，——说出来自己也惭愧，——黄花节这三个字，我自然明白它是什么意思的；然而战死在黄花冈头的战士们呢，不但姓名，连人数也不知道。

为寻些材料，好发议论起见，只得查《辞源》。书里面有是有的，可不过是：

> “黄花冈。地名，在广东省城北门外白云山之麓。清宣统三年三月二十九日，革命党数十人，攻袭督署，不成而死，丛葬于此。”

轻描淡写，和我所知道的差不多，于我并不能有所裨益。

我又愿意知道一点十七年前的三月二十九日的情形，但一时也找不到目击耳闻的耆老。从别的地方——如北京，南京，我的故乡——的例子推想起来，当时大概有若干人痛惜，若干人快意，若干人没有什么意见，若干人当作酒后茶余的谈助的罢。接着便将被人们忘却。久受压制的人们，被压制时只能忍苦，幸而解放了便只知道作乐，悲壮剧是不能久留在记忆里的。

但是三月二十九日的事却特别，当时虽然失败，十月就是武昌起义，第二年，中华民国便出现了。于是这些失败的战士，当时也就成为革命成功的先驱，悲壮剧刚要收场，又添上一个团圆剧的结束。这于我们是很可庆幸的，我想，在纪念黄花节的时候便可以看出。

我还没有亲自遇见过黄花节的纪念，因为久在北方。不过，中山先生的纪念日却遇见过了：在学校里，晚上来看演剧的特别多，连凳子也踏破了几条，非常热闹。用这例子来推断，那么，黄花节也一定该是极其热闹的罢。

当三月十二日那天的晚上，我在热闹场中，便深深地更感得革命家的伟大。我想，恋爱成功的时候，一个爱人死掉了，只能给生存的那一个以悲哀。然而革命成功的时候，革命家死掉了，却能每年给生存的大家以热闹，甚而至于欢欣鼓舞。惟独革命家，无论他生或死，都能给大家以幸福。同是爱，结果却有这样地不同，正无怪现在的青年，很有许多感到恋爱和革命的冲突的苦闷。

以上的所谓“革命成功”，是指暂时的事而言；其实是“革命尚未成功”[1]的。革命无止境，倘使世上真有什么“止于至善”，这人间世便同时变了凝固的东西了。不过，中国经了许多战士的精神和血肉的培养，却的确长出了一点先前所没有的幸福的花果来，也还有逐渐生长的希望。倘若不像有，那是因为继续培养的人们少，而赏玩，攀折这花，摘食这果实的人们倒是太多的缘故。

我并非说，大家都须天天去痛哭流涕，以凭吊先烈的“在天之灵”，一年中有一天记起他们也就可以了。但就广东的现在而论，我却觉得大家对于节日的办法，还须改良一点。黄花节很热闹，热闹一天自然也好；热闹得疲劳了，回去就好好地睡一觉。然而第二天，元气恢复了，就该加工做一天自己该做的工作。这当然是劳苦的，但总比枪弹从致命的地方穿过去要好得远；何况这也算是在培养幸福的花果，为着后来的人们呢。

三月二十四日夜。

（本篇最初发表于1927年3月29日中山大学政治训育部编印的《政治训育》第7期“黄花节特号”，选自《而已集》）

读书杂谈

——七月十六日在广州知用中学讲

因为知用中学的先生们希望我来演讲一回，所以今天到这里和诸君相见。不过我也没有什么东西可讲。忽而想到学校是读书的所在，就随便谈谈读书。是我个人的意见，姑且供诸君的参考，其实也算不得什么演讲。

---

[1] 这是孙中山遗嘱中的话。

说到读书，似乎是很明白的事，只要拿书来读就是了，但是并不这样简单。至少，就有两种：一是职业的读书，一是嗜好的读书。所谓职业的读书者，譬如学生因为升学，教员因为要讲功课，不翻翻书，就有些危险的就是。我想在坐的诸君之中一定有些这样的经验，有的不喜欢算学，有的不喜欢博物，然而不得不学，否则，不能毕业，不能升学，和将来的生计便有妨碍了。我自己也这样，因为做教员，有时即非看不喜欢看的书不可，要不这样，怕不久便会于饭碗有妨。我们习惯了，一说起读书，就觉得是高尚的事情，其实这样的读书，和木匠的磨斧头，裁缝的理针线并没有什么分别，并不见得高尚，有时还很苦痛，很可怜。你爱做的事，偏不给你做，你不爱做的，倒非做不可。这是由于职业和嗜好不能合一而来的。倘能够大家去做爱做的事，而仍然各有饭吃，那是多么幸福。但现在的社会上还做不到，所以读书的人们的最大部分，大概是勉勉强强的，带着苦痛的为职业的读书。

现在再讲嗜好的读书罢。那是出于自愿，全不勉强，离开了利害关系的。——我想，嗜好的读书，该如爱打牌的一样，天天打，夜夜打，连续的去打，有时被公安局捉去了，放出来之后还是打。诸君要知道真打牌的人的目的并不在赢钱，而在有趣。牌有怎样的有趣呢，我是外行，不大明白。但听得爱赌的人说，它妙在一张一张的摸起来，永远变化无穷。我想，凡嗜好的读书，能够手不释卷的原因也就是这样。他在每一叶每一叶里，都得着深厚的趣味。自然，也可以扩大精神，增加智识的，但这些倒都不计及，一计及，便等于意在赢钱的博徒了，这在博徒之中，也算是下品。

不过我的意思，并非说诸君应该都退了学，去看自己喜欢看的书去，这样的时候还没有到来；也许终于不会到，至多，将来可以设法使人们对于非做不可的事发生较多的兴味罢了。我现在是说，爱看书的青年，大可以看看本分以外的书，即课外的书，不要只将课内的书抱住。但请不要误解，我并非说，譬如在国文讲堂上，应该在抽屉里暗看《红楼梦》之类；乃是说，应做的功课已完而有余暇，大可以看看各样的书，即使和本业毫不相干的，也要泛览。譬如学理科的，偏看看文学书，学文学的，偏看看科学书，看看别个在那里研究的，究竟是怎么一回事。这样子，对于别人，别事，可以有更深的了解。现在中国有一个大毛病，就是人们大概以为自己所学的一门是最好，最妙，最要紧的学问，而别的都无用，都不足道的，弄这些不足道的东西的人，将来该当饿死。其实是，世界还没有如此简单，学问都各有用处，要定什么是头等还很难。也幸而有各式各样的人，假如世界上全是文学家，到处所讲的不是“文学的分类”便是“诗之构造”，那倒反而无聊得很了。

不过以上所说的，是附带而得的效果，嗜好的读书，本人自然并不计及那些，就如游公园似的，随随便便去，因为随随便便，所以不吃力，因为不吃力，所以会觉得有趣。如果一本书拿到手，就满心想道，“我在读书了！”“我在用功了！”那就容易疲劳，因而减掉兴味，或者变成苦事了。

我看现在的青年，为兴味的读书的是有的，我也常常遇到各样的询问。此刻就将我所想到的说一点，但是只限于文学方面，因为我不明白其他的。

第一，是往往分不清文学和文章。甚至于已经来动手做批评文章的，也免不了这毛病。其实粗粗的说，这是容易分别的。研究文章的历史或理论的，是文学家，是学者；做做诗，或戏曲小说的，是做文章的人，就是古时候所谓文人，此刻所谓创作家。创作家不妨毫不理会文学史或理论，文学家也不妨做不出一句诗。然而中国社会上还很误解，你做几篇小说，便以为你一定懂得小说概论，做几句新诗，就要你讲诗之原理。我也尝见想做小说的青年，先买小说法程和文学史来看。据我看来，是即使将这些书看烂了，和创作也没有什么关系的。

事实上，现在有几个做文章的人，有时也确去做教授。但这是因为中国创作不值钱，养不活自己的缘故。听说美国小名家的一篇中篇小说，时价是二千美金；中国呢，别人我不知道，我自己的短篇寄给大书铺，每篇卖过二十元。当然要寻别的事，例如教书，讲文学。研究是要用理智，要冷静的，而创作须情感，至少总得发点热，于是忽冷忽热，弄得头昏，——这也是职业和嗜好不能合一的苦处。苦倒也罢了，结果还是什么都弄不好。那证据，是试翻世界文学史，那里面的人，几乎没有兼做教授的。

还有一种坏处，是一做教员，未免有顾忌；教授有教授的架子，不能畅所欲言。这或者有人要反驳：那么，你畅所欲言就是了，何必如此小心。然而这是事前的风凉话，一到有事，不知不觉地他也要从众来攻击的。而教授自身，纵使自以为怎样放达，下意识里总不免有架子在。所以在外国，称为“教授小说”的东西倒并不少，但是不大有人说好，至少，是总难免有令人发烦的炫学的地方。

所以我想，研究文学是一件事，做文章又是一件事。

第二，我常被询问：要弄文学，应该看什么书？这实在是一个极难回答的问题。先前也曾有几位先生给青年开过一大篇书目。但从我看来，这是没有什么用处的，因为我觉得那都是开书目的先生自己想要看或者未必想要看的书目。我以为倘要弄旧的呢，倒不如姑且靠着张之洞的《书目答问》去摸门径去。倘是新的，研究文学，则自己先看看各种的小本子，如本间久雄的《新文学概论》，厨川白村的《苦闷的象征》，瓦浪斯基们的《苏俄的文艺论战》之类，然后自己再想想，再博览下去。因为文学的理论不像算学，二二一定得四，所以议论很纷歧。如第三种，便是俄国的两派的争论，——我附带说一句，近来听说连俄国的小说也不大有人看了，似乎一看见“俄”字就吃惊，其实苏俄的新创作何尝有人绍介，此刻译出的几本，都是革命前的作品，作者在那边都已经被看作反革命的了。倘要看看文艺作品呢，则先看几种名家的选本，从中觉得谁的作品自己最爱看，然后再看这一个作者的专集，然后再从文学史上看看他在史上的位置；倘要知道得更详细，就看一两本这人的传记，那便可以大略了解了。如果专是请教别人，则各人的嗜好不同，总是格不相入的。

第三，说几句关于批评的事。现在因为出版物太多了，——其实有什么呢，而读者因为不胜其纷纭，便渴望批评，于是批评家也便应运而起。批评这东西，对于读者，至少对于和这批评家趣旨相近的读者，是有用的。但中国现在，似乎应该暂作别论。往往有人误以为批评家对于创作是操生杀之权，占文坛的最高位的，就忽而变成批评家；他的灵魂上挂了刀。但是怕自己的立论不周密，便主张主观，有时怕自己的观察别人不看重，又主张客观；有时说自己的作文的根柢全是同情，有时将校对者骂得一文不值。凡中国的批评文字，我总是越看越胡涂，如果当真，就要无路可走。印度人是早知道的，有一个很普通的比喻。他们说：一个老翁和一个孩子用一匹驴子驮着货物去出卖，货卖去了，孩子骑驴回来，老翁跟着走。但路人责备他了，说是不晓事，叫老年人徒步。他们便换了一个地位，而旁人又说老人忍心；老人忙将孩子抱到鞍鞒上，后来看见的人却说他们残酷；于是都下来，走了不久，可又有人笑他们了，说他们是呆子，空着现成的驴子却不骑。于是老人对孩子叹息道，我们只剩了一个办法了，是我们两人抬着驴子走。无论读，无论做，倘若旁征博访，结果是往往会弄到抬驴子走的。

不过我并非要大家不看批评，不过说看了之后，仍要看看本书，自己思索，自己做主。看别的书也一样，仍要自己思索，自己观察。倘只看书，便变成书厨，即使自己觉得有趣，而那趣味其实是已在逐渐硬化，逐渐死去了。我先前反对青年躲进研究室[1]，也就是这意思，至今有些学者，还将这话算作我的一条罪状哩。

听说英国的培那特萧（Bernard Shaw）[2]，有过这样意思的话：世间最不行的是读书者。因为他只能看别人的思想艺术，不用自己。这也就是勖本华尔（Schopenhauer）[3]之所谓脑子里给别人跑马。较好的是思索者。因为能用自己的生活力了，但还不免是空想，所以更好的是观察者，他用自己的眼睛去读世间这一部活书。

这是的确的，实地经验总比看，听，空想确凿。我先前吃过干荔支，罐头荔支，陈年荔支，并且由这些推想过新鲜的好荔支。这回吃过了，和我所猜想的不同，非到广东来吃就永不会知道。但我对于萧的所说，还要加一点骑墙的议论。萧是爱尔兰人，立论也不免有些偏激的。我以为假如从广东乡下找一个没有历练的人，叫他从上海到北京或者什么地方，然后问他观察所得，我恐怕是很有限的，因为他没有练习过观察力。所以要观察，还是先要经过思索和读书。

总之，我的意思是很简单的：我们自动的读书，即嗜好的读书，请教别人是大抵无用，只好先行泛览，然后决择而入于自己所爱的较专的一门或几门；但专读书也有弊病，所以必须和实社会接触，使所读的书活起来。

（本篇记录稿经作者校阅后最初发表于1927年8月18、19、22日广州《民国日报》副刊《现代青年》第179、180、181期，选自《而已集》）

[1] “五四”以后，胡适曾提出“进研究室”、“整理国故”的主张。
[2] 培那特萧：通译萧伯纳，英国文学家。
[3] 勖本华尔：通译叔本华，德国哲学家。

扣丝杂感

以下这些话，是因为见了《语丝》（一四七期）的《随感录》（二八）[1]而写的。

这半年来，凡我所看的期刊，除《北新》外，没有一种完全的：《莽原》，《新生》，《沉钟》。甚至于日本文的《斯文》，里面所讲的都是汉学，末尾附有《西游记传奇》，我想和演义来比较一下，所以很切用，但第二本即缺少，第四本起便杳然了。至于《语丝》，我所没有收到的统共有六期，后来多从市上的书铺里补得，惟有一二六和一四三终于买不到，至今还不知道内容究竟是怎样。

这些收不到的期刊，是遗失，还是没收的呢？我以为两者都有。没收的地方，是北京，天津，还是上海，广州呢？我以为大约也各处都有。至于没收的缘故，那可是不得而知了。

我所确切知道的，有这样几件事。是《莽原》也被扣留过一期，不过这还可以说，因为里面有俄国作品的翻译。那时只要一个“俄”字，已够惊心动魄，自然无暇顾及时代和内容。但韦丛芜的《君山》，也被扣留。这一本诗，不但说不到“赤”，并且也说不到“白”，正和作者的年纪一样，是“青”的，而竟被禁锢在邮局里。黎锦明先生早有来信，说送我《烈火集》，一本是托书局寄的，怕他们忘记，自己又寄了一本。但至今已将半年，一本也没有到。我想，十之九都被没收了，因为火色既“赤”，而况又“烈”乎，当然通不过的。

《语丝》一三二期寄到我这里的时候是出版后约六星期，封皮上写着两个绿色大字道：“扣留”，另外还有检查机关的印记和封条。打开看时，里面是《猓猓人的创世记》，《无题》，《寂寞札记》，《撒园荽》，《苏曼殊及其友人》，都不像会犯禁。我便看《来函照登》，是讲“情死”“情杀”的，不要紧，目下还不管这些事。只有《闲话拾遗》了。这一期特别少，共

[1] 指岂明所作的《光荣》，其中谈到《语丝》第141期登载《吴公如何》一文指斥吴稚晖提议“清党”，因而该刊从那一期以后在南方便都被扣留之事。

只两条。一是讲日本的，大约也还不至于犯禁。一是说来信告诉“清党”的残暴手段的，《语丝》此刻不想登。莫非因为这一条么？但不登何以又不行呢？莫明其妙。然而何以“扣留”而又放行了呢？也莫明其妙。

这莫明其妙的根源，我以为在于检查的人员。

中国近来一有事，首先就检查邮电。这检查的人员，有的是团长或区长，关于论文诗歌之类，我觉得我们不必和他多谈。但即使是读书人，其实还是一样的说不明白，尤其是在所谓革命的地方。直截痛快的革命训练弄惯了，将所有革命精神提起，如油的浮在水面一般，然而顾不及增加营养。所以，先前是刊物的封面上画一个工人，手捏铁铲或鹤嘴锹，文中有“革命！革命！”“打倒！打倒！”者，一帆风顺，算是好的。现在是要画一个少年军人拿旗骑在马上，里面“严办！严办！”这才庶几免于罪戾。至于什么“讽刺”，“幽默”，“反语”，“闲谈”等类，实在还是格不相入。从格不相入，而成为视之懵然，结果即不免有些弄得乱七八糟，谁也莫明其妙。

还有一层，是终日检查刊物，不久就会头昏眼花，于是讨厌，于是生气，于是觉得刊物大抵可恶——尤其是不容易了然的——而非严办不可。我记得书籍不切边，我也是作俑者之一，当时实在是没有什么恶意的。后来看见方传宗先生的通信（见本《丝》一二九），竟说得要毛边装订的人有如此可恶，不觉满肚子冤屈。但仔细一想，方先生似乎是图书馆员，那么，要他老是裁那并不感到兴趣的毛边书，终于不免生气而大骂毛边党，正是毫不足怪的事。检查员也同此例，久而久之，就要发火，开初或者看得详细点，但后来总不免《烈火集》也可怕，《君山》也可疑，——只剩了一条最稳当的路：扣留。

两个月前罢，看见报上记着某邮局因为扣下的刊物太多，无处存放了，一律焚毁。我那时实在感到心痛，仿佛内中很有几本是我的东西似的。呜呼哀哉！我的《烈火集》呵。我的《西游记传奇》呵。我的……。

附带还要说几句关于毛边的牢骚。我先前在北京参与印书的时候，自己暗暗地定下了三样无关紧要的小改革，来试一试。一，是首页的书名和著者的题字，打破对称式；二，是每篇的第一行之前，留下几行空白；三，就是毛边。现在的结果，第一件已经有恢复香炉烛台式的了；第二件有时无论怎样叮嘱，而临印的时候，工人终于将第一行的字移到纸边，用“迅雷不及掩耳的手段”，使你无可挽救；第三件被攻击最早，不久我便有条件的降伏了。

与李老板[1]约：别的不管，只是我的译著，必须坚持毛边到底！但是，今竟如何？老板送给我的五部或十部，至今还确是毛边。不过在书铺里，我却发见了毫无“毛”气，四面光滑的《彷徨》之类。归根结蒂，他们都将彻底的胜利。所以说我想改革社会，或者和改革社会有关，那是完全冤枉的，我早已瘟头瘟脑，躺在板床上吸烟卷——彩凤牌——了。

言归正传。刊物的暂时要碰钉子，也不但遇到检查员，我恐怕便是读书的青年，也还是一样。先已说过，革命地方的文字，是要直截痛快，“革命！革命！”的，这才是“革命文学”。我曾经看见一种期刊上登载一篇文章，后有作者的附白，说这一篇没有谈及革命，对不起读者，对不起对不起。但自从“清党”以后，这“直截痛快”以外，却又增添了一种神经过敏。“命”自然还是要革的，然而又不宜太革，太革便近于过激，过激便近于共产党，变了“反革命”了。所以现在的“革命文学”，是在顽固这一种反革命和共产党这一种反革命之间。

于是又发生了问题，便是“革命文学”站在这两种危险物之间，如何保持她的纯正——正宗。这势必至于必须防止近于赤化的思想和文字，以及将来有趋于赤化之虑的思想和文字。例如，攻击礼教和白话，即有趋于赤化之忧。因为共产派无视一切旧物，而白话则始于《新青年》，而《新青年》乃独秀所办。今天看见北京教育部禁止白话[2]的消息，我逆料《语丝》必将有几句感慨，但我实在是无动于中。我觉得连思想文字，也到处都将窒息，几句白话黑话，已经没有什么大关系了。

那么，谈谈风月，讲讲女人，怎样呢？也不行。这是“不革命”。“不革命”虽然无罪，然而是不对的！

现在在南边，只剩了一条“革命文学”的独木小桥，所以外来的许多刊物，便通不过，扑通！扑通！都掉下去了。

但这直捷痛快和神经过敏的状态，其实大半也还是视指挥刀的指挥而转移的。而此时刀尖的挥动，还是横七竖八。方向有个一定之后，或者可以好些罢。然而也不过是“好些”，内中的骨子，恐怕还不外乎窒息，因为这是

[1] 指北新书局主持者李小峰。
[2] 这是1927年9月北洋政府教育部发布的一项命令，规定“无论编纂何项讲义及课本，均不准再用白话文体，以昭划一而重国学”。

先天性的遗传。

先前偶然看见一种报上骂郁达夫先生，说他《洪水》上的一篇文章，是不怀好意，恭维汉口。我就去买《洪水》来看，则无非说旧式的崇拜一个英雄，已和现代潮流不合，倒也看不出什么恶意来。这就证明着眼光的钝锐，我和现在的青年文学家已很不同了。所以《语丝》的莫明其妙的失踪，大约也许只是我们自己莫明其妙，而上面的检查员云云，倒是假设的恕词。

至于一四五期以后，这里是全都收到的，大约惟在上海者被押。假如真的被押，我却以为大约也与吴老先生无关。“打倒……打倒……严办……严办……”，固然是他老先生亲笔的话，未免有些责任，但有许多动作却并非他的手脚了。在中国，凡是猛人（这是广州常用的话，其中可以包括名人，能人，阔人三种），都有这种的运命。

无论是何等样人，一成为猛人，则不问其“猛”之大小，我觉得他的身边便总有几个包围的人们，围得水泄不透。那结果，在内，是使该猛人逐渐变成昏庸，有近乎傀儡的趋势。在外，是使别人所看见的并非该猛人的本相，而是经过了包围者的曲折而显现的幻形。至于幻得怎样，则当视包围者是三棱镜呢，还是凸面或凹面而异。假如我们能有一种机会，偶然走到一个猛人的近旁，便可以看见这时包围者的脸面和言动，和对付别的人们的时候有怎样地不同。我们在外面看见一个猛人的亲信，谬妄骄恣，很容易以为该猛人所爱的是这样的人物。殊不知其实是大谬不然的。猛人所看见的他是娇嫩老实，非常可爱，简直说话会口吃，谈天要脸红。老实说一句罢，虽是“世故的老人”如不佞者，有时从旁看来也觉得倒也并不坏。

但同时也就发生了胡乱的矫诏和过度的巴结，而晦气的人物呀，刊物呀，植物呀，矿物呀，则于是乎遭灾。但猛人大抵是不知道的。凡知道一点北京掌故的，该还记得袁世凯做皇帝时候的事罢。要看日报，包围者连报纸都会特印了给他看，民意全部拥戴，舆论一致赞成。直要待到蔡松坡云南起义，这才阿呀一声，连一连吃了二十多个馒头都自己不知道。但这一出戏也就闭幕，袁公的龙驭上宾于天了。

包围者便离开了这一株已倒的大树，去寻求别一个新猛人。

我曾经想做过一篇《包围新论》，先述包围之方法，次论中国之所以永是走老路，原因即在包围，因为猛人虽有起仆兴亡，而包围者永是这一伙。

次更论猛人倘能脱离包围，中国就有五成得救。结末是包围脱离法。——然而终于想不出好的方法来，所以这新论也还没有敢动笔。

爱国志士和革命青年幸勿以我为懒于筹画，只开目录而没有文章。我思索是也在思索的，曾经想到了两样法子，但反复一想，都无用。一，是猛人自己出去看看外面的情形，不要先“清道”。然而虽不“清道”，大家一遇猛人，大抵也会先就改变了本然的情形，再也看不出真模样。二，是广接各样的人物，不为一定的若干人所包围。然而久而久之，也终于有一群制胜，而这最后胜利者的包围力则最强大，归根结蒂，也还是古已有之的运命：龙驭上宾于天。

世事也还是像螺旋。但《语丝》今年特别碰钉子于南方，仿佛得了新境遇，这又是什么缘故呢？这一点，我自以为是容易解答的。

“革命尚未成功”，是这里常见的标语。但由我看来，这仿佛已经成了一句谦虚话，在后方的一大部分的人们的心里，是“革命已经成功”或“将近成功”了。既然已经成功或将近成功，自己又是革命家，也就是中国的主人翁，则对于一切，当然有管理的权利和义务。刊物虽小事，自然也在看管之列。有近于赤化之虑者无论矣，而要说不吉利语，即可以说是颇有近于“反革命”的气息了，至少，也很令人不欢。而《语丝》，是每有不肯凑趣的坏脾气的，则其不免于有时失踪也，盖犹其小焉者耳。

九月十五日。

（本篇最初发表于1927年10月22日《语丝》周刊第154期，选自《而已集》）

三闲集

无声的中国

——二月十六日在香港青年会讲

以我这样没有什么可听的无聊的讲演，又在这样大雨的时候，竟还有这许多来听的诸君，我首先应当声明我的郑重的感谢。

我现在所讲的题目是：《无声的中国》。

现在，浙江陕西，都在打仗，那里的人民哭着呢还是笑着呢，我们不知道。香港似乎很太平，住在这里的中国人，舒服呢还是不很舒服呢，别人也不知道。

发表自己的思想，感情给大家知道的是要用文章的，然而拿文章来达意，现在一般的中国人还做不到。这也怪不得我们；因为那文字，先就是我们的祖先留传给我们的可怕的遗产。人们费了多年的工夫，还是难于运用。因为难，许多人便不理它了，甚至于连自己的姓也写不清是张还是章，或者简直不会写，或者说道：Chang。虽然能说话，而只有几个人听到，远处的人们便不知道，结果也等于无声。又因为难，有些人便当作宝贝，像玩把戏似的，之乎者也，只有几个人懂，——其实是不知道可真懂，而大多数的人们却不懂得，结果也等于无声。

文明人和野蛮人的分别，其一，是文明人有文字，能够把他们的思想，感情，藉此传给大众，传给将来。中国虽然有文字，现在却已经和大家不相干，用的是难懂的古文，讲的是陈旧的古意思，所有的声音，都是过去的，都就是只等于零的。所以，大家不能互相了解，正像一大盘散沙。

将文章当作古董，以不能使人认识，使人懂得为好，也许是有趣的事罢。但是，结果怎样呢？是我们已经不能将我们想说的话说出来。我们受了损害，受了侮辱，总是不能说出些应说的话。拿最近的事情来说，如中日战争，拳匪事件，民元革命这些大事件，一直到现在，我们可有一部像样的著作？民国以来，也还是谁也不作声。反而在外国，倒常有说起中国的，但那都不是中国人自己的声音，是别人的声音。

这不能说话的毛病，在明朝是还没有这样厉害的；他们还比较地能够说些要说的话。待到满洲人以异族侵入中国，讲历史的，尤其是讲宋末的事情的人被杀害了，讲时事的自然也被杀害了。所以，到乾隆年间，人民大家便更不敢用文章来说话了。所谓读书人，便只好躲起来读经，校刊古书，做些古时的文章，和当时毫无关系的文章。有些新意，也还是不行的；不是学韩，便是学苏。韩愈苏轼他们，用他们自己的文章来说当时要说的话，那当然可以的。我们却并非唐宋时人，怎么做和我们毫无关系的时候的文章呢。即使做得像，也是唐宋时代的声音，韩愈苏轼的声音，而不是我们现代的声音。然而直到现在，中国人却还要着这样的旧戏法。人是有的，没有声音，寂寞得很。——人会没有声音的么？没有，可以说：是死了。倘要说得客气一点，那就是：已经哑了。

要恢复这多年无声的中国，是不容易的，正如命令一个死掉的人道："你活过来！"我虽然并不懂得宗教，但我以为正如想出现一个宗教上之所谓"奇迹"一样。

首先来尝试这工作的是"五四运动"前一年，胡适之先生所提倡的"文学革命"。"革命"这两个字，在这里不知道可害怕，有些地方是一听到就害怕的。但这和文学两字连起来的"革命"，却没有法国革命的"革命"那么可怕，不过是革新，改换一个字，就很平和了，我们就称为"文学革新"罢，中国文字上，这样的花样是很多的。那大意也并不可怕，不过说：我们不必再去费尽心机，学说古代的死人的话，要说现代的活人的话；不要将文章看作古董，要做容易懂得的白话的文章。然而，单是文学革新是不够的，因为腐败思想，能用古文做，也能用白话做。所以后来就有人提倡思想革新。

思想革新的结果，是发生社会革新运动。这运动一发生，自然一面就发生反动，于是便酿成战斗……。

但是，在中国，刚刚提起文学革新，就有反动了。不过白话文却渐渐风行起来，不大受阻碍。这是怎么一回事呢？就因为当时又有钱玄同先生提倡废止汉字，用罗马字母来替代。这本也不过是一种文字革新，很平常的，但被不喜欢改革的中国人听见，就大不得了了，于是便放过了比较的平和的文学革命，而竭力来骂钱玄同。白话乘了这一个机会，居然减去了许多敌人，反而没有阻碍，能够流行了。

中国人的性情是总喜欢调和，折中的。譬如你说，这屋子太暗，须在这里开一个窗，大家一定不允许的。但如果你主张拆掉屋顶，他们就会来调和，愿意开窗了。没有更激烈的主张，他们总连平和的改革也不肯行。那时白话文之得以通行，就因为有废掉中国字而用罗马字母的议论的缘故。

其实，文言和白话的优劣的讨论，本该早已过去了，但中国是不肯早早解决的，到现在还有许多无谓的议论。例如，有的说：古文各省人都能懂，白话就各处不同，反而不能互相了解了。殊不知这只要教育普及和交通发达就好，那时就人人都能懂较为易解的白话文；至于古文，何尝各省人都能懂，便是一省里，也没有许多人懂得的。有的说：如果都用白话文，人们便不能看古书，中国的文化就灭亡了。其实呢，现在的人们大可以不必看古书，即使古书里真有好东西，也可以用白话来译出的，用不着那么心惊胆战。他们又有人说，外国尚且译中国书，足见其好，我们自己倒不看么？殊不知埃及的古书，外国人也译，非洲黑人的神话，外国人也译，他们别有用意，即使译出，也算不了怎样光荣的事的。

近来还有一种说法，是思想革新紧要，文字改革倒在其次，所以不如用浅显的文言来作新思想的文章，可以少招一重反对。这话似乎也有理。然而我们知道，连他长指甲都不肯剪去的人，是决不肯剪去他的辫子的。

因为我们说着古代的话，说着大家不明白，不听见的话，已经弄得像一盘散沙，痛痒不相关了。我们要活过来，首先就须由青年们不再说孔子孟子和韩愈柳宗元们的话。时代不同，情形也两样，孔子时代的香港不这样，孔子口调的“香港论”是无从做起的，“吁嗟阔哉香港也”，不过是笑话。

我们要说现代的，自己的话；用活着的白话，将自己的思想，感情直白地说出来。但是，这也要受前辈先生非笑的。他们说白话文卑鄙，没有价值；他们说年青人作品幼稚，贻笑大方。我们中国能做文言的有多少呢，其余的都只能说白话，难道这许多中国人，就都是卑鄙，没有价值的么？至于幼稚，尤其没有什么可羞，正如孩子对于老人，毫没有什么可羞一样。幼稚是会生长，会成熟的，只不要衰老，腐败，就好。倘说待到纯熟了才可以动手，那是虽是村妇也不至于这样蠢。她的孩子学走路，即使跌倒了，她决不至于叫孩子从此躺在床上，待到学会了走法再下地面来的。

青年们先可以将中国变成一个有声的中国。大胆地说话，勇敢地进行，忘掉了一切利害，推开了古人，将自己的真心的话发表出来。——真，自然是不容易的。譬如态度，就不容易真，讲演时候就不是我的真态度，因为我对朋友，孩子说话时候的态度是不这样的。——但总可以说些较真的话，发些较真的声音。只有真的声音，才能感动中国的人和世界的人；必须有了真的声音，才能和世界的人同在世界上生活。

我们试想现在没有声音的民族是那几种民族。我们可听到埃及人的声音？可听到安南，朝鲜的声音？印度除了泰戈尔，别的声音可还有？

我们此后实在只有两条路：一是抱着古文而死掉，一是舍掉古文而生存。

（本篇最初刊于香港某报，1927年3月23日汉口《中央日报》副刊转载，选自《三闲集》）

“醉眼”中的朦胧

旧历和新历的今年似乎于上海的文艺家们特别有着刺激力，接连的两个新正一过，期刊便纷纷而出了。他们大抵将全力用尽在伟大或尊严的名目上，不惜将内容压杀。连产生了不止一年的刊物，也显出拚命的挣扎和突变来。作者呢，有几个是初见的名字，有许多却还是看熟的，虽然有时觉得有些生疏，但那是因为停笔了一年半载的缘故。他们先前在做什么，为什么今年一齐动笔了？说起来怕话长。要而言之，就因为先前可以不动笔，现在却只好来动笔，仍如旧日的无聊的文人，文人的无聊一模一样。这是有意识或无意识地，大家都有些自觉的，所以总要向读者声明“将来”：不是“出国”，“进研究室”，便是“取得民众”。功业不在目前，一旦回国，出室，得民之后，那可是非同小可了。自然，倘有远识的人，小心的人，怕事的人，投机的人，最好是此刻豫致“革命的敬礼”。一到将来，就要“悔之晚矣”了。

然而各种刊物，无论措辞怎样不同，都有一个共通之点，就是：有些朦胧。这朦胧的发祥地，由我看来，——虽然是冯乃超的所谓“醉眼陶然”——也还在那有人爱，也有人憎的官僚和军阀。和他们已有瓜葛，或想有瓜葛的，笔下便往往笑迷迷，向大家表示和气，然而有远见，梦中又害怕铁锤和镰刀，因此也不敢分明恭维现在的主子，于是在这里留着一点朦胧。和他们瓜葛已断，或则并无瓜葛，走向大众去的，本可以毫无顾忌地说话了，但笔下即使雄纠纠，对大家显英雄，会忘却了他们的指挥刀的傻子是究竟不多的，这里也就留着一点朦胧。于是想要朦胧而终于透漏色彩的，想显色彩而终于不免朦胧的，便都在同地同时出现了。

其实朦胧也不关怎样紧要。便在最革命的国度里，文艺方面也何尝不带些朦胧。然而革命者决不怕批判自己，他知道得很清楚，他们敢于明言。惟有中国特别，知道跟着人称托尔斯泰为“卑汙的说教人”了，而对于中国“目前的情状”，却只觉得在“事实上，社会各方面亦正受着乌云密布的势力的支配”，连他的“剥去政府的暴力，裁判行政的喜剧的假面”的勇气的几分之一也没有；知道人道主义不彻底了，但当“杀人如草不闻声”的时候，连人道主义式的抗争也没有。剥去和抗争，也不过是“咬文嚼字”，并非“直接行动”。我并不希望做文章的人去直接行动，我知道做文章的人是大概只能做文章的。

可惜略迟了一点，创造社前年招股本，去年请律师，今年才揭起“革命文学”的旗子，复活的批评家成仿吾总算离开守护“艺术之宫”的职掌，要去“获得大众”，并且给革命文学家“保障最后的胜利”了。这飞跃也可以说是必然的。弄文艺的人们大抵敏感，时时也感到，而且防着自己的没落，如漂浮在大海里一般，拚命向各处抓攫。二十世纪以来的表现主义，踏踏主义，什么什么主义的此兴彼衰，便是这透露的消息。现在则已是大时代，动摇的时代，转换的时代，中国以外，阶级的对立大抵已经十分锐利化，农工大众日日显得着重，倘要将自己从没落救出，当然应该向他们去了。何况“鸣呼！小资产阶级原有两个灵魂。……”虽然也可以向资产阶级去，但也能够向无产阶级去的呢。

这类事情，中国还在萌芽，所以见得新奇，须做《从文学革命到革命文学》那样的大题目，但在工业发达，贫富悬隔的国度里，却已是平常的事情。或者因为看准了将来的天下，是劳动者的天下，跑过去了；或者因为倘帮强者，宁帮弱者，跑过去了；或者两样都有，错综地作用着，跑过去了。也可以说，或者因为恐怖，或者因为良心。成仿吾教人克服小资产阶级根性，拉“大众”来作“给与”和“维持”的材料，文章完了，却正留下一个不小的问题：

倘若难于“保障最后的胜利”，你去不去呢？

这实在还不如在成仿吾的祝贺之下，也从今年产生的《文化批判》上的李初梨的文章，索性主张无产阶级文学，但无须无产者自己来写；无论出身是什么阶级，无论所处是什么环境，只要“以无产阶级的意识，产生出来的一种的斗争的文学”就是，直截爽快得多了。但他一看见“以趣味为中心”的可恶的“语丝派”的人名就不免曲折，仍旧“要问甘人君，鲁迅是第几阶级的人？”

我的阶级已由成仿吾判定：“他们所矜持的是‘闲暇，闲暇，第三个闲暇’；他们是代表着有闲的资产阶级，或者睡在鼓里的小资产阶级。……如果北京的乌烟瘴气不用十万两无烟火药炸开的时候，他们也许永远这样过活的罢。”

我们的批判者才将创造社的功业写出，加以“否定的否定”，要去“获得大众”的时候，便已梦想“十万两无烟火药”，并且似乎要将我挤进“资产阶级”去（因为“有闲就是有钱”云），我倒颇也觉得危险了。后来看见李初梨说：“我以为一个作家，不管他是第一第二……第百第千阶级的人，他都可以参加无产阶级文学运动；不过我们先要审察他们的动机。……”这才有些放心，但可虑的是对于我仍然要问阶级。“有闲便是有钱”；倘使无钱，该是第四阶级，可以“参加无产阶级文学运动”了罢，但我知道那时又要问“动机”。总之，最要紧是“获得无产阶级的阶级意识”，——这回可不能只是“获得大众”便算完事了。横竖缠不清，最好还是让李初梨去“由艺术的武器到武器的艺术”，让成仿吾去坐在半租界里积蓄“十万两无烟火药”，我自己是照旧讲“趣味”。

那成仿吾的“闲暇，闲暇，第三个闲暇”的切齿之声，在我是觉得有趣的。因为我记得曾有人批评我的小说，说是“第一个是冷静，第二个是冷静，第三个还是冷静”，“冷静”并不算好批判，但不知怎地竟像一板斧劈着了这位革命的批评家的记忆中枢似的，从此“闲暇”也有三个了。倘有四个，连《小说旧闻钞》也不写，或者只有两个，见得比较地忙，也许可以不至于被“奥伏赫变”（“除掉”的意思，Aufheben 的创造派的译音，但我不解何以要译得这么难写，在第四阶级，一定比照描一个原文难）罢，所可惜的是偏偏是三个。但先前所定的不“努力表现自己”之罪，大约总该也和成仿吾的“否定的否定”，一同勾消了。

创造派“为革命而文学”，所以仍旧要文学，文学是现在最紧要的一点，因为将“由艺术的武器，到武器的艺术”，一到“武器的艺术”的时候，便正如“由批判的武器，到用武器的批判”的时候一般，世界上有先例，“徘徊者变成同意者，反对者变成徘徊者”了。

但即刻又有一点不小的问题：为什么不就到“武器的艺术”呢？

这也很像“有产者差来的苏秦的游说”。但当现在“无产者未曾从有产者意识解放以前”，这问题是总须起来的，不尽是资产阶级的退兵或反攻的毒计。因为这极彻底而勇猛的主张，同时即含有可疑的萌芽了。那解答只好是这样：

因为那边正有“武器的艺术”，所以这边只能“艺术的武器”。

这艺术的武器，实在不过是不得已，是从无抵抗的幻影脱出，坠入纸战斗的新梦里去了。但革命的艺术家，也只能以此维持自己的勇气，他只能这样。倘他牺牲了他的艺术，去使理论成为事实，就要怕不成其为革命的艺术家。因此必然的应该坐在无产阶级的阵营中，等待“武器的铁和火”出现。这出现之际，同时拿出“武器的艺术”来。倘那时铁和火的革命者已有一个“闲暇”，能静听他们自叙的功勋，那也就成为一样的战士了。最后的胜利。然而文艺是还是批判不清的，因为社会有许多层，有先进国的史实在；要取目前的例，则《文化批判》已经拖住 Upton Sinclair，《创造月刊》也背了 Vigny 在“开步走”了。

倘使那时不说“不革命便是反革命”，革命的迟滞是“语丝派”之所为，给人家扫地也还可以得到半块面包吃，我便将于八时间工作之暇，坐在黑房里，续钞我的《小说旧闻钞》，有几国的文艺也还是要谈的，因为我喜欢。所怕的只是成仿吾们真像符拉特弥尔·伊力支一般，居然“获得大众”；那么，他们大约更要飞跃又飞跃，连我也会升到贵族或皇帝阶级里，至少也总得充军到北极圈内去了。译著的书都禁止，自然不待言。

不远总有一个大时代要到来。现在创造派的革命文学家和无产阶级作家虽然不得已而玩着“艺术的武器”，而有着“武器的艺术”的非革命武学家也玩起这玩意儿来了，有几种笑迷迷的期刊便是这。他们自己也不大相信手里的“武器的艺术”了罢。那么，这一种最高的艺术——“武器的艺术”现在究竟落在谁的手里了呢？只要寻得到，便知道中国的最近的将来。

二月二十三日，上海。

（本篇最初发表于1928年3月12日《语丝》第4卷第11期，选自《三闲集》）

革命咖啡店

革命咖啡店的革命底广告式文字，昨天在报章上看到了，仗着第四个“有闲”，先抄一段在下面：——

> “……但是读者们，我却发现了这样一家我们所理想的乐园，我一共去了两次，我在那里遇见了我们今日文艺界上的名人，龚冰庐鲁迅郁达夫等。并且认识了孟超潘汉年叶灵凤等，他们有的在那里高谈着他们的主张，有的在那里默默沉思，我在那里领会到不少教益呢。……”

遥想洋楼高耸，前临阔街，门口是晶光闪灼的玻璃招牌，楼上是“我们今日文艺界上的名人”，或则高谈，或则沉思，面前是一大杯热气蒸腾的无产阶级咖啡，远处是许许多多“龌龊的农工大众”，他们喝着，想着，谈着，指导着，获得着，那是，倒也实在是“理想的乐园”。

何况既喝咖啡，又领“教益”呢？上海滩上，一举两得的买卖本来多。大如弄几本杂志，便算革命；小如买多少钱书籍，即赠送真丝光袜或请吃冰淇淋——虽然我至今还猜不透那些惠顾的人们，究竟是意在看书呢，还是要穿丝光袜。至于咖啡店，先前只听说不过可以兼看舞女使女，“以饱眼福”罢了。谁料这回竟是“名人”，给人“教益”，还演“高谈”，“沉思”种种好玩的把戏，那简直是现实的乐园了。

但我又有几句声明——

就是：这样的咖啡店里，我没有上去过，那一位作者所“遇见”的，又是别一人。因为：一，我是不喝咖啡的，我总觉得这是洋大人所喝的东西（但这也许是我的“时代错误”），不喜欢，还是绿茶好。二，我要抄“小说旧闻”之类，无暇享受这样乐园的清福。三，这样的乐园，我是不敢上去的，革命文学家，要年青貌美，齿白唇红，如潘汉年叶灵凤辈，这才是天生的文豪，乐园的材料；如我者，在《战线》上就宣布过一条“满口黄牙”的罪状，到那里去高谈，岂不亵渎了“无产阶级文学”么？还有四，则即使我要上去，也怕走不到，至多，只能在店后门远处彷徨彷徨，嗅嗅咖啡渣的气息罢了。你看这里面不很有些在前线的文豪么，我却是“落伍者”，决不会坐在一屋子里的。

以上都是真话。叶灵凤革命艺术家曾经画过我的像，说是躲在酒坛的后面。这事的然否我不谈。现在所要声明的，只是这乐园中我没有去，也不想去，并非躲在咖啡杯后面在骗人。

杭州另外有一个鲁迅时，我登了一篇启事，“革命文学家”就挖苦了。但现在仍要自己出手来做一回，一者因为我不是咖啡，不愿意在革命店里做装点；二是我没有创造社那么阔，有一点事就一个律师，两个律师。

四月十日。

（本篇最初发表于1928年8月13日《语丝》第4卷第33期郁达夫的《革命广告》之后，题作《鲁迅附记》，收入本书时改为现题，选自《三闲集》）

文坛的掌故（并徐匀来信）

来　信

编者先生：

由最近一个上海的朋友告诉我，“沪上的文艺界，近来为着革命文学的问题，闹得十分嚣。”有趣极了！这问题，在去年中秋前后，成都的文艺界，同样也剧烈的争论过。但闹得并不“嚣”，战区也不见扩大，便结束。大约除了成都，别处是很少知道有这一回事的。

现在让我来简约地说一说。

这争论的起原，已经过了长时期的酝酿。双方的主体——赞成革命文学的，是国民日报社。——怀疑他们所谓革命文学的，是九五日报社。最先还仅是暗中的鼎峙；接着因了国民政府在长江一带逐渐发展，成都的革命文学家，便投机似的成立了“革命文艺研究社”，来竭力鼓吹无产阶级的文学。而凑巧有个署名张拾遗君的《谈谈革命文学》一篇论文在那时出现。于是挑起了一班革命文学家的怒，两面的战争，便开始攻击。

至于两方面的战略：革命文学者以为一切都应该革命，要革命才有进步，才顺潮流。不革命便是封建社会的余孽，帝国主义的爪牙。同样和创造社是以唯物史观为根据的。——可是又无他们的彻底，而把“文学革命”与“革命文学”并为一谈。——反对者承认“革命文学”和“平民文学”“贵族文学”同为文学上一种名词，与文学革命无关，而怀疑其像煞有介事的神圣不可侵犯。且文学不应如此狭义；何况革命的题材，未必多。即有，隔靴搔痒的写来，也未必好。是近乎有些“为艺术而艺术”的说法。加入这战团的，革命文学方面，多为“清一色”的会员；而反对系，则半属不相识的朋友。

这一场混战的结果，是由“革命文艺研究社”不欲延长战线，自愿休兵。但何故休兵，局外人是不能猜测的。

关于那次的文件，因“文献不足”，只好从略。

上海这次想必一定很可观。据我的朋友抄来的目录看，已颇有洋洋乎之概！可惜重庆方面，还没有看这些刊物的眼福！

这信只算豫备将来“文坛的掌故”起见，并无挑拨，拥护任何方面的意思。

废话已说得不少，就此打住，敬祝

撰安！

徐匀。十七年七月八日，于重庆。

回　信

徐匀先生：

多谢你写寄“文坛的掌故”的美意。

从年月推算起来，四川的“革命文学”，似乎还是去年出版的一本《革命文学论集》（书名大概如此，记不确切了，是丁丁编的）的余波。上海今年的“革命文学”，不妨说是又一幕。至于“嚣”与不“嚣”，那是要凭耳闻者的听觉的锐钝而定了。

我在“革命文学”战场上，是“落伍者”，所以中心和前面的情状，不得而知。但向他们屁股那面望过去，则有成仿吾司令的《创造月刊》，《文化批判》，《流沙》，蒋光X（恕我还不知道现在已经改了那一字）拜帅的《太阳》，王独清领头的《我们》，青年革命艺术家叶灵凤独唱的《戈壁》；也是青年革命艺术家潘汉年编撰的《现代小说》和《战线》；再加一个真是“跟在弟弟背后说漂亮话”的潘梓年的速成的《洪荒》。但前几天看见K君对日本人的谈话（见《战旗》七月号），才知道潘叶之流的“革命文学”是不算在内的。

含混地只讲“革命文学”，当然不能彻底，所以今年在上海所挂出来的招牌却确是无产阶级文学，至于是否以唯物史观为根据，则因为我是外行，不得而知。但一讲无产阶级文学，便不免归结到斗争文学，一讲斗争，便只能说是最高的政治斗争的一翼。这在俄国，是正当的，因为正是劳农专政；在日本也还不打紧，因为究竟还有一点微微的出版自由，居然也还说可以组织劳动政党。中国则不然，所以两月前就变了相，不但改名“新文艺”，并且根据了资产社会的法律，请律师大登其广告，来吓唬别人了。

向“革命的智识阶级”叫打倒旧东西，又拉旧东西来保护自己，要有革命者的名声，却不肯吃一点革命者往往难免的辛苦，于是不但笑啼俱伪，并且左右不同，连叶灵凤所抄袭来的“阴阳脸”，也还不足以淋漓尽致地为他们自己写照，我以为这是很可惜，也觉得颇寂寞的。

但这是就大局而言，倘说个人，却也有已经得到好结果的。例如成仿吾，做了一篇“开步走”和“打发他们去”，又改换姓名（石厚生）做了一点“珰鲁迅”之后，据日本的无产文艺月刊《战旗》七月号所载，他就又走在修善寺温泉的近旁（可不知洗了澡没有），并且在那边被尊为“可尊敬的普罗塔利亚特作家”，“从支那的劳动者农民所选出的他们的艺术家”了。

鲁迅。八月十日。

（本篇最初发表于1928年8月20日《语丝》第4卷第34期，原题《通信·其一》，收入本书时改为现题，选自《三闲集》）

流氓的变迁

孔墨都不满于现状，要加以改革，但那第一步，是在说动人主，而那用以压服人主的家伙，则都是“天”。

孔子之徒为儒，墨子之徒为侠。“儒者，柔也”，当然不会危险的。惟侠老实，所以墨者的末流，至于以“死”为终极的目的。到后来，真老实的逐渐死完，止留下取巧的侠，汉的大侠，就已和公侯权贵相馈赠，以备危急时来作护符之用了。

司马迁说：“儒以文乱法，而侠以武犯禁”，“乱”之和“犯”，决不是“叛”，不过闹点小乱子而已，而况有权贵如“五侯”者在。

“侠”字渐消，强盗起了，但也是侠之流，他们的旗帜是“替天行道”。他们所反对的是奸臣，不是天子，他们所打劫的是平民，不是将相。李逵劫法场时，抡起板斧来排头砍去，而所砍的是看客。一部《水浒》，说得很分明：因为不反对天子，所以大军一到，便受招安，替国家打别的强盗——不

“替天行道”的强盗去了。终于是奴才。

满洲入关，中国渐被压服了，连有“侠气”的人，也不敢再起盗心，不敢指斥奸臣，不敢直接为天子效力，于是跟一个好官员或钦差大臣，给他保镳，替他捕盗，一部《施公案》，也说得很分明，还有《彭公案》，《七侠五义》之流，至今没有穷尽。他们出身清白，连先前也并无坏处，虽在钦差之下，究居平民之上，对一方面固然必须听命，对别方面还是大可逞雄，安全之度增多了，奴性也跟着加足。

然而为盗要被官兵所打，捕盗也要被强盗所打，要十分安全的侠客，是觉得都不妥当的，于是有流氓。和尚喝酒他来打，男女通奸他来捉，私娼私贩他来凌辱，为的是维持风化；乡下人不懂租界章程他来欺侮，为的是看不起无知；剪发女人他来嘲骂，社会改革者他来憎恶，为的是宝爱秩序。但后面是传统的靠山，对手又都非浩荡的强敌，他就在其间横行过去。现在的小说，还没有写出这一种典型的书，惟《九尾龟》中的章秋谷，以为他给妓女吃苦，是因为她要敲人们竹杠，所以给以惩罚之类的叙述，约略近之。

由现状再降下去，大概这一流人将成为文艺书中的主角了，我在等候“革命文学家”张资平“氏”的近作。

太平歌诀

四月六日的《申报》上有这样的一段记事：

> “南京市近日忽发现一种无稽谣传，谓总理墓行将工竣，石匠有摄收幼童灵魂，以合龙口之举。市民以讹传讹，自相惊扰，因而家家幼童，左肩各悬红布一方，上书歌诀四句，借避危险。其歌诀约有三种：（一）人来叫我魂，自叫自当承。叫人叫不着，自己顶石坟。（二）石叫石和尚，自叫自承当。急早回家转，免去顶坟坛。（三）你造中山墓，与我何相干？一叫魂不去，再叫自承当。”（后略）

这三首中的无论那一首，虽只寥寥二十字，但将市民的见解：对于革命政府的关系，对于革命者的感情，都已经写得淋漓尽致。虽有善于暴露社会黑暗面的文学家，恐怕也难有做到这么简明深切的了。“叫人叫不着，自己顶石坟”。则竟包括了许多革命者的传记和一部中国革命的历史。

看看有些人们的文字，似乎硬要说现在是“黎明之前”。然而市民是这样的市民，黎明也好，黄昏也好，革命者们总不能不背着这一伙市民进行。鸡肋，弃之不甘，食之无味，就要这样地牵缠下去。五十一年后能否就有出路，是毫无把握的。

近来的革命文学家往往特别畏惧黑暗，掩藏黑暗，但市民却毫不客气，自己表现了。那小巧的机灵和这厚重的麻木相撞，便使革命文学家不敢正视社会现象，变成婆婆妈妈，欢迎喜鹊，憎厌枭鸣，只检一点吉祥之兆来陶醉自己，于是就算超出了时代。

恭喜的英雄，你前去罢，被遗弃了的现实的现代，在后面恭送你的行旌。

但其实还是同在。你不过闭了眼睛。不过眼睛一闭，“顶石坟”却可以不至于了，这就是你的“最后的胜利”。

四月十日。

（本篇最初发表于1928年4月30日《语丝》第4卷第18期，选自《三闲集》）

铲共大观

仍是四月六日的《申报》上，又有一段《长沙通信》，叙湘省破获共产党省委会，“处死刑者三十余人，黄花节斩决八名”。其中有几处文笔做得极好，抄一点在下面：

“……是日执行之后，因马（淑纯，十六岁；志纯，十四岁）傅（凤君，二十四岁）三犯，系属女性，全城男女往观者，终日人山人海，拥挤不通。加以共魁郭亮之首级，又悬之司门口示众，往观者更众。司门口八角亭一带，交通为之断绝。计南门一带民众，则看郭亮首级后，又赴教育会看女尸。北门一带民众，则在教育会看女尸后，又往司门口看郭首级。全城扰攘，铲共空气，为之骤张；直至晚间，观者始不似日间之拥挤。”

抄完之后，觉得颇不妥。因为我就想发一点议论，然而立刻又想到恐怕一面有人疑心我在冷嘲（有人说，我是只喜欢冷嘲的），一面又有人责罚我传播黑暗，因此咒我灭亡，自己带着一切黑暗到地底里去。但我熬不住，——别的议论就少发一点罢，单从“为艺术的艺术”说起来，你看这不过一百五六十字的文章，就多么有力。我一读，便仿佛看见司门口挂着一颗头，教育会前列着三具不连头的女尸。而且至少是赤膊的，——但这也许我猜得不对，是我自己太黑暗之故。而许多“民众”，一批是由北往南，一批是由南往北，挤着，嚷着……。再添一点蛇足，是脸上都表现着或者正在神往，或者已经满足的神情。在我所见的“革命文学”或“写实文学”中，还没有遇到过这么强有力的文学。批评家罗喀绥夫斯奇说的罢：“安特列夫竭力要我们恐怖，我们却并不怕；契诃夫不这样，我们倒恐怖了。”这百余字实在抵得上小说一大堆，何况又是事实。

且住。再说下去，恐怕有些英雄们又要责我散布黑暗，阻碍革命了。一理是也有一理的，现在易犯嫌疑，忠实同志被误解为共党，或关或释的，报上向来常见。万一不幸，沉冤莫白，那真是……。倘使常常提起这些来，也许未免会短壮士之气。但是，革命被头挂退的事是很少有的，革命的完结，大概只由于投机者的潜入。也就是内里蛀空。这并非指赤化，任何主义的革命都如此。但不是正因为黑暗，正因为没有出路，所以要革命的么？倘必须前面贴着“光明”和“出路”的包票，这才雄赳赳地去革命，那就不但不是革命者，简直连投机家都不如了。虽是投机，成败之数也不能预卜的。

我临末还要揭出一点黑暗，是我们中国现在（现在！不是超时代的）的民众，其实还不很管什么党，只要看“头”和“女尸”。只要有，无论谁的都有人看，拳匪之乱，清末党狱[1]，民二[2]，去年和今年，在这短短的二十年中，我已经目睹或耳闻了好几次了。

四月十日。

（本篇最初发表于1928年4月30日《语丝》第4卷第18期，选自《三闲集》）

---

[1] 清末党狱：指清政府对革命党人的迫害。

[2] 民二：指民国二年（1913）孙中山领导的广东等省讨伐袁世凯的斗争。在此前后袁世凯杀害了大批革命者。

二心集

非革命的急进革命论者

倘说，凡大队的革命军，必须一切战士的意识，都十分正确，分明，这才是真的革命军，否则不值一哂。这言论，初看固然是很正当，彻底似的，然而这是不可能的难题，是空洞的高谈，是毒害革命的甜药。

譬如在帝国主义的主宰之下，必不容训练大众个个有了“人类之爱”，然后笑嘻嘻地拱手变为“大同世界”一样，在革命者们所反抗的势力之下，也决不容用言论或行动，使大多数人统得到正确的意识。所以每一革命部队的突起，战士大抵不过是反抗现状这一种意思，大略相同，终极目的是极为歧异的。或者为社会，或者为小集团，或者为一个爱人，或者为自己，或者简直为了自杀。然而革命军仍然能够前行。因为在进军的途中，对于敌人，个人主义者所发的子弹，和集团主义者所发的子弹是一样地能够制其死命；任何战士死伤之际，便要减少些军中的战斗力，也两者相等的。但自然，因为终极目的的不同，在行进时，也时时有人退伍，有人落荒，有人颓唐，有人叛变，然而只要无碍于进行，则愈到后来，这队伍也就愈成为纯粹，精锐的队伍了。

我先前为叶永蓁君的《小小十年》作序，以为已经为社会尽了些力量，便是这意思。书中的主角，究竟上过前线，当过哨兵（虽然连放枪的方法也未曾被教），比起单是抱膝哀歌，握笔愤叹的文豪们来，实在也切实得远了。倘若要现在的战士都是意识正确，而且坚于钢铁之战士，不但是乌托邦的空想，也是出于情理之外的苛求。

但后来在《申报》上，却看见了更严厉，更彻底的批评，因为书中的主角的从军，动机是为了自己，所以深加不满。《申报》是最求和平，最不鼓动革命的报纸，初看仿佛是很不相称似的，我在这里要指出貌似彻底的革命者，而其实是极不革命或有害革命的个人主义的论客来，使那批评的灵魂和报纸的躯壳正相适合。

其一是颓废者，因为自己没有一定的理想和无力，便流落而求刹那的享乐；一定的享乐，又使他发生厌倦，则时时寻求新刺戟，而这刺戟又须利害，这才感到畅快。革命便也是那颓废者的新刺戟之一，正如饕餮者餍足了肥甘，味厌了，胃弱了，便要吃胡椒和辣椒之类，使额上出一点小汗，才能送下半碗饭去一般。他于革命文艺，就要彻底的，完全的革命文艺，一有时代的缺陷的反映，就使他皱眉，以为不值一哂。和事实离开是不妨的，只要一个爽快。法国的波特莱尔，谁都知道是颓废的诗人，然而他欢迎革命，待到革命要妨害他的颓废生活的时候，他才憎恶革命了。所以革命前夜的纸张上的革命家，而且是极彻底，极激烈的革命家，临革命时，便能够撕掉他先前的假面，——不自觉的假面。这种史例，是也应该献给一碰小钉子，一有小地位（或小款子），便东窜东京，西走巴黎的成仿吾那样“革命文学家”的。

其一，我还定不出他的名目。要之，是毫无定见，因而觉得世上没有一件对，自己没有一件不对，归根结蒂，还是现状最好的人们。他现为批评家而说话的时候，就随便捞到一种东西以驳诘相反的东西。要驳互助说时用争存说，驳争存说时用互助说；反对和平论时用阶级争斗说，反对斗争时就主张人类之爱。论敌是唯心论者呢，他的立场是唯物论，待到和唯物论者相辩难，他却又化为唯心论者了。要之，是用英尺来量俄里，又用法尺来量密达，而发见无一相合的人。因为别的一切，无一相合，于是永远觉得自己是“允执厥中”，永远得到自己满足。从这些人们的批评的指示，则只要不完全，有缺陷，就不行。但现在的人，的事，那里会有十分完全，并无缺陷的呢，为万全计，就只好毫不动弹。然而这毫不动弹，却也就是一个大错。总之，做人之道，是非常之烦难了，至于做革命家，那当然更不必说。

《申报》的批评家对于《小小十年》虽然要求彻底的革命的主角，但于社会科学的翻译，是加以刻毒的冷嘲的，所以那灵魂是后一流，而略带一些颓废者的对于人生的无聊，想吃些辣椒来开开胃的气味。

（本篇最初发表于1930年3月1日《萌芽月刊》第1卷第3期，选自《二心集》）

对于左翼作家联盟的意见

——三月二日在左翼作家联盟成立大会讲

有许多事情，有人在先已经讲得很详细了，我不必再说。我以为在现在，“左翼”作家是很容易成为“右翼”作家的。为什么呢？第一，倘若不和实际的社会斗争接触，单关在玻璃窗内做文章，研究问题，那是无论怎样的激烈，“左”，都是容易办到的；然而一碰到实际，便即刻要撞碎了。关在房子里，最容易高谈彻底的主义，然而也最容易“右倾”。西洋的叫做“Salon的社会主义者”，便是指这而言。“Salon”是客厅的意思，坐在客厅里谈谈社会主义，高雅得很，漂亮得很，然而并不想到实行的。这种社会主义者，毫不足靠。并且在现在，不带点广义的社会主义的思想的作家或艺术家，就是说工农大众应该做奴隶，应该被虐杀，被剥削的这样的作家或艺术家，是差不多没有了，除非墨索里尼，但墨索里尼并没有写过文艺作品。（当然，这样的作家，也还不能说完全没有，例如中国的新月派诸文学家，以及所说的墨索里尼所宠爱的邓南遮便是。）

第二，倘不明白革命的实际情形，也容易变成“右翼”。革命是痛苦，其中也必然混有污秽和血，决不是如诗人所想像的那般有趣，那般完美；革命尤其是现实的事，需要各种卑贱的，麻烦的工作，决不如诗人所想像的那般浪漫；革命当然有破坏，然而更需要建设，破坏是痛快的，但建设却是麻烦的事。所以对于革命抱着浪漫谛克的幻想的人，一和革命接近，一到革命进行，便容易失望。听说俄国的诗人叶遂宁，当初也非常欢迎十月革命，当时他叫道：“万岁，天上和地上的革命！”又说“我是一个布尔塞维克了！”

然而一到革命后，实际上的情形，完全不是他所想像的那么一回事，终于失望，颓废。叶遂宁后来是自杀了的，听说这失望是他的自杀的原因之一。又如毕力涅克和爱伦堡，也都是例子。在我们辛亥革命时也有同样的例，那时有许多文人，例如属于“南社”的人们，开初大抵是很革命的，但他们抱着一种幻想，以为只要将满洲人赶出去，便一切都恢复了“汉官威仪”，人们都穿大袖的衣服，峨冠博带，大步地在街上走。谁知赶走满清皇帝以后，民国成立，情形却全不同，所以他们便失望，以后有些人甚至成为新的运动的反动者。但是，我们如果不明白革命的实际情形，也容易和他们一样的。

还有，以为诗人或文学家高于一切人，他底工作比一切工作都高贵，也是不正确的观念。举例说，从前海涅以为诗人最高贵，而上帝最公平，诗人在死后，便到上帝那里去，围着上帝坐着，上帝请他吃糖果。在现在，上帝请吃糖果的事，是当然无人相信的了，但以为诗人或文学家，现在为劳动大众革命，将来革命成功，劳动阶级一定从丰报酬，特别优待，请他坐特等车，吃特等饭，或者劳动者捧着牛油面包来献他，说：“我们的诗人，请用吧！”这也是不正确的；因为实际上决不会有这种事，恐怕那时比现在还要苦，不但没有牛油面包，连黑面包都没有也说不定，俄国革命后一二年的情形便是例子。如果不明白这情形，也容易变成“右翼”。事实上，劳动者大众，只要不是梁实秋所说“有出息”者，也决不会特别看重知识阶级者的，如我所译的《溃灭》中的美谛克（知识阶级出身），反而常被矿工等所嘲笑。不待说，知识阶级有知识阶级的事要做，不应特别看轻，然而劳动阶级决无特别例外地优待诗人或文学家的义务。

现在，我说一说我们今后应注意的几点。

第一，对于旧社会和旧势力的斗争，必须坚决，持久不断，而且注重实力。旧社会的根柢原是非常坚固的，新运动非有更大的力不能动摇它什么。并且旧社会还有它使新势力妥协的好办法，但它自己是决不妥协的。在中国也有过许多新的运动了，却每次都是新的敌不过旧的，那原因大抵是在新的一面没有坚决的广大的目的，要求很小，容易满足。譬如白话文运动，当初旧社会是死力抵抗的，但不久便容许白话文底存在，给它一点可怜地位，在报纸的角头等地方可以看见用白话写的文章了，这是因为在旧社会看来，新的东西并没有什么，并不可怕，所以就让它存在，而新的一面也就满足，以为白话文已得到存在权了。又如一二年来的无产文学运动，也差不多一样，旧社会也容许无产文学，因为无产文学并不厉害，反而他们也来弄无产文学，拿去做装饰，仿佛在客厅里放着许多古董磁器以外，放一个工人用的粗碗，也很别致；而无产文学者呢，他已经在文坛上有个小地位，稿子已经卖得出去了，不必再斗争，批评家也唱着凯旋歌："无产文学胜利！"但除了个人的胜利，即以无产文学而论，究竟胜利了多少？况且无产文学，是无产阶级解放斗争底一翼，它跟着无产阶级的社会的势力的成长而成长，在无产阶级的社会地位很低的时候，无产文学的文坛地位反而很高，这只是证明无产文学者离开了无产阶级，回到旧社会去罢了。

第二，我以为战线应该扩大。在前年和去年，文学上的战争是有的，但那范围实在太小，一切旧文学旧思想都不为新派的人所注意，反而弄成了在一角里新文学者和新文学者的斗争，旧派的人倒能够闲舒地在旁边观战。

第三，我们应当造出大群的新的战士。因为现在人手实在太少了，譬如我们有好几种杂志，单行本的书也出版得不少，但做文章的总同是这几个人，所以内容就不能不单薄。一个人做事不专，这样弄一点，那样弄一点，既要翻译，又要做小说，还要做批评，并且也要做诗，这怎么弄得好呢？这都因为人太少的缘故，如果人多了，则翻译的可以专翻译，创作的可以专创作，批评的专批评；对敌人应战，也军势雄厚，容易克服。关于这点，我可带便地说一件事。前年创造社和太阳社向我进攻的时候，那力量实在单薄，到后来连我都觉得有点无聊，没有意思反攻了，因为我后来看出了敌军在演"空城计"。那时候我的敌军是专事于吹擂，不务于招兵练将的，攻击我的文章当然很多，然而一看就知道都是化名，骂来骂去都是同样的几句话。我那时就等待有一个能操马克斯主义批评的枪法的人来狙击我的，然而他终于没有出现。在我倒是一向就注意新的青年战士底养成的，曾经弄过好几个文学团体，不过效果也很小。但我们今后却必须注意这点。

我们急于要造出大群的新的战士，但同时，在文学战线上的人还要"韧"。所谓韧，就是不要像前清做八股文的"敲门砖"似的办法。前清的八股文，原是"进学"做官的工具，只要能做"起承转合"，借以进了"秀才举人"，便可丢掉八股文，一生中再也用不到它了，所以叫做"敲门砖"，犹之用一块砖敲门，门一敲进，砖就可抛弃了，不必再将它带在身边。这种办法，直到现在，也还有许多人在使用，我们常常看见有些人出了一二本诗集或小说集以后，他们便永远不见了，到那里去了呢？是因为出了一本或二本书，有了一点小名或大名，得到了教授或别的什么位置，功成名遂，不必再写诗写小说了，所以永远不见了。这样，所以在中国无论文学或科学都没有东西，然而在我们是要有东西的，因为这于我们有用。（卢那卡尔斯基是甚至主张保存俄国的农民美术，因为可以造出来卖给外国人，在经济上有帮助。我以为如果我们文学或科学上有东西拿得出去给别人，则甚至于脱离帝国主义的压迫的政治运动上也有帮助。）但要在文化上有成绩，则非韧不可。

最后，我以为联合战线是以有共同目的为必要条件的。我记得好像曾听到过这样一句话："反动派且已经有联合战线了，而我们还没有团结起来！"其实他们也并未有有意的联合战线，只因为他们的目的相同，所以行动就一致，在我们看来就好像联合战线。而我们战线不能统一，就证明我们的目的不能一致，或者只为了小团体，或者还其实只为了个人，如果目的都在工农大众，那当然战线也就统一了。

（本篇最初发表于1930年4月1日《萌芽月刊》第1卷第4期，选自《二心集》）

"好政府主义"

梁实秋先生这回在《新月》的"零星"上，也赞成"不满于现状"了，但他以为"现在有智识的人（尤其是夙来有'前驱者''权威''先进'的徽号的人），他们的责任不仅仅是冷讥热嘲地发表一点'不满于现状'的杂感而已，他们应该更进一步的诚诚恳恳地去求一个积极医治'现状'的药方"。

为什么呢？因为有病就须下药，"三民主义是一副药，——梁先生说，——共产主义也是一副药，国家主义也是一副药，无政府主义也是一副药，好政府主义也是一副药"，现在你"把所有的药方都褒贬得一文不值，都挖苦得不留余地，……这可是什么心理呢？"

这种心理，实在是应该责难的。但在实际上，我却还未曾见过这样的杂感，譬如说，同一作者，而以为三民主义者是违背了英美的自由，共产主义者又收受了俄国的卢布，国家主义太狭，无政府主义又太空……。所以梁先生的“零星”，是将他所见的杂感的罪状夸大了。

其实是，指摘一种主义的理由的缺点，或因此而生的弊病，虽是并非某一主义者，原也无所不可的。有如被压榨得痛了，就要叫喊，原不必在想出更好的主义之前，就定要咬住牙关。但自然，能有更好的主张，便更成一个样子。

不过我以为梁先生所谦逊地放在末尾的“好政府主义”，却还得更谦逊地放在例外的，因为自三民主义以至无政府主义，无论它性质的寒温如何，所开的究竟还是药名，如石膏肉桂之类，——至于服后的利弊，那是另一个问题。独有“好政府主义”这“一副药”，他在药方上所开的却不是药名，而是“好药料”三个大字，以及一些唠唠叨叨的名医架子的“主张”。不错，谁也不能说医病应该用坏药料，但这张药方，是不必医生才配摇头，谁也会将他“褒贬得一文不值”（“褒”是“称赞”之意，用在这里，不但“不通”，也证明了不识“褒”字，但这是梁先生的原文，所以姑仍其旧）的。

倘这医生羞恼成怒，喝道：“你嘲笑我的好药料主义，就开出你的药方来！”那就更是大可笑的“现状”之一，即使并不根据什么主义，也会生出杂感来的。杂感之无穷无尽，正因为这样的“现状”太多的缘故。

一九三〇，四，十七。

（本篇最初发表于1930年5月《萌芽月刊》第1卷第5期，选自《二心集》）

柔石小传

柔石，原名平复，姓赵，以一九〇一年生于浙江省台州宁海县的市门头。前几代都是读书的，到他的父亲，家景已不能支，只好去营小小的商业，所以他直到十岁，这才能入小学。一九一七年赴杭州，入第一师范学校；一面为杭州晨光社之一员，从事新文学运动。毕业后，在慈溪等处为小学教师，且从事创作，有短篇小说集《疯人》一本，即在宁波出版，是为柔石作品印行之始。一九二三年赴北京，为北京大学旁听生。

回乡后，于一九二五年春，为镇海中学校务主任，抵抗北洋军阀的压迫甚力。秋，咯血，但仍力助宁海青年，创办宁海中学，至次年，竟得募集款项，造成校舍；一面又任教育局局长，改革全县的教育。

一九二八年四月，乡村发生暴动，失败后，到处反动，较新的全被摧毁，宁海中学既遭解散，柔石也单身出走，寓居上海，研究文艺。十二月为《语丝》编辑，又与友人设立朝华社，于创作之外，并致力于绍介外国文艺，尤其是北欧东欧的文学与版画，出版的有《朝华》周刊二十期，旬刊十二期，及《艺苑朝华》五本。后因代售者不付书价，力不能支，遂中止。

一九三〇年春，自由运动大同盟发动，柔石为发起人之一；不久，左翼作家联盟成立，他也为基本构成员之一，尽力于普罗文学运动。先被选为执行委员，次任常务委员编辑部主任；五月间，以左联代表的资格，参加全国苏维埃区域代表大会，毕后，作《一个伟大的印象》一篇。

一九三一年一月十七日被捕，由巡捕房经特别法庭移交龙华警备司令部，二月七日晚，被秘密枪决，身中十弹。

柔石有子二人，女一人，皆幼。文学上的成绩，创作有诗剧《人间的喜剧》，未印，小说《旧时代之死》，《三姊妹》，《二月》，《希望》，翻译有卢那卡尔斯基的《浮士德与城》，戈理基的《阿尔泰莫诺夫氏之事业》及《丹麦短篇小说集》等。

（本篇最初发表于1931年4月25日上海《前哨》(纪念战死者专号)，未署名，选自《二心集》）

中国无产阶级革命文学和前驱的血

中国的无产阶级革命文学在今天和明天之交发生，在诬蔑和压迫之中滋长，终于在最黑暗里，用我们的同志的鲜血写了第一篇文章。

我们的劳苦大众历来只被最剧烈的压迫和榨取，连识字教育的布施也得不到，惟有默默地身受着宰割和灭亡。繁难的象形字，又使他们不能有自修的机会。智识的青年们意识到自己的前驱的使命，便首先发出战叫。这战叫和劳苦大众自己的反叛的叫声一样地使统治者恐怖，走狗的文人即群起进攻，或者制造谣言，或者亲作侦探，然而都是暗做，都是匿名，不过证明了他们自己是黑暗的动物。

统治者也知道走狗的文人不能抵挡无产阶级革命文学，于是一面禁止书报，封闭书店，颁布恶出版法，通缉著作家，一面用最末的手段，将左翼作家逮捕，拘禁，秘密处以死刑，至今并未宣布。这一面固然在证明他们是在灭亡中的黑暗的动物，一面也在证实中国无产阶级革命文学阵营的力量，因为如传略所罗列，我们的几个遇害的同志的年龄，勇气，尤其是平日的作品的成绩，已足使全队走狗不敢狂吠。

然而我们的这几个同志已被暗杀了，这自然是无产阶级革命文学的若干的损失，我们的很大的悲痛。但无产阶级革命文学却仍然滋长，因为这是属于革命的广大劳苦群众的，大众存在一日，壮大一日，无产阶级革命文学也就滋长一日。我们的同志的血，已经证明了无产阶级革命文学和革命的劳苦大众是在受一样的压迫，一样的残杀，作一样的战斗，有一样的运命，是革命的劳苦大众的文学。

现在，军阀的报告，已说虽是六十岁老妇，也为"邪说"所中，租界的巡捕，虽对于小学儿童，也时时加以检查；他们除从帝国主义得来的枪炮和几条走狗之外，已将一无所有了，所有的只是老老小小——青年不必说——的敌人。而他们的这些敌人，便都在我们的这一面。

我们现在以十分的哀悼和铭记，纪念我们的战死者，也就是要牢记中国无产阶级革命文学的历史的第一页，是同志的鲜血所记录，永远在显示敌人的卑劣的凶暴和启示我们的不断的斗争。

（本篇最初发表于1931年4月25日《前哨》（纪念战死者专号），署名L.S.，选自《二心集》）

宣传与做戏

就是那刚刚说过的日本人，他们做文章论及中国的国民性的时候，内中往往有一条叫作“善于宣传”。看他的说明，这“宣传”两字却又不像是平常的“Propaganda”，而是“对外说谎”的意思。

这宗话，影子是有一点的。譬如罢，教育经费用光了，却还要开几个学堂，装装门面；全国的人们十之九不识字，然而总得请几位博士，使他对西洋人去讲中国的精神文明；至今还是随便拷问，随便杀头，一面却总支撑维持着几个洋式的“模范监狱”，给外国人看看。还有，离前敌很远的将军，他偏要大打电报，说要“为国前驱”。连体操班也不愿意上的学生少爷，他偏要穿上军装，说是“灭此朝食”。

不过，这些究竟还有一点影子；究竟还有几个学堂，几个博士，几个模范监狱，几个通电，几套军装。所以说是“说谎”，是不对的。这就是我之所谓“做戏”。

但这普遍的做戏，却比真的做戏还要坏。真的做戏，是只有一时；戏子做完戏，也就恢复为平常状态的。杨小楼做《单刀赴会》，梅兰芳做《黛玉葬花》，只有在戏台上的时候是关云长，是林黛玉，下台就成了普通人，所以并没有大弊。倘使他们扮演一回之后，就永远提着青龙偃月刀或锄头，以关老爷，林妹妹自命，怪声怪气，唱来唱去，那就实在只好算是发热昏了。

不幸因为是“天地大戏场”，可以普遍的做戏者，就很难有下台的时候，例如杨缦华女士用自己的天足，踢破小国比利时女人的“中国女人缠足说”，为面子起见，用权术来解围，这还可以说是很该原谅的。但我以为应该这样就拉倒。现在回到寓里，做成文章，这就是进了后台还不肯放下青龙偃月刀；而且又将那文章送到中国的《申报》上来发表，则简直是提着青龙偃月刀一路唱回自己的家里来了。难道作者真已忘记了中国女人曾经缠脚，至今也还有正在缠脚的么？还是以为中国人都已经自己催眠，觉得全国女人都已穿了高跟皮鞋了呢？

这不过是一个例子罢了，相像的还多得很，但恐怕不久天也就要亮了。

（本篇最初发表于1931年11月20日《北斗》第1卷第3期，选自《二心集》）

“智识劳动者”万岁

“劳动者”这句话成了“罪人”的代名词，已经足足四年了。压迫罢，谁也不响；杀戮罢，谁也不响；文学上一提起这句话，就有许多“文人学士”和“正人君子”来笑骂，接着又有许多他们的徒子徒孙来笑骂。劳动者呀劳动者，真要永世不得翻身了。

不料竟又有人记得你起来。

不料帝国主义老爷们还嫌党国屠杀得不赶快，竟来亲自动手了，炸的炸，轰的轰。称“人民”为“反动分子”，是党国的拿手戏，而不料帝国主义老爷也有这妙法，竟称不抵抗的顺从的党国官军为“贼匪”，大加以“膺惩”！冤乎枉哉，这真有些“顺”“逆”不分，玉石俱焚之慨了！

于是又记得了劳动者。

于是久不听到了的“亲爱的劳动者呀！”的亲热喊声，也在文章上看见了；久不看见了的“智识劳动者”的奇妙官衔，也在报章上发见了，还因为“感于有联络的必要”，组织了“协会”，举了干事樊仲云，汪馥泉呀这许多新任“智识劳动者”先生们。

有什么“智识”？有什么“劳动”？“联络”了干什么？“必要”在那里？这些这些，暂且不谈罢，没有“智识”的体力劳动者，也管不着的。

“亲爱的劳动者”呀！你们再替这些高贵的“智识劳动者”起来干一回罢！给他们仍旧可以坐在房里“劳动”他们那高贵的“智识”。即使失败，失败的也不过是“体力”，“智识”还在着的！

“智识”劳动者万岁！

（本篇最初发表于1932年1月5日《十字街头》第3期，署名佩韦，选自《二心集》）

习惯与改革

体质和精神都已硬化了的人民，对于极小的一点改革，也无不加以阻挠，表面上好像恐怕于自己不便，其实是恐怕于自己不利，但所设的口实，却往往见得极其公正而且堂皇。

今年的禁用阴历，原也是琐碎的，无关大体的事，但商家当然叫苦连天了。不特此也，连上海的无业游民，公司雇员，竟也常常慨然长叹，或者说这很不便于农家的耕种，或者说这很不便于海船的候潮。他们居然因此念起久不相干的乡下的农夫，海上的舟子来。这真像煞有些博爱。

一到阴历的十二月二十三，爆竹就到处毕毕剥剥。我问一家的店伙："今年仍可以过旧历年，明年一准过新历年么？"那回答是："明年又是明年，要明年再看了。"他并不信明年非过阳历年不可。但日历上，却诚然删掉了阴历，只存节气。然而一面在报章上，则出现了《一百二十年阴阳合历》的广告。好，他们连曾孙玄孙时代的阴历，也已经给准备妥当了，一百二十年！

梁实秋先生们虽然很讨厌多数，但多数的力量是伟大，要紧的，有志于改革者倘不深知民众的心，设法利导，改进，则无论怎样的高文宏议，浪漫古典，都和他们无干，仅止于几个人在书房中互相叹赏，得些自己满足。假如竟有"好人政府"[1]，出令改革乎，不多久，就早被他们拉回旧道上去了。

真实的革命者，自有独到的见解，例如乌略诺夫[2]先生，他是将"风俗"和"习惯"，都包括在"文化"之内的，并且以为改革这些，很为困难。我想，但倘不将这些改革，则这革命即等于无成，如沙上建塔，顷刻倒坏。中国最初的排满革命，所以易得响应者，因为口号是"光复旧物"，就是"复古"，易于取得保守的人民同意的缘故。但到后来，竟没有历史上定例的开国之初的盛世，只枉然失了一条辫子，就很为大家所不满了。

---

[1] 这是胡适等人于1922年提出的政治主张。1930年前后，胡适、罗隆基等又在《新月》上老调重弹。

[2] 乌略诺夫：通译乌里扬诺夫，即列宁。

以后较新的改革，就著著失败，改革一两，反动十斤，例如上述的一年日历上不准注阴历，却来了阴阳合历一百二十年。

这种合历，欢迎的人们一定是很多的，因为这是风俗和习惯所拥护，所以也有风俗和习惯的后援。别的事也如此，倘不深入民众的大层中，于他们的风俗习惯，加以研究，解剖，分别好坏，立存废的标准，而于存于废，都慎选施行的方法，则无论怎样的改革，都将为习惯的岩石所压碎，或者只在表面上浮游一些时。

现在已不是在书斋中，捧书本高谈宗教，法律，文艺，美术……等等的时候了，即使要谈论这些，也必须先知道习惯和风俗，而且有正视这些的黑暗面的勇猛和毅力。因为倘不看清，就无从改革。仅大叫未来的光明，其实是欺骗怠慢的自己和怠慢的听众的。

（本篇最初发表于1930年3月1日《萌芽月刊》第1卷第3期，选自《二心集》）

新的“女将”

在上海制图版，比别处便当，也似乎好些，所以日报的星期附录画报呀，书店的什么什么月刊画报呀，也出得比别处起劲。这些画报上，除了一排一排的坐着大人先生们的什么什么会开会或闭会的纪念照片而外，还一定要有“女士”。

“女士”的尊容，为什么要绍介于社会的呢？我们只要看那说明，就可以明白了。例如：

“A女士，B女校皇后，性喜音乐。”

“C女士，D女校高材生，爱养叭儿狗。”

“E女士，F大学肄业，为G先生之第五女公子。”

再看装束：春天都是时装，紧身窄袖；到夏天，将裤脚和袖子都撤掉了，坐在海边，叫作“海水浴”，天气正热，那原是应该的；入秋，天气凉了，不料日本兵恰恰侵入了东三省，于是画报上就出现了白长衫的看护服，或托枪的戎装的女士们。

这是可以使读者喜欢的，因为富于戏剧性。中国本来喜欢玩把戏，乡下的戏台上，往往挂着一副对子，一面是“戏场小天地”，一面是“天地大戏场”。做起戏来，因为是乡下，还没有《乾隆帝下江南》之类，所以往往是《双阳公主追狄》，《薛仁贵招亲》，其中的女战士，看客称之为“女将”。她头插雉尾，手执双刀（或两端都有枪尖的长枪），一出台，看客就看得更起劲。明知不过是做做戏的，然而看得更起劲了。

练了多年的军人，一声鼓响，突然都变了无抵抗主义者。于是远路的文人学士，便大谈什么“乞丐杀敌”，“屠夫成仁”，“奇女子救国”一流的传奇式古典，想一声锣响，出于意料之外的人物来“为国增光”。而同时，画报上也就出现了这些传奇的插画。但还没有提起剑仙的一道白光，总算还是切实的。

但愿不要误解。我并不是说，“女士”们都得在绣房里关起来；我不过说，雄兵解甲而密斯[1]托枪，是富于戏剧性的而已。

还有事实可以证明。一，谁也没有看见过日本的“惩膺中国军”的看护队的照片；二，日本军里是没有女将的。然而确已动手了。这是因为日本人是做事是做事，做戏是做戏，决不混合起来的缘故。

（本篇最初发表于1931年11月20日《北斗》第1卷第3期，署名冬华，选自《二心集》）

中华民国的新“堂·吉诃德”们

十六世纪末尾的时候，西班牙的文人西万提斯做了一大部小说叫作《堂·吉诃德》，说这位吉先生，看武侠小说看呆了，硬要去学古代的游侠，穿一身破甲，骑一匹瘦马，带一个跟丁，游来游去，想斩妖服怪，除暴安良。谁知当时已不是那么古气盎然的时候了，因此只落得闹了许多笑话，吃了许

[1] 密斯：英语Miss的音译，意为小姐。

多苦头，终于上个大当，受了重伤，狼狈回来，死在家里，临死才知道自己不过一个平常人，并不是什么大侠客。

这一个古典，去年在中国曾经很被引用了一回，受到这个谥法的名人，似乎还有点很不高兴的样子。其实是，这种书呆子，乃是西班牙书呆子，向来爱讲“中庸”的中国，是不会有的。西班牙人讲恋爱，就天天到女人窗下去唱歌，信旧教，就烧杀异端，一革命，就捣烂教堂，踢出皇帝。然而我们中国的文人学子，不是总说女人先来引诱他，诸教同源，保存庙产，宣统在革命之后，还许他许多年在宫里做皇帝吗？

记得先前的报章上，发表过几个店家的小伙计，看剑侠小说入了迷，忽然要到武当山去学道的事，这倒很和“堂·吉诃德”相像的。但此后便看不见一点后文，不知道是也做出了许多奇迹，还是不久就又回到家里去了？以“中庸”的老例推测起来，大约以回了家为合式。

这以后的中国式的“堂·吉诃德”的出现，是“青年援马团”[1]。不是兵，他们偏要上战场；政府要诉诸国联，他们偏要自己动手；政府不准去，他们偏要去；中国现在总算有一点铁路了，他们偏要一步一步的走过去；北方是冷的，他们偏只穿件夹袄；打仗的时候，兵器是顶要紧的，他们偏只着重精神。这一切等等，确是十分“堂·吉诃德”的了。然而究竟是中国的“堂·吉诃德”，所以他只一个，他们是一团；送他的是嘲笑，送他们的是欢呼；迎他的是诧异，而迎他们的也是欢呼；他驻扎在深山中，他们驻扎在真茹镇；他在磨坊里打风磨，他们在常州玩梳篦，又见美女，何幸如之（见十二月《申报》《自由谈》）。其苦乐之不同，有如此者，呜呼！

不错，中外古今的小说太多了，里面有“舆榇”，有“截指”，有“哭秦庭”，有“对天立誓”。耳濡目染，诚然也不免来抬棺材，砍指头，哭孙陵，宣誓出发的。然而五四运动时胡适之博士讲文学革命的时候，就已经要“不用古典”，现在在行为上，似乎更可以不用了。

讲二十世纪战事的小说，旧一点的有雷马克的《西线无战事》，棱的《战

[1] 青年援马团：九一八事变日军侵占东北后，黑龙江省代理主席马占山曾进行抵抗，得到各阶层爱国人士的支持。当时上海一些青年组织了“青年援马团”，要求参加东北的抗日军队，对日作战，但由于缺乏坚决的斗争精神和切实的办法，尤其是国民党的阻挠破坏，这个团体不久就涣散了。

争》，新一点的有绥拉菲摩维支的《铁流》，法捷耶夫的《毁灭》，里面都没有这样的“青年团”，所以他们都实在打了仗。

（本篇最初发表于1932年1月20日《北斗》第2卷第1期，署名不堂，选自《二心集》）

“友邦惊诧”论

只要略有知觉的人就都知道：这回学生的请愿[1]，是因为日本占据了辽吉，南京政府束手无策，单会去哀求国联[2]，而国联却正和日本是一伙。读书呀，读书呀，不错，学生是应该读书的，但一面也要大人老爷们不至于葬送土地，这才能够安心读书。报上不是说过，东北大学逃散，冯庸大学[3]逃散，日本兵看见学生模样的就枪毙吗？放下书包来请愿，真是已经可怜之至。不道国民党政府却在十二月十八日通电各地军政当局文里，又加上他们“捣毁机关，阻断交通，殴伤中委，拦劫汽车，攒击路人及公务人员，私逮刑讯，社会秩序，悉被破坏”的罪名，而且指出结果，说是“友邦人士，莫名惊诧，长此以往，国将不国”了！

好个“友邦人士”！日本帝国主义的兵队强占了辽吉，炮轰机关，他们不惊诧；阻断铁路，追炸客车，捕禁官吏，枪毙人民，他们不惊诧。中国国民党治下的连年内战，空前水灾，卖儿救穷，砍头示众，秘密杀戮，电刑逼供，他们也不惊诧。在学生的请愿中有一点纷扰，他们就惊诧了！

好个国民党政府的“友邦人士”！是些什么东西！

---

[1] 学生的请愿：指一九三一年十二月间全国各地学生为反对蒋介石的不抵抗政策到南京请愿的事件。对于这次学生爱国行动，国民党政府于十二月五日通令全国，禁止请愿；十七日当各地学生联合向国民党中央党部请愿时，又命令军警逮捕和枪杀请愿学生，当场打死二十余人，打伤百余人；十八日还电令各地军政当局紧急处置请愿事件。

[2] 哀求国联：九一八事变后，国民党政府多次向国联申诉，十一月二十二日当日军进攻锦州时，又向国联提议划锦州为中立区，以中国军队退入关内为条件请求日军停止进攻；十二月十五日在日军继续进攻锦州时再度向国联申诉，请求它出面干涉，阻止日本帝国主义的侵华战争。

[3] 冯庸大学：奉系将领冯庸所创办的一所大学，一九二七年在沈阳成立，一九三一年九一八事变后停办。

即使所举的罪状是真的罢，但这些事情，是无论那一个“友邦”也都有的，他们的维持他们的“秩序”的监狱，就撕掉了他们的“文明”的面具。摆什么“惊诧”的臭脸孔呢？

可是“友邦人士”一惊诧，我们的国府就怕了，“长此以往，国将不国”了，好像失了东三省，党国倒愈像一个国，失了东三省谁也不响，党国倒愈像一个国，失了东三省只有几个学生上几篇“呈文”，党国倒愈像一个国，可以博得“友邦人士”的夸奖，永远“国”下去一样。

几句电文，说得明白极了：怎样的党国，怎样的“友邦”。“友邦”要我们人民身受宰割，寂然无声，略有“越轨”，便加屠戮；党国是要我们遵从这“友邦人士”的希望，否则，他就要“通电各地军政当局”，“即予紧急处置，不得于事后借口无法劝阻，敷衍塞责”了！

因为“友邦人士”是知道的：日兵“无法劝阻”，学生们怎会“无法劝阻”？每月一千八百万的军费，四百万的政费，做什么用的呀，“军政当局”呀？

写此文后刚一天，就见二十一日《申报》登载南京专电云：“考试院部员张以宽，盛传前日为学生架去重伤。兹据张自述，当时因车夫误会，为群众引至中大，旋出校回寓，并无受伤之事。至行政院某秘书被拉到中大，亦当时出来，更无失踪之事。”而“教育消息”栏内，又记本埠一小部分学校赴京请愿学生死伤的确数，则云：“中公死二人，伤三十人，复旦伤二人，复旦附中伤十人，东亚失踪一人（系女性），上中失踪一人，伤三人，文生氏死一人，伤五人……”可见学生并未如国府通电所说，将“社会秩序，破坏无余”，而国府则不但依然能够镇压，而且依然能够诬陷，杀戮。“友邦人士”，从此可以不必“惊诧莫名”，只请放心来瓜分就是了。

（本篇最初发表于1931年12月25日《十字街头》第2期，署名明瑟，选自《二心集》）

“丧家的”“资本家的乏走狗”

梁实秋先生为了《拓荒者》上称他为“资本家的走狗”[1]，就做了一篇自云“我不生气”[2]的文章。先据《拓荒者》第二期第六七二页上的定义[3]，“觉得我自己便有点像是无产阶级里的一个”之后，再下“走狗”的定义，为“大凡做走狗的都是想讨主子的欢心因而得到一点恩惠”，于是又因而发生疑问道——

> “《拓荒者》说我是资本家的走狗，是那一个资本家，还是所有的资本家？我还不知道我的主子是谁，我若知道，我一定要带着几分杂志去到主子面前表功，或者还许得到几个金镑或卢布的赏赉呢。……我只知道不断的劳动下去，便可以赚到钱来维持生计，至于如何可以做走狗，如何可以到资本家的帐房去领金镑，如何可以到 ×× 党去领卢布，这一套本领，我可怎么能知道呢？……”

这正是“资本家的走狗”的活写真。凡走狗，虽或为一个资本家所豢养，其实是属于所有的资本家的，所以它遇见所有的阔人都驯良，遇见所有的穷人都狂吠。不知道谁是它的主子，正是它遇见所有阔人都驯良的原因，也就

---

[1] 指《拓荒者》第二期（一九三〇年二月）刊载的冯乃超《文艺理论讲座（第二回）·阶级社会的艺术》，它批驳了梁实秋的《文学是有阶级性的吗？》一文中的某些观点，其中说：“无产阶级既然从其斗争经验中已经意识到自己阶级的存在，更进一步意识其历史的使命。然而，梁实秋却来说教——所谓‘正当的生活斗争手段’。‘一个无产者假如他是有出息的，只消辛辛苦苦诚诚实实的工作一生（！），多少必定可以得到相当的资产。’那末，这样一来，资本家更能够安稳的加紧其榨取的手段，天下便太平。对于这样的说教人，我们要送‘资本家的走狗’这样的称号的。”

[2] 梁实秋所说的“我不生气”以及本篇所引用的他的话，都见于一九二九年十一月《新月》第二卷第九期（按实际出版日期当在一九三〇年二月以后）《“资本家的走狗”》一文。

[3] 这里所说的定义，指冯乃超在《阶级社会的艺术》一文中所引恩格斯关于无产阶级的定义：“无产者——普罗列塔利亚（Proletartier）是什么呢？它是‘除开出卖其劳动以外，完全没有方法维持其生计的，又因此又不倚赖任何种类资本的利润之社会阶级。……总之，普罗列塔利亚——普罗列塔利亚底阶级就是十九世纪的（现在也是的）劳动阶级（Proletariat）’。（恩格斯）”的这段话现译为：“第二个问题：什么是无产阶级？答：无产阶级是专靠出卖自己的劳动而不是靠某一种资本的利润来获得生活资料的社会阶级。……一句话，无产阶级或无产者阶级就是十九世纪的劳动阶级。”（《马克思恩格斯选集》第一卷第二一页，一九七二年五月人民出版社出版）

是属于所有的资本家的证据。即使无人豢养，饿的精瘦，变成野狗了，但还是遇见所有的阔人都驯良，遇见所有的穷人都狂吠的，不过这时它就愈不明白谁是主子了。

梁先生既然自叙他怎样辛苦，好像“无产阶级”（即梁先生先前之所谓“劣败者”），又不知道“主子是谁”，那是属于后一类的了，为确当计，还得添几个字，称为“丧家的”“资本家的走狗”。

然而这名目还有些缺点。梁先生究竟是有智识的教授，所以和平常的不同。他终于不讲“文学是有阶级性的吗？”了，在《答鲁迅先生》[1]那一篇里，很巧妙地插进电杆上写“武装保护苏联”，敲碎报馆玻璃那些句子去，在上文所引的一段里又写出“到××党去领卢布”字样来，那故意暗藏的两个×，是令人立刻可以悟出的“共产”这两字，指示着凡主张“文学有阶级性”，得罪了梁先生的人，都是在做“拥护苏联”，或“去领卢布”的勾当，和段祺瑞的卫兵枪杀学生[2]，《晨报》[3]却道学生为了几个卢布送命，自由大同盟[4]上有我的名字，《革命日报》[5]的通信上便说为“金光灿烂的卢布所买收”，都是同一手段。在梁先生，也许以为给主子嗅出匪类（“学匪”[6]），也就是一种“批评”，然而这职业，比起“刽子手”来，也就更加下贱了。

我还记得，“国共合作”时代，通信和演说，称赞苏联，是极时髦的，现在可同了，报章所载，则电杆上写字和“××党”，捕房正在捉得非常起劲，那么，为将自己的论敌指为“拥护苏联”或“××党”，自然也就髦得合时，

---

[1] 《答鲁迅先生》：也见于《新月》第二卷第九期。梁实秋在文中说：“讲我自己罢，革命我是不敢乱来的，在电灯杆子上写‘武装保护苏联’我是不干的，到报馆门前敲碎一两块值五六百元的大块玻璃我也是不干的，现时我只能看看书写写文章。”

[2] 指三·一八惨案。一九二六年三月十八日，北京爱国学生和群众为反对日本等帝国主义国家侵犯中国主权，到段祺瑞执政府门前请愿，段即命令卫队开枪射击，死伤二百多人。

[3] 《晨报》：梁启超、汤化龙等组织的政治团体研究系的机关报。一九一八年十二月在北京创刊，一九二八年六月停刊。

[4] 自由大同盟：中国自由运动大同盟的简称。中国共产党支持和领导下的一个革命群众团体，一九三〇年二月成立于上海。宗旨是争取言论、出版、集会、结社等自由，反对国民党的反动统治。鲁迅是它的发起人之一。

[5] 《革命日报》：国民党内汪精卫改组派的报纸，一九二九年底在上海创刊。

[6] “学匪”：一九二五年十二月三十日国家主义派刊物《国魂》旬刊第九期上，载有姜华的《学匪与学阀》一文，咒骂在北京女师大风潮中支持进步学生的鲁迅、马裕藻等人为“学匪”。当时的现代评论派也对鲁迅等进行过这类攻击。

或者还许会得到主子的“一点恩惠”了。但倘说梁先生意在要得“恩惠”或“金镑”，是冤枉的，决没有这回事，不过想借此助一臂之力，以济其“文艺批评”之穷罢了。所以从“文艺批评”方面看来，就还得在“走狗”之上，加上一个形容字：“乏”

一九三〇，四，一九。

（本篇最初发表于1930年5月1日《萌芽月刊》第1卷第5期，选自《二心集》）

伪自由书

观　斗

我们中国人总喜欢说自己爱和平，但其实，是爱斗争的，爱看别的东西斗争，也爱看自己们斗争。

最普通的是斗鸡，斗蟋蟀，南方有斗黄头鸟，斗画眉鸟，北方有斗鹌鹑，一群闲人们围着呆看，还因此赌输赢。古时候有斗鱼，现在变把戏的会使跳蚤打架。看今年的《东方杂志》，才知道金华又有斗牛，不过和西班牙却两样的，西班牙是人和牛斗，我们是使牛和牛斗。

任他们斗争着，自己不与斗，只是看。

军阀们只管自己斗争着，人民不与闻，只是看。

然而军阀们也不是自己亲身在斗争，是使兵士们相斗争，所以频年恶战，而头儿个个终于是好好的，忽而误会消释了，忽而杯酒言欢了，忽而共同御侮了，忽而立誓报国了，忽而……。不消说，忽而自然不免又打起来了。

然而人民一任他们玩把戏，只是看。

但我们的斗士，只有对于外敌却是两样的：近的，是“不抵抗”，远的，是“负弩前驱”云。

“不抵抗”在字面上已经说得明明白白。“负弩前驱”呢，弩机的制度早已失传了，必须待考古学家研究出来，制造起来，然后能够负，然后能够前驱。

还是留着国产的兵士和现买的军火，自己斗争下去罢。中国的人口多得很，暂时总有一些孑遗在看着的。但自然，倘要这样，则对于外敌，就一定非“爱和平”不可。

一月二十四日。

（本篇最初发表于1933年1月31日上海《申报·自由谈》，署名何家干，选自《伪自由书》）

逃的辩护

古时候，做女人大晦气，一举一动，都是错的，这个也骂，那个也骂。现在这晦气落在学生头上了，进也挨骂，退也挨骂。

我们还记得，自前年冬天以来，学生是怎么闹的，有的要南来，有的要北上，南来北上，都不给开车。待到到得首都，顿首请愿，却不料“为反动派所利用”，许多头都恰巧“碰”在刺刀和枪柄上，有的竟“自行失足落水”而死了。

验尸之后，报告书上说道，“身上五色”。我实在不懂。

谁发一句质问，谁提一句抗议呢？有些人还笑骂他们。

还要开除，还要告诉家长，还要劝进研究室。一年以来，好了，总算安静了。但不料榆关失了守，上海还远，北平却不行了，因为连研究室也有了危险。住在上海的人们想必记得的，去年二月的暨南大学，劳动大学，同济大学……，研究室里还坐得住么？

北平的大学生是知道的，并且有记性，这回不再用头来“碰”刺刀和枪柄了，也不再想“自行失足落水”，弄得“身上五色”了，却发明了一种新方法，是：大家走散，各自回家。

这正是这几年来的教育显了成效。

然而又有人来骂了。童子军还在烈士们的挽联上，说他们“遗臭万年”。

但我们想一想罢：不是连语言历史研究所里的没有性命的古董都在搬家了么？不是学生都不能每人有一架自备的飞机么？能用本国的刺刀和枪柄“碰”得瘟头瘟脑，躲进研究室里去的，倒能并不瘟头瘟脑，不被外国的飞机大炮，炸出研究室外去么？

阿弥陀佛！

一月二十四日。

（本篇最初发表于1933年1月30日《申报·自由谈》，原题为《“逃”的合理化》，署名何家干，选自《伪自由书》）

从讽刺到幽默

讽刺家，是危险的。

假使他所讽刺的是不识字者，被杀戮者，被囚禁者，被压迫者罢，那很好，正可给读他文章的所谓有教育的智识者嘻嘻一笑，更觉得自己的勇敢和高明。然而现今的讽刺家之所以为讽刺家，却正在讽刺这一流所谓有教育的智识者社会。

因为所讽刺的是这一流社会，其中的各分子便各各觉得好像刺着了自己，就一个个的暗暗的迎出来，又用了他们的讽刺，想来刺死这讽刺者。

最先是说他冷嘲，渐渐的又七嘴八舌的说他谩骂，俏皮话，刻毒，可恶，学匪，绍兴师爷，等等，等等。然而讽刺社会的讽刺，却往往仍然会“悠久得惊人”的，即使捧出了做过和尚的洋人或专办了小报来打击，也还是没有效，这怎不气死人也么哥呢！

枢纽是在这里：他所讽刺的是社会，社会不变，这讽刺就跟着存在，而你所刺的是他个人，他的讽刺倘存在，你的讽刺就落空了。

所以，要打倒这样的可恶的讽刺家，只好来改变社会。

然而社会讽刺家究竟是危险的，尤其是在有些“文学家”明明暗暗的成了“王之爪牙”的时代。人们谁高兴做“文字狱”中的主角呢，但倘不死绝，肚子里总还有半口闷气，要借着笑的幌子，哈哈的吐他出来。笑笑既不至于得罪别人，现在的法律上也尚无国民必须哭丧着脸的规定，并非“非法”，盖可断言的。

我想：这便是去年以来，文字上流行了“幽默”的原因，但其中单是“为笑笑而笑笑”的自然也不少。

然而这情形恐怕是过不长久的，“幽默”既非国产，中国人也不是长于“幽默”的人民，而现在又实在是难以幽默的时候。于是虽幽默也就免不了改变样子了，非倾于对社会的讽刺，即堕入传统的“说笑话”和“讨便宜”。

三月二日。

（本篇最初发表于1933年3月7日《申报·自由谈》，署名何家干，选自《伪自由书》）

从幽默到正经

“幽默”一倾于讽刺，失了它的本领且不说，最可怕的是有些人又要来“讽刺”，来陷害了，倘若堕于“说笑话”，则寿命是可以较为长远，流年也大致顺利的，但愈堕愈近于国货，终将成为洋式徐文长。当提倡国货声中，广告上已有中国的“自造舶来品”，便是一个证据。

而况我实在恐怕法律上不久也就要有规定国民必须哭丧着脸的明文了。笑笑，原也不能算“非法”的。但不幸东省沦陷，举国骚然，爱国之士竭力搜索失地的原因，结果发见了其一是在青年的爱玩乐，学跳舞。当北海上正在嘻嘻哈哈的溜冰的时候，一个大炸弹抛下来，虽然没有伤人，冰却已经炸了一个大窟窿，不能溜之大吉了。

又不幸而榆关失守，热河吃紧了，有名的文人学士，也就更加吃紧起来，做挽歌的也有，做战歌的也有，讲文德的也有，骂人固然可恶，俏皮也不文明，要大家做正经文章，装正经脸孔，以补“不抵抗主义”之不足。

但人类究竟不能这么沉静，当大敌压境之际，手无寸铁，杀不得敌人，而心里却总是愤怒的，于是他就不免寻求敌人的替代。这时候，笑嘻嘻的可就遭殃了，因为他这时便被叫作：“陈叔宝全无心肝”。所以知机的人，必须也和大家一样哭丧着脸，以免于难。“聪明人不吃眼前亏”，亦古贤之遗教也，然而这时也就“幽默”归天，“正经”统一了剩下的全中国。

明白这一节，我们就知道先前为什么无论贞女与淫女，见人时都得不笑不言；现在为什么送葬的女人，无论悲哀与否，在路上定要放声大叫。

这就是“正经”。说出来么，那就是“刻毒”。

三月二日。

（本篇最初发表于1933年3月8日《申报·自由谈》，选自《伪自由书》）

最艺术的国家

我们中国的最伟大最永久，而且最普遍的“艺术”是男人扮女人。这艺术的可贵，是在于两面光，或谓之“中庸”——男人看见“扮女人”，女人看见“男人扮”。表面上是中性，骨子里当然还是男的。然而如果不扮，还成艺术么？譬如说，中国的固有文化是科举制度，外加捐班之类。当初说这太不像民权，不合时代潮流，于是扮成了中华民国。然而这民国年久失修，连招牌都已经剥落殆尽，仿佛花旦脸上的脂粉。同时，老实的民众真个要起政权来了，竟想革掉科甲出身和捐班出身的参政权。这对于民族是不忠，对于祖宗是不孝，实属反动之至。现在早已回到恢复固有文化的“时代潮流”，那能放任这种不忠不孝。因此，更不能不重新扮过一次，草案如下：第一，谁有代表国民的资格，须由考试决定。第二，考出了举人之后，再来挑选一次，此之谓选（动词）举人；而被挑选的举人，自然是被选举人了。照文法而论，这样的国民大会的选举人，应称为“选举人者”，而被选举人，应称为“被选之举人”。但是，如果不扮，还成艺术么？因此，他们得扮成宪政国家的选举的人和被选举人，虽则实质上还是秀才和举人。这草案的深意就在这里：叫民众看见是民权，而民族祖宗看见是忠孝——忠于固有科举的民族，孝于制定科举的祖宗。此外，像上海已经实现的民权，是纳税的方有权选举和被选，使偌大上海只剩四千四百六十五个大市民。这虽是捐班——有钱的为主，然而他们一定会考中举人，甚至不补考也会赐同进士出身的，因为洋大人膝下的榜样，理应遵照，何况这也并不是一面违背固有文化，一面又扮得很像宪政民权呢？此其一。

其二，一面交涉，一面抵抗：从这一方面看过去是抵抗，从那一面看过来其实是交涉。其三，一面做实业家，银行家，一面自称“小贫而已”。其四，一面日货销路复旺，一面对人说是“国货年”……诸如此类，不胜枚举，而大都是扮演得十分巧妙，两面光滑的。

呵，中国真是个最艺术的国家，最中庸的民族。

然而小百姓还要不满意，呜呼，君子之中庸，小人之反中庸也！

三月三十日。

（本篇最初发表于1933年4月2日《申报·自由谈》，署名何家干，选自《伪自由书》）

《杀错了人》异议

看了曹聚仁先生的一篇《杀错了人》，觉得很痛快，但往回一想，又觉得有些还不免是愤激之谈了，所以想提出几句异议——

袁世凯在辛亥革命之后，大杀党人，从袁世凯那方面看来，是一点没有杀错的，因为他正是一个假革命的反革命者。

错的是革命者受了骗，以为他真是一个筋斗，从北洋大臣变了革命家了，于是引为同调，流了大家的血，将他浮上总统的宝位去。到二次革命时，表面上好像他又是一个筋斗，从“国民公仆”变了吸血魔王似的。其实不然，他不过又显了本相。

于是杀，杀，杀。北京城里，连饭店客栈中，都满布了侦探；还有“军政执法处”，只见受了嫌疑而被捕的青年送进去，却从不见他们活着走出来；还有，《政府公报》上，是天天看见党人脱党的广告，说是先前为友人所拉，误入该党，现在自知迷谬，从此脱离，要洗心革面的做好人了。

不久就证明了袁世凯杀人的没有杀错，他要做皇帝了。

这事情，一转眼竟已经是二十年，现在二十来岁的青年，那时还在吸奶，时光是多么飞快呵。

但是，袁世凯自己要做皇帝，为什么留下他真正对头的旧皇帝呢？这无须多议论，只要看现在的军阀混战就知道。他们打得你死我活，好像不共戴天似的，但到后来，只要一个“下野”了，也就会客客气气的，然而对于革命者呢，即使没有打过仗，也决不肯放过一个。他们知道得很清楚。

所以我想，中国革命的闹成这模样，并不是因为他们“杀错了人”，倒是因为我们看错了人。

临末，对于“多杀中年以上的人”的主张，我也有一点异议，但因为自己早在“中年以上”了，为避免嫌疑起见，只将眼睛看着地面罢。

四月十日。

记得原稿在“客客气气的”之下，尚有“说不定在出洋的时候，还要大开欢送会”这类意思的句子，后被删去了。

四月十二日记。

【备考】：

杀错了人

曹聚仁

前日某报载某君述长春归客的谈话，说：日人在伪国已经完成“专卖鸦片”和“统一币制”的两大政策。这两件事，从前在老张小张时代，大家认为无法整理，现在他们一举手之间，办得有头有绪。所以某君叹息道：“愚尝与东北人士论币制紊乱之害，咸以积重难返，诿为难办；何以日人一刹那间，即毕乃事？‘是不为也，非不能也。’此为国人一大病根！”

岂独“病根”而已哉！中华民族的灭亡和中华民国的颠覆，也就在这肺痨病上。一个社会，一个民族，到了衰老期，什么都“积重难返”，所以非“革命”不可。革命是社会的突变过程；在过程中，好人，坏人，与不好不坏的人，总要杀了一些。杀了一些人，并不是没有代价的：于社会起了隔离作用，旧的社会和新的社会截然分成两段，恶的势力不会传染到新的组织中来。所以革命杀人应该有标准，应该多杀中年以上的人。多杀代表旧势力的人。法国大革命的成功，即在大恐慌时期的扫荡旧势力。

可是中国每一回的革命，总是反了常态。许多青年因为参加革命运动，做了牺牲；革命进程中，旧势力一时躲开去，一些也不曾铲除掉；革命成功以后，旧势力重复涌了出来，又把青年来做牺牲品，杀了一大批。孙中山先生辛辛苦苦做了十来年革命工作，辛亥革命成功了，袁世凯拿大权，天天杀党人，甚至连十五六岁的孩子都要杀；这样的革命，不但不起隔离作用，简直替旧势力作保镖；因此民国以来，只有暮气，没有朝气，任何事业，都不必谈改革，一谈改革，必“积重难返，诿为难办”。其恶势力一直注到现在。

这种反常状态，我名之曰：“杀错了人”。我常和朋友说：“不流血的革命是没有的。但‘流血’不可流错了人。早杀溥仪，多杀郑孝胥之流，方是邦国之大幸。若乱杀二十五岁以下的青年，倒行逆施，斫丧社会元气，就可以得‘亡国灭种’的‘眼前报’”。

《自由谈》，四月十日。

（本篇最初发表于1933年4月12日《申报·自由谈》，署名何家干，选自《伪自由书》）

天上地下

中国现在有两种炸，一种是炸进去，一种是炸进来。

炸进去之一例曰：“日内除飞机往匪区轰炸外，无战事，三四两队，七日晨迄申，更番成队飞宜黄以西崇仁以南掷百二十磅弹两三百枚，凡匪足资屏蔽处炸毁几平，使匪无从休养。……”（五月十日《申报》南昌专电）

炸进来之一例曰：“今晨六时，敌机炸蓟县，死民十余，又密云今遭敌轰四次，每次二架，投弹盈百，损害正详查中。……”（同日《大晚报》北

平电）

应了这运会而生的，是上海小学生的买飞机，和北平小学生的挖地洞。

这也是对于“非安内无以攘外”或“安内急于攘外”的题目，做出来的两股好文章。

住在租界里的人们是有福的。但试闭目一想，想得广大一些，就会觉得内是官兵在天上，“共匪”和“匪化”了的百姓在地下，外是敌军在天上，没有“匪化”了的百姓在地下。“损害正详查中”，而太平之区，却造起了宝塔。释迦出世，一手指天，一手指地曰：“天上地下，惟我独尊！”此之谓也。

但又试闭目一想，想得久远一些，可就遇着难题目了。假如炸进去慢，炸进来快，两种飞机遇着了，又怎么办呢？停止了“安内”，回转头来“迎头痛击”呢，还是仍然只管自己炸进去，一任他跟着炸进来，一前一后，同炸“匪区”，待到炸清了，然后再“攘”他们出去呢？……

不过这只是讲笑话，事实是决不会弄到这地步的。即使弄到这地步，也没有什么难解决：外洋养病，名山拜佛，这就完结了。

五月十六日。

记得末尾的三句，原稿是：“外洋养病，背脊生疮，名山上拜佛，小便里有糖，这就完结了。”

十九夜补记。

（本篇最初发表于1933年5月19日《申报·自由谈》，署名干，选自《伪自由书》）

电的利弊

日本幕府时代，曾大杀基督教徒，刑罚很凶，但不准发表，世无知者。到近几年，乃出版当时的文献不少。曾见《切利支丹殉教记》，其中记有拷问教徒的情形，或牵到温泉旁边，用热汤浇身；或周围生火，慢慢的烤炙，这本是“火刑”，但主管者却将火移远，改死刑为虐杀了。

中国还有更残酷的。唐人说部中曾有记载，一县官拷问犯人，四周用火遥焙，口渴，就给他喝酱醋，这是比日本更进一步的办法。现在官厅拷问嫌疑犯，有用辣椒煎汁灌入鼻孔去的，似乎就是唐朝遗下的方法，或则是古今英雄，所见略同。曾见一个囚在反省院里的青年的信，说先前身受此刑，苦痛不堪，辣汁流入肺脏及心，已成不治之症，即释放亦不免于死云云。此人是陆军学生，不明内脏构造，其实倒挂灌鼻，可以由气管流入肺中，引起致死之病，却不能进入心中，大约当时因在苦楚中，知觉瞀乱，遂疑为已到心脏了。

但现在之所谓文明人所造的刑具，残酷又超出于此种方法万万。上海有电刑，一上，即遍身痛楚欲裂，遂昏去，少顷又醒，则又受刑。闻曾有连受七八次者，即幸而免死，亦从此牙齿皆摇动，神经亦变钝，不能复原。前年纪念爱迪生，许多人赞颂电报电话之有利于人，却没有想到同是一电，而有人得到这样的大害，福人用电气疗病，美容，而被压迫者却以此受苦，丧命也。

外国用火药制造子弹御敌，中国却用它做爆竹敬神；外国用罗盘针航海，中国却用它看风水；外国用鸦片医病，中国却拿来当饭吃。同是一种东西，而中外用法之不同有如此，盖不但电气而已。

一月三十一日。

（本篇最初发表于1933年2月16日《申报·自由谈》，选自《伪自由书》）

推背图

我这里所用的“推背”的意思，是说：从反面来推测未来的情形。

上月的《自由谈》里，就有一篇《正面文章反看法》，这是令人毛骨悚然的文字。因为得到这一个结论的时候，先前一定经过许多苦楚的经验，见过许多可怜的牺牲。本草家提起笔来，写道：砒霜，大毒。字不过四个，但他却确切知道了这东西曾经毒死过若干性命的了。

里巷间有一个笑话：某甲将银子三十两埋在地里面，怕人知道，就在上面竖一块木板，写道："此地无银三十两。"隔壁的阿二因此却将这掘去了，也怕人发觉，就在木板的那一面添上一句道，"隔壁阿二勿曾偷。"这就是在教人"正面文章反看法"。

但我们日日所见的文章，却不能这么简单。有明说要做，其实不做的；有明说不做，其实要做的；有明说做这样，其实做那样的；有其实自己要这么做，倒说别人要这么做的；有一声不响，而其实倒做了的。然而也有说这样，竟这样的。难就在这地方。

例如近几天报章上记载着的要闻罢：

一，×× 军在 ×× 血战，杀敌 ×××× 人。

二，×× 谈话：决不与日本直接交涉，仍然不改初衷，抵抗到底。

三，芳泽来华，据云系私人事件。

四，共党联日，该伪中央已派干部 ×× 赴日接洽。

五，××××……

倘使都当反面文章看，可就太骇人了。但报上也有"莫干山路草棚船百余只大火"，"×××× 廉价只有四天了"等大概无须"推背"的记载，于是乎我们就又胡涂起来。

听说，《推背图》[1]本是灵验的，某朝某帝怕他淆惑人心，就添了些假造的在里面，因此弄得不能豫知了，必待事实证明之后，人们这才恍然大悟。

我们也只好等着看事实，幸而大概是不很久的，总出不了今年。

四月二日。

（本篇最初发表于 1933 年 4 月 6 日《申报·自由谈》，选自《伪自由书》）

[1]《推背图》：《推背图》是一本预测后世兴亡变乱的迷信图册，相传为唐代李淳风撰。据说宋太祖怕它惑乱人心，将它的编次弄乱，加入伪作，使人难辨真假。

言论自由的界限

看《红楼梦》，觉得贾府上是言论颇不自由的地方。焦大以奴才的身分，仗着酒醉，从主子骂起，直到别的一切奴才，说只有两个石狮子干净。结果怎样呢？结果是主子深恶，奴才痛嫉，给他塞了一嘴马粪。

其实是，焦大的骂，并非要打倒贾府，倒是要贾府好，不过说主奴如此，贾府就要弄不下去罢了。然而得到的报酬是马粪。所以这焦大，实在是贾府的屈原，假使他能做文章，我想，恐怕也会有一篇《离骚》之类。

三年前的新月社诸君子，不幸和焦大有了相类的境遇。他们引经据典，对于党国有了一点微词，虽然引的大抵是英国经典，但何尝有丝毫不利于党国的恶意，不过说："老爷，人家的衣服多么干净，您老人家的可有些儿脏，应该洗它一洗"罢了。不料"荃不察余之中情兮"，来了一嘴的马粪：国报同声致讨，连《新月》杂志也遭殃。但新月社究竟是文人学士的团体，这时就也来了一大堆引据三民主义，辨明心迹的"离骚经"。现在好了，吐出马粪，换塞甜头，有的顾问，有的教授，有的秘书，有的大学院长，言论自由，《新月》也满是所谓"为文艺的文艺"了。

这就是文人学士究竟比不识字的奴才聪明，党国究竟比贾府高明，现在究竟比乾隆时候光明：三明主义。

然而竟还有人在嚷着要求言论自由。世界上没有这许多甜头，我想，该是明白的罢，这误解，大约是在没有悟到现在的言论自由，只以能够表示主人的宽宏大度的说些"老爷，你的衣服……"为限，而还想说开去。

这是断乎不行的。前一种，是和《新月》受难时代不同，现在好像已有的了，这《自由谈》也就是一个证据，虽然有时还有几位拿着马粪，前来探头探脑的英雄。至于想说开去，那就足以破坏言论自由的保障。要知道现在虽比先前光明，但也比先前利害，一说开去，是连性命都要送掉的。即使有了言论自由的明令，也千万大意不得。这我是亲眼见过好几回的，非"卖老"也，不自觉其做奴才之君子，幸想一想而垂鉴焉。

四月十七日。

（本篇最初发表于1933年4月22日《申报·自由谈》，选自《伪自由书》）

文章与题目

一个题目，做来做去，文章是要做完的，如果再要出新花样，那就使人会觉得不是人话。然而只要一步一步的做下去，每天又有帮闲的敲边鼓，给人们听惯了，就不但做得出，而且也行得通。

譬如近来最主要的题目，是“安内与攘外”[1]罢，做的也着实不少了。有说安内必先攘外的，有说安内同时攘外的，有说不攘外无以安内的，有说攘外即所以安内的，有说安内即所以攘外的，有说安内急于攘外的。

做到这里，文章似乎已经无可翻腾了，看起来，大约总可以算是做到了绝顶。

所以再要出新花样，就使人会觉得不是人话，用现在最流行的谥法来说，就是大有“汉奸”的嫌疑。为什么呢？就因为新花样的文章，只剩了“安内而不必攘外”，“不如迎外以安内”，“外就是内，本无可攘”这三种了。

这三种意思，做起文章来，虽然实在希奇，但事实却有的，而且不必远征晋宋，只要看看明朝就够。满洲人早在窥伺了，国内却是草菅民命，杀戮清流，做了第一种。李自成进北京了，阔人们不甘给奴子做皇帝，索性请“大清兵”来打掉他，做了第二种。至于第三种，我没有看过《清史》，不得而知，但据老例，则应说是爱新觉罗氏之先，原是轩辕黄帝第几子之苗裔，遯于朔方，厚泽深仁，遂有天下，总而言之，咱们原是一家子云。

后来的史论家，自然是力斥其非的，就是现在的名人，也正痛恨流寇。但这是后来和现在的话，当时可不然，鹰犬塞途，干儿当道，魏忠贤不是活着就配享了孔庙么？他们那种办法，那时都有人来说得头头是道的。

[1] 1931年11月30日蒋介石在一个“训词”中提出“攘外必先安内”的反共卖国方针，一些报刊也纷纷发表谈论这个问题的文章。

前清末年，满人出死力以镇压革命，有“宁赠友邦，不给家奴”[1]的口号，汉人一知道，更恨得切齿。其实汉人何尝不如此？吴三桂之请清兵入关，便是一想到自身的利害，即“人同此心”的实例了。……

四月二十九日。

附记：

原题是《安内与攘外》。

五月五日。

（本篇最初发表于1933年5月5日《申报·自由谈》，署名何家干，选自《伪自由书》）

新药

说起来就记得，诚然，自从九一八以后，再没有听到吴稚老的妙语了，相传是生了病。现在刚从南昌专电中，飞出一点声音来，却连改头换面的，也是自从九一八以后，就再没有一丝声息的民族主义文学者们，也来加以冷冷的讪笑。[2]为什么呢？为了九一八。

想起来就记得，吴稚老的笔和舌，是尽过很大的任务的，清末的时候，五四的时候，北伐的时候，清党的时候，清党以后的还是闹不清白的时候。然而他现在一开口，却连躲躲闪闪的人物儿也来冷笑了。九一八以来的飞机，真也炸着了这党国的元老吴先生，或者是，炸大了一些躲躲闪闪的人物儿的小胆子。

九一八以后，情形就有这么不同了。

---

[1] 这是清朝大臣刚毅在维新变法期间说过的话。

[2] 吴稚晖曾在南昌对新闻界发表过“拚死抵抗”日军的谈话。由于此时国民党政府正酝酿派亲日分子黄郛北上，与进犯华北的日军妥协，因此《大晚报》载《吴稚晖抗日》一文，嘲笑吴稚晖只不过是“‘皓首匹夫’的随便谈谈而已！”

旧书里有过这么一个寓言，某朝某帝的时候，宫女们多数生了病，总是医不好。最后来了一个名医，开出神方道：壮汉若干名。皇帝没有法，只得照他办。若干天之后，自去察看时，宫女们果然个个神采焕发了，却另有许多瘦得不像人样的男人，拜伏在地上。皇帝吃了一惊，问这是什么呢？宫女们就嗫嚅的答道：是药渣。

照前几天报上的情形看起来，吴先生仿佛就如药渣一样，也许连狗子都要加以践踏了。然而他是聪明的，又很恬淡，决不至于不顾自己，给人家熬尽了汁水。不过因为九一八以后，情形已经不同，要有一种新药出卖是真的，对于他的冷笑，其实也就是新药的作用。

这种新药的性味，是要很激烈，而和平。譬之文章，则须先讲烈士的殉国，再叙美人的殉情；一面赞希特勒的组阁，一面颂苏联的成功；军歌唱后，来了恋歌；道德谈完，就讲妓院；因国耻日而悲杨柳，逢五一节而忆蔷薇；攻击主人的敌手，也似乎不满于它自己的主人……总而言之，先前所用的是单方，此后出卖的却是复药了。

复药虽然好像万应，但也常无一效的，医不好病，即毒不死人。不过对于误服这药的病人，却能够使他不再寻求良药，拖重了病症而至于胡里胡涂的死亡。

四月二十九日。

（本篇最初发表于1933年5月7日《申报·自由谈》，选自《伪自由书》）

南腔北调集

我们不再受骗了

帝国主义是一定要进攻苏联的。苏联愈弄得好，它们愈急于要进攻，因为它们愈要趋于灭亡。

我们被帝国主义及其侍从们真是骗得长久了。十月革命之后，它们总是说苏联怎么穷下去，怎么凶恶，怎么破坏文化。但现在的事实怎样？小麦和煤油的输出，不是使世界吃惊了么？正面之敌的实业党的首领，不是也只判了十年的监禁么？列宁格勒，墨斯科的图书馆和博物馆，不是都没有被炸掉么？文学家如绥拉菲摩维支，法捷耶夫，革拉特珂夫，绥甫林娜，唆罗诃夫等，不是西欧东亚，无不赞美他们的作品么？关于艺术的事我不大知道，但据乌曼斯基（K. Umansky）说，一九一九年中，在墨斯科的展览会就有二十次，列宁格勒两次（《Neue Kunst in Russland》），则现在的旺盛，更是可想而知了。

然而谣言家是极无耻而且巧妙的，一到事实证明了他的话是撒谎时，他就躲下，另外又来一批。

新近我看见一本小册子，是说美国的财政有复兴的希望的，序上说，苏联的购领物品，必须排成长串，现在也无异于从前，仿佛他很为排成长串的人们抱不平，发慈悲一样。

这一事，我是相信的，因为苏联内是正在建设的途中，外是受着帝国主义的压迫，许多物品，当然不能充足。但我们也听到别国的失业者，排着长串向饥寒进行；中国的人民，在内战，在外侮，在水灾，在榨取的大罗网之下，排着长串而进向死亡去。

然而帝国主义及其奴才们，还来对我们说苏联怎么不好，好像它倒愿意苏联一下子就变成天堂，人们个个享福。现在竟这样子，它失望了，不舒服了。——这真是恶鬼的眼泪。

一睁开眼，就露出恶鬼的本相来的，——它要去惩办了。

它一面去惩办，一面来诳骗。正义，人道，公理之类的话，又要满天飞舞了。但我们记得，欧洲大战时候，飞舞过一回的，骗得我们的许多苦工，到前线去替它们死，接着是在北京的中央公园里竖了一块无耻的，愚不可及的“公理战胜”的牌坊（但后来又改掉了）。现在怎样？“公理”在那里？这事还不过十六年，我们记得的。

帝国主义和我们，除了它的奴才之外，那一样利害不和我们正相反？我们的痈疽，是它们的宝贝，那么，它们的敌人，当然是我们的朋友了。它们自身正在崩溃下去，无法支持，为挽救自己的末运，便憎恶苏联的向上。谣诼，诅咒，怨恨，无所不至，没有效，终于只得准备动手去打了，一定要灭掉它才睡得着。但我们干什么呢？我们还会再被骗么？

“苏联是无产阶级专政的，智识阶级就要饿死。”——一位有名的记者曾经这样警告我。是的，这倒恐怕要使我也有些睡不着了。但无产阶级专政，不是为了将来的无阶级社会么？只要你不去谋害它，自然成功就早，阶级的消灭也就早，那时就谁也不会“饿死”了。不消说，排长串是一时难免的，但到底会快起来。

帝国主义的奴才们要去打，自己（！）跟着它的主人去打去就是。我们人民和它们是利害完全相反的。我们反对进攻苏联。我们倒要打倒进攻苏联的恶鬼，无论它说着怎样甜腻的话头，装着怎样公正的面孔。

这才也是我们自己的生路！

五月六日。

（本篇最初发表于1932年5月20日上海《北斗》第2卷第2期，选自《南腔北调集》）

由中国女人的脚，推定中国人之非中庸，又由此推定孔夫子有胃病

——“学匪”派考古学之一

古之儒者不作兴谈女人，但有时总喜欢谈到女人。例如“缠足”罢，从明朝到清朝的带些考据气息的著作中，往往有一篇关于这事起源的迟早的文章。为什么要考究这样下等事呢，现在不说他也罢，总而言之，是可以分为两大派的，一派说起源早，一派说起源迟。说早的一派，看他的语气，是赞成缠足的，事情愈古愈好，所以他一定要考出连孟子的母亲，也是小脚妇人的证据来。说迟的一派却相反，他不大恭维缠足，据说，至早，亦不过起于宋朝的末年。

其实，宋末，也可以算得古的了。不过不缠之足，样子却还要古，学者应该“贵古而贱今”，斥缠足者，爱古也。但也有先怀了反对缠足的成见，假造证据的，例如前明才子杨升庵先生，他甚至于替汉朝人做《杂事秘辛》，来证明那时的脚是“底平趾敛”。

于是又有人将这用作缠足起源之古的材料，说既然“趾敛”，可见是缠的了。但这是自甘于低能之谈，这里不加评论。

照我的意见来说，则以上两大派的话，是都错，也都对的。现在是古董出现的多了，我们不但能看见汉唐的图画，也可以看到晋唐古坟里发掘出来的泥人儿。那些东西上所表现的女人的脚上，有圆头履，有方头履，可见是不缠足的。古人比今人聪明，她决不至于缠小脚而穿大鞋子，里面塞些棉花，使自己走得一步一拐。

但是，汉朝就确已有一种“利屣”，头是尖尖的，平常大约未必穿罢，舞的时候，却非此不可。不但走着爽利，“潭腿”似的踢开去之际，也不至于为裙子所碍，甚至于踢下裙子来。那时太太们固然也未始不舞，但舞的究以倡女为多，所以倡伎就大抵穿着“利屣”，穿得久了，也免不了要“趾敛”的。然而伎女的装束，是闺秀们的大成至圣先师，这在现在还是如此，常穿

利屣，即等于现在之穿高跟皮鞋，可以俨然居炎汉“摩登女郎”之列，于是乎虽是名门淑女，脚尖也就不免尖了起来。先是倡伎尖，后是摩登女郎尖，再后是大家闺秀尖，最后才是“小家碧玉”一齐尖。待到这些“碧玉”们成了祖母时，就入于利屣制度统一脚坛的时代了。

当民国初年，“不佞”观光北京的时候，听人说，北京女人看男人是否漂亮（自按：盖即今之所谓“摩登”也）的时候，是从脚起，上看到头的。所以男人的鞋袜，也得留心，脚样更不消说，当然要弄得齐齐整整，这就是天下之所以有“包脚布”的原因。仓颉造字，我们是知道的，谁造这布的呢，却还没有研究出。但至少是“古已有之”，唐朝张鷟作的《朝野佥载》罢，他说武后朝有一位某男士，将脚裹得窄窄的，人们见了都发笑。可见盛唐之世，就已有了这一种玩意儿，不过还不是很极端，或者还没有很普及。然而好像终于普及了。由宋至清，绵绵不绝，民元革命以后，革了与否，我不知道，因为我是专攻考“古”学的。

然而奇怪得很，不知道怎的（自按：此处似略失学者态度），女士们之对于脚，尖还不够，并且勒令它“小”起来了，最高模范，还竟至于以三寸为度。这么一来，可以不必兼买利屣和方头履两种，从经济的观点来看，是不算坏的，可是从卫生的观点来看，却未免有些“过火”，换一句话，就是“走了极端”了。

我中华民族虽然常常的自命为爱“中庸”，行“中庸”的人民，其实是颇不免于过激的。譬如对于敌人罢，有时是压服不够，还要“除恶务尽”，杀掉不够，还要“食肉寝皮”。但有时候，却又谦虚到“侵略者要进来，让他们进来。也许他们会杀了十万中国人。不要紧，中国人有的是，我们再有人上去”。这真教人会猜不出是真痴还是假呆。而女人的脚尤其是一个铁证，不小则已，小则必求其三寸，宁可走不成路，摆摆摇摇。慨自辫子肃清以后，缠足本已一同解放的了，老新党的母亲们，鉴于自己在皮鞋里塞棉花之麻烦，一时也确给她的女儿留了天足。然而我们中华民族是究竟有些“极端”的，不多久，老病复发，有些女士们已在别想花样，用一枝细黑柱子将脚跟支起，叫它离开地球。她到底非要她的脚变把戏不可。由过去以测将来，则四朝（假如仍旧有朝代的话）之后，全国女人的脚趾都和小腿成一直线，是可以有八九成把握的。

然则圣人为什么大呼“中庸”呢？曰：这正因为大家并不中庸的缘故。人必有所缺，这才想起他所需。穷教员养不活老婆了，于是觉到女子自食其力说之合理，并且附带地向男女平权论点头；富翁胖到要发哮喘病了，才去打高而富球，从此主张运动的紧要。我们平时，是决不记得自己有一个头，或一个肚子，应该加以优待的，然而一旦头痛肚泻，这才记起了他们，并且大有休息要紧，饮食小心的议论。倘有谁听了这些议论之后，便贸贸然决定这议论者为卫生家，可就失之十丈，差以亿里了。

倒相反，他是不卫生家，议论卫生，正是他向来的不卫生的结果的表现。孔子曰，“不得中行而与之，必也狂狷乎，狂者进取，狷者有所不为也！”以孔子交游之广，事实上没法子只好寻狂狷相与，这便是他在理想上之所以哼着“中庸，中庸”的原因。

以上的推定假使没有错，那么，我们就可以进而推定孔子晚年，是生了胃病的了。“割不正不食”，这是他老先生的古板规矩，但“食不厌精，脍不厌细”的条令却有些稀奇。他并非百万富翁或能收许多版税的文学家，想不至于这么奢侈的，除了只为卫生，意在容易消化之外，别无解法。况且“不撤姜食”，又简直是省不掉暖胃药了。何必如此独厚于胃，念念不忘呢？曰，以其有胃病之故也。

倘说：坐在家里，不大走动的人们很容易生胃病，孔子周游列国，运动王公，该可以不生病证的了。那就是犯了知今而不知古的错误。盖当时花旗白面，尚未输入，土磨麦粉，多含灰沙，所以分量较今面为重；国道尚未修成，泥路甚多凹凸，孔子如果肯走，那是不大要紧的，而不幸他偏有一车两马。胃里袋着沉重的面食，坐在车子里走着七高八低的道路，一颠一顿，一掀一坠，胃就被坠得大起来，消化力随之减少，时时作痛；每餐非吃“生姜”不可了。所以那病的名目，该是“胃扩张”；那时候，则是“晚年”，约在周敬王十年以后。

以上的推定，虽然简略，却都是“读书得间”的成功。但若急于近功，妄加猜测，即很容易陷于“多疑”的谬误。例如罢，二月十四日《申报》载南京专电云：“中执委会令各级党部及人民团体制‘忠孝仁爱信义和平’匾额，悬挂礼堂中央，以资启迪。”看了之后，切不可便推定为各要人讥大家为“忘八”；三月一日《大晚报》载新闻云：“孙总理夫人宋庆龄女士自归国寓沪后，关于政治方面，不闻不问，惟对社会团体之组织非常热心。据本报记者所得报告，前日有人由邮政局致宋女士之索诈信□（自按：原缺）件，业经本市当局派驻邮局检查处检查员查获，当将索诈信截留，转辗呈报市府。”看了之后，也切不可便推定虽为总理夫人宋女士的信件，也常在邮局被当局派员所检查。

盖虽“学匪派考古学”，亦当不离于“学”，而以“考古”为限的。

三月四日夜。

（本篇最初发表于1933年3月16日《论语》第13期，选自《南腔北调集》）

谈金圣叹

讲起清朝的文字狱来，也有人拉上金圣叹，其实是很不合适的。他的“哭庙”，用近事来比例，和前年《新月》上的引据三民主义以自辩，并无不同，但不特捞不到教授而且至于杀头，则是因为他早被官绅们认为坏货了的缘故。就事论事，倒是冤枉的。

清中叶以后的他的名声，也有些冤枉。他抬起小说传奇来，和《左传》《杜诗》并列，实不过拾了袁宏道辈的唾余；而且经他一批，原作的诚实之处，往往化为笑谈，布局行文，也都被硬拖到八股的作法上。这余荫，就使有一批人，堕入了对于《红楼梦》之类，总在寻求伏线，挑剔破绽的泥塘。

自称得到古本，乱改《西厢》字句的案子且不说罢，单是截去《水浒》的后小半，梦想有一个“嵇叔夜”来杀尽宋江们，也就昏庸得可以。虽说因为痛恨流寇的缘故，但他是究竟近于官绅的，他到底想不到小百姓的对于流寇，只痛恨着一半：不在于“寇”，而在于“流”。

百姓固然怕流寇，也很怕“流官”。记得民元革命以后，我在故乡，不知怎地县知事常常掉换了。每一掉换，农民们便愁苦着相告道：“怎么好呢？又换了一只空肚鸭来了！”他们虽然至今不知道“欲壑难填”的古训，却很明白“成则为王，败则为贼”的成语，贼者，流着之王，王者，不流之贼也，要说得简单一点，那就是“坐寇”。中国百姓一向自称“蚁民”，现在为便于譬喻起见，姑升为牛罢，铁骑一过，茹毛饮血，蹄骨狼藉，倘可避免，他们自然是总想避免的，但如果肯放任他们自啮野草，苟延残喘，挤出乳来将这些“坐寇”喂得饱饱的，后来能够比较的不复狼吞虎咽，则他们就以为如天之福。所区别的只在“流”与“坐”，却并不在“寇”与“王”。试翻明末的野史，就知道北京民心的不安，在李自成入京的时候，是不及他出京之际的利害的。

宋江据有山寨，虽打家劫舍，而劫富济贫，金圣叹却道应该在童贯高俅辈的爪牙之前，一个个俯首受缚，他们想不懂。所以《水浒传》纵然成了断尾巴蜻蜓，乡下人却还要看《武松独手擒方腊》这些戏。

不过这还是先前的事，现在似乎又有了新的经验了。听说四川有一只民谣，大略是“贼来如梳，兵来如篦，官来如剃”的意思。汽车飞艇，价值既远过于大轿马车，租界和外国银行，也是海通以来新添的物事，不但剃尽毛发，就是刮尽筋肉，也永远填不满的。正无怪小百姓将“坐寇”之可怕，放在“流寇”之上了。

事实既然教给了这些，仅存的路，就当然使他们想到了自己的力量。

五月三十一日。

（本篇最初发表于1933年7月1日《文学》第1卷第1号，选自《南腔北调集》）

祝《涛声》

《涛声》的寿命有这么长，想起来实在有点奇怪的。

大前年和前年，所谓作家也者，还有什么什么会，标榜着什么什么文学，到去年就渺渺茫茫了，今年是大抵化名办小报，卖消息；消息那里有这么多呢，于是造谣言。先前的所谓作家还会联成黑幕小说，现在是联也不会联了，零零碎碎的塞进读者的脑里去，使消息和秘闻之类成为他们的全部大学问。

这功绩的褒奖是稿费之外，还有消息奖，“挂羊头卖狗肉”也成了过去的事，现在是在“卖人肉”了。

于是不“卖人肉”的刊物及其作者们，便成为被卖的货色。这也是无足奇的，中国是农业国，而麦子却要向美国定购，独有出卖小孩，只要几百钱一斤，则古文明国中的文艺家，当然只好卖血，尼采说过：“我爱血写的书”呀。

然而《涛声》尚存，这就是我所谓“想起来实在有点奇怪”。

这是一种幸运，也是一个缺点。看现在的景况，凡有敕准或默许其存在的，倒往往会被一部分人们摇头。有人批评过我，说，只要看鲁迅至今还活着，就足见不是一个什么好人。这是真的，自民元革命以至现在，好人真不知道被害死了多少了，不过谁也没有记一篇准帐。这事实又教坏了我，因为我知道即使死掉，也不过给他们大卖消息，大造谣言，说我的被杀，其实是为了金钱或女人关系。所以，名列于该杀之林则可，悬梁服毒，是不来的。

《涛声》上常有赤膊打仗，拚死拚活的文章，这脾气和我很相反，并不是幸存的原因。我想，那幸运而且也是缺点之处，是在总喜欢引古证今，带些学究气。中国人虽然自夸“四千余年古国古”，可是十分健忘的，连民族主义文学家，也会认成吉斯汗为老祖宗，则不宜与之谈古也可见。上海的市侩们更不需要这些，他们感到兴趣的只是今天开奖，邻右争风；眼光远大的也不过要知道名公如何游山，阔人和谁要好之类；高尚的就看什么学界琐闻，文坛消息。总之，是已将生命割得零零碎碎了。

这可以使《涛声》的销路不见得好，然而一面也使《涛声》长寿。文人学士是清高的，他们现在也更加聪明，不再恭维自己的主子，来着痕迹了。他们只是排好暗箭，拿定粪帚，监督着应该俯伏着的奴隶们，看有谁抬起头来的，就射过去，洒过去，结果也许会终于使这人被绑架或被暗杀，由此使民国的国民一律“平等”。《涛声》在销路上的不大出头，也正给它逃了暂时的性命，不过，也还是很难说，因为“不测之威”，也是古来就有的。

我是爱看《涛声》的，并且以为这样也就好。然而看近来，不谈政治呀，仍谈政治呀，似乎更加不大安分起来，则我的那些忠告，对于“乌鸦为记”

的刊物，恐怕也不见得有效。

那么，“祝”也还是“白祝”，我也只好看一张，算一张了。昔人诗曰，“丧乱死多门”，信夫！

八月六日。

十一月二十五日的《涛声》上，果然发出《休刊辞》来，开首道：“十一月二十日下午，本刊奉令缴还登记证，‘民亦劳止，汔可小康’。我们准备休息一些时了。……”这真是康有为所说似的“不幸而吾言中”，岂不奇而不奇也哉。

十二月三十一夜，补记。

（本篇最初发表于1933年8月19日《涛声》第2卷第31期，选自《南腔北调集》）

上海的少女

在上海生活，穿时髦衣服的比土气的便宜。如果一身旧衣服，公共电车的车掌会不照你的话停车，公园看守会格外认真的检查入门券，大宅子或大客寓的门丁会不许你走正门。所以，有些人宁可居斗室，喂臭虫，一条洋服裤子却每晚必须压在枕头下，使两面裤腿上的折痕天天有棱角。

然而更便宜的是时髦的女人。这在商店里最看得出：挑选不完，决断不下，店员也还是很能忍耐的。不过时间太长，就须有一种必要的条件，是带着一点风骚，能受几句调笑。否则，也会终于引出普通的白眼来。

惯在上海生活了的女性，早已分明地自觉着这种自己所具的光荣，同时也明白着这种光荣中所含的危险。所以凡有时髦女子所表现的神气，是在招摇，也在固守，在罗致，也在抵御，像一切异性的亲人，也像一切异性的敌人，她在喜欢，也正在恼怒。这神气也传染了未成年的少女，我们有时会看见她们在店铺里购买东西，侧着头，佯嗔薄怒，如临大敌。自然，店员们是能像对于成年的女性一样，加以调笑的，而她也早明白着这调笑的意义。总之：她们大抵早熟了。

然而我们在日报上，确也常常看见诱拐女孩，甚而至于凌辱少女的新闻。

不但是《西游记》里的魔王，吃人的时候必须童男和童女而已，在人类中的富户豪家。也一向以童女为侍奉，纵欲，鸣高，寻仙，采补的材料，恰如食品的餍足了普通的肥甘，就想乳猪芽茶一样。现在这现象并且已经见于商人和工人里面了，但这乃是人们的生活不能顺遂的结果，应该以饥民的掘食草根树皮为比例，和富户豪家的纵恣的变态是不可同日而语的。

但是，要而言之，中国是连少女也进了险境了。

这险境，更使她们早熟起来，精神已是成人，肢体却还是孩子。俄国的作家梭罗古勃曾经写过这一种类型的少女，说是还是小孩子，而眼睛却已经长大了。然而我们中国的作家是另有一种称赞的写法的：所谓“娇小玲珑”者就是。

八月十二日。

（本篇最初发表于1933年9月15日《申报月刊》第2卷第9号，选自《南腔北调集》）

小品文的危机

仿佛记得一两月之前，曾在一种日报上见到记载着一个人的死去的文章，说他是收集“小摆设”的名人，临末还有依稀的感喟，以为此人一死，“小摆设”的收集者在中国怕要绝迹了。

但可惜我那时不很留心，竟忘记了那日报和那收集家的名字。

现在的新的青年恐怕也大抵不知道什么是“小摆设”了。但如果他出身旧家，先前曾有玩弄翰墨的人，则只要不很破落，未将觉得没用的东西卖给旧货担，就也许还能在尘封的废物之中，寻出一个小小的镜屏，玲珑剔透的石块，竹根刻成的人像，古玉雕出的动物，锈得发绿的铜铸的三脚癞虾蟆：这就是所谓“小摆设”。先前，它们陈列在书房里的时候，是各有其雅号的，譬如那三脚癞虾蟆，应该称为“蟾蜍砚滴”之类，最末的收集家一定都知道，现在呢，可要和它的光荣一同消失了。

那些物品，自然决不是穷人的东西，但也不是达官富翁家的陈设，他们所要的，是珠玉扎成的盆景，五彩绘画的磁瓶。那只是所谓士大夫的“清玩”。在外，至少必须有几十亩膏腴的田地，在家，必须有几间幽雅的书斋；就是流寓上海，也一定得生活较为安闲，在客栈里有一间长包的房子，书桌一顶，烟榻一张，瘾足心闲，摩挲赏鉴。然而这境地，现在却已经被世界的险恶的潮流冲得七颠八倒，像狂涛中的小船似的了。

然而就是在所谓“太平盛世”罢，这“小摆设”原也不是什么重要的物品。在方寸的象牙版上刻一篇《兰亭序》，至今还有“艺术品”之称，但倘将这挂在万里长城的墙头，或供在云冈的丈八佛像的足下，它就渺小得看不见了，即使热心者竭力指点，也不过令观者生一种滑稽之感。何况在风沙扑面，狼虎成群的时候，谁还有这许多闲工夫，来赏玩琥珀扇坠，翡翠戒指呢。他们即使要悦目，所要的也是耸立于风沙中的大建筑，要坚固而伟大，不必怎样精；即使要满意，所要的也是匕首和投枪，要锋利而切实，用不着什么雅。

美术上的“小摆设”的要求，这幻梦是已经破掉了，那日报上的文章的作者。就直觉的地知道。然而对于文学上的“小摆设”——“小品文”的要求，却正在越加旺盛起来，要求者以为可以靠着低诉或微吟，将粗犷的人心，磨得渐渐的平滑。这就是想别人一心看着《六朝文絜》，而忘记了自己是抱在黄河决口之后，淹得仅仅露出水面的树梢头。

但这时却只用得着挣扎和战斗。

而小品文的生存，也只仗着挣扎和战斗的。晋朝的清言，早和它的朝代一同消歇了。唐末诗风衰落，而小品放了光辉。但罗隐的《谗书》，几乎全部是抗争和愤激之谈；皮日休和陆龟蒙自以为隐士，别人也称之为隐士，而看他们在《皮子文薮》和《笠泽丛书》中的小品文，并没有忘记天下，正是一榻胡涂的泥塘里的光彩和锋铓。明末的小品虽然比较的颓放，却并非全是吟风弄月，其中有不平，有讽刺，有攻击，有破坏。这种作风，也触着了满洲君臣的心病，费去许多助虐的武将的刀锋，帮闲的文臣的笔锋，直到乾隆年间，这才压制下去了。以后呢，就来了“小摆设”。

“小摆设”当然不会有大发展。到五四运动的时候，才又来了一个展开，散文小品的成功，几乎在小说戏曲和诗歌之上。这之中，自然含着挣扎和战斗，但因为常常取法于英国的随笔（Essay），所以也带一点幽默和雍容；写法也有漂亮和缜密的。这是为了对于旧文学的示威，在表示旧文学之自以为特长者，白话文学也并非做不到。以后的路，本来明明是更分明的挣扎和战斗，因为这原是萌芽于“文学革命”以至“思想革命”的。但现在的趋势，却在特别提倡那和旧文章相合之点，雍容，漂亮，缜密，就是要它成为“小摆设”，供雅人的摩挲，并且想青年摩挲了这“小摆设”，由粗暴而变为风雅了。

然而现在已经更没有书桌；雅片虽然已经公卖，烟具是禁止的，吸起来还是十分不容易。想在战地或灾区里的人们来鉴赏罢——谁都知道是更奇怪的幻梦。这种小品，上海虽正在盛行，茶话酒谈，遍满小报的摊子上，但其实是正如烟花女子，已经不能在弄堂里拉扯她的生意，只好涂脂抹粉，在夜里躄到马路上来了。

小品文就这样的走到了危机。但我所谓危机，也如医学上的所谓“极期”（Krisis）一般，是生死的分歧，能一直得到死亡，也能由此至于恢复。麻醉性的作品，是将与麻醉者和被麻醉者同归于尽的。生存的小品文，必须是匕首，是投枪，能和读者一同杀出一条生存的血路的东西；但自然，它也能给人愉快和休息，然而这并不是“小摆设”，更不是抚慰和麻痹，它给人的愉快和休息是休养，是劳作和战斗之前的准备。

八月二十七日。

（本篇最初发表于1933年10月1日《现代》第3卷第6期，选自《南腔北调集》）

谣言世家

双十佳节，有一位文学家大名汤增敭先生的，在《时事新报》上给我们讲光复时候的杭州的故事。他说那时杭州杀掉许多驻防的旗人，辨别的方法，是因为旗人叫“九”为“钩”的，所以要他说“九百九十九”，一露马脚，刀就砍下去了。

这固然是颇武勇，也颇有趣的。但是，可惜是谣言。

中国人里，杭州人是比较的文弱的人。当钱大王治世的时候，人民被刮得衣裤全无，只用一片瓦掩着下部，然而还要追捐，除被打得麂一般叫之外，并无贰话。不过这出于宋人的笔记，是谣言也说不定的。但宋明的末代皇帝，带着没落的阔人，和暮气一同滔滔的逃到杭州来，却是事实，苟延残喘，要大家有刚决的气魄，难不难。到现在，西子湖边还多是摇摇摆摆的雅人；连流氓也少有浙东似的“白刀子进红刀子出”的打架。自然，倘有军阀做着后盾，那是也会格外的撒泼的，不过当时实在并无敢于杀人的风气，也没有乐于杀人的人们。我们只要看举了老成持重的汤蛰仙先生做都督，就可以知道是不会流血的了。

不过战事是有的。革命军围住旗营，开枪打进去，里面也有时打出来。然而围得并不紧，我有一个熟人，白天在外面逛，晚上却自进旗营睡觉去了。

虽然如此，驻防军也终于被击溃，旗人降服了，房屋被充公是有的，却并没有杀戮。口粮当然取消，各人自寻生计，开初倒还好，后来就遭灾。

怎么会遭灾的呢？就是发生了谣言。

杭州的旗人一向优游于西子湖边，秀气所钟，是聪明的，他们知道没有了粮，只好做生意，于是卖糕的也有，卖小菜的也有。杭州人是客气的，并不歧视，生意也还不坏。然而祖传的谣言起来了，说是旗人所卖的东西，里面都藏着毒药。这一下子就使汉人避之惟恐不远，但倒是怕旗人来毒自己，并不是自己想去害旗人。结果是他们所卖的糕饼小菜，毫无生意，只得在路边出卖那些不能下毒的家具。家具一完，途穷路绝，就一败涂地了。这是杭州驻防旗人的收场。

笑里可以有刀，自称酷爱和平的人民，也会有杀人不见血的武器，那就是造谣言。但一面害人，一面也害己，弄得彼此懵懵懂懂。古时候无须提起了，即在近五十年来，甲午战败，就说是李鸿章害的，因为他儿子是日本的驸马，骂了他小半世；庚子拳变，又说洋鬼子是挖眼睛的，因为造药水，就乱杀了一大通。下毒学说起于辛亥光复之际的杭州，而复活于近来排日的时候。我还记得每有一回谣言，就总有谁被诬为下毒的奸细，给谁平白打死了。

谣言世家的子弟，是以谣言杀人，也以谣言被杀的。

至于用数目来辨别汉满之法，我在杭州倒听说是出于湖北的荆州的，就是要他们数一二三四，数到“六”字，读作上声，便杀却。但杭州离荆州太远了，这还是一种谣言也难说。

我有时也不大能够分清那句是谣言，那句是真话了。

十月十三日。

（本篇最初发表于1933年11月15日《申报月刊》第2卷第11号，选自《南腔北调集》）

经　验

古人所传授下来的经验，有些实在是极可宝贵的，因为它曾经费去许多牺牲，而留给后人很大的益处。

偶然翻翻《本草纲目》，不禁想起了这一点。这一部书，是很普通的书，但里面却含有丰富的宝藏。自然，捕风捉影的记载，也是在所不免的，然而大部分的药品的功用，却由历久的经验，这才能够知道到这程度，而尤其惊人的是关于毒药的叙述。我们一向喜欢恭维古圣人，以为药物是由一个神农皇帝独自尝出来的，他曾经一天遇到过七十二毒，但都有解法，没有毒死。这种传说，现在不能主宰人心了。人们大抵已经知道一切文物，都是历来的无名氏所逐渐的造成。建筑，烹饪，渔猎，耕种，无不如此；医药也如此。这么一想，这事情可就大起来了：大约古人一有病，最初只好这样尝一点，那样尝一点，吃了毒的就死，吃了不相干的就无效，有的竟吃到了对证的就好起来，于是知道这是对于某一种病痛的药。这样地累积下去，乃有草创的纪录，后来渐成为庞大的书，如《本草纲目》就是。而且这书中的所记，又不独是中国的，还有阿剌伯人的经验，有印度人的经验，则先前所用的牺牲之大，更可想而知了。

然而也有经过许多人经验之后，倒给了后人坏影响的，如俗语说“各人自扫门前雪，莫管他家瓦上霜”的便是其一。救急扶伤，一不小心，向来就很容易被人所诬陷，而还有一种坏经验的结果的歌诀，是“衙门八字开，有理无钱莫进来”，于是人们就只要事不干己，还是远远的站开干净。我想，人们在社会里，当初是并不这样彼此漠不相关的，但因豺狼当道，事实上因此出过许多牺牲，后来就自然的都走到这条道路上去了。所以，在中国，尤其是在都市里，倘使路上有暴病倒地，或翻车摔伤的人，路人围观或甚至于高兴的人尽有，肯伸手来扶助一下的人却是极少的。这便是牺牲所换来的坏处。

总之，经验的所得的结果无论好坏，都要很大的牺牲，虽是小事情，也免不掉要付惊人的代价。例如近来有些看报的人，对于什么宣言，通电，讲演，谈话之类，无论它怎样骈四俪六，崇论宏议，也不去注意了，甚而还至于不但不注意，看了倒不过做做嘻笑的资料。这那里有“始制文字，乃服衣裳”一样重要呢，然而这一点点结果，却是牺牲了一大片地面，和许多人的生命财产换来的。生命，那当然是别人的生命，倘是自己，就得不着这经验了。所以一切经验，是只有活人才能有的，我的决不上别人讥刺我怕死[1]，就去自杀或拚命的当，而必须写出这一点来，就为此。而且这也是小小的经验的结果。

六月十二日。

（本篇最初发表于1933年7月15日《申报月刊》第2卷第7号，选自《南腔北调集》

谚　语

粗略的一想，谚语固然好像一时代一国民的意思的结晶，但其实，却不过是一部分的人们的意思。现在就以“各人自扫门前雪，莫管他家瓦上霜”来做例子罢，这乃是被压迫者们的格言，教人要奉公，纳税，输捐，安分，不可怠慢，不可不平，尤其是不要管闲事；而压迫者是不算在内的。

专制者的反面就是奴才，有权时无所不为，失势时即奴性十足。孙皓是

[1] 梁实秋在《鲁迅与牛》一文中，曾借1930年4月8日中国自由运动大同盟声援四·三惨案集会时有工人被巡捕枪杀之事，讥讽鲁迅说：“死的不是‘参加工农革命底实际行动’的‘左翼作家’，是一位‘勇敢的工人’……鲁迅先生的‘不卖肉主义’是老早言明在先的。”

特等的暴君，但降晋之后，简直像一个帮闲；宋徽宗在位时，不可一世，而被掳后偏会含垢忍辱。做主子时以一切别人为奴才，则有了主子，一定以奴才自命：这是天经地义，无可动摇的。

所以被压制时，信奉着“各人自扫门前雪，莫管他家瓦上霜”的格言的人物，一旦得势，足以凌人的时候，他的行为就截然不同，变为“各人不扫门前雪，却管他家瓦上霜”了。

二十年来，我们常常看见：武将原是练兵打仗的，且不问他这兵是用以安内或攘外，总之他的“门前雪”是治军，然而他偏来干涉教育，主持道德；教育家原是办学的，无论他成绩如何，总之他的“门前雪”是学务，然而他偏去膜拜“活佛”，绍介国医。小百姓随军充伕，童子军沿门募款。头儿胡行于上，蚁民乱碰于下，结果是各人的门前都不成样，各家的瓦上也一团糟。

女人露出了臂膊和小腿，好像竟打动了贤人们的心，我记得曾有许多人絮絮叨叨，主张禁止过，后来也确有明文禁止了。不料到得今年，却又“衣服蔽体已足，何必前拖后曳，消耗布匹，……顾念时艰，后患何堪设想”起来，四川的营山县长于是就令公安局派队一一剪掉行人的长衣的下截。长衣原是累赘的东西，但以为不穿长衣，或剪去下截，即于“时艰”有补，却是一种特别的经济学。《汉书》上有一句云，“口含天宪”，此之谓也。

某一种人，一定只有这某一种人的思想和眼光，不能越出他本阶级之外。说起来，好像又在提倡什么犯讳的阶级了，然而事实是如此的。谣谚并非全国民的意思，就为了这缘故。古之秀才，自以为无所不晓，于是有“秀才不出门，而知天下事”这自负的漫天大谎，小百姓信以为真，也就渐渐的成了谚语，流行开来。其实是“秀才虽出门，不知天下事”的。秀才只有秀才头脑和秀才眼睛，对于天下事，那里看得分明，想得清楚。清末，因为想“维新”，常派些“人才”出洋去考察，我们现在看看他们的笔记罢，他们最以为奇的是什么馆里的蜡人能够和活人对面下棋。南海圣人康有为，佼佼者也，他周游十一国，一直到得巴尔干，这才悟出外国之所以常有“弑君”之故来了，曰：因为宫墙太矮的缘故。

六月十三日。

（本篇最初发表于1933年7月15日《申报月刊》，选自《南腔北调集》）

沙

近来的读书人，常常叹中国人好像一盘散沙，无法可想，将倒楣的责任，归之于大家。其实这是冤枉了大部分中国人的。小民虽然不学，见事也许不明，但知道关于本身利害时，何尝不会团结。先前有跪香，民变，造反；现在也还有请愿之类。他们的像沙，是被统治者“治”成功的，用文言来说，就是“治绩”。

那么，中国就没有沙么？有是有的，但并非小民，而是大小统治者。

人们又常常说：“升官发财。”其实这两件事是不并列的，其所以要升官，只因为要发财，升官不过是一种发财的门径。所以官僚虽然依靠朝廷，却并不忠于朝廷，吏役虽然依靠衙署，却并不爱护衙署，头领下一个清廉的命令，小喽罗是决不听的，对付的方法有“蒙蔽”。他们都是自私自利的沙，可以肥己时就肥己，而且每一粒都是皇帝，可以称尊处就称尊。有些人译俄皇为“沙皇”，移赠此辈，倒是极确切的尊号。财何从来？是从小民身上刮下来的。小民倘能团结，发财就烦难，那么，当然应该想尽方法，使他们变成散沙才好。以沙皇治小民，于是全中国就成为“一盘散沙”了。

然而沙漠以外，还有团结的人们[1]在，他们“如入无人之境”的走进来了。

这就是沙漠上的大事变。当这时候，古人曾有两句极切贴的比喻，叫作“君子为猿鹤，小人为虫沙”。那些君子们，不是像白鹤的腾空，就如猢狲的上树，“树倒猢狲散”，另外还有树，他们决不会吃苦。剩在地下的，便是小民的蝼蚁和泥沙，要践踏杀戮都可以，他们对沙皇尚且不敌，怎能敌得过沙皇的胜者呢？

然而当这时候，偏又有人摇笔鼓舌，向着小民提出严重的质问道：“国民将何以自处”呢，“问国民将何以善其后”呢？忽然记得了“国民”，别的什么都不说，只又要他们来填亏空，不是等于向着缚了手脚的人，要求他去捕盗么？

[1] 这里所说“团结的人们”和下文“沙皇的胜者”，指日本帝国主义。

但这正是沙皇治绩的后盾，是猿鸣鹤唳的尾声，称尊肥己之余，必然到来的末一着。

七月十二日。

（本篇最初发表于1933年8月15日《申报月刊》，选自《南腔北调集》）

上海的儿童

上海越界筑路[1]的北四川路一带，因为打仗，去年冷落了大半年，今年依然热闹了，店铺从法租界搬回，电影院早经开始，公园左近也常见携手同行的爱侣，这是去年夏天所没有的。

倘若走进住家的弄堂里去，就看见便溺器，吃食担，苍蝇成群的在飞，孩子成队的在闹，有剧烈的捣乱，有发达的骂詈，真是一个乱烘烘的小世界。但一到大路上，映进眼帘来的却只是轩昂活泼地玩着走着的外国孩子，中国的儿童几乎看不见了。但也并非没有，只因为衣裤郎当，精神萎靡，被别人压得像影子一样，不能醒目了。

中国中流的家庭，教孩子大抵只有两种法。其一，是任其跋扈，一点也不管，骂人固可，打人亦无不可，在门内或门前是暴主，是霸王，但到外面，便如失了网的蜘蛛一般，立刻毫无能力。其二，是终日给以冷遇或呵斥，甚而至于打扑，使他畏葸退缩，仿佛一个奴才，一个傀儡，然而父母却美其名曰"听话"，自以为是教育的成功，待到放他到外面来，则如暂出樊笼的小禽，他决不会飞鸣，也不会跳跃。

现在总算中国也有印给儿童看的画本了，其中的主角自然是儿童，然而画中人物，大抵倘不是带着横暴冥顽的气味，甚而至于流氓模样的，过度的恶作剧的顽童，就是钩头耸背，低眉顺眼，一副死板板的脸相的所谓"好孩子"。这虽然由于画家本领的欠缺，但也是取儿童为范本的，而从此又以作供给儿童仿效的范本。我们试一看别国的儿童画罢，英国沉着，德国粗豪，

[1] 指当时上海租界当局越出租界范围修筑马路。

俄国雄厚，法国漂亮，日本聪明，都没有一点中国似的衰惫的气象。观民风是不但可以由诗文，也可以由图画，而且可以由不为人们所重的儿童画的。

顽劣，钝滞，都足以使人没落，灭亡。童年的情形，便是将来的命运。我们的新人物，讲恋爱，讲小家庭，讲自立，讲享乐了，但很少有人为儿女提出家庭教育的问题，学校教育的问题，社会改革的问题。先前的人，只知道“为儿孙作马牛”，固然是错误的，但只顾现在，不想将来，“任儿孙作马牛”，却不能不说是一个更大的错误。

八月十二日。

（本篇最初发表于1933年9月15日《申报月刊》第2卷第9号，选自《南腔北调集》）

漫与

地质学上的古生代的秋天，我们不大明白了，至于现在，却总是相差无几。假使前年是肃杀的秋天，今年就成了凄凉的秋天，那么，地球的年龄，怕比天文学家所豫测的最短的数目还要短得多多罢。但人事却转变得真快，在这转变中的人，尤其是诗人，就感到了不同的秋，将这感觉，用悲壮的，或凄惋的句子，传给一切平常人，使彼此可以应付过去，而天地间也常有新诗存在。

前年实在好像是一个悲壮的秋天，市民捐钱，青年拚命，笳鼓的声音也从诗人的笔下涌出，仿佛真要“投笔从戎”似的。然而诗人的感觉是锐敏的，他未始不知道国民的赤手空拳，所以只好赞美大家的殉难，因此在悲壮里面，便埋伏着一点空虚。我所记得的，是邵冠华先生的《醒起来罢同胞》（《民国日报》所载）里的一段——

“同胞，醒起来罢，
踢开了弱者的心，
踢开了弱者的脑，
看，看，看，

看同胞们的血喷出来了，

看同胞们的肉割开来了，

看同胞们的尸体挂起来了。”

鼓鼙之声要在前线，当进军的时候，是“作气”的，但尚且要“再而衰，三而竭”，倘在并无进军的准备的处所，那就完全是“散气”的灵丹了，倒使别人的紧张的心情，由此转成弛缓。所以我曾比之于“嚎丧”，是送死的妙诀，是丧礼的收场，从此使生人又可以在别一境界中，安心乐意的活下去。历来的文章中，化“敌”为“皇”，称“逆”为“我朝”，这样的悲壮的文章就是其间的“蝴蝶铰”，但自然，作手是不必同出于一人的。然而从诗人看来，据说这些话乃是一种“狂吠”[1]。

不过事实真也比评论更其不留情面，仅在这短短的两年中，昔之义军，已名“匪徒”，而有些“抗日英雄”[2]，却早已侨寓姑苏了，而且连捐款也发生了问题。九一八的纪念日，则华界但有囚车随着武装巡捕梭巡，这囚车并非“意图”拘禁敌人或汉奸，而是专为“意图乘机捣乱”的“反动分子”所豫设的宝座。天气也真是阴惨，狂风骤雨，报上说是“飓风”，是天地在为中国饮泣，然而在天地之间——人间，这一日却“平安”的过去了。

于是就成了虽然有些惨淡，却很“平安”的秋天，正是一个丧家届了除服之期的景象。但这景象，却又与诗人非常适合的，我在《醒起来罢同胞》的同一作家的《秋的黄昏》（九月二十五日《时事新报》所载）里，听到了幽咽而舒服的声调——

“我到了秋天便会伤感；到了秋天的黄昏，便会流泪，我已很感觉到我的伤感是受着秋风的波动而兴奋地展开，同时自己又像会发现自己的环境是最适合于秋天，细细地抚摩着秋天在自然里发出的音波，我知道我的命运使我成为秋天的人。……”

钉梢，现在中国所流行的，是无赖子对于摩登女郎，和侦探对于革命青年的钉梢，而对于文人学士们，却还很少见。假使追蹑几月或几年试试罢，

[1] 这是邵冠华攻击鲁迅的用语，见于他在1933年9月《新时代月刊》第5卷第3期发表的《鲁迅的狂吠》一文。

[2] 指马占山、苏炳文等人。九一八事变后，他们在东北抵抗过日军，被称为“抗日英雄”，各地民众曾捐款慰问，估计有二千万元之多，但马占山说只收到一百多万，引起舆论不满，清查亦无结果。

就会看见许多怎样的情随事迁，到底头头是道的诗人。

一个活人，当然是总想活下去的，就是真正老牌的奴隶，也还在打熬着要活下去。然而自己明知道是奴隶，打熬着，并且不平着，挣扎着，一面“意图”挣脱以至实行挣脱的，即使暂时失败，还是套上了镣铐罢，他却不过是单单的奴隶。如果从奴隶生活中寻出“美”来，赞叹，抚摩，陶醉，那可简直是万劫不复的奴才了，他使自己和别人永远安住于这生活。就因为奴群中有这一点差别，所以使社会有平安和不安的差别，而在文学上，就分明的显现了麻醉的和战斗的的不同。

九月二十七日。

（本篇最初发表于1933年10月15日《申报月刊》第2卷第10号，选自《南腔北调集》）

世故三昧

人世间真是难处的地方，说一个人“不通世故”，固然不是好话，但说他“深于世故”也不是好话。“世故”似乎也像“革命之不可不革，而亦不可太革”一样，不可不通，而亦不可太通的。

然而据我的经验，得到“深于世故”的恶谥者，却还是因为“不通世故”的缘故。

现在我假设以这样的话，来劝导青年人——

“如果你遇见社会上有不平事，万不可挺身而出，讲公道话，否则，事情倒会移到你头上来，甚至于会被指作反动分子的。如果你遇见有人被冤枉，被诬陷的，即使明知道他是好人，也万不可挺身而出，去给他解释或分辩，否则，你就会被人说是他的亲戚，或得了他的贿赂；倘使那是女人，就要被疑为她的情人的；如果他较有名，那便是党羽。例如我自己罢，给一个毫不相干的女士[1]做了一篇信札集的序，人们就说她是我的小姨；绍介一点科学

[1] 指金淑姿。鲁迅曾作《〈淑姿的信〉序》。

的文艺理论，人们就说得了苏联的卢布。亲戚和金钱，在目下的中国，关系也真是大，事实给与了教训，人们看惯了，以为人人都脱不了这关系，原也无足深怪的。

“然而，有些人其实也并不真相信，只是说着玩玩，有趣有趣的。即使有人为了谣言，弄得凌迟碎剐，像明末的郑鄤那样了，和自己也并不相干，总不如有趣的紧要。这时你如果去辨正，那就是使大家扫兴，结果还是你自己倒楣。我也有一个经验。那是十多年前，我在教育部里做“官僚”，常听得同事说，某女学校的学生，是可以叫出来嫖的[1]，连机关的地址门牌，也说得明明白白。有一回我偶然走过这条街，一个人对于坏事情，是记性好一点的，我记起来了，便留心着那门牌，但这一号，却是一块小空地，有一口大井，一间很破烂的小屋，是几个山东人住着卖水的地方，决计做不了别用。待到他们又在谈着这事的时候，我便说出我的所见来，而不料大家竟笑容尽敛，不欢而散了，此后不和我谈天者两三月。我事后才悟到打断了他们的兴致，是不应该的。

“所以，你最好是莫问是非曲直，一味附和着大家；但更好是不开口；而在更好之上的是连脸上也不显出心里的是非的模样来……”

这是处世法的精义，只要黄河不流到脚下，炸弹不落在身边，可以保管一世没有挫折的。但我恐怕青年人未必以我的话为然；便是中年，老年人，也许要以为我是在教坏了他们的子弟。呜呼，那么，一片苦心，竟是白费了。

然而倘说中国现在正如唐虞盛世，却又未免是“世故”之谈。耳闻目睹的不算，单是看看报章，也就可以知道社会上有多少不平，人们有多少冤抑。但对于这些事，除了有时或有同业，同乡，同族的人们来说几句呼吁的话之外，利害无关的人的义愤的声音，我们是很少听到的。这很分明，是大家不开口；或者以为和自己不相干；或者连“以为和自己不相干”的意思也全没有。“世故”深到不自觉其“深于世故”，这才真是“深于世故”的了。这是中国处世法的精义中的精义。

而且，对于看了我的劝导青年人的话，心以为非的人物，我还有一下反攻在这里。他是以我为狡猾的。但是，我的话里，一面固然显示着我的狡猾，

[1] 在1925年北京女师大风潮中，陈西滢曾诬蔑女师大学生可以“叫局”，随后一些报刊不断载有谈论此事的文字。

而且无能，但一面也显示着社会的黑暗。他单责个人，正是最稳妥的办法，倘使兼责社会，可就得站出去战斗了。责人的“深于世故”而避开了“世”不谈，这是更“深于世故”的玩艺，倘若自己不觉得，那就更深更深了，离三昧境盖不远矣。

不过凡事一说，即落言筌，不再能得三昧。说“世故三昧”者，即非“世故三昧”。三昧真谛，在行而不言；我现在一说“行而不言”，却又失了真谛，离三昧境盖益远矣。

一切善知识，心知其意可也，唵！

十月十三日。

（本篇最初发表于1933年11月15日《申报月刊》第2卷第11号，选自《南腔北调集》）

火

普洛美修斯偷火给人类，总算是犯了天条，贬入地狱。但是，钻木取火的燧人氏却似乎没有犯窃盗罪，没有破坏神圣的私有财产——那时候，树木还是无主的公物。然而燧人氏也被忘却了，到如今只见中国人供火神菩萨，不见供燧人氏的。

火神菩萨只管放火，不管点灯。凡是火着就有他的份。因此，大家把他供养起来，希望他少作恶。然而如果他不作恶，他还受得着供养么，你想？

点灯太平凡了。从古至今，没有听到过点灯出名的名人，虽然人类从燧人氏那里学会了点火已经有五六千年的时间。放火就不然。秦始皇放了一把火——烧了书没有烧人；项羽入关又放了一把火——烧的是阿房宫不是民房（？——待考）。……罗马的一个什么皇帝却放火烧百姓了；中世纪正教的僧侣就会把异教徒当柴火烧，间或还灌上油。这些都是一世之雄。现代的希特拉就是活证人。如何能不供养起来。何况现今是进化时代，火神菩萨也代代跨灶的。

譬如说罢，没有电灯的地方，小百姓不顾什么国货年，人人都要买点洋货的煤油，晚上就点起来：那么幽黯的黄澄澄的光线映在纸窗上，多不大方！不准，不准这么点灯！你们如果要光明的活，非得禁止这样“浪费”煤油不可。煤油应当打到田地里去，灌进喷筒，呼啦呼啦的喷起来……一场大火，几十里路的延烧过去，稻禾，树木，房舍——尤其是草棚——一会儿都变成飞灰了。还不够，就有燃烧弹，硫磺弹，从飞机上面扔下来，像上海一二八的大火似的，够烧几天几晚。那才是伟大的光明呵。

火神菩萨的威风是这样的。可是说起来，他又不承认：火神菩萨据说原是保佑小民的，至于火灾，却要怪小民自不小心，或是为非作歹，纵火抢掠。

谁知道呢？历代放火的名人总是这样说，却未必总有人信。

我们只看见点灯是平凡的，放火是雄壮的，所以点灯就被禁止，放火就受供养。你不见海京伯马戏团么：宰了耕牛喂老虎，原是这年头的“时代精神”。

十一月二日。

（本篇最初发表于1933年12月25日《申报月刊》第2卷第12号，选自《南腔北调集》）

作文秘诀

现在竟还有人写信来问我作文的秘诀。

我们常常听到：拳师教徒弟是留一手的，怕他学全了就要打死自己，好让他称雄。在实际上，这样的事情也并非全没有，逢蒙杀羿就是一个前例。逢蒙远了，而这种古气是没有消尽的，还加上了后来的“状元瘾”，科举虽然久废，至今总还要争“唯一”，争“最先”。遇到有“状元瘾”的人们，做教师就危险，拳棒教完，往往免不了被打倒，而这位新拳师来教徒弟时，却以他的先生和自己为前车之鉴，就一定留一手，甚而至于三四手，于是拳术也就“一代不如一代”了。

还有，做医生的有秘方，做厨子的有秘法，开点心铺子的有秘传，为了保全自家的衣食，听说这还只授儿妇，不教女儿，以免流传到别人家里去，

“秘”是中国非常普遍的东西，连关于国家大事的会议，也总是“内容非常秘密”，大家不知道。但是，作文却好像偏偏并无秘诀，假使有，每个作家一定是传给子孙的了，然而祖传的作家很少见。自然，作家的孩子们，从小看惯书籍纸笔，眼格也许比较的可以大一点罢，不过不见得就会做。目下的刊物上，虽然常见什么“父子作家”“夫妇作家”的名称，仿佛真能从遗嘱或情书中，密授一些什么秘诀一样，其实乃是肉麻当有趣，妄将做官的关系，用到作文上去了。

那么，作文真就毫无秘诀么？却也并不。我曾经讲过几句做古文的秘诀，是要通篇都有来历，而非古人的成文；也就是通篇是自己做的，而又全非自己所做，个人其实并没有说什么；也就是“事出有因”，而又“查无实据”。到这样，便“庶几乎免于大过也矣”了。简而言之，实不过要做得“今天天气，哈哈哈……”而已。

这是说内容。至于修辞，也有一点秘诀：一要蒙胧，二要难懂。那方法，是：缩短句子，多用难字。譬如罢，作文论秦朝事，写一句“秦始皇乃始烧书”，是不算好文章的，必须翻译一下，使它不容易一目了然才好。这时就用得着《尔雅》，《文选》了，其实是只要不给别人知道，查查《康熙字典》也不妨的。动手来改，成为“始皇始焚书”，就有些“古”起来，到得改成“政俶燔典”，那就简直有了班马[1]气，虽然跟着也令人不大看得懂。但是这样的做成一篇以至一部，是可以被称为“学者”的，我想了半天，只做得一句，所以只配在杂志上投稿。

我们的古之文学大师，就常常玩着这一手。班固先生的“紫色蛙声，余分闰位”，就将四句长句，缩成八字的；扬雄先生的“蠢迪检柙”，就将“动由规矩”这四个平常字，翻成难字的。《绿野仙踪》记塾师咏“花”，有句云：“媳钗俏矣儿书废，哥罐闻焉嫂棒伤。”自说意思，是儿妇折花为钗，虽然俏丽，但恐儿子因而废读；下联较费解，是他的哥哥折了花来，没有花瓶，就插在瓦罐里，以嗅花香，他嫂嫂为防微杜渐起见，竟用棒子连花和罐一起打坏了。这算是对于冬烘先生的嘲笑。然而他的作法，其实是和扬班并无不合的，错只在他不用古典而用新典。这一个所谓“错”，就使《文选》

[1] 班马：指班固和司马迁。

之类在遗老遗少们的心眼里保住了威灵。

做得蒙胧，这便是所谓“好”么？答曰：也不尽然，其实是不过掩了丑。但是，“知耻近乎勇”，掩了丑，也就仿佛近乎好了。摩登女郎披下头发，中年妇人罩上面纱，就都是蒙胧术。人类学家解释衣服的起源有三说：一说是因为男女知道了性的羞耻心，用这来遮羞；一说却以为倒是用这来刺激；还有一种是说因为老弱男女，身体衰瘦，露着不好看，盖上一些东西，借此掩掩丑的。从修辞学的立场上看起来，我赞成后一说。现在还常有骈四俪六，典丽堂皇的祭文，挽联，宣言，通电，我们倘去查字典，翻类书，剥去它外面的装饰，翻成白话文，试看那剩下的是怎样的东西呵！？

不懂当然也好的。好在那里呢？即好在“不懂”中。但所虑的是好到令人不能说好丑，所以还不如做得它“难懂”：有一点懂，而下一番苦功之后，所懂的也比较的多起来。我们是向来很有崇拜“难”的脾气的，每餐吃三碗饭，谁也不以为奇，有人每餐要吃十八碗，就郑重其事的写在笔记上；用手穿针没有人看，用脚穿针就可以搭帐篷卖钱；一幅画片，平淡无奇，装在匣子里，挖一个洞，化为西洋镜，人们就张着嘴热心的要看了。况且同是一事，费了苦功而达到的，也比并不费力而达到的可贵。譬如到什么庙里去烧香罢，到山上的，比到平地上的可贵；三步一拜才到庙里的庙，和坐了轿子一径抬到的庙，即使同是这庙，在到达者的心里的可贵的程度是大有高下的。作文之贵乎难懂，就是要使读者三步一拜，这才能够达到一点目的的妙法。

写到这里，成了所讲的不但只是做古文的秘诀，而且是做骗人的古文的秘诀了。但我想，做白话文也没有什么大两样，因为它也可以夹些僻字，加上蒙胧或难懂，来施展那变戏法的障眼的手巾的。倘要反一调，就是“白描”。

“白描”却并没有秘诀。如果要说有，也不过是和障眼法反一调：有真意，去粉饰，少做作，勿卖弄而已。

十一月十日。

（本篇最初发表于1933年12月15日《申报月刊》第2卷第12号，选自《南腔北调集》）

捣鬼心传

中国人又很有些喜欢奇形怪状，鬼鬼祟祟的脾气，爱看古树发光比大麦开花的多，其实大麦开花他向来也没有看见过。于是怪胎畸形，就成为报章的好资料，替代了生物学的常识的位置了。最近在广告上所见的，有像所谓两头蛇似的两头四手的胎儿，还有从小肚上生出一只脚来的三脚汉子。固然，人有怪胎，也有畸形，然而造化的本领是有限的，他无论怎么怪，怎么畸，总有一个限制：孪儿可以连背，连腹，连臀，连胁，或竟骈头，却不会将头生在屁股上；形可以骈拇，枝指，缺肢，多乳，却不会两脚之外添出一只脚来，好像“买两送一”的买卖。天实在不及人之能捣鬼。

但是，人的捣鬼，虽胜于天，而实际上本领也有限。因为捣鬼精义，在切忌发挥，亦即必须含蓄。盖一加发挥，能使所捣之鬼分明，同时也生限制，故不如含蓄之深远，而影响却又因而模胡了。“有一利必有一弊”，我之所谓“有限”者以此。

清朝人的笔记里，常说罗两峰的《鬼趣图》，真写得鬼气拂拂；后来那图由文明书局印出来了，却不过一个奇瘦，一个矮胖，一个臃肿的模样，并不见得怎样的出奇，还不如只看笔记有趣。小说上的描摹鬼相，虽然竭力，也都不足以惊人，我觉得最可怕的还是晋人所记的脸无五官，浑沦如鸡蛋的山中厉鬼。因为五官不过是五官，纵使苦心经营，要它凶恶，总也逃不出五官的范围，现在使它浑沦得莫名其妙，读者也就怕得莫名其妙了。然而其“弊”也，是印象的模胡。不过较之写些“青面獠牙”，“口鼻流血”的笨伯，自然聪明得远。

中华民国人的宣布罪状大抵是十条，然而结果大抵是无效。古来尽多坏人，十条不过如此，想引人的注意以至活动是决不会的。骆宾王作《讨武曌檄》，那“入宫见嫉，蛾眉不肯让人，掩袖工谗，狐媚偏能惑主”这几句，恐怕是很费点心机的了，但相传武后看到这里，不过微微一笑。是的，如此而已，又怎么样呢？声罪致讨的明文，那力量往往远不如交头接耳的密语，因为一是分明，一是莫测的。我想假使当时骆宾王站在大众之前，只是攒眉摇头，连称“坏极坏极”，却不说出其所谓坏的实例，恐怕那效力会在文章之上的罢。“狂飙文豪”高长虹攻击我时，说道劣迹多端，倘一发表，便即身败名裂，而终于并不发表，是深得捣鬼正脉的；但也竟无大效者，则与广泛俱来的“模胡”之弊为之也。

明白了这两例，便知道治国平天下之法，在告诉大家以有法，而不可明白切实的说出何法来。因为一说出，即有言，一有言，便可与行相对照，所以不如示之以不测。不测的威棱使人萎伤，不测的妙法使人希望——饥荒时生病，打仗时做诗，虽若与治国平天下不相干，但在莫明其妙中，却能令人疑为跟着自有治国平天下的妙法在——然而其“弊”也，却还是照例的也能在模胡中疑心到所谓妙法，其实不过是毫无方法而已。

捣鬼有术，也有效，然而有限，所以以此成大事者，古来无有。

十一月二十二日。

（本篇最初发表于1934年1月15日《申报月刊》第3卷第1号，选自《南腔北调集》）

家庭为中国之基本

中国的自己能酿酒，比自己来种鸦片早，但我们现在只听说许多人躺着吞云吐雾，却很少见有人像外国水兵似的满街发酒疯。唐宋的蹋球，久已失传，一般的娱乐是躲在家里彻夜叉麻雀。从这两点看起来，我们在从露天下渐渐的躲进家里去，是无疑的。古之上海文人，已尝慨乎言之，曾出一联，索人属对，道：“三鸟害人鸦雀鸽”，“鸽”是彩票，雅号奖券，那时却称为“白鸽票”的。但我不知道后来有人对出了没有。

不过我们也并非满足于现状，是身处斗室之中，神驰宇宙之外，抽鸦片者享乐着幻境，叉麻雀者心仪于好牌。檐下放起爆竹，是在将月亮从天狗嘴里救出；剑仙坐在书斋里，哼的一声，一道白光，千万里外的敌人可被杀掉了，不过飞剑还是回家，钻进原先的鼻孔去，因为下次还要用。这叫做千变万化，不离其宗。所以学校是从家庭里拉出子弟来，教成社会人才的地方，而一闹到不可开交的时候，还是“交家长严加管束”云。

“骨肉归于土，命也；若夫魂气，则无不之也，无不之也！”一个人变了鬼，该可以随便一点了罢，而活人仍要烧一所纸房子，请他住进去，阔气的还有打牌桌，鸦片盘。成仙，这变化是很大的，但是刘太太偏舍不得老家，定要运动到“拔宅飞升”，连鸡犬都带了上去而后已，好依然的管家务，饲狗，喂鸡。

我们的古今人，对于现状，实在也愿意有变化，承认其变化的。变鬼无法，成仙更佳，然而对于老家，却总是死也不肯放。我想，火药只做爆竹，指南针只看坟山，恐怕那原因就在此。

现在是火药蜕化为轰炸弹，烧夷弹，装在飞机上面了，我们却只能坐在家里等他落下来。自然，坐飞机的人是颇有了的，但他那里是远征呢，他为的是可以快点回到家里去。

家是我们的生处，也是我们的死所。

十二月十六日。

（本篇最初发表于1934年1月15日《申报月刊》第3卷第1号，选自《南腔北调集》）

为了忘却的记念

一

我早已想写一点文字，来记念几个青年的作家。这并非为了别的，只因为两年以来，悲愤总时时来袭击我的心，至今没有停止，我很想借此算是竦身[1]一摇，将悲哀摆脱，给自己轻松一下，照直说，就是我倒要将他们忘却了。

两年前的此时，即一九三一年的二月七日夜或八日晨，是我们的五个

[1] 竦身：竦（sǒng），即“耸”，身体向上耸动。

青年作家[1]同时遇害的时候。当时上海的报章都不敢载这件事，或者也许是不愿，或不屑载这件事，只在《文艺新闻》上有一点隐约其辞的文章[2]。那第十一期（五月二十五日）里，有一篇林莽[3]先生作的《白莽印象记》，中间说：

> “他做了好些诗，又译过匈牙利诗人彼得斐[4]的几首诗，当时的《奔流》[5]的编辑者鲁迅接到了他的投稿，便来信要和他会面，但他却是不愿见名人的人，结果是鲁迅自己跑来找他，竭力鼓励他作文学的工作，但他终于不能坐在亭子间里写，又去跑他的路了。不久，他又一次的被了捕。……”

这里所说的我们的事情其实是不确的。白莽并没有这么高慢，他曾经到过我的寓所来，但也不是因为我要求和他会面；我也没有这么高慢，对于一位素不相识的投稿者，会轻率的写信去叫他。我们相见的原因很平常，那时他所投的是从德文译出的《彼得斐传》，我就发信去讨原文，原文是载在诗集前面的，邮寄不便，他就亲自送来了。看去是一个二十多岁的青年，面貌很端正，颜色是黑黑的，当时的谈话我已经忘却，只记得他自说姓徐，象山人；我问他为什么代你收信的女士是这么一个怪名字（怎么怪法，现在也忘却了），他说她就喜欢起得这么怪，罗曼谛克[6]，自己也有些和她不大对劲了。就只剩了这一点。

夜里，我将译文和原文粗粗的对了一遍，知道除几处误译之外，还有

---

[1] 五个青年作家：指白莽、柔石、冯铿、李伟森、胡也频五位中国共产党党员、中国左翼作家联盟成员的青年作家。

[2] 只在《文艺新闻》上有一点隐约其辞的文章：《文艺新闻》，周刊，1931 年 3 月 16 日创刊于上海。袁殊主编，楼适夷、冯雪峰、林焕平等曾参加过编务。1932 年 6 月终刊，共出 73 期。1931 年 3 月 30 日《文艺新闻》第 3 号以《在地狱或人世的作家？》为题，用读者致编者信的形式，首先透露了“左联”五位作家被捕和遇害的消息。

[3] 林莽：即楼适夷，1905 年生，浙江余姚人。最初用楼建南名发表作品，后用林南、舒夷等笔名。1931 年在上海加入中国左翼作家联盟，在“左联”及左翼文化总同盟做党团工作。作品有短篇小说集《挣扎》、《病与梦》、《第三时期》，剧本《活路》、《SOS》，另译有高尔基等苏联文学作品及日本文学作品多种。

[4] 彼得斐：今通译裴多菲（Petőfi Sándor，1823—1849），匈牙利著名诗人。1849 年在抵抗奥地利和沙皇俄国侵略的卫国战争中牺牲。主要诗作有《勇敢的约翰》、《民族之歌》等。

[5]《奔流》：文艺月刊，鲁迅、郁达夫主编。1928 年 6 月在上海创刊，1929 年 12 月停刊。

[6] 罗曼谛克：英语 Romantic 的音译，也译作“浪漫”。

一个故意的曲译。他像是不喜欢“国民诗人”这个字的，都改成“民众诗人”了。第二天又接到他一封来信，说很悔和我相见，他的话多，我的话少，又冷，好像受了一种威压似的。我便写一封回信去解释，说初次相会，说话不多，也是人之常情，并且告诉他不应该由自己的爱憎，将原文改变。因为他的原书留在我这里了，就将我所藏的两本集子送给他，问他可能再译几首诗，以供读者的参看。他果然译了几首，自己拿来了，我们就谈得比第一回多一些。这传和诗，后来就都登在《奔流》第二卷第五本，即最末的一本里。

我们第三次相见，我记得是在一个热天。有人打门了，我去开门时，来的就是白莽，却穿着一件厚棉袍，汗流满面，彼此都不禁失笑。这时他才告诉我他是一个革命者，刚由被捕而释出，衣服和书籍全被没收了，连我送他的那两本；身上的袍子是从朋友那里借来的，没有夹衫，而必须穿长衣，所以只好这么出汗。我想，这大约就是林莽先生说的“又一次的被了捕”的那一次了。

我很欣幸他的得释，就赶紧付给稿费，使他可以买一件夹衫，但一面又很为我的那两本书痛惜：落在捕房的手里，真是明珠投暗[1]了。那两本书，原是极平常的，一本散文，一本诗集，据德文译者说，这是他搜集起来的，虽在匈牙利本国，也还没有这么完全的本子，然而印在《莱克朗氏万有文库[2]》（Reclam’s Universal-Bibliothek）中，倘在德国，就随处可得，也值不到一元钱。不过在我是一种宝贝，因为这是三十年前，正当我热爱彼得斐的时候，特地托丸善书店[3]从德国去买来的，那时还恐怕因为书极便宜，店员不肯经手，开口时非常惴惴。后来大抵带在身边，只是情随事迁[4]，已没有翻译的意思了，这回便决计送给这也如我的那时一样，热爱彼得斐的诗的

[1] 明珠投暗：通常写作“明珠暗投”。《史记·鲁仲连邹阳列传》：“臣闻明月之珠，夜光之壁，以暗投人于道路，人无不按剑相眄者，何则？无因而至前也。”后用以比喻有才能的人所事非主，或珍贵的东西落在不识货的人或坏人之手。高适《送魏八》诗：“此路无知己，明珠莫暗投。”

[2] 《莱克朗氏万有文库》：1867 年德国出版的文学丛书。

[3] 丸善书店：日本东京一家出售西文书籍的书店。

[4] 情随事迁：思想感情随着客观环境的变化而变化。王羲之《兰亭集序》：“情随事迁，感慨系之矣。”鲁迅《集外集·序言》：“或者因为不过对于一人，一时的事，和大局无关，情随事迁，无须再录。”

青年，算是给它寻得了一个好着落。所以还郑重其事，托柔石亲自送去的。谁料竟会落在“三道头”[1]之类的手里的呢，这岂不冤枉！

二

我的决不邀投稿者相见，其实也并不完全因为谦虚，其中含着省事的分子[2]也不少。由于历来的经验，我知道青年们，尤其是文学青年们，十之九是感觉很敏，自尊心也很旺盛的，一不小心，极容易得到误解，所以倒是故意回避的时候多。见面尚且怕，更不必说敢有托付了。但那时我在上海，也有一个惟一的不但敢于随便谈笑，而且还敢于托他办点私事的人，那就是送书去给白莽的柔石。

我和柔石最初的相见，不知道是何时，在那里。他仿佛说过，曾在北京听过我的讲义，那么，当在八九年之前了。我也忘记了在上海怎么来往起来，总之，他那时住在景云里，离我的寓所不过四五家门面，不知怎么一来，就来往起来了。大约最初的一回他就告诉我是姓赵，名平复。但他又曾谈起他家乡的豪绅的气焰之盛，说是有一个绅士，以为他的名字好，要给儿子用，叫他不要用这名字了。所以我疑心他的原名是“平福”，平稳而有福，才正中乡绅的意，对于“复”字却未必有这么热心。他的家乡，是台州的宁海[3]，这只要一看他那台州式的硬气就知道，而且颇有点迂，有时会令我忽而想到方孝孺[4]，觉得好像也有些这模样的。

他躲在寓里弄文学，也创作，也翻译，我们往来了许多日，说得投合起

---

[1] “三道头”：当时上海公共租界里的巡官，制服袖上缀有三道倒人字形标志，被称作“三道头”。

[2] 分子：这里是成分、因素的意思。

[3] 台州的宁海：台（读 tāi），唐武德五年（公元 622 年）改海州为台州，以境北天台山得名。辖境相当于今浙江临海、黄岩、温岭、仙居、天台、宁海、象山等县地。元改为路，明改为府，1912 年废。作者沿用旧习惯说“台州的宁海”。

[4] 方孝孺（1357—1402）：明浙江宁海人。字希直，又字希古，人称正学先生。宋濂弟子。明建文帝朱允炆时的侍讲学士、文学博士。建文四年（公元 1402 年）建文帝的叔父燕王朱棣起兵攻陷南京，自立为帝（即永乐帝），命他起草即位诏书，他坚决不从，遂遭杀害，被灭十族（九族及方的学生），死者达 870 余人。著有《逊志斋集》。

来了，于是另外约定了几个同意的青年，设立朝华社[1]。目的是在绍介东欧和北欧的文学，输入外国的版画，因为我们都以为应该来扶植一点刚健质朴的文艺。接着就印《朝花旬刊》，印《近代世界短篇小说集》，印《艺苑朝华》[2]，算都在循着这条线，只有其中的一本《蕗谷虹儿画选》[3]，是为了扫荡上海滩上的“艺术家”，即戳穿叶灵凤[4]这纸老虎而印的。

然而柔石自己没有钱，他借了二百多块钱来做印本。除买纸之外，大部分的稿子和杂务都是归他做，如跑印刷局，制图，校字之类。可是往往不如意，说起来皱着眉头。看他旧作品，都很有悲观的气息，但实际上并不然，他相信人们是好的。我有时谈到人会怎样的骗人，怎样的卖友，怎样的吮血，他就前额亮晶晶的，惊疑地圆睁了近视的眼睛，抗议道，“会这样的么？——不至于此罢？……”

不过朝花社不久就倒闭了，我也不想说清其中的原因，总之是柔石的理想的头，先碰了一个大钉子，力气固然白化，此外还得去借一百块钱来付纸账。后来他对于我那“人心惟危[5]”说的怀疑减少了，有时也叹息道，“真会这样的么？……”但是，他仍然相信人们是好的。

他于是一面将自己所应得的朝花社的残书送到明日书店和光华书局去，希望还能够收回几文钱，一面就拚命的译书，准备还借款，这就是卖给商务

[1] 朝华社：又称朝花社。鲁迅、柔石、王方仁（梅川）、崔真吾（采石）于1928年11月在上海成立的现代文学团体，宗旨是“介绍东欧和北欧的文学，输入外国的版画”，“扶植一点刚健质朴的文艺”。同年12月创办《朝花周刊》（后改为《朝花旬刊》），鲁迅、柔石合编，1929年9月停刊。

[2] 《艺苑朝华》：朝花社出版的外国美术丛刊，鲁迅、柔石合编。1929年至1930年，共出版《近代木刻选集》、《蕗谷虹儿画选》、《新俄画选》等外国美术作品5辑。

[3] 《蕗谷虹儿画选》：蕗（读lù），蕗谷虹儿，日本现代画家，以插图画著称。该画选由鲁迅选编，并作《小引》。《小引》后收入《集外集拾遗》。

[4] 叶灵凤（1905—1975）：现代作家。原名叶蕴璞。江苏南京人。1925年加入创造社。作品有短篇集《女娲氏之遗孽》、《处女的梦》，中篇集《菊子夫人》，长篇小说《红的天使》、《时代的姑娘》、《永久的女性》，及《文艺随笔》、《读书随笔》等。他在二十年代后期为刊物或文艺书籍设计封面和插图常模仿甚至剽窃蕗谷虹儿的作品。

[5] “人心惟危”：语见《尚书·大禹谟》：“人心惟危，道心惟微。”意即人的心地险恶，不可揣测。

印书馆的《丹麦短篇小说集》[1]和戈理基[2]作的长篇小说《阿尔泰莫诺夫之事业》。但我想，这些译稿，也许去年已被兵火烧掉了[3]。

他的迂渐渐的改变起来，终于也敢和女性的同乡或朋友一同去走路了，但那距离，却至少总有三四尺的。这方法很不好，有时我在路上遇见他，只要在相距三四尺前后或左右有一个年青漂亮的女人，我便会疑心就是他的朋友。但他和我一同走路的时候，可就走得近了，简直是扶住我，因为怕我被汽车或电车撞死；我这面也为他近视而又要照顾别人担心，大家都苍皇失措的愁一路，所以倘不是万不得已，我是不大和他一同出去的，我实在看得他吃力，因而自己也吃力。

无论从旧道德，从新道德，只要是损己利人的，他就挑选上，自己背起来。

他终于决定地改变了，有一回，曾经明白的告诉我，此后应该转换作品的内容和形式。我说：这怕难罢，譬如使惯了刀的，这回要他耍棍，怎么能行呢？他简洁的答道：只要学起来！

他说的并不是空话，真也在从新学起来了，其时他曾经带了一个朋友来访我，那就是冯铿女士。谈了一些天，我对于她终于很隔膜，我疑心她有点罗曼谛克，急于事功；我又疑心柔石的近来要做大部的小说，是发源于她的主张的。但我又疑心我自己，也许是柔石的先前的斩钉截铁的回答，正中了我那其实是偷懒的主张的伤疤，所以不自觉地迁怒到她身上去了。——我其实也并不比我所怕见的神经过敏而自尊的文学青年高明。

她的体质是弱的，也并不美丽。

---

[1]《丹麦短篇小说集》：收柔石译安徒生等人的作品11篇，曾列为《北欧文艺丛书》之四，1929年4月登过广告，但未出版。1937年3月增入淡秋译的6篇，由商务印书馆出版。

[2] 戈理基：今通译高尔基，即玛克西姆·高尔基（1868—1936），苏联作家。作品有小说《母亲》，自传体三部曲（《童年》、《在人间》、《我的大学》），《克里姆·萨姆金的一生》，剧本《小市民》、《底层》等。长篇小说《阿尔泰莫诺夫之事业》，今通译《阿尔达莫诺夫家的事业》，柔石译本题为《颓废》，署名赵璜，1934年3月商务印书馆出版。

[3] 被兵火烧掉了：1932年1月28日，日本帝国主义进犯上海闸北，当时商务印书馆遭轰炸，所以鲁迅有译稿被烧毁之揣测。

三

直到左翼作家联盟成立之后，我才知道我所认识的白莽，就是在《拓荒者》[1]上做诗的殷夫。有一次大会时，我便带了一本德译的，一个美国的新闻记者所做的中国游记去送他，这不过以为他可以由此练习德文，另外并无深意。然而他没有来。我只得又托了柔石。

但不久，他们竟一同被捕，我的那一本书，又被没收，落在“三道头”之类的手里了。

四

明日书店要出一种期刊，请柔石去做编辑，他答应了；书店还想印我的译著，托他来问版税的办法，我便将我和北新书局所订的合同，抄了一份交给他，他向衣袋里一塞，匆匆的走了。其时是一九三一年一月十六日的夜间，而不料这一去，竟就是我和他相见的末一回，竟就是我们的永诀。

第二天，他就在一个会场上被捕了，衣袋里还藏着我那印书的合同，听说官厅因此正在找寻我。印书的合同，是明明白白的，但我不愿意到那些不明不白的地方去辩解。记得《说岳全传》[2]里讲过一个高僧，当追捕的差役刚到寺门之前，他就“坐化”了，还留下什么“何立从东来，我向西方走”的偈子。这是奴隶所幻想的脱离苦海的惟一的好方法，“剑侠”盼不到，最

---

[1] 《拓荒者》：现代文学月刊。1930年1月10日创刊于上海。蒋光慈主编。同年5月出至第1卷第4、5期合刊号后终刊。共出版5期。该刊初为太阳社主办的刊物，第1卷第3期起成为中国左翼作家联盟机关刊物之一。殷夫的诗《血字》、《别了，哥哥》、《让死的死去罢》等在该月刊上发表，产生过广泛的影响。

[2] 《说岳全传》：清代康熙年间的演义小说，全称《精忠演义说本岳王全传》。题为钱彩编次，金丰增订并作序。20卷80回。该书第61回写镇江金山寺道悦和尚，因同情岳飞，秦桧就派“家人”何立去抓他。他正在寺内“升座说法”，一见何立，便口占一偈死去。“坐化”，佛家语。佛家传说有些高僧在临终前盘膝端坐，安然而逝，称作“坐化”。偈子，偈读jì。佛经中的唱词，也泛指和尚的隽语。西方，即佛家所说的“西方极乐世界”，俗称“西天”。

自在的惟此而已。我不是高僧，没有涅槃[1]的自由，却还有生之留恋，我于是就逃走[2]。

这一夜，我烧掉了朋友们的旧信札，就和女人抱着孩子走在一个客栈里。不几天，即听得外面纷纷传我被捕，或是被杀了，柔石的消息却很少。有的说，他曾经被巡捕带到明日书店里，问是否是编辑；有的说，他曾经被巡捕带往北新书局去，问是否是柔石，手上上了铐，可见案情是重的。但怎样的案情，却谁也不明白。

他在囚系中，我见过两次他写给同乡[3]的信，第一回是这样的——

> "我与三十五位同犯（七个女的）于昨日到龙华。并于昨夜上了镣，开政治犯从未上镣之纪录。此案累及太大，我一时恐难出狱，书店事望兄为我代办之。现亦好，且跟殷夫兄学德文，此事可告周先生；望周先生勿念，我等未受刑。捕房和公安局，几次问周先生地址，但我那里知道。诸望勿念。祝好！
>
> 赵少雄一月二十四日"

以上正面。

> "洋铁饭碗，要二三只
> 如不能见面，可将东西
> 望转交赵少雄"

以上背面。

他的心情并未改变，想学德文，更加努力；也仍在记念我，像在马路上行走时候一般。但他信里有些话是错误的，政治犯而上镣，并非从他们开始，但他向来看得官场还太高，以为文明至今，到他们才开始了严酷。其实是不然的。果然，第二封信就很不同，措词非常惨苦，且说冯女士的面目都浮肿了，可惜我没有抄下这封信。其时传说也更加纷繁，说他可以赎出的也有，说他已经解往南京的也有，毫无确信；而用函电来探问我的消息的也多起来，连

---

[1] 涅槃 nièpán：佛教用语，梵语 Nirvāna 的音译，意即圆寂，指佛教徒长期修炼达到功德圆满的境界。后用以称高僧之死为"涅槃"，有返本归真之义。

[2] 我于是就逃走：柔石被捕后，鲁迅于 1931 年 1 月 20 日携家眷避居黄陆路花园庄，至 2 月 28 日回寓。

[3] 同乡：指王育和，浙江宁海人。当时是上海沙逊大厦瑞商永丰洋行的职员，与柔石同住闸北景云里 28 号。柔石在狱中通过送饭人带信给他，由他送周建人转给鲁迅。

母亲在北京也急得生病了，我只得一一发信去更正，这样的大约有二十天。

天气愈冷了，我不知道柔石在那里有被褥不？我们是有的。洋铁碗可曾收到了没有？……但忽然得到一个可靠的消息，说柔石和其他二十三人，已于二月七日夜或八日晨，在龙华警备司令部被枪毙了，他的身上中了十弹。

原来如此！……

在一个深夜里，我站在客栈的院子中，周围是堆着的破烂的什物；人们都睡觉了，连我的女人和孩子。我沉重的感到我失掉了很好的朋友，中国失掉了很好的青年，我在悲愤中沉静下去了，然而积习却从沉静中抬起头来，凑成了这样的几句：

惯于长夜过春时，挈妇将雏鬓有丝。
梦里依稀慈母泪，城头变幻大王旗。
忍看朋辈成新鬼，怒向刀丛觅小诗。
吟罢低眉无写处，月光如水照缁衣。[1]

但末二句，后来不确了，我终于将这写给了一个日本的歌人[2]。

可是在中国，那时是确无写处的，禁锢得比罐头还严密。我记得柔石在年底曾回故乡，住了好些时，到上海后很受朋友的责备。他悲愤的对我说，他的母亲双眼已经失明了，要他多住几天，他怎么能够就走呢？我知道这失

[1] 惯于长夜过春时，挈妇将雏鬓有丝。长夜，漫长的黑暗岁月。春时，泛指岁月，年时，也就是生活。挈，读 qiè，将读 jiāng，都是携带的意思。雏，读 chú，这里指小孩。梦里依稀慈母泪，城头变幻大王旗。依稀，仿佛。当时上海小报谣传鲁迅也被拘或已被害，引起他母亲焦虑，即鲁迅在 1931 年 2 月 4 日致李秉中信所说“老母饮泣，挚友惊心”。城头，暗指南京石头城。大王，是杀人越货的强盗的通称。这里指坐镇南京的盗国害民的蒋介石。变幻，变化不已。指当时国民党南京政府和各地方实力派之间的矛盾冲突和因此而爆发的战争。如 1929 年 2 月爆发的蒋（介石）桂（广西军阀李宗仁、白崇禧）战争，1929 年 8 月爆发的蒋和阎（锡山）冯（玉祥）战争，1930 年 5 月爆发的第二次蒋阎冯战争。忍看朋辈成新鬼，怒向刀丛觅小诗。忍看，强忍着看或“不忍看、怎忍看”的意思。朋辈，战友们，指五位左翼青年作家。意即忍心看着战友们一个个遭反动派杀害，愤怒地面对着（敌人）丛集的刀剑（指当时的白色恐怖）写下诗句。觅，读 mì，搜求。吟罢低眉无写处，月光如水照缁衣。低眉，低头。缁衣，缁，读 zī，黑色的衣服，古者以为贤者之服，又作淄衣。鲁迅曾对许寿裳解释道：“那时我确无写处的，身上穿着一件黑色袍子，所以有缁衣之称。”（《亡友鲁迅印象记》）月光如水照缁衣，语意中充分流露了作者对受难的青年朋友未能挽救的内心痛苦和无可奈何的悲哀。

[2] 一个日本的歌人：指山本初枝（1898—1966）。据《鲁迅日记》载，1932 年 7 月 11 日，作者将此诗书成小幅，托内山书店寄给她。

明的母亲的眷眷的心，柔石的拳拳的心。当《北斗》[1]创刊时，我就想写一点关于柔石的文章，然而不能够，只得选了一幅珂勒惠支（Kathe Kollwitz）夫人[2]的木刻，名曰《牺牲》，是一个母亲悲哀地献出她的儿子去的，算是只有我一个人心里知道的柔石的记念。

同时被难的四个青年文学家之中，李伟森我没有会见过，胡也频在上海也只见过一次面，谈了几句天。较熟的要算白莽，即殷夫了，他曾经和我通过信，投过稿，但现在寻起来，一无所得，想必是十七那夜统统烧掉了，那时我还没有知道被捕的也有白莽。然而那本《彼得斐诗集》却在的，翻了一遍，也没有什么，只在一首《wahlspruch》（格言）的旁边，有钢笔写的四行译文道：

“生命诚宝贵，
爱情价更高；
若为自由故，
二者皆可抛！”

又在第二叶上，写着“徐培根”三个字，我疑心这是他的真姓名。

五

前年的今日，我避在客栈里，他们却是走向刑场了；去年的今日，我在炮声中逃在英租界[3]，他们则早已埋在不知那里的地下了；今年的今日，我才坐在旧寓里，人们都睡觉了，连我的女人和孩子。我又沉重的感到我失掉了很好的朋友，中国失掉了很好的青年，我在悲愤中沉静下去了，不料积习又从沉静中抬起头来，写下了以上那些字。

---

[1]《北斗》：现代文学月刊，中国左翼作家联盟的机关刊物之一。1931年9月创刊于上海。丁玲主编。鲁迅在该刊发表了《我们不再受骗了》等文章，并为纪念柔石提供了木刻作品，珂勒惠支的《牺牲》，还以“隋洛文”的笔名译介了反映苏联十月革命的小说《肥料》。1932年7月出至第2卷第3、4期合刊号后终刊。

[2] 珂勒惠支夫人（1867—1945）：德国女版画家。她的作品大多以工农的苦难生活和革命斗争为内容。“左联”五位烈士被害时，她和世界进步文艺家联名提出抗议。希特勒登台后，禁止她的作品出版和展出。

[3] 我在炮声中逃在英租界：1932年“一·二八”上海战争时，鲁迅的住所临近战区，1月30日他和家属暂避北四川路内山书店，2月6日迁居南京路内山书店支店，3月19日回寓。

要写下去，在中国的现在，还是没有写处的。年青时读向子期[1]《思旧赋》，很怪他为什么只有寥寥的几行，刚开头却又煞了尾。然而，现在我懂得了。

不是年青的为年老的写记念，而在这三十年中，却使我目睹许多青年的血，层层淤积起来，将我埋得不能呼吸，我只能用这样的笔墨，写几句文章，算是从泥土中挖一个小孔，自己延口残喘，这是怎样的世界呢。夜正长，路也正长，我不如忘却，不说的好罢。但我知道，即使不是我，将来总会有记起他们，再说他们的时候的。……

一九三三年二月七——八日

（本篇最初发表于1933年4月1日《现代》第2卷第6期，选自《南腔北调集》）

[1] 向子期（约227—272）：即向秀，字子期，魏晋时期文学家、玄学家。今河南武陟人。竹林七贤之一。吕安被司马昭杀害后，他很悲痛，写了一篇《思旧赋》，以寄托哀思。因迫于当时司马氏政权的高压，向秀不能直抒胸臆，文章写得隐晦曲折，情景交融，成为独具面貌的名篇。全文仅156字，见《文选》卷16。

准风月谈

夜 颂

爱夜的人，也不但是孤独者，有闲者，不能战斗者，怕光明者。

人的言行，在白天和在深夜，在日下和在灯前，常常显得两样。夜是造化所织的幽玄的天衣，普覆一切人，使他们温暖，安心，不知不觉的自己渐渐脱去人造的面具和衣裳，赤条条地裹在这无边际的黑絮似的大块里。

虽然是夜，但也有明暗。有微明，有昏暗，有伸手不见掌，有漆黑一团糟。爱夜的人要有听夜的耳朵和看夜的眼睛，自在暗中，看一切暗。君子们从电灯下走入暗室中，伸开了他的懒腰；爱侣们从月光下走进树阴里，突变了他的眼色。夜的降临，抹杀了一切文人学士们当光天化日之下，写在耀眼的白纸上的超然，混然，恍然，勃然，粲然的文章，只剩下乞怜，讨好，撒谎，骗人，吹牛，捣鬼的夜气，形成一个灿烂的金色的光圈，像见于佛画上面似的，笼罩在学识不凡的头脑上。

爱夜的人于是领受了夜所给与的光明。

高跟鞋的摩登女郎在马路边的电光灯下，阁阁的走得很起劲，但鼻尖也闪烁着一点油汗，在证明她是初学的时髦，假如长在明晃晃的照耀中，将使她碰着“没落”的命运。一大排关着的店铺的昏暗助她一臂之力，使她放缓开足的马力，吐一口气，这时才觉得沁人心脾的夜里的拂拂的凉风。

爱夜的人和摩登女郎，于是同时领受了夜所给与的恩惠。

一夜已尽，人们又小心翼翼的起来，出来了；便是夫妇们，面目和五六点钟之前也何其两样。从此就是热闹，喧嚣。而高墙后面，大厦中间，深闺里，黑狱里，客室里，秘密机关里，却依然弥漫着惊人的真的大黑暗。

现在的光天化日，熙来攘往，就是这黑暗的装饰，是人肉酱缸上的金盖，是鬼脸上的雪花膏。只有夜还算是诚实的。我爱夜，在夜间作《夜颂》。

六月八日。

（本篇最初发表于1933年6月10日《申报·自由谈》，选自《准风月谈》）

二丑艺术

浙东的有一处的戏班中，有一种脚色叫作“二花脸”，译得雅一点，那么，“二丑”就是。他和小丑的不同，是不扮横行无忌的花花公子，也不扮一味仗势的宰相家丁，他所扮演的是保护公子的拳师，或是趋奉公子的清客。总之：身分比小丑高，而性格却比小丑坏。

义仆是老生扮的，先以谏诤，终以殉主；恶仆是小丑扮的，只会作恶，到底灭亡。而二丑的本领却不同，他有点上等人模样，也懂些琴棋书画，也来得行令猜谜，但倚靠的是权门，凌蔑的是百姓，有谁被压迫了，他就来冷笑几声，畅快一下，有谁被陷害了，他又去吓唬一下，吆喝几声。不过他的态度又并不常常如此的，大抵一面又回过脸来，向台下的看客指出他公子的缺点，摇着头装起鬼脸道：你看这家伙，这回可要倒楣哩！

这最末的一手，是二丑的特色。因为他没有义仆的愚笨，也没有恶仆的简单，他是智识阶级。他明知道自己所靠的是冰山，一定不能长久，他将来还要到别家帮闲，所以当受着豢养，分着余炎的时候，也得装着和这贵公子并非一伙。

二丑们编出来的戏本上，当然没有这一种脚色的，他那里肯；小丑，即花花公子们编出来的戏本，也不会有，因为他们只看见一面，想不到的。这二花脸，乃是小百姓看透了这一种人，提出精华来，制定了的脚色。

世间只要有权门，一定有恶势力，有恶势力，就一定有二花脸，而且有二花脸艺术。我们只要取一种刊物，看他一个星期，就会发见他忽而怨恨春天，忽而颂扬战争，忽而译萧伯纳演说，忽而讲婚姻问题；但其间一定有时要慷慨激昂的表示对于国事的不满：这就是用出末一手来了。

这最末的一手，一面也在遮掩他并不是帮闲，然而小百姓是明白的，早已使他的类型在戏台上出现了。

六月十五日。

（本篇最初发表于1933年6月18日《申报·自由谈》，选自《准风月谈》）

偶　成

善于治国平天下的人物，真能随处看出治国平天下的方法来，四川正有人以为长衣消耗布匹，派队剪除；上海又有名公要来整顿茶馆了，据说整顿之处，大略有三：一是注意卫生，二是制定时间，三是施行教育。

第一条当然是很好的；第二条，虽然上馆下馆，一一摇铃，好像学校里的上课，未免有些麻烦，但为了要喝茶，没有法，也不算坏。

最不容易是第三条。“愚民”的到茶馆来，是打听新闻，闲谈心曲之外，也来听听《包公案》一类东西的，时代已远，真伪难明，那边妄言，这边妄听，所以他坐得下去。现在倘若改为“某公案”，就恐怕不相信，不要听；专讲敌人的秘史，黑幕罢，这边之所谓敌人，未必就是他们的敌人，所以也难免听得不大起劲。结果是茶馆主人遭殃，生意清淡了。

前清光绪初年，我乡有一班戏班，叫作“群玉班”，然而名实不符，戏做得非常坏，竟弄得没有人要看了。乡民的本领并不亚于大文豪，曾给他编过一支歌：

“台上群玉班，
台下都走散。
连忙关庙门，
两边墙壁都爬塌（平声），

连忙扯得牢，

只剩下一担馄饨担。”

看客的取舍，是没法强制的，他若不要看，连拖也无益。即如有几种刊物，有钱有势，本可以风行天下的了，然而不但看客有限，连投稿也寥寥，总要隔两月才出一本。讽刺已是前世纪的老人的梦呓，非讽刺的好文艺，好像也将是后世纪的青年的出产了。

六月十五日。

（本篇最初发表于1933年6月22日《申报·自由谈》，选自《准风月谈》）

中国的奇想

外国人不知道中国，常说中国人是专重实际的。其实并不，我们中国人是最有奇想的人民。

无论古今，谁都知道，一个男人有许多女人，一味纵欲，后来是不但天天喝三鞭酒也无效，简直非“寿（？）终正寝”不可的。可是我们古人有一个大奇想，是靠了“御女”，反可以成仙，例子是彭祖有多少女人而活到几百岁。这方法和炼金术一同流行过，古代书目上还剩着各种的书名。不过实际上大约还是到底不行罢，现在似乎再没有什么人们相信了，这对于喜欢渔色的英雄，真是不幸得很。

然而还有一种小奇想。那就是哼的一声，鼻孔里放出一道白光，无论路的远近，将仇人或敌人杀掉。白光可又回来了，摸不着是谁杀的，既然杀了人，又没有麻烦，多么舒适自在。这种本领，前年还有人想上武当山去寻求，直到去年，这才用大刀队来替代了这奇想的位置。现在是连大刀队的名声也寂寞了。对于爱国的英雄，也是十分不幸的。

然而我们新近又有了一个大奇想。那是一面救国，一面又可以发财，虽然各种彩票，近似赌博，而发财也不过是“希望”。不过这两种已经关联起来了却是真的。固然，世界上也有靠聚赌抽头来维持的摩那科王国，但就常理说，则赌博大概是小则败家，大则亡国；救国呢，却总不免有一些牺牲，至少，和发财之路总是相差很远的。然而发见了一致之点的是我们现在的中国，虽然还在试验的途中。

然而又还有一种小奇想。这回不用一道白光了，要用几回启事，几封匿名的信件，几篇化名的文章，使仇头落地，而血点一些也不会溅着自己的洋房和洋服。并且映带之下，使自己成名获利。这也还在试验的途中，不知道结果怎么样，但翻翻现成的文艺史，看不见半个这样的人物，那恐怕也还是枉用心机的。

狂赌救国，纵欲成仙，袖手杀敌，造谣买田，倘有人要编续《龙文鞭影》的，我以为不妨添上这四句。

八月四日。

（本篇最初发表于1933年8月6日《申报·自由谈》，选自《准风月谈》）

我们怎样教育儿童的？

看见了讲到“孔乙己”，就想起中国一向怎样教育儿童来。

现在自然是各式各样的教科书，但在村塾里也还有《三字经》和《百家姓》。清朝末年，有些人读的是“天子重英豪，文章教尔曹，万般皆下品，惟有读书高”的《神童诗》，夸着“读书人”的光荣；有些人读的是“混沌初开，乾坤始奠，轻清者上浮而为天，重浊者下凝而为地”的《幼学琼林》，教着做古文的滥调。再上去我可不知道了，但听说，唐末宋初用过《太公家教》，久已失传，后来才从敦煌石窟中发现，而在汉朝，是读《急就篇》之类的。

就是所谓“教科书”，在近三十年中，真不知变化了多少。忽而这么说，忽而那么说，今天是这样的宗旨，明天又是那样的主张，不加“教育”则已，一加“教育”，就从学校里造成了许多矛盾冲突的人，而且因为旧的社会关系，一面也还是“混沌初开，乾坤始奠”的老古董。

中国要作家，要“文豪”，但也要真正的学究。倘有人作一部历史，将中国历来教育儿童的方法，用书，作一个明确的记录，给人明白我们的古人以至我们，是怎样的被薰陶下来的，则其功德，当不在禹（虽然他也许不过是一条虫）下。

《自由谈》的投稿者，常有博古通今的人，我以为对于这工作，是很有胜任者在的。不知亦有有意于此者乎？现在提出这问题，盖亦知易行难，遂只得空口说白话，而望垦辟于健者也。

八月十四日。

（本篇最初发表于1933年8月18日《申报·自由谈》，选自《准风月谈》）

黄祸

现在的所谓“黄祸”，我们自己是在指黄河决口了，但三十年之前，并不如此。

那时是解作黄色人种将要席卷欧洲的意思的，有些英雄听到了这句话，恰如听得被白人恭维为“睡狮”一样，得意了好几年，准备着去做欧洲的主子。

不过“黄祸”这故事的来源，却又和我们所幻想的不同，是出于德皇威廉的。他还画了一幅图，是一个罗马装束的武士，在抵御着由东方西来的一个人，但那人并不是孔子，倒是佛陀，中国人实在是空欢喜。所以我们一面在做“黄祸”的梦，而有一个人在德国治下的青岛所见的现实，却是一个苦孩子弄脏了电柱，就被白色巡捕提着脚，像中国人的对付鸭子一样，倒提而去了。

现在希特拉的排斥非日耳曼民族思想，方法是和德皇一样的。

德皇的所谓“黄祸”，我们现在是不再梦想了，连“睡狮”也不再提起，“地大物博，人口众多”，文章上也不很看见。倘是狮子，自夸怎样肥大是不妨事的，但如果是一口猪或一匹羊，肥大倒不是好兆头。我不知道我们自己觉得现在好像是什么了？

我们似乎不再想，也寻不出什么“象征”来，我们正在看海京伯的猛兽戏，赏鉴狮虎吃牛肉，听说每天要吃一只牛。我们佩服国联的制裁日本，我们也看不起国联的不能制裁日本；我们赞成军缩的“保护和平”，我们也佩服希特拉的退出军缩；我们怕别国要以中国作战场，我们也憎恶非战大会。我们似乎依然是“睡狮”。

“黄祸”可以一转而为“福”，醒了的狮子也会做戏的。当欧洲大战时，我们有替人拚命的工人，青岛被占了，我们有可以倒提的孩子。

但倘说，二十世纪的舞台上没有我们的份，是不合理的。

十月十七日。

（本篇最初发表于1933年10月20日《申报·自由谈》，选自《准风月谈》）

外国也有

凡中国所有的，外国也都有。

外国人说中国多臭虫，但西洋也有臭虫；日本人笑中国人好弄文字，但日本人也一样的弄文字。不抵抗的有甘地；禁打外人的有希特拉；狄昆希吸鸦片；陀思妥夫斯基赌得发昏。斯惠夫德带枷，马克斯反动。林白大佐的儿子，就给绑匪绑去了。而裹脚和高跟鞋，相差也不见得有多么远。

只有外国人说我们不问公益，只知自利，爱金钱，却还是没法辩解。民国以来，有过许多总统和阔官了，下野之后，都是面团团的，或赋诗，或看戏，或念佛，吃着不尽，真也好像给批评者以证据。不料今天却被我发见了：外国也有的！

“十七日哈伐那电——避居加拿大之古巴前总统麦查度……在古巴之产业，计值八百万美元，凡能对渠担保收回此项财产者，无论何人，渠愿与以援助。又一消息，谓古巴政府已对麦及其旧僚属三十八人下逮捕令，并扣押渠等之财产，其数达二千五百万美元。……”

以三十八人之多，而财产一共只有这区区二千五百万美元，手段虽不能谓之高，但有些近乎发财却总是确凿的，这已足为我们的“上峰”雪耻。不过我还希望他们在外国买有地皮，在外国银行里另有存款，那么，我们和外人折冲樽俎的时候，就更加振振有辞了。

假使世界上只有一家有臭虫，而遭别人指摘的时候，实在也不大舒服的，但捉起来却也真费事。况且北京有一种学说，说臭虫是捉不得的，越捉越多。即使捉尽了，又有什么价值呢，不过是一种消极的办法。最好还是希望别家也有臭虫，而竟发见了就更好。发见，这是积极的事业。哥仑布与爱迪生，也不过有了发见或发明而已。

与其劳心劳力，不如玩跳舞，喝咖啡。外国也有的，巴黎就有许多跳舞场和咖啡店。

即使连中国都不见了，也何必大惊小怪呢，君不闻迦勒底与马基顿乎？——外国也有的！

十月十九日。

（本篇最初发表于1933年10月23日《申报·自由谈》，选自《准风月谈》）

难得糊涂

因为有人谈起写篆字，我倒记起郑板桥有一块图章，刻着“难得糊涂”。那四个篆字刻得叉手叉脚的，颇能表现一点名士的牢骚气。足见刻图章写篆字也还反映着一定的风格，正像“玩”木刻之类，未必“只是个人的事情”：“谬种”和“妖孽”就是写起篆字来，也带着些“妖谬”的。

然而风格和情绪，倾向之类，不但因人而异，而且因事而异，因时而异。郑板桥说“难得糊涂”，其实他还能够糊涂的。现在，到了“求仕不获无足悲，求隐而不得其地以窜者，毋亦天下之至哀欤”的时代，却实在求糊涂而不可得了。

糊涂主义，唯无是非观等等——本来是中国的高尚道德。你说他是解脱，达观罢，也未必。他其实在固执著，坚持着什么，例如道德上的正统，文学上的正宗之类。这终于说出来了：——道德要孔孟加上“佛家报应之说”（老庄另帐登记），而说别人“鄙薄”佛教影响就是“想为儒家争正统”，原来同善社的三教同源论早已是正统了。文学呢？要用生涩字，用词藻，秾纤的作品，而且是新文学的作品，虽则他“否认新文学和旧文学的分界”；而大众文学“固然赞成”，“但那是文学中的一个旁支”。正统和正宗，是明显的。

对于人生的倦怠并不糊涂！活的生活已经那么“穷乏”，要请青年在“佛家报应之说”，在“《文选》，《庄子》，《论语》，《孟子》”里去求得修养。后来，修养又不见了，只剩得字汇。“自然景物，个人情感，宫室建筑，……之类，还不妨从《文选》之类的书中去找来用。”从前严几道从甚么古书里——大概也是《庄子》罢——找着了“幺匿”两个字来译 Unit，又古雅，又音义双关的。但是后来通行的却是“单位”。严老先生的这类“字汇”很多，大抵无法复活转来。现在却有人以为“汉以后的词，秦以前的字，西方文化所带来的字和词，可以拼成功我们的光芒的新文学”。这光芒要是只在字和词，那大概像古墓里的贵妇人似的，满身都是珠光宝气了。人生却不在拼凑，而在创造，几千百万的活人在创造。可恨的是人生那么骚扰忙乱，使一些人“不得其地以窜”，想要逃进字和词里去，以求“庶免是非”，然而又不可得。真要写篆字刻图章了！

十一月六日。

（本篇最初发表于 1933 年 11 月 24 日《申报·自由谈》，选自《准风月谈》）

推

两三月前，报上好像登过一条新闻，说有一个卖报的孩子，踏上电车的踏脚去取报钱，误踹住了一个下来的客人的衣角，那人大怒，用力一推，孩子跌入车下，电车又刚刚走动，一时停不住，把孩子碾死了。

推倒孩子的人，却早已不知所往。但衣角会被踹住，可见穿的是长衫，即使不是“高等华人”，总该是属于上等的。

我们在上海路上走，时常会遇见两种横冲直撞，对于对面或前面的行人，决不稍让的人物。一种是不用两手，却只将直直的长脚，如入无人之境似的踏过来，倘不让开，他就会踏在你的肚子或肩膀上。这是洋大人，都是“高等”的，没有华人那样上下的区别。一种就是弯上他两条臂膊，手掌向外，像蝎子的两个钳一样，一路推过去，不管被推的人是跌在泥塘或火坑里。这就是我们的同胞，然而“上等”的，他坐电车，要坐二等所改的三等车，他看报，要看专登黑幕的小报，他坐着看得咽唾沫，但一走动，又是推。

上车，进门，买票，寄信，他推；出门，下车，避祸，逃难，他又推。推得女人孩子都踉踉跄跄，跌倒了，他就从活人上踏过，跌死了，他就从死尸上踏过，走出外面，用舌头舔舔自己的厚嘴唇，什么也不觉得。旧历端午，在一家戏场里，因为一句失火的谣言，就又是推，把十多个力量未足的少年踏死了。死尸摆在空地上，据说去看的又有万余人，人山人海，又是推。

推了的结果，是嘻开嘴巴，说道：“阿唷，好白相来希[1]呀！”

住在上海，想不遇到推与踏，是不能的，而且这推与踏也还要廓大开去。要推倒一切下等华人中的幼弱者，要踏倒一切下等华人。这时就只剩了高等华人颂祝着——

“阿唷，真好白相来希呀。为保全文化起见，是虽然牺牲任何物质，也不应该顾惜的——这些物质有什么重要性呢！”

六月八日。

（本篇最初发表于1933年6月11日《申报·自由谈》，选自《准风月谈》）

“抄靶子”

中国究竟是文明最古的地方，也是素重人道的国度，对于人，是一向非常重视的。至于偶有凌辱诛戮，那是因为这些东西并不是人的缘故。皇帝所

[1] 白相来希：上海方言，好玩得很的意思。

诛者，“逆”也，官军所剿者，“匪”也，刽子手所杀者，“犯”也，满洲人“入主中夏”，不久也就染了这样的淳风，雍正皇帝要除掉他的弟兄，就先行御赐改称为“阿其那”与“塞思黑”[1]，我不懂满洲话，译不明白，大约是“猪”和“狗”罢。黄巢造反，以人为粮，但若说他吃人，是不对的，他所吃的物事，叫作“两脚羊”。

时候是二十世纪，地方是上海，虽然骨子里永是“素重人道”，但表面上当然会有些不同的。对于中国的有一部分并不是“人”的生物，洋大人如何赐谥，我不得而知，我仅知道洋大人的下属们所给与的名目。

假如你常在租界的路上走，有时总会遇见几个穿制服的同胞和一位异胞（也往往没有这一位），用手枪指住你，搜查全身和所拿的物件。倘是白种，是不会指住的；黄种呢，如果被指的说是日本人，就放下手枪，请他走过去；独有文明最古的黄帝子孙，可就“则不得免焉”了。这在香港，叫作“搜身”，倒也还不算很失了体统，然而上海则竟谓之“抄靶子”。

抄者，搜也，靶子是该用枪打的东西，我从前年九月以来，才知道这名目的的确。四万万靶子，都排在文明最古的地方，私心在侥幸的只是还没有被打着。洋大人的下属，实在给他的同胞们定了绝好的名称了。

然而我们这些“靶子”们，自己互相推举起来的时候却还要客气些。我不是“老上海”，不知道上海滩上先前的相骂，彼此是怎样赐谥的了。但看看记载，还不过是“曲辫子”，“阿木林”。[2]“寿头码子”虽然已经是“猪”的隐语，然而究竟还是隐语，含有宁“雅”而不“达”的高谊。若夫现在，则只要被他认为对于他不大恭顺，他便圆睁了绽着红筋的两眼，挤尖喉咙，和口角的白沫同时喷出两个字来道：猪猡！

六月十六日。

（本篇最初发表于1933年6月20日《申报·自由谈》，选自《准风月谈》）

---

[1] 这是雍正分别给其弟胤禩（康熙第八子）和胤禟（康熙第九子）赐改的名字。在满语中，阿其那意为狗，塞思黑意为猪。

[2] “曲辫子”：即乡愚；“阿木林”：即傻子，皆为上海话。

查旧帐

这几天，听涛社出了一本《肉食者言》，是现在的在朝者，先前还是在野时候的言论，给大家“听其言而观其行”，知道先后有怎样的不同。那同社出版的周刊《涛声》里，也常有同一意思的文字。

这是查旧帐，翻开帐簿，打起算盘，给一个结算，问一问前后不符，是怎么的，确也是一种切实分明，最令人腾挪不得的办法。然而这办法之在现在，可未免太“古道”了。

古人是怕查这种旧帐的，蜀的韦庄穷困时，做过一篇慷慨激昂，文字较为通俗的《秦妇吟》，真弄得大家传诵，待到他显达之后，却不但不肯编入集中，连人家的钞本也想设法消灭了。当时不知道成绩如何，但看清朝末年，又从敦煌的山洞中掘出了这诗的钞本，就可见是白用心机了的，然而那苦心却也还可以想见。

不过这是古之名人。常人就不同了，他要抹杀旧帐，必须砍下脑袋，再行投胎。斩犯绑赴法场的时候，大叫道，“过了二十年，又是一条好汉！”为了另起炉灶，从新做人，非经过二十年不可，真是麻烦得很。

不过这是古今之常人。今之名人就又不同了，他要抹杀旧帐，从新做人，比起常人的方法来，迟速真有邮信和电报之别。不怕迂缓一点的，就出一回洋，造一个寺，生一场病，游几天山；要快，则开一次会，念一卷经，演说一通，宣言一下，或者睡一夜觉，做一首诗也可以；要更快，那就自打两个嘴巴，淌几滴眼泪，也照样能够另变一人，和“以前之我”绝无关系。净坛将军摇身一变，化为鲫鱼，在女妖们的大腿间钻来钻去，[1] 作者或自以为写得出神入化，但从现在看起来，是连新奇气息也没有的。

如果这样变法，还觉得麻烦，那就白一白眼，反问道：“这是我的帐？”如果还嫌麻烦，那就眼也不白，问也不问，而现在所流行的却大抵是后一法。

“古道”怎么能再行于今之世呢？竟还有人主张读经，真不知是什么意

[1] 这是《西游记》第七十二回中的故事。

思？然而过了一夜，说不定会主张大家去当兵的，所以我现在经也没有买，恐怕明天兵也未必当。

七月二十五日。

（本篇最初发表于1933年7月29日《申报·自由谈》，选自《准风月谈》）

晨凉漫记

关于张献忠的传说，中国各处都有，可见是大家都很以他为奇特的，我先前也便是很以他为奇特的人们中的一个。

儿时见过一本书，叫作《无双谱》，是清初人之作，取历史上极特别无二的人物，各画一像，一面题些诗，但坏人好像是没有的。因此我后来想到可以择历来极其特别，而其实是代表着中国人性质之一种的人物，作一部中国的"人史"，如英国嘉勒尔的《英雄及英雄崇拜》，美国亚懋生的《伟人论》那样。惟须好坏俱有，有啮雪苦节的苏武，舍身求法的玄奘，有"鞠躬尽瘁，死而后已"的孔明，但也有呆信古法，"死而后已"的王莽，有半当真半取笑的变法的王安石；张献忠当然也在内。但现在是毫没有动笔的意思了。

《蜀碧》一类的书，记张献忠杀人的事颇详细，但也颇散漫，令人看去仿佛他是像"为艺术而艺术"的一样，专在"为杀人而杀人"了。他其实是别有目的的。他开初并不很杀人，他何尝不想做皇帝。后来知道李自成进了北京，接着是清兵入关，自己只剩了没落这一条路，于是就开手杀，杀……他分明的感到，天下已没有自己的东西，现在是在毁坏别人的东西了，这和有些末代的风雅皇帝，在死前烧掉了祖宗或自己所搜集的书籍古董宝贝之类的心情，完全一样。他还有兵，而没有古董之类，所以就杀，杀，杀人，杀……

但他还要维持兵，这实在不过是维持杀。他杀得没有平民了，就派许多较为心腹的人到兵们中间去，设法窃听，偶有怨言，即跃出执之，戮其全家（他的兵像是有家眷的，也许就是掳来的妇女）。以杀治兵，用兵来杀，自己是完了，但要这样的达到一同灭亡的末路。我们对于别人的或公共的东西，不是也不很爱惜的么？

所以张献忠的举动，一看虽然似乎古怪，其实是极平常的。古怪的倒是那些被杀的人们，怎么会总是束手伸颈的等他杀，一定要清朝的肃王来射死他，这才作为奴才而得救，而还说这是前定，就是所谓“吹箫不用竹，一箭贯当胸”。但我想，这豫言诗是后人造出来的，我们不知道那时的人们真是怎么想。

七月二十八日。

（本篇最初发表于1933年8月1日《申报·自由谈》，选自《准风月谈》）

豪语的折扣

豪语的折扣其实也就是文学上的折扣，凡作者的自述，往往须打一个扣头，连自白其可怜和无用也还是并非“不二价”的，更何况豪语。

仙才李太白的善作豪语，可以不必说了；连留长了指甲，骨瘦如柴的鬼才李长吉，也说“见买若耶溪水剑，明朝归去事猿公”起来，简直是毫不自量，想学刺客了。这应该折成零，证据是他到底并没有去。南宋时候，国步艰难，陆放翁自然也是慷慨党中的一个，他有一回说：“老子犹堪绝大漠，诸君何至泣新亭。”他其实是去不得的，也应该折成零。——但我手头无书，引诗或有错误，也先打一个折扣在这里。

其实，这故作豪语的脾气，正不独文人为然，常人或市侩，也非常发达。市上甲乙打架，输的大抵说：“我认得你的！”这是说，他将如伍子胥一般，誓必复仇的意思。不过总是不来的居多，倘是智识分子呢，也许另用一些阴谋，但在粗人，往往这就是斗争的结局，说的是有口无心，听的也不以为意，久成为打架收场的一种仪式了。

旧小说家也早已看穿了这局面，他写暗娼和别人相争，照例攻击过别人的偷汉之后，就自序道：“老娘是指头上站得人，臂膊上跑得马……”底下怎样呢？他任别人去打折扣。他知道别人是决不那么胡涂，会十足相信的，但仍得这么说，恰如卖假药的，包纸上一定印着“存心欺世，雷殛火焚”一样，成为一种仪式了。

但因时势的不同，也有立刻自打折扣的。例如在广告上，我们有时会看见自说“我是坐不改名，行不改姓的人”[1]，真要蓦地发生一种好像见了《七侠五义》中人物一般的敬意，但接着就是“纵令有时用其他笔名，但所发表文章，均自负责”，却身子一扭，土行孙似的不见了。予岂好“用其他笔名”哉？予不得已也。上海原是中国的一部分，当然受着孔子的教化的。便是商家，柜内的“不二价”的金字招牌也时时和屋外“大廉价”的大旗互相辉映，不过他总有一个缘故：不是提倡国货，就是纪念开张。

所以，自打折扣，也还是没有打足的，凡“老上海”，必须再打它一下。

八月四日。

（本篇最初发表于1933年8月8日《申报·自由谈》，选自《准风月谈》

踢

两月以前，曾经说过“推”，这回却又来了“踢”。

本月九日《申报》载六日晚间，有漆匠刘明山，杨阿坤，顾洪生三人在法租界黄浦滩太古码头纳凉，适另有数人在左近聚赌，由巡逻警察上前驱逐，而刘，顾两人，竟被俄捕弄到水里去，刘明山竟淹死了。由俄捕说，自然是“自行失足落水”[2]的。但据顾洪生供，却道：“我与刘，杨三人，同至太古码头乘凉，刘坐铁凳下地板上，……我立在旁边，……俄捕来先踢刘一脚，刘已立起要避开，又被踢一脚，以致跌入浦中，我要拉救，已经不及，乃转身拉住俄捕，亦被用手一推，我亦跌下浦中，经人救起的。”推事问：“为什么要踢他？”答曰：“不知。”

---

[1] 此句及下文引语，均为张资平1933年7月6日在《时事新报》刊载的启事中的话。

[2] 1931年12月各地学生到南京请愿，要求抗日，但遭到捕杀，有的被扔进河里，事后当局却宣称，学生“为反动分子所利用”，死者是“失足落水”而亡。

“推”还要抬一抬手，对付下等人是犯不着如此费事的，于是乎有“踢”。而上海也真有“踢”的专家，有印度巡捕，有安南巡捕，现在还添了白俄巡捕，他们将沙皇时代对犹太人的手段，到我们这里来施展了。我们也真是善于“忍辱负重”的人民，只要不“落浦”，就大抵用一句滑稽化的话道：“吃了一只外国火腿”，一笑了之。

苗民大败之后，都往山里跑，这是我们的先帝轩辕氏赶他的。南宋败残之余，就往海边跑，这据说也是我们的先帝成吉思汗赶他的，赶到临了，就是陆秀夫背着小皇帝，跳进海里去。[1]我们中国人，原是古来就要“自行失足落水”的。

有些慷慨家说，世界上只有水和空气给与穷人。此说其实是不确的，穷人在实际上，那里能够得到和大家一样的水和空气。即使在码头上乘乘凉，也会无端被“踢”，送掉性命的：落浦。要救朋友，或拉住凶手罢，“也被用手一推”：也落浦。如果大家来相帮，那就有“反帝”的嫌疑了，“反帝”原未为中国所禁止的，然而要豫防“反动分子乘机捣乱”，所以结果还是免不了“踢”和“推”，也就是终于是落浦。

时代在进步，轮船飞机，随处皆是，假使南宋末代皇帝而生在今日，是决不至于落海的了，他可以跑到外国去，而小百姓以“落浦”代之。

这理由虽然简单，却也复杂，故漆匠顾洪生曰：“不知。”

八月十日。

（本篇最初发表于1933年8月13日《申报·自由谈》，选自《准风月谈》）

“揩油”

“揩油”，是说明着奴才的品行全部的。

这不是“取回扣”或“取佣钱”，因为这是一种秘密；但也不是偷窃，

[1] 南宋最后一个皇帝赵昺（时年八岁）被蒙古兵追逼，于祥兴二年（1279）在广东厓山由左丞相陆秀夫背负投海而死。

因为在原则上，所取的实在是微乎其微。因此也不能说是“分肥”；至多，或者可以谓之“舞弊”罢。然而这又是光明正大的“舞弊”，因为所取的是豪家，富翁，阔人，洋商的东西，而且所取又不过一点点，恰如从油水汪洋的处所，揩了一下，于人无损，于揩者却有益的，并且也不失为损富济贫的正道。设法向妇女调笑几句，或乘机摸一下，也谓之“揩油”，这虽然不及对于金钱的名正言顺，但无大损于被揩者则一也。

表现得最分明的是电车上的卖票人。纯熟之后，他一面留心着可揩的客人，一面留心着突来的查票，眼光都练得像老鼠和老鹰的混合物一样。付钱而不给票，客人本该索取的，然而很难索取，也很少见有人索取，因为他所揩的是洋商的油[1]，同是中国人，当然有帮忙的义务，一索取，就变成帮助洋商了。这时候，不但卖票人要报你憎恶的眼光，连同车的客人也往往不免显出以为你不识时务的脸色。

然而彼一时，此一时，如果三等客中有时偶缺一个铜元，你却只好在目的地以前下车，这时他就不肯通融，变成洋商的忠仆了。

在上海，如果同巡捕，门丁，西崽之类闲谈起来，他们大抵是憎恶洋鬼子的，他们多是爱国主义者。然而他们也像洋鬼子一样，看不起中国人，棍棒和拳头和轻蔑的眼光，专注在中国人的身上。

“揩油”的生活有福了。这手段将更加展开，这品格将变成高尚，这行为将认为正当，这将算是国民的本领，和对于帝国主义的复仇。打开天窗说亮话，其实，所谓“高等华人”也者，也何尝逃得出这模子。

但是，也如“吃白相饭”朋友那样，卖票人是还有他的道德的。倘被查票人查出他收钱而不给票来了，他就默然认罚，决不说没有收过钱，将罪案推到客人身上去。

八月十四日。

（本篇最初发表于1933年8月17日《申报·自由谈》，选自《准风月谈》）

---

[1] 当时上海租界内的电车分别由英商和法商投资的两个公司经营。

爬和撞

从前梁实秋教授曾经说过：穷人总是要爬，往上爬，爬到富翁的地位。不但穷人，奴隶也是要爬的，有了爬得上的机会，连奴隶也会觉得自己是神仙，天下自然太平了。

虽然爬得上的很少，然而个个以为这正是他自己。这样自然都安分的去耕田，种地，拣大粪或是坐冷板凳，克勤克俭，背着苦恼的命运，和自然奋斗着，拚命的爬，爬，爬。可是爬的人那么多，而路只有一条，十分拥挤。老实的照着章程规规矩矩的爬，大都是爬不上去的。聪明人就会推，把别人推开，推倒，踏在脚底下，踹着他们的肩膀和头顶，爬上去了。大多数人却还只是爬，认定自己的冤家并不在上面，而只在旁边——是那些一同在爬的人。他们大都忍耐着一切，两脚两手都着地，一步步的挨上去又挤下来，挤下来又挨上去，没有休止的。

然而爬的人太多，爬得上的太少，失望也会渐渐的侵蚀善良的人心，至少，也会发生跪着的革命。于是爬之外，又发明了撞。

这是明知道你太辛苦了，想从地上站起来，所以在你的背后猛然的叫一声：撞罢。一个个发麻的腿还在抖着，就撞过去。这比爬要轻松得多，手也不必用力，膝盖也不必移动，只要横着身子，晃一晃，就撞过去。撞得好就是五十万元大洋[1]，妻，财，子，禄都有了。撞不好，至多不过跌一交，倒在地下。那又算得什么呢，——他原本是伏在地上的，他仍旧可以爬。何况有些人不过撞着玩罢了，根本就不怕跌交的。

爬是自古有之。例如从童生到状元，从小瘪三到康白度。[2]撞却似乎是近代的发明。要考据起来，恐怕只有古时候“小姐抛彩球”有点像给人撞的办法。小姐的彩球将要抛下来的时候，——一个个想吃天鹅肉的男子汉仰着头，张着嘴，馋涎拖得几尺长……可惜，古人究竟呆笨，没有要这些男子汉拿出几个本钱来，否则，也一定可以收着几万万的。

[1] 当时国民党政府发行“航空公路建设奖券”，头等奖为五十万元。
[2] 康白度：英语 Comprador 的音译，即买办。

爬得上的机会越少，愿意撞的人就越多，那些早已爬在上面的人们，就天天替你们制造撞的机会，叫你们化些小本钱，而豫约着你们名利双收的神仙生活。所以撞得好的机会，虽然比爬得上的还要少得多，而大家都愿意来试试的。这样，爬了来撞，撞不着再爬……鞠躬尽瘁，死而后已。

八月十六日。

（本篇最初发表于1933年8月23日《申报·自由谈》，选自《准风月谈》）

帮闲法发隐

吉开迦尔是丹麦的忧郁的人，他的作品，总是带着悲愤。不过其中也有很有趣味的，我看见了这样的几句——

“戏场里失了火。丑角站在戏台前，来通知了看客。大家以为这是丑角的笑话，喝采了。丑角又通知说是火灾。但大家越加哄笑，喝采了。我想，人世是要完结在当作笑话的开心的人们的大家欢迎之中的罢。”

不过我的所以觉得有趣的，并不专在本文，是在由此想到了帮闲们的伎俩。帮闲，在忙的时候就是帮忙，倘若主子忙于行凶作恶，那自然也就是帮凶。但他的帮法，是在血案中而没有血迹，也没有血腥气的。

譬如罢，有一件事，是要紧的，大家原也觉得要紧，他就以丑角身份而出现了，将这件事变为滑稽，或者特别张扬了不关紧要之点，将人们的注意拉开去，这就是所谓“打诨”。如果是杀人，他就来讲当场的情形，侦探的努力；死的是女人呢，那就更好了，名之曰“艳尸”，或介绍她的日记。如果是暗杀，他就来讲死者的生前的故事，恋爱呀，遗闻呀……人们的热情原不是永不弛缓的，但加上些冷水，或者美其名曰清茶，自然就冷得更加迅速了，而这位打诨的脚色，却变成了文学者。

假如有一个人，认真的在告警，于凶手当然是有害的，只要大家还没有僵死。但这时他就又以丑角身份而出现了，仍用打诨，从旁装着鬼脸，使告警者在大家的眼里也化为丑角，使他的警告在大家的耳边都化为笑话。耸肩装穷，以表现对方之阔，卑躬叹气，以暗示对方之傲；使大家心里想：这告警者原来都是虚伪的。幸而帮闲们还多是男人，否则它简直会说告警者曾经怎样调戏它，当众罗列淫辞，然后作自杀以明耻之状也说不定。周围捣着鬼，无论如何严肃的说法也要减少力量的，而不利于凶手的事情却就在这疑心和笑声中完结了。它呢？这回它倒是道德家。

当没有这样的事件时，那就七日一报，十日一谈，收罗废料，装进读者的脑子里去，看过一年半载，就满脑都是某阔人如何摸牌，某明星如何打嚏的典故。开心是自然也开心的。但是，人世却也要完结在这些欢迎开心的开心的人们之中的罢。

八月二十八日。

（本篇最初发表于1933年9月5日《申报·自由谈》，选自《准风月谈》）

由聋而哑

医生告诉我们：有许多哑子，是并非喉舌不能说话的，只因为从小就耳朵聋，听不见大人的言语，无可师法，就以为谁也不过张着口呜呜哑哑，他自然也只好呜呜哑哑了。所以勃兰兑斯叹丹麦文学的衰微时，曾经说：文学的创作，几乎完全死灭了。人间的或社会的无论怎样的问题，都不能提起感兴，或则除在新闻和杂志之外，绝不能惹起一点论争。我们看不见强烈的独创的创作。加以对于获得外国的精神生活的事，现在几乎绝对的不加顾及。于是精神上的“聋”，那结果，就也招致了“哑”来。（《十九世纪文学的主潮》第一卷自序）

这几句话，也可以移来批评中国的文艺界，这现象，并不能全归罪于压迫者的压迫，五四运动时代的启蒙运动者和以后的反对者，都应该分负责任的。前者急于事功，竟没有译出什么有价值的书籍来，后者则故意迁怒，至骂翻译者为媒婆，有些青年更推波助澜，有一时期，还至于连人地名下注一原文，以便读者参考时，也就诋之曰“衒学”。

今竟何如？三开间店面的书铺，四马路上还不算少，但那里面满架是薄薄的小本子，倘要寻一部巨册，真如披沙拣金之难。自然，生得又高又胖并不就是伟人，做得多而且繁也决不就是名著，而况还有“剪贴”。但是，小小的一本“什么ABC”里，却也决不能包罗一切学术文艺的。一道浊流，固然不如一杯清水的干净而澄明，但蒸溜了浊流的一部分，却就有许多杯净水在。

因为多年买空卖空的结果，文界就荒凉了，文章的形式虽然比较的整齐起来，但战斗的精神却较前有退无进。文人虽因捐班或互捧，很快的成名，但为了出力的吹，壳子大了，里面反显得更加空洞。于是误认这空虚为寂寞，像煞有介事的说给读者们；其甚者还至于摆出他心的腐烂来，算是一种内面的宝贝。散文，在文苑中算是成功的，但试看今年的选本，便是前三名，也即令人有“貂不足，狗尾续”之感。用秕谷来养青年，是决不会壮大的，将来的成就，且要更渺小，那模样，可看尼采所描写的“末人”。

但绍介国外思潮，翻译世界名作，凡是运输精神的粮食的航路，现在几乎都被聋哑的制造者们堵塞了，连洋人走狗，富户赘郎，也会来哼哼的冷笑一下。他们要掩住青年的耳朵，使之由聋而哑，枯涸渺小，成为“末人”，非弄到大家只能看富家儿和小瘪三所卖的春宫，不肯罢手。甘为泥土的作者和译者的奋斗，是已经到了万不可缓的时候了，这就是竭力运输些切实的精神的粮食，放在青年们的周围，一面将那些聋哑的制造者送回黑洞和朱门里面去。

八月二十九日。

（本篇最初发表于1933年9月8日《申报·自由谈》，选自《准风月谈》）

男人的进化

说禽兽交合是恋爱未免有点亵渎。但是，禽兽也有性生活，那是不能否认的。它们在春情发动期，雌的和雄的碰在一起，难免“卿卿我我”的来一阵。固然，雌的有时候也会装腔做势，逃几步又回头看，还要叫几声，直到实行“同居之爱”为止。禽兽的种类虽然多，它们的“恋爱”方式虽然复杂，可是有一件事是没有疑问的：就是雄的不见得有什么特权。

人为万物之灵，首先就是男人的本领大。最初原是马马虎虎的，可是因为“知有母不知有父”的缘故，娘儿们曾经“统治”过一个时期，那时的祖老太太大概比后来的族长还要威风。后来不知怎的，女人就倒了霉：项颈上，手上，脚上，全都锁上了链条，扣上了圈儿，环儿，——虽则过了几千年这些圈儿环儿大都已经变成了金的银的，镶上了珍珠宝钻，然而这些项圈，镯子，戒指等等，到现在还是女奴的象征。既然女人成了奴隶，那就男人不必征求她的同意再去“爱”她了。古代部落之间的战争，结果俘虏会变成奴隶，女俘虏就会被强奸。那时候，大概春情发动期早就“取消”了，随时随地男主人都可以强奸女俘虏，女奴隶。现代强盗恶棍之流的不把女人当人，其实是大有酋长式武士道的遗风的。

但是，强奸的本领虽然已经是人比禽兽“进化”的一步，究竟还只是半开化。你想，女的哭哭啼啼，扭手扭脚，能有多大兴趣？自从金钱这宝贝出现之后，男人的进化就真的了不得了。天下的一切都可以买卖，性欲自然并非例外。男人化几个臭钱，就可以得到他在女人身上所要得到的东西。而且他可以给她说：我并非强奸你，这是你自愿的，你愿意拿几个钱，你就得如此这般，百依百顺，咱们是公平交易！蹂躏了她，还要她说声“谢谢你，大少”。这是禽兽干得来的么？所以嫖妓是男人进化的颇高的阶段了。

同时，父母之命媒妁之言的旧式婚姻，却要比嫖妓更高明。这制度之下，男人得到永久的终身的活财产。当新妇被人放到新郎的床上的时候，她只有义务，她连讲价钱的自由也没有，何况恋爱。不管你爱不爱，在周公孔圣人的名义之下，你得从一而终，你得守贞操。男人可以随时使用她，而她却要遵守圣贤的礼教，即使“只在心里动了恶念，也要算犯奸淫”的。如果雄狗对雌狗用起这样巧妙而严厉的手段来，雌的一定要急得“跳墙”。然而人却只会跳井，当节妇，贞女，烈女去。礼教婚姻的进化意义，也就可想而知了。

至于男人会用“最科学的”学说，使得女人虽无礼教，也能心甘情愿地从一而终，而且深信性欲是“兽欲”，不应当作为恋爱的基本条件；因此发明“科学的贞操”，——那当然是文明进化的顶点了。

呜呼，人——男人——之所以异于禽兽者！

自注：这篇文章是卫道的文章。

九月三日。

（本篇最初发表于1933年9月16日《申报·自由谈》，选自《准风月谈》）

电影的教训

当我在家乡的村子里看中国旧戏的时候，是还未被教育成“读书人”的时候，小朋友大抵是农民。爱看的是翻筋斗，跳老虎，一把烟焰，现出一个妖精来；对于剧情，似乎都不大和我们有关系。大面和老生的争城夺地，小生和正旦的离合悲欢，全是他们的事，捏锄头柄人家的孩子，自己知道是决不会登坛拜将，或上京赴考的。但还记得有一出给了感动的戏，好像是叫作《斩木诚》。一个大官蒙了不白之冤，非被杀不可了，他家里有一个老家丁，面貌非常相像，便代他去“伏法”。那悲壮的动作和歌声，真打动了看客的心，使他们发见了自己的好模范。因为我的家乡的农人，农忙一过，有些是给大户去帮忙的。为要做得像，临刑时候，主母照例的必须去“抱头大哭”，然而被他踢开了，虽在此时，名分也得严守，这是忠仆，义士，好人。

但到我在上海看电影的时候，却早是成为“下等华人”的了，看楼上坐着白人和阔人，楼下排着中等和下等的“华胄”，银幕上现出白色兵们打仗，白色老爷发财，白色小姐结婚，白色英雄探险，令看客佩服，羡慕，恐怖，自己觉得做不到。但当白色英雄探险非洲时，却常有黑色的忠仆来给他开路，服役，拚命，替死，使主子安然的回家；待到他豫备第二次探险时，忠仆不可再得，便又记起了死者，脸色一沉，银幕上就现出一个他记忆上的黑色的面貌。黄脸的看客也大抵在微光中把脸色一沉：他们被感动了。

幸而国产电影也在挣扎起来，耸身一跳，上了高墙，举手一扬，掷出飞剑，不过这也和十九路军[1]一同退出上海，现在是正在准备开映屠格纳夫的《春潮》和茅盾的《春蚕》了。当然，这是进步的。但这时候，却先来了一部竭力宣传的《瑶山艳史》[2]。

这部片子，主题是“开化瑶民”，机键是“招驸马”，令人记起《四郎探母》以及《双阳公主追狄》这些戏本来。中国的精神文明主宰全世界的伟论，近来不大听到了，要想去开化，自然只好退到苗瑶之类的里面去，而要成这种大事业，却首先须“结亲”，黄帝子孙，也和黑人一样，不能和欧亚大国的公主结亲，所以精神文明就无法传播。这是大家可以由此明白的。

九月七日。

（本篇最初发表于1933年9月11日《申报·自由谈》，选自《准风月谈》）

礼

看报，是有益的，虽然有时也沉闷。例如罢，中国是世界上国耻纪念最多的国家，到这一天，报上照例得有几块记载，几篇文章。但这事真也闹得太重叠，太长久了，就很容易千篇一律，这一回可用，下一回也可用，去年用过了，明年也许还可用，只要没有新事情。即使有了，成文恐怕也仍然可以用，因为反正总只能说这几句话。所以倘不是健忘的人，就会觉得沉闷，看不出新的启示来。

然而我还是看。今天偶然看见北京追悼抗日英雄邓文的记事，首先是报告，其次是演讲，最末，是“礼成，奏乐散会”。

我于是得了新的启示：凡纪念，“礼”而已矣。

[1] 十九路军：指国民党第十九路军。1932年1月28日日本军队进攻上海，驻在上海的十九路军曾进行抵抗；后国民党政府与日本帝国主义签订上海停战协定，将十九路军调往福建。

[2] 《瑶山艳史》：当时上映的一部侮辱少数民族的影片，上海艺联影业公司出品。片中有在瑶区从事“开化”工作的男主角向瑶王女儿求爱，决心不再“出山”的情节。该片曾获国民党中央党部嘉奖，“开化瑶民”一语，见于嘉奖函中。

中国原是“礼义之邦”，关于礼的书，就有三大部，连在外国也译出了，我真特别佩服《仪礼》的翻译者。事君，现在可以不谈了；事亲，当然要尽孝，但殁后的办法，则已归入祭礼中，各有仪，就是现在的拜忌日，做阴寿之类。新的忌日添出来，旧的忌日就淡一点，“新鬼大，故鬼小”也。我们的纪念日也是对于旧的几个比较的不起劲，而新的几个之归于淡漠，则只好以俟将来，和人家的拜忌辰是一样的。有人说，中国的国家以家族为基础，真是有识见。

中国又原是“礼让为国”的，既有礼，就必能让，而愈能让，礼也就愈繁了。总之，这一节不说也罢。

古时候，或以黄老治天下，或以孝治天下。现在呢，恐怕是入于以礼治天下的时期了，明乎此，就知道责备民众的对于纪念日的淡漠是错的，《礼》曰：“礼不下庶人”；舍不得物质上的什么东西也是错的，孔子不云乎：“赐也，尔爱其羊，我爱其礼！”

“非礼勿视，非礼勿听，非礼勿言，非礼勿动”，静静的等着别人的“多行不义，必自毙”，礼也。

九月二十日。

（本篇最初发表于1933年9月22日《申报·自由谈》，选自《准风月谈》）

打听印象

五四运动以后，好像中国人就发生了一种新脾气，是：倘有外国的名人或阔人新到，就喜欢打听他对于中国的印象。

罗素到中国讲学，急进的青年们开会欢宴，打听印象。罗素道：“你们待我这么好，就是要说坏话，也不好说了。”急进的青年愤愤然，以为他滑头。

萧伯纳周游过中国，上海的记者群集访问，又打听印象。萧道：“我有什么意见，与你们都不相干。假如我是个武人，杀死个十万条人命，你们才会尊重我的意见。”革命家和非革命家都愤愤然，以为他刻薄。

这回是瑞典的卡尔亲王到上海了，记者先生也发表了他的印象：“……足迹所经，均蒙当地官民殷勤招待，感激之余，异常愉快。今次游览观感所得，对于贵国政府及国民，有极度良好之印象，而永远不能磨灭者也。”这最稳妥，我想，是不至于招出什么是非来的。

其实是，罗萧两位，也还不算滑头和刻薄的，假如有这么一个外国人，遇见有人问他印象时，他先反问道：“你先生对于自己中国的印象怎么样？”那可真是一篇难以下笔的文章。

我们是生长在中国的，倘有所感，自然不能算“印象”；但意见也好；而意见又怎么说呢？说我们像浑水里的鱼，活得胡里胡涂，莫名其妙罢，不像意见。说中国好得很罢，恐怕也难。这就是爱国者所悲痛的所谓“失掉了国民的自信”，然而实在也好像失掉了，向各人打听印象，就恰如求签问卜，自己心里先自狐疑着了的缘故。

我们里面，发表意见的固然也有的，但常见的是无拳无勇，未曾“杀死十万条人命”，倒是自称“小百姓”的人，所以那意见也无人“尊重”，也就是和大家“不相干”。至于有位有势的大人物，则在野时候，也许是很急进的罢，但现在呢，一声不响，中国“待我这么好，就是要说坏话，也不好说了”。看当时欢宴罗素，而愤愤于他那答话的由新潮社而发迹的诸公的现在，实在令人觉得罗素并非滑头，倒是一个先知的讽刺家，将十年后的心思豫先说去了。

这是我的印象，也算一篇拟答案，是从外国人的嘴上抄来的。

九月二十日。

（本篇最初发表于1933年9月24日《申报·自由谈》，选自《准风月谈》）

吃 教

达一先生在《文统之梦》里，因刘勰自谓梦随孔子，乃始论文，而后来做了和尚，遂讥其“贻羞往圣”。其实是中国自南北朝以来，凡有文人学士，道士和尚，大抵以“无特操”为特色的。晋以来的名流，每一个人总有三种小玩意，一是《论语》和《孝经》，二是《老子》，三是《维摩诘经》，不但采作谈资，并且常常做一点注解。唐有三教辩论，后来变成大家打诨；所谓名儒，做几篇伽蓝碑文也不算什么大事。宋儒道貌岸然，而窃取禅师的语录。清呢，去今不远，我们还可以知道儒者的相信《太上感应篇》和《文昌帝君阴骘文》，并且会请和尚到家里来拜忏。

耶稣教传入中国，教徒自以为信教，而教外的小百姓却都叫他们是“吃教”的。这两个字，真是提出了教徒的“精神”，也可以包括大多数的儒释道教之流的信者，也可以移用于许多“吃革命饭”的老英雄。

清朝人称八股文为“敲门砖”，因为得到功名，就如打开了门，砖即无用。近年则有杂志上的所谓“主张”。《现代评论》之出盘，不是为了迫压，倒因为这派作者的飞腾；《新月》的冷落，是老社员都“爬”了上去，和月亮距离远起来了。这种东西，我们为要和“敲门砖”区别，称之为“上天梯”罢。

“教”之在中国，何尝不如此。讲革命，彼一时也；讲忠孝，又一时也；跟大拉嘛打圈子，又一时也；造塔藏主义，又一时也。[1] 宜于专吃的时代，则指归应定于一尊，有宜合吃的时代，则诸教亦本非异致，不过一碟是全鸭，一碟是杂拌儿而已。刘勰亦然，盖仅由“不撤姜食”一变而为吃斋，于胃脏里的分量原无差别，何况以和尚而注《论语》《孝经》或《老子》，也还是不失为一种“天经地义”呢？

九月二十七日。

（本篇最初发表于1933年9月29日《申报·自由谈》，选自《准风月谈》）

[1] 国民党政客戴季陶等人在九一八事变后，拉拢当时的班禅喇嘛，以超荐天灾兵祸死去的鬼魂等名义，先后发起“仁王护国法会”、“普利法会”等，诵经礼佛。戴又于1933年5月在南京中山陵附近筑塔，收藏孙中山的遗著抄本。

花边文学

“京派”与“海派”

自从北平某先生在某报上有扬“京派”而抑“海派”之言，颇引起了一番议论。最先是上海某先生在某杂志上的不平，且引别一某先生的陈言，以为作者的籍贯，与作品并无关系，要给北平某先生一个打击。

其实，这是不足以服北平某先生之心的。所谓“京派”与“海派”，本不指作者的本籍而言，所指的乃是一群人所聚的地域，故“京派”非皆北平人，“海派”亦非皆上海人。梅兰芳博士，戏中之真正京派也，而其本贯，则为吴下。但是，籍贯之都鄙，固不能定本人之功罪，居处的文陋，却也影响于作家的神情，孟子曰：“居移气，养移体”，此之谓也。北京是明清的帝都，上海乃各国之租界，帝都多官，租界多商，所以文人之在京者近官，没海者近商，近官者在使官得名，近商者在使商获利，而自己也赖以糊口。要而言之，不过“京派”是官的帮闲，“海派”则是商的帮忙而已。但从官得食者其情状隐，对外尚能傲然，从商得食者其情状显，到处难于掩饰，于是忘其所以者，遂据以有清浊之分。而官之鄙商，固亦中国旧习，就更使“海派”在“京派”的眼中跌落了。

而北京学界，前此固亦有其光荣，这就是五四运动的策动。现在虽然还有历史上的光辉，但当时的战士，却“功成，名遂，身退”者有之，“身稳”者有之，“身升”者更有之，好好的一场恶斗，几乎令人有“若要官，杀人放火受招安”之感。“昔人已乘黄鹤去，此地空余黄鹤楼”，前年大难临头，北平的学者们所想援以掩护自己的是古文化，而惟一大事，则是古物的南迁，这不是自己彻底的说明了北平所有的是什么了吗？

但北平究竟还有古物，且有古书，且有古都的人民。在北平的学者文人们，又大抵有着讲师或教授的本业，论理，研究或创作的环境，实在是比“海派”来得优越的，我希望着能够看见学术上，或文艺上的大著作。

一月三十日。

（本篇最初发表于1934年2月3日《申报·自由谈》，选自《花边文学》）

北人与南人

这是看了“京派”与“海派”的议论之后，牵连想到的——

北人的卑视南人，已经是一种传统。这也并非因为风俗习惯的不同，我想，那大原因，是在历来的侵入者多从北方来，先征服中国之北部，又携了北人南征，所以南人在北人的眼中，也是被征服者。

二陆入晋，北方人士在欢欣之中，分明带着轻薄，举证太烦，姑且不谈罢。容易看的是，羊衒之的《洛阳伽蓝记》中，就常诋南人，并不视为同类。至于元，则人民截然分为四等，一蒙古人，二色目人，三汉人即北人，第四等才是南人，因为他是最后投降的一伙。最后投降，从这边说，是矢尽援绝，这才罢战的南方之强，从那边说，却是不识顺逆，久梗王师的贼。孑遗自然还是投降的，然而为奴隶的资格因此就最浅，因为浅，所以班次就最下，谁都不妨加以卑视了。到清朝，又重理了这一篇账，至今还流衍着余波；如果此后的历史是不再回旋的，那真不独是南人的如天之福。

当然，南人是有缺点的。权贵南迁，就带了腐败颓废的风气来，北方倒反而干净。性情也不同，有缺点，也有特长，正如北人的兼具二者一样。据我所见，北人的优点是厚重，南人的优点是机灵。但厚重之弊也愚，机灵之弊也狡，所以某先生曾经指出缺点道：北方人是“饱食终日，无所用心”；南方人是“群居终日，言不及义”。就有闲阶级而言，我以为大体是的确的。

缺点可以改正，优点可以相师。相书上有一条说，北人南相，南人北相者贵。我看这并不是妄语。北人南相者，是厚重而又机灵，南人北相者，不消说是机灵而又能厚重。昔人之所谓“贵”，不过是当时的成功，在现在，那就是做成有益的事业了。这是中国人的一种小小的自新之路。

不过做文章的是南人多，北方却受了影响。北京的报纸上，油嘴滑舌，吞吞吐吐，顾影自怜的文字不是比六七年前多了吗？这倘和北方固有的“贫嘴”一结婚，产生出来的一定是一种不祥的新劣种！

一月三十日。

（本篇最初发表于1934年2月4日《申报·自由谈》，选自《花边文学》）

朋 友

我在小学的时候，看同学们变小戏法，“耳中听字”呀，“纸人出血”呀，很以为有趣。庙会时就有传授这些戏法的人，几枚铜元一件，学得来时，倒从此索然无味了。进中学是在城里，于是兴致勃勃的看大戏法，但后来有人告诉了我戏法的秘密，我就不再高兴走近圈子的旁边。去年到上海来，才又得到消遣无聊的处所，那便是看电影。

但不久就在书上看到一点电影片子的制造法，知道了看去好像千丈悬崖者，其实离地不过几尺，奇禽怪兽，无非是纸做的。这使我从此不很觉得电影的神奇，倒往往只留心它的破绽，自己也无聊起来，第三回失掉了消遣无聊的处所。有时候，还自悔去看那一本书，甚至于恨到那作者不该写出制造法来了。

暴露者揭发种种隐秘，自以为有益于人们，然而无聊的人，为消遣无聊计，是甘于受欺，并且安于自欺的，否则就更无聊赖。因为这，所以使戏法长存于天地之间，也所以使暴露幽暗不但为欺人者所深恶，亦且为被欺者所深恶。

暴露者只在有为的人们中有益，在无聊的人们中便要灭亡。自救之道，只在虽知一切隐秘，却不动声色，帮同欺人，欺那自甘受欺的无聊的人们，任它无聊的戏法一套一套的，终于反反复复的变下去。周围是总有这些人会看的。

变戏法的时时拱手道："……出家靠朋友！"有几分就是对着明白戏法的底细者而发的，为的是要他不来戳穿西洋镜。

"朋友，以义合者也"，但我们向来常常不作如此解。

四月二十二日。

（本篇最初发表于1934年5月1日《申报·自由谈》，选自《花边文学》）

小品文的生机

去年是"幽默"大走鸿运的时候，《论语》以外，也是开口幽默，闭口幽默，这人是幽默家，那人也是幽默家。不料今年就大塌其台，这不对，那又不对，一切罪恶，全归幽默，甚至于比之文场的丑脚。骂幽默竟好像是洗澡，只要来一下，自己就会干净似的了。

倘若真的是"天地大戏场"，那么，文场上当然也一定有丑脚——然而也一定有黑头。丑脚唱着丑脚戏，是很平常的，黑头改唱了丑脚戏，那就怪得很，但大戏场上却有时真会有这等事。这就使直心眼人跟着歪心眼人嘲骂，热情人愤怒，脆情人心酸。为的是唱得不内行，不招人笑吗？并不是的，他比真的丑脚还可笑。

那愤怒和心酸，为的是黑头改唱了丑脚之后，事情还没有完。串戏总得有几个脚色：生，旦，末，丑，净，还有黑头。要不然，这戏也唱不久。为了一种原因，黑头只得改唱丑脚的时候，照成例，是一定丑脚倒来改唱黑头的。不但唱工，单是黑头涎脸扮丑脚，丑脚挺胸学黑头，戏场上只见白鼻子的和黑脸孔的丑脚多起来，也就滑天下之大稽。然而，滑稽而已，并非幽默。或人曰："中国无幽默。"这正是一个注脚。

更可叹的是被谥为"幽默大师"的林先生，竟也在《自由谈》上引了古人之言，曰：“夫饮酒猖狂，或沉寂无闻，亦不过洁身自好耳。今世癞鳖，欲使洁身自好者负亡国之罪，若然则‘今日乌合，明日鸟散，今日倒戈，明日凭轼，今日为君子，明日为小人，今日为小人，明日复为君子’之辈可无罪。”虽引据仍不离乎小品，但去“幽默”或“闲适”之道远矣。这又是一个注脚。

但林先生以谓新近各报上之攻击《人间世》，是系统的化名的把戏，却是错误的，证据是不同的论旨，不同的作风。其中固然有虽曾附骥，终未登龙的“名人”，或扮作黑头，而实是真正的丑脚的打诨，但也有热心人的谠论。世态是这么的纠纷，可见虽是小品，也正有待于分析和攻战的了，这或者倒是《人间世》的一线生机罢。

四月二十六日。

（本篇最初发表于1934年4月30日《申报·自由淡》，选自《花边文学》）

正是时候

“山梁雌雉，时哉时哉！”东西是自有其时候的。

圣经，佛典，受一部分人们的奚落已经十多年了，“觉今是而昨非”，现在就是复兴的时候。关岳，是清朝屡经封赠的神明，被民元革命所闲却；从新记得，是袁世凯的晚年，但又和袁世凯一同盖了棺；而第二次从新记得，则是在现在。

这时候，当然要重文言，掉文袋，标雅致，看古书。

如果是小家子弟，则纵使外面怎样大风雨，也还要勇往直前，拚命挣扎的，因为他没有安稳的老巢可归，只得向前干。虽然成家立业之后，他也许修家谱，造祠堂，俨然以旧家子弟自居，但这究竟是后话。倘是旧家子弟呢，为了逞雄，好奇，趋时，吃饭，固然也未必不出门，然而只因为一点小成功，或者一点小挫折，都能够使他立刻退缩。这一缩而且缩得不小，简直退回家，更坏的是他的家乃是一所古老破烂的大宅子。

这大宅子里有仓中的旧货，有壁角的灰尘，一时实在搬不尽。倘有坐食的余闲，还可以东寻西觅，那就修破书，擦古瓶，读家谱，怀祖德，来消磨他若干岁月。如果是穷极无聊了，那就更要修破书，擦古瓶，读家谱，怀祖德，甚而至于翻肮脏的墙根，开空虚的抽屉，想发见连他自己也莫名其妙的宝贝，来救这无法可想的贫穷。这两种人，小康和穷乏，是不同的，悠闲和急迫，是不同的，因而收场的缓促，也不同的，但当这时候，却都正在古董中讨生活，所以那主张和行为，便无不同，而声势也好像见得浩大了。

于是就又影响了一部分的青年们，以为在古董中真可以寻出自己的救星。他看看小康者，是这么闲适，看看急迫者，是这么专精，这，就总应该有些道理。会有仿效的人，是当然的。然而，时光也绝不留情，他将终于得到一个空虚，急迫者是妄想，小康者是玩笑。主张者倘无特操，无灼见，则说古董应该供在香案上或掷在茅厕里，其实，都不过在尽一时的自欺欺人的任务，要寻前例，是随处皆是的。

六月二十三日。

（本篇最初发表于1934年6月26日《申报·自由谈》，选自《花边文学》）

考场三丑

古时候，考试八股的时候，有三样卷子，考生是很失面子的，后来改考策论了，恐怕也还是这样子。第一样是“缴白卷”，只写上题目，做不出文章，或者简直连题目也不写。然而这最干净，因为别的再没有什么枝节了。第二样是“钞刊文”，他先已有了侥幸之心，读熟或带进些刊本的八股去，倘或题目相合，便即照钞，想瞒过考官的眼。品行当然比“缴白卷”的差了，但文章大抵是好的，所以也没有什么另外的枝节。第三样，最坏的是瞎写，不及格不必说，还要从瞎写的文章里，给人寻出许多笑话来。人们在茶余酒后作为谈资的，大概是这一种。

“不通”还不在其内，因为即使不通，他究竟是在看题目做文章了；况且做文章做到不通的境地也就不容易，我们对于中国古今文学家，敢保证谁决没有一句不通的文章呢？有些人自以为“通”，那是因为他连“通”“不通”都不了然的缘故。

今年的考官之流，颇在讲些中学生的考卷的笑柄。其实这病源就在于瞎写。那些题目，是只要能够钞刊文，就都及格的。例如问“十三经”是什么，文天祥是那朝人，全用不着自己来挖空心思做，一做，倒糟糕。于是使文人学士大叹国学之衰落，青年之不行，好像惟有他们是文林中的硕果似的，像煞有介事了。

但是，钞刊文可也不容易。假使将那些考官们锁在考场里，骤然问他几条较为陌生的古典，大约即使不瞎写，也未必不缴白卷的。我说这话，意思并不在轻议已成的文人学士，只以为古典多，记不清不足奇，都记得倒古怪。古书不是很有些曾经后人加过注解的么？那都是坐在自己的书斋里，查群籍，翻类书，穷年累月，这才脱稿的，然而仍然有“未详”，有错误。现在的青年当然是无力指摘它了，但作证的却有别人的什么“补正”在；而且补而又补，正而又正者，也时或有之。

由此看来，如果能钞刊文，而又敷衍得过去，这人便是现在的大人物；青年学生有一些错，不过是常人的本分而已，但竟为世诟病，我很诧异他们竟没有人呼冤。

九月二十五日。

（本篇最初发表于1934年10月20日《太白》半月刊第1卷第3期，选自《花边文学》）

骂杀与捧杀

现在有些不满于文学批评的，总说近几年的所谓批评，不外乎捧与骂。

其实所谓捧与骂者，不过是将称赞与攻击，换了两个不好看的字眼。指英雄为英雄，说娼妇是娼妇，表面上虽像捧与骂，实则说得刚刚合式，不能责备批评家的。批评家的错处，是在乱骂与乱捧，例如说英雄是娼妇，举娼妇为英雄。

批评的失了威力，由于“乱”，甚而至于“乱”到和事实相反，这底细一被大家看出,那效果有时也就相反了。所以现在被骂杀的少,被捧杀的却多。

人古而事近的，就是袁中郎。这一班明末的作家，在文学史上，是自有他们的价值和地位的。而不幸被一群学者们捧了出来，颂扬，标点，印刷，“色借，日月借，烛借，青黄借，眼色无常。声借，钟鼓借，枯竹窍借……”借得他一榻胡涂，正如在中郎脸上，画上花脸，却指给大家看，啧啧赞叹道：“看哪，这多么‘性灵’呀！”对于中郎的本质，自然是并无关系的，但在未经别人将花脸洗清之前，这“中郎”总不免招人好笑，大触其霉头。

人近而事古的，我记起了泰戈尔。他到中国来了，开坛讲演，人给他摆出一张琴，烧上一炉香，左有林长民，右有徐志摩，各各头戴印度帽。徐诗人开始绍介了：“唵！叽哩咕噜，白云清风，银磬……当！”说得他好像活神仙一样，于是我们的地上的青年们失望，离开了。神仙和凡人，怎能不离开呢？但我今年看见他论苏联的文章，自己声明道：“我是一个英国治下的印度人。”他自己知道得明明白白。大约他到中国来的时候，决不至于还胡涂，如果我们的诗人诸公不将他制成一个活神仙，青年们对于他是不至于如此隔膜的。现在可是老大的晦气。

以学者或诗人的招牌，来批评或介绍一个作者，开初是很能够蒙混旁人的，但待到旁人看清了这作者的真相的时候，却只剩了他自己的不诚恳，或学识的不够了。然而如果没有旁人来指明真相呢，这作家就从此被捧杀，不知道要多少年后才翻身。

十一月十九日。

（本篇最初发表于1934年11月23日《中华日报·动向》，选自《花边文学》）

女人未必多说谎

侍桁先生在《谈说谎》里，以为说谎的原因之一是由于弱，那举证的事实，是："因此为什么女人讲谎话要比男人来得多。"

那并不一定是谎话，可是也不一定是事实。我们确也常常从男人们的嘴里，听说是女人讲谎话要比男人多，不过却也并无实证，也没有统计。叔本华先生痛骂女人，他死后，从他的书籍里发见了医梅毒的药方；还有一位奥国的青年学者[1]，我忘记了他的姓氏，做了一大本书，说女人和谎话是分不开的，然而他后来自杀了。我恐怕他自己正有神经病。

我想，与其说"女人讲谎话要比男人来得多"，不如说"女人被人指为'讲谎话要比男人来得多'的时候来得多"，但是，数目字的统计自然也没有。

譬如罢，关于杨妃，禄山之乱以后的文人就都撒着大谎，玄宗逍遥事外，倒说是许多坏事情都由她，敢说"不闻夏殷衰，中自诛褒妲"的有几个。就是妲己，褒姒，也还不是一样的事？女人的替自己和男人伏罪，真是太长远了。

今年是"妇女国货年"[2]，振兴国货，也从妇女始。不久，是就要挨骂的，因为国货也未必因此有起色，然而一提倡，一责骂，男人们的责任也尽了。

记得某男士有为某女士鸣不平的诗道："君王城上竖降旗，妾在深宫那得知？二十万人齐解甲，更无一个是男儿！"[3]快哉快哉！

一月八日。

（本篇最初发表于1934年1月12日《申报·自由谈》，选自《花边文学》）

论秦理斋夫人事

这几年来，报章上常见有因经济的压迫，礼教的制裁而自杀的记事，但为了这些，便来开口或动笔的人是很少的。只有新近秦理斋夫人及其子女一

[1] 指华宁该尔（O.Weininger，1880—1903）。他在1903年出版的《性和性格》一书中说女性"能说谎"，"往往是虚伪的"。

[2] 1933年12月上海市商会等团体议定1934年为"妇女国货年"，要求妇女增强爱国观念，购买国货。

[3] 相传这是五代时后蜀主孟昶的妃子花蕊夫人所作《国亡诗》。

家四口的自杀[1]，却起过不少的回声，后来还出了一个怀着这一段新闻记事的自杀者，更可见其影响之大了。我想，这是因为人数多。单独的自杀，盖已不足以招大家的青睐了。

一切回声中，对于这自杀的主谋者——秦夫人，虽然也加以恕辞；但归结却无非是诛伐。因为——评论家说——社会虽然黑暗，但人生的第一责任是生存，倘自杀，便是失职，第二责任是受苦，倘自杀，便是偷安。进步的评论家则说人生是战斗，自杀者就是逃兵，虽死也不足以蔽其罪。这自然也说得下去的，然而未免太笼统。

人间有犯罪学者，一派说，由于环境；一派说，由于个人。现在盛行的是后一说，因为倘信前一派，则消灭罪犯，便得改造环境，事情就麻烦，可怕了。而秦夫人自杀的批判者，则是大抵属于后一派。

诚然，既然自杀了，这就证明了她是一个弱者。但是，怎么会弱的呢？要紧的是我们须看看她的尊翁的信札，为了要她回去，既耸之以两家的名声，又动之以亡人的乩语。我们还得看看她的令弟的挽联："妻殉夫，子殉母……"不是大有视为千古美谈之意吗？以生长及陶冶在这样的家庭中的人，又怎么能不成为弱者？我们固然未始不可责以奋斗，但黑暗的吞噬之力，往往胜于孤军，况且自杀的批判者未必就是战斗的应援者，当他人奋斗时，挣扎时，败绩时，也许倒是鸦雀无声了。穷乡僻壤或都会中，孤儿寡妇，贫女劳人之顺命而死，或虽然抗命，而终于不得不死者何限，但曾经上谁的口，动谁的心呢？真是"自经于沟渎而莫之知也"[2]！

人固然应该生存，但为的是进化；也不妨受苦，但为的是解除将来的一切苦；更应该战斗，但为的是改革。责别人的自杀者，一面责人，一面正也应该向驱人于自杀之途的环境挑战，进攻。倘使对于黑暗的主力，不置一辞，不发一矢，而但向"弱者"唠叨不已，则纵使他如何义形于色，我也不能不说——我真也忍不住了——他其实乃是杀人者的帮凶而已。

[1] 1934年2月25日《申报》馆英文译员秦理斋在上海病逝后，住在无锡的秦父要秦妻龚尹霞回乡，她由于子女在沪读书不能回去，在多次受到秦父的严厉催逼后，5月5日她和子女四人一同服毒自杀。

[2] 语出《论语·宪问》。自经，即自缢。

五月二十四日。

（本篇最初发表于1934年6月1日《申报·自由谈》，选自《花边文学》）

算 账

说起清代的学术来，有几位学者总是眉飞色舞，说那发达是为前代所未有的。[1] 证据也真够十足：解经的大作，层出不穷，小学也非常的进步；史论家虽然绝迹了，考史家却不少；尤其是考据之学，给我们明白了宋明人决没有看懂的古书……

但说起来可又有些踌躇，怕英雄也许会因此指定我是犹太人，其实，并不是的。我每遇到学者谈起清代的学术时，总不免同时想："扬州十日"，"嘉定三屠"这些小事情，不提也好罢，但失去全国的土地，大家十足做了二百五十年奴隶，却换得这几页光荣的学术史，这买卖，究竟是赚了利，还是折了本呢？

可惜我又不是数学家，到底没有弄清楚。但我直觉的感到，这恐怕是折了本，比用庚子赔款来养成几位有限的学者，亏累得多了。

但恐怕这又不过是俗见。学者的见解，是超然于得失之外的。虽然超然于得失之外，利害大小之辨却又似乎并非全没有。大莫大于尊孔，要莫要于崇儒，所以只要尊孔而崇儒，便不妨向任何新朝俯首。对新朝的说法，就叫作"反过来征服中国民族的心"[2]。

而这中国民族的有些心，真也被征服得彻底，到现在，还在用兵燹，疠疫，水旱，风蝗，换取着孔庙重修，雷峰塔再建，男女同行犯忌，四库珍本发行这些大门面。

我也并非不知道灾害不过暂时，如果没有记录，到明年就会大家不提起，然而光荣的事业却是永久的。但是，不知怎地，我虽然并非犹太人，却总有

[1] 指梁启超、胡适等人。他们对清代学术都极为推崇。

[2] 这是胡适的言论。他在1933年3月18日一次谈话中称，日本"只有一个方法可以征服中国，即彻底停止侵略，反过来征服中国民族的心"。

些喜欢讲损益，想大家来算一算向来没有人提起过的这一笔账。——而且，现在也正是这时候了。

七月十七日。

（本篇最初发表于1934年7月23日《申报·自由谈》，选自《花边文学》）

中秋二愿

前几天真是“悲喜交集”。刚过了国历的九一八，就是“夏历”的“中秋赏月”，还有“海宁观潮”。因为海宁，就又有人来讲“乾隆皇帝是海宁陈阁老的儿子”了。这一个满洲“英明之主”，原来竟是中国人掉的包，好不阔气，而且福气。不折一兵，不费一矢，单靠生殖机关便革了命，真是绝顶便宜。

中国人是尊家族，尚血统的，但一面又喜欢和不相干的人们去攀亲，我真不知道是什么意思。从小以来，什么“乾隆是从我们汉人的陈家悄悄的抱去的”呀，“我们元朝是征服了欧洲的”呀之类，早听的耳朵里起茧了，不料到得现在，纸烟铺子的选举中国政界伟人投票，还是列成吉思汗为其中之一人；开发民智的报章，还在讲满洲的乾隆皇帝是陈阁老的儿子。

古时候，女人的确去和过番；在演剧里，也有男人招为番邦的驸马，占了便宜，做得津津有味。就是近事，自然也还有拜侠客做干爷，给富翁当赘婿，陡了起来的，不过这不能算是体面的事情。男子汉，大丈夫，还当别有所能，别有所志，自恃着智力和另外的体力。要不然，我真怕将来大家又大说一通日本人是徐福的子孙[1]。

一愿：从此不再胡乱和别人去攀亲。

但竟有人给文学也攀起亲来了，他说女人的才力，会因与男性的肉体关

[1] 徐福是秦代方士。据史书载，秦始皇派他带童男童女数千人入东海求仙，数年不得。后来传说他到了日本，留居不返。

系而受影响，并举欧洲的几个女作家，都有文人做情人来作证据。[1] 于是又有人来驳他，说这是弗洛伊特说，不可靠。其实这并不是弗洛伊特说，他不至于忘记梭格拉第太太全不懂哲学，托尔斯泰太太不会做文章这些反证的。况且世界文学史上，有多少中国所谓“父子作家”“夫妇作家”那些“肉麻当有趣”的人物在里面？因为文学和梅毒不同，并无霉菌，决不会由性交传给对手的。至于有“诗人”在钓一个女人，先捧之为“女诗人”，那是一种讨好的手段，并非他真传染给她了诗才。

二愿：从此眼光离开脐下三寸。

九月二十五日。

（本篇最初发表于1934年9月28日《中华日报·动向》，选自《花边文学》）

[1] 这种说法见于1934年8月29日天津《庸报》所载《评日本女作家——思想转移多与生理有关系》文。

且介亭杂文

关于中国的两三件事

一　关于中国的火

希腊人所用的火，听说是在一直先前，普洛美修斯从天上偷来的，但中国的却和它不同，是燧人氏自家所发见——或者该说是发明罢。因为并非偷儿，所以拴在山上，给老雕去啄的灾难是免掉了，然而也没有普洛美修斯那样的被传扬，被崇拜。

中国也有火神的。但那可不是燧人氏，而是随意放火的莫名其妙的东西。

自从燧人氏发见，或者发明了火以来，能够很有味的吃火锅，点起灯来，夜里也可以工作了，但是，真如先哲之所谓"有一利必有一弊"罢，同时也开始了火灾，故意点上火，烧掉那有巢氏所发明的巢的了不起的人物也出现了。

和善的燧人氏是该被忘却的。即使伤了食，这回是属于神农氏的领域了，所以那神农氏，至今还被人们所记得。至于火灾，虽然不知道那发明家究竟是什么人，但祖师总归是有的，于是没有法，只好漫称之曰火神，而献以敬畏。看他的画像，是红面孔，红胡须，不过祭祀的时候，却须避去一切红色的东西，而代之以绿色。他大约像西班牙的牛一样，一看见红色，便会亢奋起来，做出一种可怕的行动的。

他因此受着崇祀。在中国，这样的恶神还很多。

然而，在人世间，倒似乎因了他们而热闹。赛会也只有火神的，燧人氏的却没有。倘有火灾，则被灾的和邻近的没有被灾的人们，都要祭火神，以表感谢之意。被了灾还要来表感谢之意，虽然未免有些出于意外，但若不祭，据说是第二回还会烧，所以还是感谢了的安全。而且也不但对于火神，就是对于人，有时也一样的这么办，我想，大约也是礼仪的一种罢。

其实，放火，是很可怕的，然而比起烧饭来，却也许更有趣。外国的事情我不知道，若在中国，则无论查检怎样的历史，总寻不出烧饭和点灯的人们的列传来。在社会上，即使怎样的善于烧饭，善于点灯，也毫没有成为名人的希望。然而秦始皇一烧书，至今还俨然做着名人，至于引为希特拉烧书事件的先例。假使希特拉太太善于开电灯，烤面包罢，那么，要在历史上寻一点先例，恐怕可就难了。但是，幸而那样的事，是不会哄动一世的。

烧掉房子的事，据宋人的笔记说，是开始于蒙古人的。因为他们住着帐篷，不知道住房子，所以就一路的放火。然而，这是诳话。蒙古人中，懂得汉文的很少，所以不来更正的。其实，秦的末年就有着放火的名人项羽在，一烧阿房宫，便天下闻名，至今还会在戏台上出现，连在日本也很有名。然而，在未烧以前的阿房宫里每天点灯的人们，又有谁知道他们的名姓呢？

现在是爆裂弹呀，烧夷弹呀之类的东西已经做出，加以飞机也很进步，如果要做名人，就更加容易了。而且如果放火比先前放得大，那么，那人就也更加受尊敬，从远处看去，恰如救世主一样，而那火光，便令人以为是光明。

二　关于中国的王道

在前年，曾经拜读过中里介山氏的大作《给支那及支那国民的信》。只记得那里面说，周汉都有着侵略者的资质。而支那人都讴歌他，欢迎他了。连对于朔北的元和清，也加以讴歌了。只要那侵略，有着安定国家之力，保护民生之实，那便是支那人民所渴望的王道，于是对于支那人的执迷不悟之点，愤慨得非常。

那“信”，在满洲出版的杂志上，是被译载了的，但因为未曾输入中国，所以像是回信的东西，至今一篇也没有见。只在去年的上海报上所载的胡适博士的谈话里，有的说，“只有一个方法可以征服中国，即彻底停止侵略，反过来征服中国民族的心。”不消说，那不过是偶然的，但也有些令人觉得好像是对于那信的答复。

征服中国民族的心，这是胡适博士给中国之所谓王道所下的定义，然而我想，他自己恐怕也未必相信自己的话的罢。在中国，其实是彻底的未曾有过王道，“有历史癖和考据癖”的胡博士，该是不至于不知道的。

不错，中国也有过讴歌了元和清的人们，但那是感谢火神之类，并非连心也全被征服了的证据。如果给与一个暗示，说是倘不讴歌，便将更加虐待，那么，即使加以或一程度的虐待，也还可以使人们来讴歌。四五年前，我曾经加盟于一个要求自由的团体,而那时的上海教育局长陈德征氏勃然大怒道，在三民主义的统治之下，还觉得不满么？那可连现在所给与着的一点自由也要收起了。而且，真的是收起了的。每当感到比先前更不自由的时候，我一面佩服着陈氏的精通王道的学识，一面有时也不免想，真该是讴歌三民主义的。然而，现在是已经太晚了。

在中国的王道，看去虽然好像是和霸道对立的东西，其实却是兄弟，这之前和之后，一定要有霸道跑来的。人民之所讴歌，就为了希望霸道的减轻，或者不更加重的缘故。

汉的高祖，据历史家说，是龙种，但其实是无赖出身，说是侵略者，恐怕有些不对的。至于周的武王，则以征伐之名入中国，加以和殷似乎连民族也不同，用现代的话来说，那可是侵略者。然而那时的民众的声音，现在已经没有留存了。孔子和孟子确曾大大的宣传过那王道，但先生们不但是周朝的臣民而已，并且周游历国，有所活动，所以恐怕是为了想做官也难说。说得好看一点，就是因为要“行道”，倘做了官，于行道就较为便当，而要做官，则不如称赞周朝之为便当的。然而，看起别的记载来，却虽是那王道的祖师而且专家的周朝，当讨伐之初，也有伯夷和叔齐扣马而谏，非拖开不可；纣的军队也加反抗，非使他们的血流到漂杵不可。接着是殷民又造了反，虽然特别称之曰“顽民”，从王道天下的人民中除开，但总之，似乎究竟有了一种什么破绽似的。好个王道，只消一个顽民，便将它弄得毫无根据了。

儒士和方士，是中国特产的名物。方士的最高理想是仙道，儒士的便是王道。但可惜的是这两件在中国终于都没有。据长久的历史上的事实所证明，则倘说先前曾有真的王道者，是妄言，说现在还有者，是新药。孟子生于周季，所以以谈霸道为羞，倘使生于今日，则跟着人类的智识范围的展开，怕要羞谈王道的罢。

三　关于中国的监狱

我想，人们是的确由事实而从新省悟，而事情又由此发生变化的。从宋朝到清朝的末年，许多年间，专以代圣贤立言的“制艺”这一种烦难的文章取士，到得和法国打了败仗，这才省悟了这方法的错误。于是派留学生到西洋，开设兵器制造局，作为那改正的手段。省悟到这还不够，是在和日本打了败仗之后，这回是竭力开起学校来。于是学生们年年大闹了。从清朝倒掉，国民党掌握政权的时候起，才又省悟了这错误，作为那改正的手段的，是除了大造监狱之外，什么也没有了。

在中国，国粹式的监狱，是早已各处都有的，到清末，就也造了一点西洋式，即所谓文明式的监狱。那是为了示给旅行到此的外国人而建造，应该与为了和外国人好互相应酬，特地派出去，学些文明人的礼节的留学生，属于同一种类的。托了这福，犯人的待遇也还好，给洗澡，也给一定分量的饭吃，所以倒是颇为幸福的地方。但是，就在两三礼拜前，政府因为要行仁政了，还发过一个不准克扣囚粮的命令。从此以后，可更加幸福了。

至于旧式的监狱，则因为好像是取法于佛教的地狱的，所以不但禁锢犯人，此外还有给他吃苦的职掌。挤取金钱，使犯人的家属穷到透顶的职掌，有时也会兼带的。但大家都以为应该。如果有谁反对罢，那就等于替犯人说话，便要受恶党的嫌疑。然而文明是出奇的进步了，所以去年也有了提倡每年该放犯人回家一趟，给以解决性欲的机会的，颇是人道主义气味之说的官吏。其实，他也并非对于犯人的性欲，特别表着同情，不过因为总不愁竟会实行的，所以也就高声嚷一下，以见自己的作为官吏的存在。然而舆论颇为沸腾了。有一位批评家，还以为这么一来，大家便要不怕牢监，高高兴兴的进去了，很为世道人心愤慨了一下。受了所谓圣贤之教那么久，竟还没有那位官吏的圆滑，固然也令人觉得诚实可靠，然而他的意见，是以为对于犯人，非加虐待不可，却也因此可见了。

从别一条路想，监狱确也并非没有不像以“安全第一”为标语的人们的理想乡的地方。火灾极少，偷儿不来，土匪也一定不来抢。即使打仗，也决没有以监狱为目标，施行轰炸的傻子；即使革命，有释放囚犯的例，而加以屠戮的是没有的。当福建独立之初，虽有说是释放犯人，而一到外面，和他们自己意见不同的人们倒反而失踪了的谣言，然而这样的例子，以前是未曾有过的。总而言之，似乎也并非很坏的处所。只要准带家眷，则即使不是现在似的大水，饥荒，战争，恐怖的时候，请求搬进去住的人们，也未必一定没有的。于是虐待就成为必不可少了。

牛兰夫妇，作为赤化宣传者而关在南京的监狱里，也绝食了三四回了，可是什么效力也没有。这是因为他不知道中国的监狱的精神的缘故。有一位官员诧异的说过：他自己不吃，和别人有什么关系呢？岂但和仁政并无关系而已呢，省些食料，倒是于监狱有益的。甘地的把戏，倘不挑选兴行场，就毫无成效了。

然而，在这样的近于完美的监狱里，却还剩着一种缺点。至今为止，对于思想上的事，都没有很留心。为要弥补这缺点，是在近来新发明的叫作“反省院”的特种监狱里，施着教育。我还没有到那里面去反省过，所以并不知道详情，但要而言之，好像是将三民主义时时讲给犯人听，使他反省着自己的错误。听人说，此外还得做排击共产主义的论文。如果不肯做，或者不能做，那自然，非终身反省不可了，而做得不够格，也还是非反省到死则不可。现在是进去的也有，出来的也有，因为听说还得添造反省院，可见还是进去的多了。考完放出的良民，偶尔也可以遇见，但仿佛大抵是萎靡不振，恐怕是在反省和毕业论文上，将力气使尽了罢。那前途，是在没有希望这一面的。

（本篇最初发表于1934年3月号日本《改造》月刊，选自《且介亭杂文》）

从孩子的照相说起

因为长久没有小孩子，曾有人说，这是我做人不好的报应，要绝种的。房东太太讨厌我的时候，就不准她的孩子们到我这里玩，叫作“给他冷清冷清，冷清得他要死！”但是，现在却有了一个孩子，虽然能不能养大也很难说，然而目下总算已经颇能说些话，发表他自己的意见了。不过不会说还好，一会说，就使我觉得他仿佛也是我的敌人。

他有时对于我很不满，有一回，当面对我说：“我做起爸爸来，还要好……”甚而至于颇近于“反动”，曾经给我一个严厉的批评道：“这种爸爸，什么爸爸！？”

我不相信他的话。做儿子时，以将来的好父亲自命，待到自己有了儿子的时候，先前的宣言早已忘得一干二净了。况且我自以为也不算怎么坏的父亲，虽然有时也要骂，甚至于打，其实是爱他的。所以他健康，活泼，顽皮，毫没有被压迫得瘟头瘟脑。如果真的是一个“什么爸爸”，他还敢当面发这样反动的宣言么？

但那健康和活泼，有时却也使他吃亏，九一八事件后，就被同胞误认为日本孩子，骂了好几回，还挨过一次打——自然是并不重的。这里还要加一句说的听的，都不十分舒服的话：近一年多以来，这样的事情可是一次也没有了。

中国和日本的小孩子，穿的如果都是洋服，普通实在是很难分辨的。但我们这里的有些人，却有一种错误的速断法：温文尔雅，不大言笑，不大动弹的，是中国孩子；健壮活泼，不怕生人，大叫大跳的，是日本孩子。

然而奇怪，我曾在日本的照相馆里给他照过一张相，满脸顽皮，也真像日本孩子；后来又在中国的照相馆里照了一张相，相类的衣服，然而面貌很拘谨，驯良，是一个道地的中国孩子了。

为了这事，我曾经想了一想。

这不同的大原因，是在照相师的。他所指示的站或坐的姿势，两国的照相师先就不相同，站定之后，他就瞪了眼睛，觑机摄取他以为最好的一刹那的相貌。孩子被摆在照相机的镜头之下，表情是总在变化的，时而活泼，时而顽皮，时而驯良，时而拘谨，时而烦厌，时而疑惧，时而无畏，时而疲劳……。照住了驯良和拘谨的一刹那的，是中国孩子相；照住了活泼或顽皮的一刹那的，就好像日本孩子相。

驯良之类并不是恶德。但发展开去，对一切事无不驯良，却决不是美德，也许简直倒是没出息。“爸爸”和前辈的话，固然也要听的，但也须说得有道理。假使有一个孩子，自以为事事都不如人，鞠躬倒退；或者满脸笑容，实际上却总是阴谋暗箭，我实在宁可听到当面骂我“什么东西”的爽快，而且希望他自己是一个东西。

但中国一般的趋势，却只在向驯良之类——“静”的一方面发展，低眉顺眼，唯唯诺诺，才算一个好孩子，名之曰“有趣”。活泼，健康，顽强，挺胸仰面……凡是属于“动”的，那就未免有人摇头了，甚至于称之为“洋气”。又因为多年受着侵略，就和这“洋气”为仇；更进一步，则故意和这“洋气”反一调：他们活动，我偏静坐；他们讲科学，我偏扶乩；他们穿短衣，我偏着长衫；他们重卫生，我偏吃苍蝇；他们壮健，我偏生病……这才是保存中国固有文化，这才是爱国，这才不是奴隶性。

其实，由我看来，所谓“洋气”之中，有不少是优点，也是中国人性质中所本有的，但因了历朝的压抑，已经萎缩了下去，现在就连自己也莫名其妙，统统送给洋人了。这是必须拿它回来——恢复过来的——自然还得加一番慎重的选择。

即使并非中国所固有的罢，只要是优点，我们也应该学习。即使那老师是我们的仇敌罢，我们也应该向他学习。我在这里要提出现在大家所不高兴说的日本来，他的会摹仿，少创造，是为中国的许多论者所鄙薄的，但是，只要看看他们的出版物和工业品，早非中国所及，就知道“会摹仿”决不是劣点，我们正应该学习这“会摹仿”的。“会摹仿”又加以有创造，不是更好么？否则，只不过是一个“恨恨而死”而已。

我在这里还要附加一句像是多余的声明：我相信自己的主张，决不是“受了帝国主义者的指使”，要诱中国人做奴才；而满口爱国，满身国粹，也于实际上的做奴才并无妨碍。

八月七日。

（本篇最初发表于1934年8月20日《新语林》半月刊第4期，署名孺牛，选自《且介亭杂文》）

中国人失掉自信力了吗

从公开的文字上看起来：两年以前，我们总自夸着“地大物博”，是事实；不久就不再自夸了，只希望着国联，也是事实；现在是既不夸自己，也不信国联，改为一味求神拜佛，怀古伤今了——却也是事实。

于是有人慨叹曰：中国人失掉自信力了。

如果单据这一点现象而论，自信其实是早就失掉了的。先前信“地”，信“物”，后来信“国联”，都没有相信过“自己”。假使这也算一种“信”，那也只能说中国人曾经有过“他信力”，自从对国联失望之后，便把这他信力都失掉了。

失掉了他信力，就会疑，一个转身，也许能够只相信了自己，倒是一条新生路，但不幸的是逐渐玄虚起来了。信“地”和“物”，还是切实的东西，国联就渺茫，不过这还可以令人不久就省悟到依赖它的不可靠。一到求神拜佛，可就玄虚之至了，有益或是有害，一时就找不出分明的结果来，它可以令人更长久的麻醉着自己。

中国人现在是在发展着“自欺力”。

“自欺”也并非现在的新东西，现在只不过日见其明显，笼罩了一切罢了。然而，在这笼罩之下，我们有并不失掉自信力的中国人在。

我们从古以来，就有埋头苦干的人，有拚命硬干的人，有为民请命的人，有舍身求法的人，……虽是等于为帝王将相作家谱的所谓“正史”，也往往掩不住他们的光耀，这就是中国的脊梁。

这一类的人们，就是现在也何尝少呢？他们有确信，不自欺；他们在前仆后继的战斗，不过一面总在被摧残，被抹杀，消灭于黑暗中，不能为大家所知道罢了。说中国人失掉了自信力，用以指一部分人则可，倘若加于全体，那简直是诬蔑。

要论中国人，必须不被搽在表面的自欺欺人的脂粉所诓骗，却看看他的筋骨和脊梁。自信力的有无，状元宰相的文章是不足为据的，要自己去看地底下。

九月二十五日。

（本篇最初发表于1934年10月20日《太白》半月刊第1卷第3期，署名公汗，选自《且介亭杂文》）

说“面子”

“面子”，是我们在谈话里常常听到的，因为好像一听就懂，所以细想的人大约不很多。

但近来从外国人的嘴里，有时也听到这两个音，他们似乎在研究。他们以为这一件事情，很不容易懂，然而是中国精神的纲领，只要抓住这个，就像二十四年前的拔住了辫子一样，全身都跟着走动了。相传前清时候，洋人到总理衙门去要求利益，一通威吓，吓得大官们满口答应，但临走时，却被从边门送出去。不给他走正门，就是他没有了面子；他既然没有了面子，自然就是中国有了面子，也就是占了上风了。这是不是事实，我断不定，但这故事，“中外人士”中是颇有些人知道的。

因此，我颇疑心他们想专将“面子”给我们。

但“面子”究竟是怎么一回事呢？不想还好，一想可就觉得胡涂。它像是很有好几种的，每一种身份，就有一种“面子”，也就是所谓“脸”。这“脸”有一条界线，如果落到这线的下面去了，即失了面子，也叫作“丢脸”。不怕“丢脸”，便是“不要脸”。但倘使做了超出这线以上的事，就“有面子”，或曰“露脸”。而“丢脸”之道，则因人而不同，例如车夫坐在路边赤膊捉虱子，并不算什么，富家姑爷坐在路边赤膊捉虱子，才成为“丢脸”。但车夫也并非没有“脸”，不过这时不算“丢”，要给老婆踢了一脚，就躺倒哭起来，这才成为他的“丢脸”。这一条“丢脸”律，是也适用于上等人的。这样看来，“丢脸”的机会，似乎上等人比较的多，但也不一定，例如车夫偷一个钱袋，被人发见，是失了面子的，而上等人大捞一批金珠珍玩，却仿佛也不见得怎样“丢脸”，况且还有“出洋考察”，是改头换面的良方。

谁都要“面子”，当然也可以说是好事情，但“面子”这东西，却实在有些怪。九月三十日的《申报》就告诉我们一条新闻：沪西有业木匠大包作头之罗立鸿，为其母出殡，邀开“贳器店之王树宝夫妇帮忙，因来宾众多，所备白衣，不敷分配，其时适有名王道才，绰号三喜子，亦到来送殡，争穿白衣不遂，以为有失体面，心中怀恨，……邀集徒党数十人，各执铁棍，据说尚有持手枪者多人，将王树宝家人乱打，一时双方有剧烈之战争，头破血流，多人受有重伤。……”白衣是亲族有服者所穿的，现在必须“争穿”而又“不遂”，足见并非亲族，但竟以为“有失体面”，演成这样的大战了。这时候，好像只要和普通有些不同便是“有面子”，而自己成了什么，却可以完全不管。这类脾气，是“绅商”也不免发露的：袁世凯将要称帝的时候，有人以列名于劝进表中为“有面子”；有一国从青岛撤兵的时候，有人以列名于万民伞上为“有面子”。

所以，要“面子”也可以说并不一定是好事情——但我并非说，人应该“不要脸”。现在说话难，如果主张“非孝”，就有人会说你在煽动打父母，主张男女平等，就有人会说你在提倡乱交——这声明是万不可少的。

况且，“要面子”和“不要脸”实在也可以有很难分辨的时候。不是有一个笑话么？一个绅士有钱有势，我假定他叫四大人罢，人们都以能够和他扳谈为荣。有一个专爱夸耀的小瘪三，一天高兴的告诉别人道：“四大人和我讲过话了！”人问他“说什么呢？”答道：“我站在他门口，四大人出来了，对我说：滚开去！”当然，这是笑话，是形容这人的“不要脸”，但在他本人，是以为“有面子”的，如此的人一多，也就真成为“有面子”了。别的许多人，不是四大人连“滚开去”也不对他说么？

在上海，“吃外国火腿”虽然还不是“有面子”，却也不算怎么“丢脸”了，然而比起被一个本国的下等人所踢来，又仿佛近于“有面子”。

中国人要“面子”，是好的，可惜的是这“面子”是“圆机活法”，善于变化，于是就和“不要脸”混起来了。长谷川如是闲说“盗泉”云：“古之君子，恶其名而不饮，今之君子，改其名而饮之。”也说穿了“今之君子”

的“面子”的秘密。

十月四日。

（本篇最初发表于1934年10月《漫画生活》月刊第2期，选自《且介亭杂文》）

拿破仑与隋那

我认识一个医生，忙的，但也常受病家的攻击，有一回，自解自叹道：要得称赞，最好是杀人，你把拿破仑和隋那（Edward Jenner，1749—1823）去比比看……

我想，这是真的。拿破仑的战绩，和我们什么相干呢，我们却总敬服他的英雄。甚而至于自己的祖宗做了蒙古人的奴隶，我们却还恭维成吉思汗；从现在的卐字眼睛看来，黄人已经是劣种了，我们却还夸耀希特拉。

因为他们三个，都是杀人不眨眼的大灾星。

但我们看看自己的臂膊，大抵总有几个疤，这就是种过牛痘的痕迹，是使我们脱离了天花的危症的。自从有这种牛痘法以来，在世界上真不知救活了多少孩子，——虽然有些人大起来也还是去给英雄们做炮灰，但我们有谁记得这发明者隋那的名字呢？

杀人者在毁坏世界，救人者在修补它，而炮灰资格的诸公，却总在恭维杀人者。

这看法倘不改变，我想，世界是还要毁坏，人们也还要吃苦的。

十一月六日。

（本篇最初印入上海生活书店编辑出版的1935年《文艺日记》，选自《且介亭杂文》）

运命

有一天，我坐在内山书店里闲谈——我是常到内山书店去闲谈的，我的可怜的敌对的“文学家”，还曾经借此竭力给我一个“汉奸”的称号[1]，可惜现在他们又不坚持了——才知道日本的丙午年生，今年二十九岁的女性，是一群十分不幸的人。大家相信丙午年生的女人要克夫，即使再嫁，也还要克，而且可以多至五六个，所以想结婚是很困难的。这自然是一种迷信，但日本社会上的迷信也还是真不少。

我问：可有方法解除这夙命呢？回答是：没有。

接着我就想到了中国。

许多外国的中国研究家，都说中国人是定命论者，命中注定，无可奈何；就是中国的论者，现在也有些人这样说。但据我所知道，中国女性就没有这样无法解除的命运。“命凶”或“命硬”，是有的，但总有法子想，就是所谓“禳解”；或者和不怕相克的命的男子结婚，制住她的“凶”或“硬”。假如有一种命，说是要连克五六个丈夫的罢，那就早有道士之类出场，自称知道妙法，用桃木刻成五六个男人，画上符咒，和这命的女人一同行“结俪之礼”后，烧掉或埋掉，于是真来订婚的丈夫，就算是第七个，毫无危险了。

中国人的确相信运命，但这运命是有方法转移的。所谓“没有法子”，有时也就是一种另想道路——转移运命的方法。等到确信这是“运命”，真真“没有法子”的时候，那是在事实上已经十足碰壁，或者恰要灭亡之际了。运命并不是中国人的事前的指导，乃是事后的一种不费心思的解释。

中国人自然有迷信，也有“信”，但好像很少“坚信”。我们先前最尊皇帝，但一面想玩弄他，也尊后妃，但一面又有些想吊她的膀子；畏神明，而又烧纸钱作贿赂，佩服豪杰，却不肯为他作牺牲。崇孔的名儒，一面拜佛，

[1] 1933年7月，曾今可主办的《文艺座谈》第1卷第1期刊登署名白羽遐的《内山书店小坐记》，影射鲁迅为日本间谍。1934年5月《社会新闻》第7卷第12期刊登署名思的《鲁迅愿作汉奸》一稿，诬蔑鲁迅“与日本书局订定密约……乐于作汉奸矣”。

信甲的战士，明天信丁。宗教战争是向来没有的，从北魏到唐末的佛道二教的此仆彼起，是只靠几个人在皇帝耳朵边的甘言蜜语。风水，符咒，拜祷……偌大的“运命”，只要化一批钱或磕几个头，就改换得和注定的一笔大不相同了——就是并不注定。

我们的先哲，也有知道“定命”有这么的不定，是不足以定人心的，于是他说，这用种种方法之后所得的结果，就是真的“定命”，而且连必须用种种方法，也是命中注定的。但看起一般的人们来，却似乎并不这样想。

人而没有“坚信”，狐狐疑疑，也许并不是好事情，因为这也就是所谓“无特操”。但我以为信运命的中国人而又相信运命可以转移，却是值得乐观的。不过现在为止，是在用迷信来转移别的迷信，所以归根结蒂，并无不同，以后倘能用正当的道理和实行——科学来替换了这迷信，那么，定命论的思想，也就和中国人离开了。

假如真有这一日，则和尚，道士，巫师，星相家，风水先生……的宝座，就都让给了科学家，我们也不必整年的见神见鬼了。

十月二十三日。

（本篇最初发表于1934年11月20日《太白》半月刊第1卷第5期，选自《且介亭杂文》）

病后杂谈

一

生一点病，的确也是一种福气。不过这里有两个必要条件：一要病是小病，并非什么霍乱吐泻，黑死病，或脑膜炎之类；二要至少手头有一点现款，不至于躺一天，就饿一天。这二者缺一，便是俗人，不足与言生病之雅趣的。

我曾经爱管闲事，知道过许多人，这些人物，都怀着一个大愿。大愿，原是每个人都有的，不过有些人却模模胡胡，自己抓不住，说不出。他们中最特别的有两位：一位是愿天下的人都死掉，只剩下他自己和一个好看的姑娘，还有一个卖大饼的；另一位是愿秋天薄暮，吐半口血，两个侍儿扶着，恹恹的到阶前去看秋海棠。这种志向，一看好像离奇，其实却照顾得很周到。第一位姑且不谈他罢，第二位的“吐半口血”，就有很大的道理。才子本来多病，但要“多”，就不能重，假使一吐就是一碗或几升，一个人的血，能有几回好吐呢？过不几天，就雅不下去了。

我一向很少生病，上月却生了一点点。开初是每晚发热，没有力，不想吃东西，一礼拜不肯好，只得看医生。医生说是流行性感冒。好罢，就是流行性感冒。但过了流行性感冒一定退热的时期，我的热却还不退。医生从他那大皮包里取出玻璃管来，要取我的血液，我知道他在疑心我生伤寒病了，自己也有些发愁。然而他第二天对我说，血里没有一粒伤寒菌；于是注意的听肺，平常；听心，上等。这似乎很使他为难。我说，也许是疲劳罢；他也不甚反对，只是沉吟着说，但是疲劳的发热，还应该低一点。……

好几回检查了全体，没有死症，不至于呜呼哀哉是明明白白的，不过是每晚发热，没有力，不想吃东西而已，这真无异于“吐半口血”，大可享生病之福了。因为既不必写遗嘱，又没有大痛苦，然而可以不看正经书，不管柴米账，玩他几天，名称又好听，叫作“养病”。从这一天起，我就自己觉得好像有点儿“雅”了；那一位愿吐半口血的才子，也就是那时躺着无事，忽然记了起来的。

光是胡思乱想也不是事，不如看点不劳精神的书，要不然，也不成其为“养病”。像这样的时候，我赞成中国纸的线装书，这也就是有点儿“雅”起来了的证据。洋装书便于插架，便于保存，现在不但有洋装二十五六史，连《四部备要》也硬领而皮靴了，——原是不为无见的。但看洋装书要年富力强，正襟危坐，有严肃的态度。假使你躺着看，那就好像两只手捧着一块大砖头，不多工夫，就两臂酸麻，只好叹一口气，将它放下。所以，我在叹气之后，就去寻线装书。

一寻，寻到了久不见面的《世说新语》之类一大堆，躺着来看，轻飘飘的毫不费力了，魏晋人的豪放潇洒的风姿，也仿佛在眼前浮动。由此想到阮嗣宗的听到步兵厨善于酿酒，就求为步兵校尉；陶渊明的做了彭泽令，就教官田都种秫，以便做酒，因了太太的抗议，这才种了一点秔。这真是天趣盎然，决非现在的“站在云端里呐喊”[1]者们所能望其项背。但是，“雅”要想到适可而止，再想便不行。例如阮嗣宗可以求做步兵校尉，陶渊明补了彭泽令，他们的地位，就不是一个平常人，要“雅”，也还是要地位。“采菊东篱下，悠然见南山”是渊明的好句，但我们在上海学起来可就难了。没有南山，我们还可以改作“悠然见洋房”或“悠然见烟囱”的，然而要租一所院子里有点竹篱，可以种菊的房子，租钱就每月总得一百两，水电在外；巡捕捐按房租百分之十四，每月十四两。单是这两项，每月就是一百十四两，每两作一元四角算，等于一百五十九元六。近来的文稿又不值钱，每千字最低的只有四五角，因为是学陶渊明的雅人的稿子，现在算他每千字三大元罢，但标点，洋文，空白除外。那么，单单为了采菊，他就得每月译作净五万三千二百字。吃饭呢？要另外想法子生发，否则，他只好“饥来驱我去，不知竟何之”了。

“雅”要地位，也要钱，古今并不两样的，但古代的买雅，自然比现在便宜；办法也并不两样，书要摆在书架上，或者抛几本在地板上，酒杯要摆在桌子上，但算盘却要收在抽屉里，或者最好是在肚子里。

此之谓“空灵”。

二

为了“雅”，本来不想说这些话的。后来一想，这于“雅”并无伤，不过是在证明我自己的“俗”。王夷甫口不言钱，还是一个不干不净人物，雅人打算盘，当然也无损其为雅人。不过他应该有时收起算盘，或者最妙是暂时忘却算盘，那么，那时的一言一笑，就都是灵机天成的一言一笑，如果念念不忘世间的利害，那可就成为“杭育杭育派”[2]了。这关键，只在一者能够忽而放开，一者却是永远执著，因此也就大有了雅俗和高下之分。我想，

[1] 这是林语堂的话。他在《人间世》第13期发表的《怎样洗炼白话入文》中说，提倡大众语的人说不清“大众语是何物”，“只管在云端呐喊”。

[2] 林语堂曾讥讽大众文学为“杭育杭育派”，见于他在1934年4月28日、30日及5月3日《申报·自由谈》发表的《方巾气研究》一文。

这和时而“敦伦”[1]者不失为圣贤，连白天也在想女人的就要被称为“登徒子”的道理，大概是一样的。

所以我恐怕只好自己承认“俗”，因为随手翻了一通《世说新语》，看过“娵隅跃清池”的时候，千不该万不该的竟从“养病”想到“养病费”上去了，于是一骨碌爬起来，写信讨版税，催稿费。写完之后，觉得和魏晋人有点隔膜，自己想，假使此刻有阮嗣宗或陶渊明在面前出现，我们也一定谈不来的。于是另换了几本书，大抵是明末清初的野史，时代较近，看起来也许较有趣味。第一本拿在手里的是《蜀碧》。

这是蜀宾从成都带来送我的，还有一部《蜀龟鉴》，都是讲张献忠祸蜀的书，其实是不但四川人，而是凡有中国人都该翻一下的著作，可惜刻的太坏，错字颇不少。翻了一遍，在卷三里看见了这样的一条——

> “又，剥皮者，从头至尻，一缕裂之，张于前，如鸟展翅，率逾日始绝。有即毙者，行刑之人坐死。”

也还是为了自己生病的缘故罢，这时就想到了人体解剖。医术和虐刑，是都要生理学和解剖学智识的。中国却怪得很，固有的医书上的人身五脏图，真是草率错误到见不得人，但虐刑的方法，则往往好像古人早懂得了现代的科学。例如罢，谁都知道从周到汉，有一种施于男子的“宫刑”，也叫“腐刑”，次于“大辟”一等。对于女性就叫“幽闭”，向来不大有人提起那方法，但总之，是决非将她关起来，或者将它缝起来。近时好像被我查出一点大概来了，那办法的凶恶，妥当，而又合乎解剖学，真使我不得不吃惊。但妇科的医书呢？几乎都不明白女性下半身的解剖学的构造，他们只将肚子看作一个大口袋，里面装着莫名其妙的东西。

单说剥皮法，中国就有种种。上面所抄的是张献忠式；还有孙可望式，见于屈大均的《安龙逸史》，也是这回在病中翻到的。其时是永历六年，即清顺治九年，永历帝已经躲在安隆（那时改为安龙），秦王孙可望杀了陈邦传父子，御史李如月就弹劾他“擅杀勋将，无人臣礼”，皇帝反打了如月四十板。可是事情还不能完，又给孙党张应科知道了，就去报告了孙可望。

---

[1] “敦伦”：意即性交。清代袁枚在《答杨笠湖书》中说：“李刚主自负不欺之学，日记云：昨夜与老妻‘敦伦’一次。至今传为笑谈。”

“可望得应科报，即令应科杀如月，剥皮示众。俄缚如月至朝门，有负石灰一筐，稻草一捆，置于其前。如月问，‘如何用此？’其人曰，‘是揎你的草！’如月叱曰，‘瞎奴！此株株是文章，节节是忠肠也！’既而应科立右角门阶，捧可望令旨，喝如月跪。如月叱曰，‘我是朝廷命官，岂跪贼令！？’乃步至中门，向阙再拜。……应科促令仆地，剖脊，及臀，如月大呼曰：‘死得快活，浑身清凉！’又呼可望名，大骂不绝。及断至手足，转前胸，犹微声恨骂；至颈绝而死。

随以灰渍之，纫以线，后乃入草，移北城门通衢阁上，悬之。……”

张献忠的自然是“流贼”式；孙可望虽然也是流贼出身，但这时已是保明拒清的柱石，封为秦王，后来降了满洲，还是封为义王，所以他所用的其实是官式。明初，永乐皇帝剥那忠于建文帝的景清的皮，也就是用这方法的。大明一朝，以剥皮始，以剥皮终，可谓始终不变；至今在绍兴戏文里和乡下人的嘴上，还偶然可以听到“剥皮揎草”的话，那皇泽之长也就可想而知了。

真也无怪有些慈悲心肠人不愿意看野史，听故事；有些事情，真也不像人世，要令人毛骨悚然，心里受伤，永不全愈的。残酷的事实尽有，最好莫如不闻，这才可以保全性灵，也是“是以君子远庖厨也”的意思。比灭亡略早的晚明名家的潇洒小品在现在的盛行，实在也不能说是无缘无故。不过这一种心地晶莹的雅致，又必须有一种好境遇，李如月仆地“剖脊”，脸孔向下，原是一个看书的好姿势[1]，但如果这时给他看袁中郎的《广庄》，我想他是一定不要看的。这时他的性灵有些儿不对，不懂得真文艺了。

然而，中国的士大夫是到底有点雅气的，例如李如月说的“株株是文章，节节是忠肠”，就很富于诗趣。临死做诗的，古今来也不知道有多少。直到近代，谭嗣同在临刑之前就做一绝“闭门投辖思张俭”，秋瑾女士也有一句“秋雨秋风愁杀人”，然而还雅得不够格，所以各种诗选里都不载，也不能卖钱。

[1] 1933年11月《论语》第28期刊载题为《介绍几个读论语的好姿势》的一组画，其中有“游蛟伏地式”，即伏在地上看书。

三

清朝有灭族，有凌迟，却没有剥皮之刑，这是汉人应该惭愧的，但后来脍炙人口的虐政是文字狱。虽说文字狱，其实还含着许多复杂的原因，在这里不能细说；我们现在还直接受到流毒的，是他删改了许多古人的著作的字句，禁了许多明清人的书。

《安龙逸史》大约也是一种禁书，我所得的是吴兴刘氏嘉业堂的新刻本。他刻的前清禁书还不止这一种，屈大均的又有《翁山文外》；还有蔡显的《闲渔闲闲录》，是作者因此“斩立决”，还累及门生的，但我细看了一遍，却又寻不出什么忌讳。对于这种刻书家，我是很感激的，因为他传授给我许多知识——虽然从雅人看来，只是些庸俗不堪的知识。但是到嘉业堂去买书，可真难。我还记得，今年春天的一个下午，好容易在爱文义路找着了，两扇大铁门，叩了几下，门上开了一个小方洞，里面有中国门房，中国巡捕，白俄镖师各一位。巡捕问我来干什么的。我说买书。他说账房出去了，没有人管，明天再来罢。我告诉他我住得远，可能给我等一会呢？他说，不成！同时也堵住了那个小方洞。过了两天，我又去了，改作上午，以为此时账房也许不至于出去。但这回所得回答却更其绝望，巡捕曰：“书都没有了！卖完了！不卖了！”

我就没有第三次再去买，因为实在回复的斩钉截铁。现在所有的几种，是托朋友去辗转买来的，好像必须是熟人或走熟的书店，这才买得到。

每种书的末尾，都有嘉业堂主人刘承幹先生的跋文，他对于明季的遗老很有同情，对于清初的文祸也颇不满。但奇怪的是他自己的文章却满是前清遗老的口风；书是民国刻的，“儀”字还缺着末笔[1]。我想，试看明朝遗老的著作，反抗清朝的主旨，是在异族的入主中夏的，改换朝代，倒还在其次。所以要顶礼明末的遗民，必须接受他的民族思想，这才可以心心相印。现在以明遗老之仇的满清的遗老自居，却又引明遗老为同调，只着重在“遗老”两个字，而毫不问遗于何族，遗在何时，这真可以说是“为遗老而遗老”，

[1] 始于唐代的一种避讳方法。刘承干对“儀”字缺末笔，是避清废帝溥仪的讳。

和现在文坛上的“为艺术而艺术”，成为一副绝好的对子了。

倘以为这是因为“食古不化”的缘故，那可也并不然。中国的士大夫，该化的时候，就未必决不化。就如上面说过的《蜀龟鉴》，原是一部笔法都仿《春秋》的书，但写到“圣祖仁皇帝康熙元年春正月”，就有“赞”道：“……明季之乱甚矣！风终豳，雅终《召旻》，托乱极思治之隐忧而无其实事，孰若臣祖亲见之，臣身亲被之乎？是编以元年正月终者，非徒谓体元表正，蔑以加兹；生逢盛世，荡荡难名，一以寄没世不忘之恩，一以见太平之业所由始耳！”

《春秋》上是没有这种笔法的。满洲的肃王的一箭，不但射死了张献忠，也感化了许多读书人，而且改变了“春秋笔法”了。

四

病中来看这些书，归根结蒂，也还是令人气闷。但又开始知道了有些聪明的士大夫，依然会从血泊里寻出闲适来。例如《蜀碧》，总可以说是够惨的书了，然而序文后面却刻着一位乐斋先生的批语道：“古穆有魏晋间人笔意。”

这真是天大的本领！那死似的镇静，又将我的气闷打破了。

我放下书，合了眼睛，躺着想想学这本领的方法，以为这和“君子远庖厨也”的法子是大两样的，因为这时是君子自己也亲到了庖厨里。瞑想的结果，拟定了两手太极拳。一，是对于世事要“浮光掠影”，随时忘却，不甚了然，仿佛有些关心，却又并不恳切；二，是对于现实要“蔽聪塞明”，麻木冷静，不受感触，先由努力，后成自然。第一种的名称不大好听，第二种却也是却病延年的要诀，连古之儒者也并不讳言的。这都是大道。还有一种轻捷的小道，是：彼此说谎，自欺欺人。

有些事情，换一句话说就不大合式，所以君子憎恶俗人的“道破”。其实，“君子远庖厨也”就是自欺欺人的办法：君子非吃牛肉不可，然而他慈悲，不忍见牛的临死的觳觫，于是走开，等到烧成牛排，然后慢慢的来咀嚼。牛排是决不会“觳觫”的了，也就和慈悲不再有冲突，于是他心安理得，天趣盎然，剔剔牙齿，摸摸肚子，“万物皆备于我矣”了。彼此说谎也决不是伤雅的事情，东坡先生在黄州，有客来，就要客谈鬼，客说没有，东坡道："姑妄言之！"今还算是一件韵事。

撒一点小谎，可以解无聊，也可以消闷气；到后来，忘却了真，相信了谎。也就心安理得，天趣盎然了起来。永乐的硬做皇帝，一部分士大夫是颇以为不大好的。尤其是对于他的惨杀建文的忠臣。和景清一同被杀的还有铁铉，景清剥皮，铁铉油炸，他的两个女儿则发付了教坊，叫她们做婊子。这更使士大夫不舒服，但有人说，后来二女献诗于原问官，被永乐所知，赦出，嫁给士人了。

这真是"曲终奏雅"，令人如释重负，觉得天皇毕竟圣明，好人也终于得救。她虽然做过官妓，然而究竟是一位能诗的才女，她父亲又是大忠臣，为夫的士人，当然也不算辱没。但是，必须"浮光掠影"到这里为止，想不得下去。一想，就要想到永乐的上谕，有些是凶残猥亵，将张献忠祭梓潼神的"咱老子姓张，你也姓张，咱老子和你联了宗罢。尚飨！"的名文，和他的比起来，真是高华典雅，配登西洋的上等杂志，那就会觉得永乐皇帝决不像一位爱才怜弱的明君。况且那时的教坊是怎样的处所？罪人的妻女在那里是并非静候嫖客的，据永乐定法，还要她们"转营"，这就是每座兵营里都去几天，目的是在使她们为多数男性所凌辱，生出"小龟子"和"淫贱材儿"来！所以，现在成了问题的"守节"，在那时，其实是只准"良民"专利的特典。在这样的治下，这样的地狱里，做一首诗就能超生的么？

我这回从杭世骏的《订讹类编》（续补卷上）里，这才确切的知道了这佳话的欺骗。他说：

> "……考铁长女诗，乃吴人范昌期《题老妓卷》作也。诗云：'教坊落籍洗铅华，一片春心对落花。旧曲听来空有恨，故园归去却无家。云鬟半軃临青镜，雨泪频弹湿绛纱。安得江州司马在，尊前重为赋琵琶。'昌期，字鸣凤；诗见张士瀹《国朝文纂》。同时杜琼用嘉亦有次韵诗，题曰《无题》，则其非铁氏作明矣。次女诗所谓'春来雨露深如海，嫁得刘郎胜阮郎'，其论尤为不伦。宗正睦㮮论革除事，谓建文流落西南诸诗，皆好事伪作，则铁女之诗可知。……"

《国朝文纂》我没有见过，铁氏次女的诗，杭世骏也并未寻出根底，但我以为他的话是可信的，——虽然他败坏了口口相传的韵事。况且一则他也是一个认真的考证学者，二则我觉得凡是得到大杀风景的结果的考证，往往比表面说得好听，玩得有趣的东西近真。

首先将范昌期的诗嫁给铁氏长女，聊以自欺欺人的是谁呢？我也不知道。但“浮光掠影”的一看，倒也罢了，一经杭世骏道破，再去看时，就很明白的知道了确是咏老妓之作，那第一句就不像现任官妓的口吻。不过中国的有一些士大夫，总爱无中生有，移花接木的造出故事来，他们不但歌颂升平，还粉饰黑暗。关于铁氏二女的撒谎，尚其小焉者耳，大至胡元杀掠，满清焚屠之际，也还会有人单单捧出什么烈女绝命，难妇题壁的诗词来，这个艳传，那个步韵，比对于华屋丘墟，生民涂炭之惨的大事情还起劲。到底是刻了一本集，连自己们都附进去，而韵事也就完结了。

我在写着这些的时候，病是要算已经好了的了，用不着写遗书。但我想在这里趁便拜托我的相识的朋友，将来我死掉之后，即使在中国还有追悼的可能，也千万不要给我开追悼会或者出什么记念册。因为这不过是活人的讲演或挽联的斗法场，为了造语惊人，对仗工稳起见，有些文豪们是简直不恤于胡说八道的。结果至多也不过印成一本书，即使有谁看了，于我死人，于读者活人，都无益处，就是对于作者，其实也并无益处，挽联做得好，也不过挽联做得好而已。

现在的意见，我以为倘有购买那些纸墨白布的闲钱，还不如选几部明人，清人或今人的野史或笔记来印印，倒是于大家很有益处的。但是要认真，用点工夫，标点不要错。

十二月十一日。

（本篇第一节最初发表于1935年2月《文学》月刊第4卷第2号，其余三节皆被国民党检查官删去，全文选自《且介亭杂文》）

拿来主义

中国一向是所谓“闭关主义[1]”，自己不去，别人也不许来。自从给枪炮打破了大门之后，又碰了一串钉子[2]，到现在，成了什么都是“送去主义”了。别的且不说罢，单是学艺[3]上的东西，近来就先送一批古董到巴黎去展览[4]，但终“不知后事如何”；还有几位“大师”们捧着几张古画和新画，在欧洲各国一路的挂过去，叫作“发扬国光”[5]。听说不远还要送梅兰芳博士到苏联去，以催进“象征主义”[6]，此后是顺便到欧洲传道[7]。我在这里不想讨论梅博士[8]演艺和象征主义的关系，总之，活人替代了古董，我敢说，也可以算得显出一点进步了。

但我们没有人根据了“礼尚往来”[9]的仪节，说道：拿来！

当然，能够只是送出去，也不算坏事情，一者见得丰富，二者见得大度。尼采[10]就自诩过他是太阳，光热无穷，只是给与，不想取得。然而尼采究竟不是太阳，他发了疯。中国也不是，虽然有人说，掘起地下的煤来，就足够

---

[1] 闭关主义：指清政府奉行的闭关自守政策。

[2] 碰了一串钉子：指鸦片战争以后，清政府与英、法、俄、日、美、德、意等帝国主义国家签订的一系列丧权辱国的不平等条约。

[3] 学艺：指学术文艺。

[4] 送一批古董到巴黎去展览：指当时国民党政府在巴黎举办的中国古典艺术展览。

[5] 还有几位……叫作“发扬国光”：1932 年至 1934 年间，美术家徐悲鸿、刘海粟曾分别去欧洲一些国家举办中国美术展览或个人美术作品展览。“发扬国光”是 1934 年 5 月 28 日《大晚报》报道这些消息时的用语。

[6] 听说不远……以催进“象征主义”：国民党反动派的《大晚报》，在 1934 年 5 月 28 日刊载了一条文艺新闻，胡说著名美术家徐悲鸿等在莫斯科举办中国书画展览会，“切合苏俄正在盛行之象征主义作品”，还说“因拟……邀中国戏曲名家梅兰芳等前往奏艺”。鲁迅针对这一则新闻，在同年 5 月 30 日写了《谁在没落》一文，指出象征主义已在苏联没落，斥责那种认为中国画和戏剧切合象征主义的胡说。象征主义是 19 世纪末叶在法国兴起的颓废的文艺流派。

[7] 传道：本指宗教传教士，宣传宗教，传布教义，此处为讽刺语。

[8] 梅博士：梅兰芳曾被授予博士学位（荣誉称号），此处亦带有讽刺意味。

[9] 礼尚往来：礼节上重在有来有往；尚，崇尚，重视。

[10] 尼采（1844—1900）：德国资产阶级唯心主义哲学家，主张唯意志论，提倡超人哲学，反对民主、社会主义和妇女解放运动，歌颂战争。他的思想后来成了德国法西斯主义的理论根据。他以太阳自命，后来发疯而死。

全世界几百年之用。但是，几百年之后呢？几百年之后，我们当然是化为魂灵，或上天堂，或落了地狱，但我们的子孙是在的，所以还应该给他们留下一点礼品。要不然，则当佳节大典之际，他们拿不出东西来，只好磕头贺喜，讨一点残羹冷炙[1]做奖赏。

这种奖赏，不要误解为“抛来”的东西，这是“抛给”的，说得冠冕些，可以称之为“送来”，我在这里不想举出实例[2]。

我在这里也并不想对于“送去”再说什么，否则太不“摩登”[3]了。我只想鼓吹我们再吝啬一点，“送去”之外，还得“拿来”，是为“拿来主义”。

但我们被“送来”的东西吓怕了。先有英国的鸦片，德国的废枪炮，后有法国的香粉，美国的电影，日本的印着“完全国货”的各种小东西[4]。于是连清醒的青年们，也对于洋货发生了恐怖。其实，这正是因为那是“送来”的，而不是“拿来”的缘故。

所以我们要运用脑髓，放出眼光，自己来拿！

譬如罢，我们之中的一个穷青年，因为祖上的阴功[5]（姑且让我这么说说罢），得了一所大宅子，且不问他是骗来的，抢来的，或合法继承的，或是做了女婿换来的[6]。那么，怎么办呢？我想，首先是不管三七二十一，“拿来”！但是，如果反对这宅子的旧主人，怕给他的东西染污了，徘徊不敢走进门，是孱头[7]；勃然大怒，放一把火烧光，算是保存自己的清白，则是昏蛋。不过因为原是羡慕这宅子的旧主人的，而这回接受一切，欣欣然的蹩[8]进卧室，大吸剩下的鸦片，那当然更是废物。“拿来主义”者是全不这样的。

他占有，挑选。看见鱼翅，并不就抛在路上以显其“平民化”，只要有养料，也和朋友们像萝卜白菜一样的吃掉，只不用它来宴大宾；看见鸦片，也不当众摔在毛厕里，以见其彻底革命，只送到药房里去，以供治病之用，

[1] 残羹冷炙：乞剩的饭菜，借指权贵的施舍。炙，烤肉。

[2] 我在这里不想举出实例：暗指按 1933 年国民党反动政府与美国签订的“棉麦借款”协定运来的剩余的棉麦。

[3] 摩登：英语“modern”的音译，“现代的”、“时髦”的意思。

[4] 日本的印着“完全国货”的各种小东西：指一些商人见利忘义，把日本产的一些百货换贴上“完全国货”的商标蒙混群众。

[5] 阴功：迷信的说法，人们做了好事，阴间就给记功，可以泽及后代子孙。

[6] 做了女婿换来的：这里是讽刺做了富家翁的女婿而炫耀于人的邵洵美之流。

[7] 孱头：孱，读（càn），懦弱无能的人（骂人的话）。

[8] 蹩（bié）：指不正常、不规矩地走。

却不弄“出售存膏，售完即止”的玄虚[1]。只有烟枪和烟灯，虽然形式和印度，波斯，阿剌伯[2]的烟具都不同，确可以算是一种国粹[3]，倘使背着周游世界，一定会有人看，但我想，除了送一点进博物馆之外，其余的是大可以毁掉的了。还有一群姨太太，也大以请她们各自走散为是，要不然，“拿来主义”怕未免有些危机。

总之，我们要拿来。我们要或使用，或存放，或毁灭。那么，主人是新主人，宅子也就会成为新宅子。然而首先要这人沉着，勇猛，有辨别，不自私。没有拿来的，人不能自成为新人，没有拿来的，文艺不能自成为新文艺。

六月四日。

（本篇最初发表于1934年6月7日《中华日报·动向》，署名霍冲，选自《且介亭杂文》）

[1] 玄虚：这里指用来掩盖真相、使人迷惑的手段。
[2] 阿剌伯：现译为阿拉伯。
[3] 国粹：原指国家文化中的精华，这里是反语。

且介亭杂文二集

隐 士

隐士，历来算是一个美名，但有时也当作一个笑柄。最显著的，则有刺陈眉公的“翩然一只云中鹤，飞去飞来宰相衙”的诗，至今也还有人提及。我以为这是一种误解。因为一方面，是“自视太高”，于是别方面也就“求之太高”，彼此“忘其所以”，不能“心照”，而又不能“不宣”，从此口舌也多起来了。

非隐士的心目中的隐士，是声闻不彰，息影山林的人物。但这种人物，世间是不会知道的。一到挂上隐士的招牌，则即使他并不“飞去飞来”，也一定难免有些表白，张扬；或是他的帮闲们的开锣喝道——隐士家里也会有帮闲，说起来似乎不近情理，但一到招牌可以换饭的时候，那是立刻就有帮闲的，这叫作“啃招牌边”。这一点，也颇为非隐士的人们所诟病，以为隐士身上而有油可揩，则隐士之阔绰可想了。其实这也是一种“求之太高”的误解，和硬要有名的隐士，老死山林中者相同。凡是有名的隐士，他总是已经有了“悠哉游哉，聊以卒岁”的幸福的。倘不然，朝砍柴，昼耕田，晚浇菜，夜织屦，又那有吸烟品茗，吟诗作文的闲暇？陶渊明先生是我们中国赫赫有名的大隐，一名“田园诗人”，自然，他并不办期刊，也赶不上吃“庚款”，然而他有奴子。汉晋时候的奴子，是不但侍候主人，并且给主人种地，营商的，正是生财器具。所以虽是渊明先生，也还略略有些生财之道在，要不然，他老人家不但没有酒喝，而且没有饭吃，早已在东篱旁边饿死了。

所以我们倘要看看隐君子风，实际上也只能看看这样的隐君子，真的“隐君子”是没法看到的。古今著作，足以汗牛而充栋，但我们可能找出樵夫渔父的著作来？他们的著作是砍柴和打鱼。至于那些文士诗翁，自称什么钓徒樵子的，倒大抵是悠游自得的封翁或公子，何尝捏过钓竿或斧头柄。要在他们身上赏鉴隐逸气，我敢说，这只能怪自己胡涂。

登仕，是噉饭之道，归隐，也是噉饭之道。假使无法噉饭，那就连“隐”也隐不成了。“飞去飞来”，正是因为要“隐”，也就是因为要噉饭；肩出“隐士”的招牌来，挂在“城市山林”里，这就正是所谓“隐”，也就是噉饭之道。帮闲们或开锣，或喝道，那是因为自己还不配“隐”，所以只好揩一点“隐”油，其实也还不外乎噉饭之道。汉唐以来，实际上是入仕并不算鄙，隐居也不算高，而且也不算穷，必须欲“隐”而不得，这才看作士人的末路。唐末有一位诗人左偃，自述他悲惨的境遇道：“谋隐谋官两无成”，是用七个字道破了所谓“隐”的秘密的。

“谋隐”无成，才是沦落，可见“隐”总和享福有些相关，至少是不必十分挣扎谋生，颇有悠闲的余裕。但赞颂悠闲，鼓吹烟茗，却又是挣扎之一种，不过挣扎得隐藏一些。虽“隐”，也仍然要噉饭，所以招牌还是要油漆，要保护的。泰山崩，黄河溢，隐士们目无见，耳无闻，但苟有议及自己们或他的一伙的，则虽千里之外，半句之微，他便耳聪目明，奋袂而起，好像事件之大，远胜于宇宙之灭亡者，也就为了这缘故。其实连和苍蝇也何尝有什么相关。

明白这一点，对于所谓“隐士”也就毫不诧异了，心照不宣，彼此都省事。

一月二十五日。

（本篇最初发表于1935年2月20日《太白》半月刊第1卷第11期，选自《且介亭杂文二集》）

“文人相轻”

老是说着同样的一句话是要厌的。在所谓文坛上，前年嚷过一回“文人无行”，去年是闹了一通“京派和海派”，今年又出了新口号，叫作“文人相轻”。

对于这风气，口号家很愤恨，他的“真理哭了”，于是大声疾呼，投一切“文人”以轻蔑。“轻蔑”，他是最憎恶的，但因为他们“相轻”，损伤了他理想中的一道同风的天下，害得他自己也只好施行轻蔑术了。自然，这是“即以其人之道，还治其人之身”，是古圣人的良法，但“相轻”的恶弊，可真也不容易除根。

我们如果到《文选》里去找词汇的时候，大概是可以遇着“文人相轻”这四个字的，拾来用用，似乎也还有些漂亮。然而，曹聚仁先生已经在《自由谈》（四月九日至十一日）上指明，曹丕之所谓“文人相轻”者，是“文非一体，鲜能备善，是以各以所长，相轻所短”，凡所指摘，仅限于制作的范围。一切别的攻击形体，籍贯，诬赖，造谣，以至施蛰存先生式的“他自己也是这样的呀”，或魏金枝先生式的“他的亲戚也和我一样了呀”之类，都不在内。倘把这些都作为曹丕所说的“文人相轻”，是混淆黑白，真理虽然大哭，倒增加了文坛的黑暗的。

我们如果到《庄子》里去找词汇，大概又可以遇着两句宝贝的教训：“彼亦一是非，此亦一是非”，记住了来作危急之际的护身符，似乎也不失为漂亮。然而这是只可暂时口说，难以永远实行的。喜欢引用这种格言的人，那精神的相距之远，更甚于叭儿之与老聃，这里不必说它了。就是庄生自己，不也在《天下篇》里，历举了别人的缺失，以他的“无是非”轻了一切“有所是非”的言行吗？要不然，一部《庄子》，只要“今天天气哈哈哈……”七个字就写完了。

但我们现在所处的并非汉魏之际，也不少恰如那时的文人，一定要“各以所长，相轻所短”。凡批评家的对于文人，或文人们的互相评论，各各“指其所短，扬其所长”固可，即“掩其所短，称其所长”亦无不可。然而那一面一定得有“所长”，这一面一定得有明确的是非，有热烈的好恶。假使被今年新出的“文人相轻”这一个模模胡胡的恶名所吓昏，对于充风流的富儿，装古雅的恶少，销淫书的瘪三，无不“彼亦一是非，此亦一是非”，一律拱手低眉，不敢说或不屑说，那么，这是怎样的批评家或文人呢？——他先就非被“轻”不可的！

四月十四日。

（本篇最初发表于1935年5月《文学》月刊第4卷第5号“文学论坛”栏，署名隼，选自《且介亭杂文二集》）

论“人言可畏”

“人言可畏”是电影明星阮玲玉自杀之后，发见于她的遗书中的话。这哄动一时的事件，经过了一通空论，已经渐渐冷落了，只要《玲玉香消记》一停演，就如去年的艾霞自杀事件一样，完全烟消火灭。她们的死，不过像在无边的人海里添了几粒盐，虽然使扯淡的嘴巴们觉得有些味道，但不久也还是淡，淡，淡。

这句话，开初是也曾惹起一点小风波的。有评论者，说是使她自杀之咎，可见也在日报记事对于她的诉讼事件的张扬；不久就有一位记者公开的反驳，以为现在的报纸的地位，舆论的威信，可怜极了，那里还有丝毫主宰谁的运命的力量，况且那些记载，大抵采自经官的事实，绝非捏造的谣言，旧报具在，可以复按。所以阮玲玉的死，和新闻记者是毫无关系的。

这都可以算是真实话。然而——也不尽然。

现在的报章之不能像个报章，是真的；评论的不能逞心而谈，失了威力，也是真的，明眼人决不会过分的责备新闻记者。但是，新闻的威力其实是并未全盘坠地的，它对甲无损，对乙却会有伤；对强者它是弱者，但对更弱者它却还是强者，所以有时虽然吞声忍气，有时仍可以耀武扬威。于是阮玲玉之流，就成了发扬余威的好材料了，因为她颇有名，却无力。小市民总爱听人们的丑闻，尤其是有些熟识的人的丑闻。上海的街头巷尾的老虔婆，一知道近邻的阿二嫂家有野男人出入，津津乐道，但如果对她讲甘肃的谁在偷汉，新疆的谁在再嫁，她就不要听了。阮玲玉正在现身银幕，是一个大家认识的人，因此她更是给报章凑热闹的好材料，至少也可以增加一点销场。读者看了这些，有的想："我虽然没有阮玲玉那么漂亮，却比她正经"；有的想："我虽然不及阮玲玉的有本领，却比她出身高"；连自杀了之后，也还可以给人想："我虽然没有阮玲玉的技艺，却比她有勇气，因为我没有自杀"。化几个铜元就发见了自己的优胜，那当然是很上算的。但靠演艺为生的人，一遇到公众发生了上述的前两种的感想，她就够走到末路了。所以我们且不要高谈什么连自己也并不了然的社会组织或意志强弱的滥调，先来设身处地的想一想罢，那么，大概就会知道阮玲玉的以为"人言可畏"，是真的，或人的以为她的自杀，和新闻记事有关，也是真的。

但新闻记者的辩解，以为记载大抵采自经官的事实，却也是真的。上海的有些介乎大报和小报之间的报章，那社会新闻，几乎大半是官司已经吃到公安局或工部局去了的案件。但有一点坏习气，是偏要加上些描写，对于女性，尤喜欢加上些描写；这种案件，是不会有名公巨卿在内的，因此也更不妨加上些描写。案中的男人的年纪和相貌，是大抵写得老实的，一遇到女人，可就要发挥才藻了，不是"徐娘半老，风韵犹存"，就是"豆蔻年华，玲珑可爱"。一个女孩儿跑掉了，自奔或被诱还不可知，才子就断定道，"小姑独宿，不惯无郎"，你怎么知道？一个村妇再醮了两回，原是穷乡僻壤的常事，一到才子的笔下，就又赐以大字的题目道，"奇淫不减武则天"，这程度你又怎么知道？这些轻薄句子，加之村姑，大约是并无什么影响的，她不识字，她的关系人也未必看报。但对于一个智识者，尤其是对于一个出到社会上了的女性，却足够使她受伤，更不必说故意张扬，特别渲染的文字了。然而中国的习惯，这些句子是摇笔即来，不假思索的，这时不但不会想到这也是玩弄着女性，并且也不会想到自己乃是人民的喉舌。但是，无论你怎么描写，在强者是毫不要紧的，只消一封信，就会有正误或道歉接着登出来，不过无拳无勇如阮玲玉，可就正做了吃苦的材料了，她被额外的画上一脸花，没法洗刷。叫她奋斗吗？她没有机关报，怎么奋斗；有冤无头，有怨无主，和谁奋斗呢？我们又可以设身处地的想一想，那么，大概就又知她的以为"人言可畏"，是真的，或人的以为她的自杀，和新闻记事有关，也是真的。

然而，先前已经说过，现在的报章的失了力量，却也是真的，不过我以为还没有到达如记者先生所自谦，竟至一钱不值，毫无责任的时候。因为它对于更弱者如阮玲玉一流人，也还有左右她命运的若干力量的，这也就是说，它还能为恶，自然也还能为善。“有闻必录”或“并无能力”的话，都不是向上的负责的记者所该采用的口头禅，因为在实际上，并不如此，——它是有选择的，有作用的。

至于阮玲玉的自杀，我并不想为她辩护。我是不赞成自杀，自己也不豫备自杀的。但我的不豫备自杀，不是不屑，却因为不能。凡有谁自杀了，现在是总要受一通强毅的评论家的呵斥，阮玲玉当然也不在例外。然而我想，自杀其实是不很容易，决没有我们不豫备自杀的人们所渺视的那么轻而易举的。倘有谁以为容易么，那么，你倒试试看！

自然，能试的勇者恐怕也多得很，不过他不屑，因为他有对于社会的伟大的任务。那不消说，更加是好极了，但我希望大家都有一本笔记簿，写下所尽的伟大的任务来，到得有了曾孙的时候，拿出来算一算，看看怎么样。

五月五日。

（本篇最初发表于1935年5月20日《太白》半月刊第2卷第5期，选自《且介亭杂文二集》）

在现代中国的孔夫子

新近的上海的报纸，报告着因为日本的汤岛，孔子的圣庙落成了，湖南省主席何键将军就寄赠了一幅向来珍藏的孔子的画像。老实说，中国的一般的人民，关于孔子是怎样的相貌，倒几乎是毫无所知的。自古以来，虽然每一县一定有圣庙，即文庙，但那里面大抵并没有圣像。凡是绘画，或者雕塑应该崇敬的人物时，一般是以大于常人为原则的，但一到最应崇敬的人物，例如孔夫子那样的圣人，却好像连形象也成为亵渎，反不如没有的好。这也不是没有道理的。孔夫子没有留下照相来，自然不能明白真正的相貌，文献中虽然偶有记载，但是胡说白道也说不定。若是从新雕塑的话，则除了任凭雕塑者的空想而外，毫无办法，更加放心不下。于是儒者们也终于只好采取“全部，或全无”[1]的勃兰特式的态度了。

然而倘是画像，却也会间或遇见的。我曾经见过三次：一次是《孔子家语》里的插画；一次是梁启超氏亡命日本时，作为横滨出版的《清议报》上的卷头画，从日本倒输入中国来的；还有一次是刻在汉朝墓石上的孔子见老子的画像。说起从这些图画上所得的孔夫子的模样的印象来，则这位先生是一位很瘦的老头子，身穿大袖口的长袍子，腰带上插着一把剑，或者腋下挟着一枝杖，然而从来不笑，非常威风凛凛的。假使在他的旁边侍坐，那就一定得把腰骨挺的笔直，经过两三点钟，就骨节酸痛，倘是平常人，大约总不免急于逃走的了。

后来我曾到山东旅行。在为道路的不平所苦的时候，忽然想到了我们的孔夫子。一想起那具有俨然道貌的圣人，先前便是坐着简陋的车子，颠颠簸簸，在这些地方奔忙的事来，颇有滑稽之感。这种感想，自然是不好的，要而言之，颇近于不敬，倘是孔子之徒，恐怕是决不应该发生的。但在那时候，怀着我似的不规矩的心情的青年，可是多得很。

我出世的时候是清朝的末年，孔夫子已经有了“大成至圣文宣王”这一个阔得可怕的头衔，不消说，正是圣道支配了全国的时代。政府对于读书的人们，使读一定的书，即四书和五经；使遵守一定的注释；使写一定的文章，即所谓“八股文”；并且使发一定的议论。然而这些千篇一律的儒者们，倘是四方的大地，那是很知道的，但一到圆形的地球，却什么也不知道，于是和四书上并无记载的法兰西和英吉利打仗而失败了。不知道为了觉得与其拜着孔夫子而死，倒不如保存自己们之为得计呢，还是为了什么，总而言之，这回是拚命尊孔的政府和官僚先就动摇起来，用官帑大翻起洋鬼子的书籍来了。属于科学上的古典之作的，则有侯失勒的《谈天》，雷侠儿的《地学浅释》，代那的《金石识别》，到现在也还作为那时的遗物，间或躺在旧书铺子里。

然而一定有反动。清末之所谓儒者的结晶，也是代表的大学士徐桐氏出现了。他不但连算学也斥为洋鬼子的学问；他虽然承认世界上有法兰西和英

[1] 这是易卜生戏剧《勃兰特》主角信奉的一句格言。

吉利这些国度，但西班牙和葡萄牙的存在，是决不相信的，他主张这是法国和英国常常来讨利益，连自己也不好意思了，所以随便胡诌出来的国名。他又是一九〇〇年的有名的义和团的幕后的发动者，也是指挥者。但是义和团完全失败，徐桐氏也自杀了。政府就又以为外国的政治法律和学问技术颇有可取之处了。我的渴望到日本去留学，也就在那时候。达了目的，入学的地方，是嘉纳先生所设立的东京的弘文学院；在这里，三泽力太郎先生教我水是养气和轻气所合成，山内繁雄先生教我贝壳里的什么地方其名为“外套”。这是有一天的事情。学监大久保先生集合起大家来，说：因为你们都是孔子之徒，今天到御茶之水的孔庙里去行礼罢！我大吃了一惊。现在还记得那时心里想，正因为绝望于孔夫子和他的之徒，所以到日本来的，然而又是拜么？一时觉得很奇怪。而且发生这样感觉的，我想决不止我一个人。

但是，孔夫子在本国的不遇，也并不是始于二十世纪的。孟子批评他为“圣之时者也”，倘翻成现代语，除了“摩登圣人”实在也没有别的法。为他自己计，这固然是没有危险的尊号，但也不是十分值得欢迎的头衔。不过在实际上，却也许并不这样子。孔夫子的做定了“摩登圣人”是死了以后的事，活着的时候却是颇吃苦头的。跑来跑去，虽然曾经贵为鲁国的警视总监，而又立刻下野，失业了；并且为权臣所轻蔑，为野人所嘲弄，甚至于为暴民所包围，饿扁了肚子。弟子虽然收了三千名，中用的却只有七十二，然而真可以相信的又只有一个人。有一天，孔夫子愤慨道：“道不行，乘桴浮于海，从我者，其由与？”从这消极的打算上，就可以窥见那消息。然而连这一位由，后来也因为和敌人战斗，被击断了冠缨，但真不愧为由呀，到这时候也还不忘记从夫子听来的教训，说道“君子死，冠不免”，一面系着冠缨，一面被人砍成肉酱了。连唯一可信的弟子也已经失掉，孔子自然是非常悲痛的，据说他一听到这信息，就吩咐去倒掉厨房里的肉酱云。

孔夫子到死了以后，我以为可以说是运气比较的好一点。因为他不会噜苏了，种种的权势者便用种种的白粉给他来化妆，一直抬到吓人的高度。但比起后来输入的释迦牟尼来，却实在可怜得很。诚然，每一县固然都有圣庙即文庙，可是一副寂寞的冷落的样子，一般的庶民，是决不去参拜的，要去，则是佛寺，或者是神庙。若向老百姓们问孔夫子是什么人，他们自然回答是圣人，然而这不过是权势者的留声机。他们也敬惜字纸，然而这是因为倘不敬惜字纸，会遭雷殛的迷信的缘故；南京的夫子庙固然是热闹的地方，然而这是因为另有各种玩耍和茶店的缘故。虽说孔子作《春秋》而乱臣贼子惧，然而现在的人们，却几乎谁也不知道一个笔伐了的乱臣贼子的名字。说到乱臣贼子，大概以为是曹操，但那并非圣人所教，却是写了小说和剧本的无名作家所教的。

总而言之，孔夫子之在中国，是权势者们捧起来的，是那些权势者或想做权势者们的圣人，和一般的民众并无什么关系。然而对于圣庙，那些权势者也不过一时的热心。因为尊孔的时候已经怀着别样的目的，所以目的一达，这器具就无用，如果不达呢，那可更加无用了。在三四十年以前，凡有企图获得权势的人，就是希望做官的人，都是读“四书”和“五经”，做“八股”，别一些人就将这些书籍和文章，统名之为“敲门砖”。这就是说，文官考试一及第，这些东西也就同时被忘却，恰如敲门时所用的砖头一样，门一开，这砖头也就被抛掉了。孔子这人，其实是自从死了以后，也总是当着“敲门砖”的差使的。

一看最近的例子，就更加明白。从二十世纪的开始以来，孔夫子的运气是很坏的，但到袁世凯时代，却又被从新记得，不但恢复了祭典，还新做了古怪的祭服，使奉祀的人们穿起来。跟着这事而出现的便是帝制。然而那一道门终于没有敲开，袁氏在门外死掉了。余剩的是北洋军阀，当觉得渐近末路时，也用它来敲过另外的幸福之门。盘据着江苏和浙江，在路上随便砍杀百姓的孙传芳将军，一面复兴了投壶之礼；钻进山东，连自己也数不清金钱和兵丁和姨太太的数目了的张宗昌将军，则重刻了《十三经》，而且把圣道看作可以由肉体关系来传染的花柳病一样的东西，拿一个孔子后裔的谁来做了自己的女婿。然而幸福之门，却仍然对谁也没有开。

这三个人，都把孔夫子当作砖头用，但是时代不同了，所以都明明白白的失败了。岂但自己失败而已呢，还带累孔子也更加陷入了悲境。他们都是连字也不大认识的人物，然而偏要大谈什么《十三经》之类，所以使人们觉得滑稽；言行也太不一致了，就更加令人讨厌。既已厌恶和尚，恨及袈裟，而孔夫子之被利用为或一目的的器具，也从新看得格外清楚起来，于是要打倒他的欲望，也就越加旺盛。所以把孔子装饰得十分尊严时，就一定有找他缺点的论文和作品出现。即使是孔夫子，缺点总也有的，在平时谁也不理会，因为圣人也是人，本是可以原谅的。然而如果圣人之徒出来胡说一通，以为圣人是这样，是那样，所以你也非这样不可的话，人们可就禁不住要笑起来了。五六年前，曾经因为公演了《子见南子》这剧本，引起过问题，[1] 在那个剧本里，有孔夫子登场，以圣人而论，固然不免略有欠稳重和呆头呆脑的地方，然而作为一个人，倒是可爱的好人物。但是圣裔们非常愤慨，把问题一直闹到官厅里去了。因为公演的地点，恰巧是孔夫子的故乡，在那地方，圣裔们繁殖得非常多，成着使释迦牟尼和苏格拉第都自愧弗如的特权阶级。然而，那也许又正是使那里的非圣裔的青年们，不禁特地要演《子见南子》的原因罢。

中国的一般的民众，尤其是所谓愚民，虽称孔子为圣人，却不觉得他是圣人；对于他，是恭谨的，却不亲密。但我想，能像中国的愚民那样，懂得孔夫子的，恐怕世界上是再也没有的了。不错，孔夫子曾经计划过出色的治国的方法，但那都是为了治民众者，即权势者设想的方法，为民众本身的，却一点也没有。这就是“礼不下庶人”。成为权势者们的圣人，终于变了“敲门砖”，实在也叫不得冤枉。和民众并无关系，是不能说的，但倘说毫无亲密之处，我以为怕要算是非常客气的说法了。不去亲近那毫不亲密的圣人，正是当然的事，什么时候都可以，试去穿了破衣，赤着脚，走上大成殿去看看罢，恐怕会像误进上海的上等影戏院或者头等电车一样，立刻要受斥逐的。谁都知道这是大人老爷们的物事，虽是“愚民”，却还没有愚到这步田地的。

四月二十九日。

（本篇是作者用日文写的，最初发表于1935年6月号日本《改造》月刊，中译文原载1935年7月在日本东京出版的《杂文》月刊第2号，题为《孔夫子在现代中国》，选自《且介亭杂文二集》）

[1] 1929年山东曲阜第二师范学校学生排演林语堂所作独幕剧《子见南子》，当地孔氏族人以“侮辱宗祖孔子”为由，联名向国民党政府教育部提出控告，结果该校校长被调职。

文坛三户

二十年来，中国已经有了一些作家，多少作品，而且至今还没有完结，所以有个“文坛”，是毫无可疑的。不过搬出去开博览会，却还得顾虑一下。

因为文字的难，学校的少，我们的作家里面，恐怕未必有村姑变成的才女，牧童化出的文豪。古时候听说有过一面看牛牧羊，一面读经，终于成了学者的人的，但现在恐怕未必有。——我说了两回“恐怕未必”，倘真有例外的天才，尚希鉴原为幸。要之，凡有弄弄笔墨的人们，他先前总有一点凭借：不是祖遗的正在少下去的钱，就是父积的还在多起来的钱。要不然，他就无缘读书识字。现在虽然有了识字运动，我也不相信能够由此运出作家来。所以这文坛，从阴暗这方面看起来，暂时大约还要被两大类子弟，就是“破落户”和“暴发户”所占据。

已非暴发，又未破落的，自然也颇有出些著作的人，但这并非第三种，不近于甲，即近于乙的，至于掏腰包印书，仗奁资出版者，那是文坛上的捐班，更不在本论范围之内。所以要说专仗笔墨的作者，首先还得求之于破落户中。他先世也许暴发过，但现在是文雅胜于算盘，家景大不如意了，然而又因此看见世态的炎凉，人生的苦乐，于是真的有些抚今追昔，“缠绵悱恻”起来。一叹天时不良，二叹地理可恶，三叹自己无能。但这无能又并非真无能，乃是自己不屑有能，所以这无能的高尚，倒远在有能之上。你们剑拔弩张，汗流浃背，到底做成了些什么呢？惟我的颓唐相，是“十年一觉扬州梦”，惟我的破衣上，是“襟上杭州旧酒痕”，[1]连懒态和污渍，也都有历史的甚深意义的。可惜俗人不懂得，于是他们的杰作上，就大抵放射着一种特别的神彩，是：“顾影自怜”。

暴发户作家的作品，表面上和破落户的并无不同。因为他意在用墨水洗去铜臭，这才爬上一向为破落户所主宰的文坛来，以自附于“风雅之林”，又并不想另树一帜，因此也决不标新立异。但仔细一看，却是属于别一本户口册上的；他究竟显得浅薄，而且装腔，学样。房里会有断句的诸子，看不

[1] 这两句引诗，前一句见于杜牧的《遣怀》，后一句见于白居易的《故衫》。

懂；案头也会有石印的骈文，读不断。也会嚷“襟上杭州旧酒痕”呀，但一面又怕别人疑心他穿破衣，总得设法表示他所穿的乃是笔挺的洋服或簇新的绸衫；也会说“十年一觉扬州梦”的，但其实倒是并不挥霍的好品行，因为暴发户之于金钱，觉得比懒态和污渍更有历史的甚深的意义。破落户的颓唐，是掉下来的悲声，暴发户的做作的颓唐，却是“爬上去”的手段。所以那些作品，即使摹拟到和破落户的杰作几乎相同，但一定还差一尘：他其实并不“顾影自怜”，倒在“沾沾自喜”。

这“沾沾自喜”的神情，从破落户的眼睛看来，就是所谓“小家子相”，也就是所谓“俗”。风雅的定律，一个人离开“本色”，是就要“俗”的。不识字人不算俗，他要掉文，又掉不对，就俗；富家儿郎也不算俗，他要做诗，又做不好，就俗了。这在文坛上，向来为破落户所鄙弃。

然而破落户到了破落不堪的时候，这两户却有时可以交融起来的。如果谁有在找“词汇”的《文选》，大可以查一查，我记得里面就有一篇弹文，所弹的乃是一个败落的世家，把女儿嫁给了暴发而冒充世家的满家子：这就足见两户的怎样反拨，也怎样的联合了。文坛上自然也有这现象；但在作品上的影响，却不过使暴发户增添一些得意之色，破落户则对于“俗”变为谦和，向别方面大谈其风雅而已：并不怎么大。

暴发户爬上文坛，固然未能免俗，历时既久，一面持筹握算，一面诵诗读书，数代以后，就雅起来，待到藏书日多，藏钱日少的时候，便有做真的破落户文学的资格了。然而时势的飞速的变化，有时能不给他这许多修养的工夫，于是暴发不久，破落随之，既“沾沾自喜”，也“顾影自怜”，但却又失去了“沾沾自喜”的确信，可又还没有配得“顾影自怜”的风姿，仅存无聊，连古之所谓雅俗也说不上了。向来无定名，我姑且名之为“破落暴发户”罢。这一户，此后是恐怕要多起来的。但还要有变化：向积极方面走，是恶少；向消极方面走，是瘪三。

使中国的文学有起色的人，在这三户之外。

六月六日。

（本篇最初发表于1935年7月《文学》月刊第5卷第1号，选自《且介亭杂文二集》）

且介亭杂文末编

我要骗人

疲劳到没有法子的时候，也偶然佩服了超出现世的作家，要模仿一下来试试。然而不成功。超然的心，是得像贝类一样，外面非有壳不可的。而且还得有清水。浅间山边，倘是客店，那一定是有的罢，但我想，却未必有去造“象牙之塔”的人的。

为了希求心的暂时的平安，作为穷余的一策，我近来发明了别样的方法了，这就是骗人。

去年的秋天或是冬天，日本的一个水兵，在闸北被暗杀了。忽然有了许多搬家的人，汽车租钱之类，都贵了好几倍。搬家的自然是中国人，外国人是很有趣似的站在马路旁边看。我也常常去看的。一到夜里，非常之冷静，再没有卖食物的小商人了，只听得有时从远处传来着犬吠。然而过了两三天，搬家好像被禁止了。警察拚死命的在殴打那些拉着行李的大车夫和洋车夫，日本的报章，中国的报章，都异口同声的对于搬了家的人们给了一个“愚民”的徽号。这意思就是说，其实是天下太平的，只因为有这样的“愚民”，所以把颇好的天下，弄得乱七八糟了。

我自始至终没有动，并未加入“愚民”这一伙里。但这并非为了聪明，却只因为懒惰。也曾陷在五年前的正月的上海战争——日本那一面，好像是喜欢称为“事变”似的——的火线下，而且自由早被剥夺，夺了我的自由的权力者，又拿着这飞上空中了，所以无论跑到那里去，都是一个样。中国的人民是多疑的。无论那一国人，都指这为可笑的缺点。然而怀疑并不是缺点。总是疑，而并不下断语，这才是缺点。我是中国人，所以深知道这秘密。其实，是在下着断语的，而这断语，乃是：到底还是不可信。但后来的事实，却大抵证明了这断语的的确。中国人不疑自己的多疑。所以我的没有搬家，也并不是因为怀着天下太平的确信，说到底，仍不过为了无论那里都一样的危险的缘故。五年以前翻阅报章，看见过所记的孩子的死尸的数目之多，和从不见有记着交换俘虏的事，至今想起来，也还是非常悲痛的。

虐待搬家人，殴打车夫，还是极小的事情。中国的人民，是常用自己的血，去洗权力者的手，使他又变成洁净的人物的，现在单是这模样就完事，总算好得很。

但当大家正在搬家的时候，我也没有整天站在路旁看热闹，或者坐在家里读世界文学史之类的心思。走远一点，到电影院里散闷去。一到那里，可真是天下太平了。这就是大家搬家去住的处所。我刚要跨进大门，被一个十二三岁的女孩子捉住了。是小学生，在募集水灾的捐款，因为冷，连鼻子尖也冻得通红。我说没有零钱，她就用眼睛表示了非常的失望。我觉得对不起人，就带她进了电影院，买过门票之后，付给她一块钱。她这回是非常高兴了，称赞我道，“你是好人”，还写给我一张收条。只要拿着这收条，就无论到那里，都没有再出捐款的必要。于是我，就是所谓“好人”，也轻松的走进里面了。

看了什么电影呢？现在已经丝毫也记不起。总之，大约不外乎一个英国人，为着祖国，征服了印度的残酷的酋长，或者一个美国人，到亚非利加去，发了大财，和绝世的美人结婚之类罢。这样的消遣了一些时光，傍晚回家，又走进了静悄悄的环境。听到远地里的犬吠声。女孩子的满足的表情的相貌，又在眼前出现，自己觉得做了好事情了，但心情又立刻不舒服起来，好像嚼了肥皂或者什么一样。

诚然，两三年前，是有过非常的水灾的，这大水和日本的不同，几个月或半年都不退。但我又知道，中国有着叫作“水利局”的机关，每年从人民收着税钱，在办事。但反而出了这样的大水了。我又知道，有一个团体演了戏来筹钱，因为后来只有二十几元，衙门就发怒不肯要。连被水灾所害的难民成群的跑到安全之处来，说是有害治安，就用机关枪去扫射的话也都听到过。恐怕早已统统死掉了罢。然而孩子们不知道，还在拚命的替死人募集生活费，募不到，就失望，募到手，就喜欢。而其实，一块来钱，是连给水利局的老爷买一天的烟卷也不够的。我明明知道着，却好像也相信款子真会到灾民的手里似的，付了一块钱。实则不过买了这天真烂漫的孩子的欢喜罢了。我不爱看人们的失望的样子。

倘使我那八十岁的母亲，问我天国是否真有，我大约是会毫不踌蹰，答道真有的罢。

然而这一天的后来的心情却不舒服。好像是又以为孩子和老人不同，骗她是不应该似的，想写一封公开信，说明自己的本心，去消释误解，但又想到横竖没有发表之处，于是中止了，时候已是夜里十二点钟。到门外去看了一下。

已经连人影子也看不见。只在一家的檐下，有一个卖馄饨的，在和两个警察谈闲天。这是一个平时不大看见的特别穷苦的肩贩，存着的材料多得很，可见他并无生意。用两角钱买了两碗，和我的女人两个人分吃了。算是给他赚一点钱。

庄子曾经说过："干下去的（曾经积水的）车辙里的鲋鱼，彼此用唾沫相湿，用湿气相嘘，"——然而他又说，"倒不如在江湖里，大家互相忘却的好。"

可悲的是我们不能互相忘却。而我，却愈加恣意的骗起人来了。如果这骗人的学问不毕业，或者不中止，恐怕是写不出圆满的文章来的。

但不幸而在既未卒业，又未中止之际，遇到山本社长了。因为要我写一点什么，就在礼仪上，答道"可以的"。因为说过"可以"，就应该写出来，不要使他失望，然而到底也还是写了骗人的文章。

写着这样的文章，也不是怎么舒服的心地。要说的话多得很，但得等候"中日亲善"更加增进的时光。不久之后，恐怕那"亲善"的程度，竟会到在我们中国，认为排日即国贼——因为说是共产党利用了排日的口号，使中国灭亡的缘故——而到处的断头台上，都闪烁着太阳的圆圈的罢，但即使到了这样子，也还不是披沥真实的心的时光。

单是自己一个人的过虑也说不定：要彼此看见和了解真实的心，倘能用了笔，舌，或者如宗教家之所谓眼泪洗明了眼睛那样的便当的方法，那固然是非常之好的，然而这样便宜事，恐怕世界上也很少有。这是可以悲哀的。一面写着漫无条理的文章，一面又觉得对不起热心的读者了。

临末，用血写添几句个人的豫感，算是一个答礼罢。

二月二十三日。

（本篇最初用日文写成，发表于1936年4月号日本《改造》月刊。1936年4月16日北平《星火》文艺半月刊曾刊出林萧的译文，题作《我愿意骗人》。后由作者译成中文，发表于1936年6月上海《文学丛报》月刊第3期。选自《且介亭杂文末编》）

白莽作《孩儿塔》序

春天去了一大半了，还是冷；加上整天的下雨，淅淅沥沥，深夜独坐，听得令人有些凄凉，也因为午后得到一封远道寄来的信，要我给白莽的遗诗写一点序文之类；那信的开首说道："我的亡友白莽，恐怕你是知道的罢。……"——这就使我更加惆怅。

说起白莽来，——不错，我知道的。四年之前，我曾经写过一篇《为了忘却的记念》，要将他们忘却。他们就义了已经足有五个年头了，我的记忆上，早又蒙上许多新鲜的血迹；这一提，他的年青的相貌就又在我的眼前出现，像活着一样，热天穿着大棉袍，满脸油汗，笑笑的对我说道："这是第三回了。自己出来的。前两回都是哥哥保出，他一保就要干涉我，这回我不去通知他了。……"——我前一回的文章上是猜错的，这哥哥才是徐培根，航空署长，终于和他成了殊途同归的兄弟；他却叫徐白，较普通的笔名是殷夫。

一个人如果还有友情，那么，收存亡友的遗文真如捏着一团火，常要觉得寝食不安，给它企图流布的。这心情我很了然，也知道有做序文之类的义务。我所惆怅的是我简直不懂诗，也没有诗人的朋友，偶尔一有，也终至于闹开，不过和白莽没有闹，也许是他死得太快了罢。现在，对于他的诗，我一句也不说——因为我不能。

这《孩儿塔》的出世并非要和现在一般的诗人争一日之长，是有别一种意义在。这是东方的微光，是林中的响箭，是冬末的萌芽，是进军的第一步，是对于前驱者的爱的大纛，也是对于摧残者的憎的丰碑。一切所谓圆熟简练，静穆幽远之作，都无须来作比方，因为这诗属于别一世界。

那一世界里有许多许多人，白莽也是他们的亡友。单是这一点，我想，就足够保证这本集子的存在了，又何需我的序文之类。

一九三六年三月十一夜，鲁迅记于上海之且介亭。

（本篇最初发表于1936年4月《文学丛报》月刊第1期，发表时题为《白莽遗诗序》，选自《且介亭杂文末编》）

因太炎先生而想起的二三事

写完题目，就有些踌躕，怕空话多于本文，就是俗语之所谓“雷声大，雨点小”。

做了《关于太炎先生二三事》以后，好像还可以写一点闲文，但已经没有力气，只得停止了。第二天一觉醒来，日报已到，拉过来一看，不觉自己摩一下头顶，惊叹道：“二十五周年的双十节！原来中华民国，已过了一世纪的四分之一了，岂不快哉！”但这“快”是迅速的意思。后来乱翻增刊，偶看见新作家的憎恶老人的文章，便如兜顶浇半瓢冷水。自己心里想：老人这东西，恐怕也真为青年所不耐的。例如我罢，性情即日见乖张，二十五年而已，却偏喜欢说一世纪的四分之一，以形容其多，真不知忙着什么；而且这摩一下头顶的手势，也实在可以说是太落伍了。

这手势，每当惊喜或感动的时候，我也已经用了一世纪的四分之一，犹言“辫子究竟剪去了”，原是胜利的表示。这种心情，和现在的青年也是不能相通的。假使都会上有一个拖着辫子的人，三十左右的壮年和二十上下的青年，看见了恐怕只以为珍奇，或者竟觉得有趣，但我却仍然要憎恨，愤怒，因为自己是曾经因此吃苦的人，以剪辫为一大公案的缘故。我的爱护中华民国，焦唇敝舌，恐其衰微，大半正为了使我们得有剪辫的自由，假使当初为了保存古迹，留辫不剪，我大约是决不会这样爱它的。张勋来也好，段祺瑞来也好，我真自愧远不及有些士君子的大度。

当我还是孩子时，那时的老人指教我说：剃头担上的旗竿，三百年前是挂头的。满人入关，下令拖辫，剃头人沿路拉人剃发，谁敢抗拒，便砍下头来挂在旗竿上，再去拉别的人。那时的剃发，先用水擦，再用刀刮，确是气闷的，但挂头故事却并不引起我的惊惧，因为即使我不高兴剃发，剃头人不但不来砍下我的脑袋，还从旗竿斗里摸出糖来，说剃完就可以吃，已经换了怀柔方略了。见惯者不怪，对辫子也不觉其丑，何况花样繁多，以姿态论，则辫子有松打，有紧打，辫线有三股，有散线，周围有看发(即今之“刘海”)，看发有长短，长看发又可打成两条细辫子，环于顶搭之周围，顾影自怜，为美男子；以作用论，则打架时可拔，犯奸时可剪，做戏的可挂于铁竿，为父的可鞭其子女，变把戏的将头摇动，能飞舞如龙蛇，昨在路上，看见巡捕拿人，一手一个，以一捕二，倘在辛亥革命前，则一把辫子，至少十多个，为治民计，也极方便的。不幸的是所谓“海禁大开”，士人渐读洋书，因知比较，纵使不被洋人称为“猪尾”，而既不全剃，又不全留，剃掉一圈，留下一撮，打成尖辫，如慈菇芽，也未免自己觉得毫无道理，大可不必了。

我想，这是纵使生于民国的青年，一定也都知道的。清光绪中，曾有康有为者变过法，不成，作为反动，是义和团起事，而八国联军遂入京，这年代很容易记，是恰在一千九百年，十九世纪的结末。于是满清官民，又要维新了，维新有老谱，照例是派官出洋去考察，和派学生出洋去留学。我便是那时被两江总督派赴日本的人们之中的一个，自然，排满的学说和辫子的罪状和文字狱的大略，是早经知道了一些的，而最初在实际上感到不便的，却是那辫子。

凡留学生一到日本，急于寻求的大抵是新知识。除学习日文，准备进专门的学校之外，就赴会馆，跑书店，往集会，听讲演。我第一次所经历的是在一个忘了名目的会场上，看见一位头包白纱布，用无锡腔讲演排满的英勇的青年，不觉肃然起敬。但听下去，到得他说“我在这里骂老太婆，老太婆一定也在那里骂吴稚晖”，听讲者一阵大笑的时候，就感到没趣，觉得留学生好像也不外乎嬉皮笑脸。“老太婆”者，指清朝的西太后。吴稚晖在东京开会骂西太后，是眼前的事实无疑，但要说这时西太后也正在北京开会骂吴稚晖，我可不相信。讲演固然不妨夹着笑骂，但无聊的打诨，是非徒无益，而且有害的。不过吴先生这时却正在和公使蔡钧大战，名驰学界，白纱布下面，就藏着名誉的伤痕。不久，就被递解回国，路经皇城外的河边时，他跳了下去，但立刻又被捞起，押送回去了。这就是后来太炎先生和他笔战时，文中之所谓“不投大壑而投阳沟，面目上露”。其实是日本的御沟并不狭小，但当警官护送之际，却即使并未“面目上露”，也一定要被捞起的。这笔战愈来愈凶，终至夹着毒詈，今年吴先生讥刺太炎先生受国民政府优遇时，还提起这件事，这是三十余年前的旧账，至今不忘，可见怨毒之深了。但先生手定的《章氏丛书》内，却都不收录这些攻战的文章。先生力排清虏，而服膺于几个清儒，殆将希踪古贤，故不欲以此等文字自秽其著述——但由我看来，其实是吃亏，上当的，此种醇风，正使物能遁形，贻患千古。

剪掉辫子，也是当时一大事。太炎先生去发时，作《解辫发》，有云——

> “……共和二千七百四十一年，秋七月，余年三十三矣。是时满洲政府不道，戕虐朝士，横挑强邻，戮使略贾，四维交攻。愤东胡之无状，汉族之不得职，陨涕涔涔曰，余年已立，而犹被戎狄之服，不违咫尺，弗能剪除，余之罪也。将荐绅束发，以复近古，日既不给，衣又不可得。于是曰，昔祁班孙，释隐玄，皆以明氏遗老，断发以殁。《春秋谷梁传》曰：‘吴祝发’，《汉书》《严助传》曰：‘越劗发’，（晋灼曰：‘劗，张揖以为古剪字也’）余故吴越间民，去之亦犹行古之道也。……”

文见于木刻初版和排印再版的《訄书》中，后经更定，改名《检论》时，也被删掉了。我的剪辫，却并非因为我是越人，越在古昔，“断发文身”，今特效之，以见先民仪矩，也毫不含有革命性，归根结蒂，只为了不便：一不便于脱帽，二不便于体操，三盘在囟门上，令人很气闷。在事实上，无辫之徒，回国以后，默然留长，化为不二之臣者也多得很。而黄克强在东京作师范学生时，就始终没有断发，也未尝大叫革命，所略显其楚人的反抗的蛮性者，惟因日本学监，诫学生不可赤膊，他却偏光着上身，手挟洋磁脸盆，从浴室经过大院子，摇摇摆摆的走入自修室去而已。

（本篇最初印入1937年3月25日出版的《工作与学习丛刊》之二《原野》一书。系作者逝世前二日所作（未完稿），是他最后的一篇文章，选自《且介亭杂文末编》）

半夏小集

一

A：你们大家来品评一下罢，B竟蛮不讲理的把我的大衫剥去了！

B：因为A还是不穿大衫好看。我剥它掉，是提拔他；要不然，我还不屑剥呢。

A：不过我自己却以为还是穿着好……

C：现在东北四省失掉了，你漫不管，只嚷你自己的大衫，你这利己主义者，你这猪猡！

C太太：他竟毫不知道B先生是合作的好伴侣，这昏蛋！

二

用笔和舌，将沦为异族的奴隶之苦告诉大家，自然是不错的，但要十分小心，不可使大家得着这样的结论：“那么，到底还不如我们似的做自己人的奴隶好。”

三

“联合战线”之说一出，先前投敌的一批“革命作家”，就以“联合”的先觉者自居，渐渐出现了。纳款，通敌的鬼蜮行为，一到现在，就好像都是“前进”的光明事业。

四

这是明亡后的事情。

凡活着的，有些出于心服，多数是被压服的。但活得最舒服横恣的是汉奸；而活得最清高，被人尊敬的，是痛骂汉奸的逸民。后来自己寿终林下，儿子已不妨应试去了，而且各有一个好父亲。至于默默抗战的烈士，却很少能有一个遗孤。

我希望目前的文艺家，并没有古之逸民气。

五

A：B，我们当你是一个可靠的好人，所以几种关于革命的事情，都没有瞒了你。你怎么竟向敌人告密去了？

B：岂有此理！怎么是告密！我说出来，是因为他们问了我呀。

A：你不能推说不知道吗？

B：什么话！我一生没有说过谎，我不是这种靠不住的人！

六

A：阿呀，B先生，三年不见了！你对我一定失望了罢？……

B：没有的事……为什么？

A：我那时对你说过，要到西湖上去做二万行的长诗，直到现在，一个字也没有，哈哈哈！

B：哦，……我可并没有失望。

A：您的“世故”可是进步了，谁都知道您记性好，“责人严”，不会这么随随便便的，您现在也学会了说谎。

B：我可并没有说谎。

A：那么，您真的对我没有失望吗？

B：唔，无所谓失不失望，因为我根本没有相信过你。

七

庄生以为“在上为乌鸢食，在下为蝼螘食”，死后的身体，大可随便处置，因为横竖结果都一样。

我却没有这么旷达。假使我的血肉该喂动物，我情愿喂狮虎鹰隼，却一点也不给癞皮狗们吃。

养肥了狮虎鹰隼，它们在天空，岩角，大漠，丛莽里是伟美的壮观，捕来放在动物园里，打死制成标本，也令人看了神旺，消去鄙吝的心。

但养胖一群癞皮狗，只会乱钻，乱叫，可多么讨厌！

八

琪罗编辑圣·蒲孚的遗稿，名其一部为《我的毒》（Mes Poisons）；我从日译本上，看见了这样的一条：

“明言着轻蔑什么人，并不是十足的轻蔑。惟沉默是最高的轻蔑。——我在这里说，也是多余的。”

诚然，“无毒不丈夫”，形诸笔墨，却还不过是小毒。最高的轻蔑是无言，而且连眼珠也不转过去。

九

作为缺点较多的人物的模特儿，被写入一部小说里，这人总以为是晦气的。

殊不知这并非大晦气，因为世间实在还有写不进小说里去的人。倘写进去，而又逼真，这小说便被毁坏。

譬如画家，他画蛇，画鳄鱼，画龟，画果子壳，画字纸篓，画垃圾堆，但没有谁画毛毛虫，画癞头疮，画鼻涕，画大便，就是一样的道理。

有人一知道我是写小说的，便回避我，我常想这样的劝止他，但可惜我的毒还不到这程度。

（本篇最初发表于1936年10月《作家》月刊第2卷第1期，选自《且介亭杂文末编》）